洪範文學叢書 266

沈從文小說選 I

彭小妍 編

洪範書店 印行

目次

I

II

導論

彭小妍

一

一九二〇年代初期，沈從文到達北京，年紀正二十上下。五四時期許多年輕人和沈從文一樣，對上海、北京等大都會所象徵的「啟蒙」心嚮往之，風塵僕僕從外地湧來，追求新知。後來沈從文終於成爲知名文人，於一九三四年發表了短篇小說〈知識〉，故事主角張六吉的心路歷程，可說是五四一代知識分子典型的寫照。張六吉受到五四運動衝激，深覺窮鄉僻壤落後退步，於是從長江中游的鄉下來到都市追求文明。他在國內得到學士學位後，又在國外著名大學苦讀，得到碩士。但回國後經過一段歷練，終於回鄉，深刻體會到鄉村「野蠻」文化的智慧。〈知識〉是一則寓言故事，反映出五四知識分子徘徊於進步史觀與傳統文化之間的情結：一方面推崇西洋文明，一方面又回歸傳統鄉土。一九二〇年代末北京大學《歌謠》週刊由劉半農發起的「走向民間」運動，風起雲湧，知名文人如胡適、聞一多，都積極鼓吹，影響深遠。

有如〈知識〉中的張六吉，沈從文來自漢苗雜處的湖南鄉間。但是他不但沒有學士學位，更別提碩士博士學位。到了北京以後，他在北大旁聽課程，後來嘗試寫作，靠微薄的稿費維生。旋踵他得到胡適、聞一多、徐志摩等文人賞識，與新月派過從甚密。一九二九年胡適聘請他到上海附近的吳淞中國公學任教，擔任創作和文學課程。沈從文連小學文憑都沒有，胡適擁有哥倫比亞博士頭銜，竟然如此禮遇他，可見他對沈從文才學的器重。一九三一年到三三年，沈從文任教青島大學，接着又赴北京大學任教（北大當時已遷校到昆明）。一九三三年他成為《大公報》副刊編輯。一個「鄉下人」居然躋身大學教授與名作家之林，沈從文的際遇可謂五四傳奇。

沈從文到北京，一心一意想成為知識分子，但後來即使如願以償，他卻始終寧願自稱「鄉下人」或「老實人」，而他的作品也經常顯現他對原始文化及鄉土文化的推崇。一九二八年到二九年間，他發表了一系列以苗族風情為背景的短篇小說，包括〈七個野人與最後一個迎春節〉、〈龍朱〉、〈媚金，豹子，與那羊〉、及〈神巫之愛〉等，這些故事創造了一個特殊的時空環境，把苗族男女刻畫成至善、至美的人間楷模。苗人以打獵耕作維生、以物易物；禮敬神明、崇尚自然，儼然形成一個自給自足的社會。故事中威脅到這個理想社會的生存的，是代表外來惡勢力的「官方」。最引人注目的，是苗族青年男女之間打破傳統婚姻束縛的性關係；只要兩情相悅，即可相約到山洞中盡情歡愛。這樣的作品，表現出一種對無政府主義烏托邦的憧憬，似是五四「寫實主流」之外的「異數」，也一直是評家難以解讀的作品。

一九八〇年他在接受凌宇訪問時，表示在自己所有的作品中，特別重視苗族故事。其中原因或可由他的身世尋覓些許線索：他的苗人血統於八〇年代公開，母親是土家族人，內祖母是苗人。在〈龍朱〉的前言中，他把這篇作品獻給苗族人，說道：「血管裏流着你們民族健康血液的我，二十七年的生命，有一半爲都市生活所吞噬，中着在道德下所變成虛僞庸懦的大毒，所有值得稱爲高貴的性格，如像那熱情，勇敢，與誠實，早已完全消失殆盡，再也不配說是出自你們的一族了。」

苗族系列作品顯然對沈從文在感情、文化認同上有特殊的意義，然而更值得注意的是，作者赤裸裸的告白所透露出來的道德觀，亦即都市生活與原始生活的二元劃分。這種二元化的道德觀，在稍早的短篇〈船上岸上〉（一九二七）已可略窺一二；到日後的《邊城》（一九三四）、《湘行散記》（一九三四—五）、及《長河》（一九四五），沈從文的鄉土風格日趨圓熟時，在在仍可看出鄉村原始美德與都市腐敗文明對立的模式。但這種看似單純的道德批判方式，由於敍事者（在《湘行散記》中敍事者也是故事中的角色）強烈的主觀意識，對文化、歷史的特殊體認及使命感，以及其個人懷鄉情愫的糾結，而形成一種複雜的張力。由〈龍朱〉的作者獻詞、《鳳子》題記、及《長河》中類似序言的首篇〈人與地〉中，即可見其一斑。

許多五四作家如郁達夫、巴金等，早期作品自傳性濃厚是衆所週知的，沈從文亦不例外。他的苗族故事與鄉土故事中的敍事者有許多類似的特質，就多方面而言可說是作者的代言人。固然意圖在文學作品與作家經驗中尋找對等吻合的關係有其缺失，不可忽略的是沈從文非漢族的出身背景，與他在文學題材、形式上的偏好「邊際性」（marginality）有密切的關係，也導致他獨特的文化、社會、政治意識取向。例如在《湘行散記》中，敍事者流露出一個外鄉人面對強勢文化的複雜心態；他投身都市文化洪流後，歷經由嚮往文明到失望，由認同到排斥的過程，最後轉而回頭肯定原始文化的優越性。這一番曲折迂迴的心路歷程，究竟是故事裏敍事者或是作者本人的經驗，實難劃分。

二

二〇、三〇年代，沈從文也寫了一系列描寫都市愛情的故事，仔細觀察，可以發現和苗族故事在語言上有很明顯的互相呼應的地方。〈有學問的人〉（一九二八）中，沈從文諷刺兩名都市的知識分子，女的是男的妻子的好朋友，有一天女客來訪，正好太太不在家。他們兩人彼此有意，但只限於互相用言語挑逗而已。女的氣惱男的沒有行動的勇氣，在心裏想：「若是他有這種氣概，猛如豹子擒羊，把手抱了自己，自己除了儘這獃子使足獸性以外，眞無其他方法避免這點衝突。」這裏用的動物意象，很明顯的是和同時期的苗族故事互相呼應，都市男女的矯揉做作、躲躲藏藏，正襯托出苗族男女愛情的純眞和從不掩飾性愛的需求。敍事者則嘲笑這名大學物理教授說：「可是他的頭腦塞塡了的物理定律起了作用，不准他撒野。這有學問的人，反應定律之類，眞害了他一生。」敍事者又諷刺這名女知識分子是因爲受了「淑女」的教育，所以不能採取主動。不久太太回家來了，於是這兩名有學問的人便坐失良機，女客和太太還是親熱的好朋友。《一個女劇員的生活》（一九三二）諷刺一名女劇員無論談戀愛或日常生活都像在演戲一樣，她的愛情和人生都變成一場謊言。相對的，苗族故事的敍事者不斷強調，苗族人的口「除了親嘴就是唱讚美情慾與自然的歌，不像其餘的中國人還要拿來說謊的。」（〈七個野人〉）〈八駿圖〉（一九三五）諷刺知識分子雖然滿腦子自由戀愛，卻拿不起、放不下，沒有勇氣擺脫傳統的束縛，又覬覦撩人的新女性，給到處氾濫的性愛象徵弄得魂不守舍。對沈從文來說，這種集體意淫的怪現象，是傳統的包袱和天性起衝突的結果。一九四五年的〈看虹摘星錄後記〉中，他批評一般人，尤其是中產階級和知識分子不健康的性觀念。他認爲性壓抑是違反人性的，甚至會導致社會道德敗壞，政治腐敗：

> 比如近二十年來談解放，在男女關係重造問題上，中層階級知識分子對於這個問題取予之際所感到的困難，以及塡補生命空虛的方法，就無不可歸納成三五個公式……社會中那個性的道德的成見，最初本隨同鬼神迷信而來，卻比迷信更頑固十分，在人類生活中

支配一切。教徒都能娶妻生子的今日，二千年前僧侶對於兩性關係所抱有的原人恐怖感，以及由恐怖感而變質產生的病欲不淨觀，卻與社會上某種不健康習慣相結合，形成一種頑固而殘忍的勢力，滯塞人性作正常發展。近代政治史上陰謀權術的廣泛應用，阿諛卑鄙所形成的風氣的浸透，即無不可見出有性的錯綜問題在其間作祟。

這一段文字，很明顯的是訴諸讀者的道德意識和情緒反應，而非邏輯思考。這事實上正是五四許多文學作品在語言上的一個特色，主要目的是使讀者意識到危機的存在，進而產生共識。〈紳士的太太〉（一九二九）就是描寫中產階級表面上講仁義道德，事實上卻是性關係混亂。敍述者在故事正文開始前以先知的口吻說道：「我不是寫一個可以用你們石頭打她的婦人，我是為你們高等人造一面鏡子。」

如果說沈從文和大多數五四作家一樣，體認到一般人在性道德轉換的過渡時期中所經歷的通病，他在苗族故事中所描繪的惟美、純潔自然的性愛，等於替這個時代病下了一劑藥方。在他筆下，苗族青年男女敢愛敢恨，為了愛犧牲性命在所不惜。在〈媚金，豹子，與那羊〉中，媚金在山洞中等待豹子的一幕，把女性身體的美好和對性愛的渴望，描寫得十分露骨動人。豹子因為找不到最純白的小羊獻給情人作初夜的禮物，遲遲不來，媚金誤以為他負心，憤而自殺。豹子趕到時，發現情人奄奄一息，也慨然殉情。他們為愛而死的寶石洞，被描寫成一個「聖地」。敍事者讚美他們的偉大愛情之餘，不忘記批評世風日下，今非昔比：「不過我說過，地方的好習慣是消滅了，民族的熱情是下降了，女人也慢慢的像中國女人，把愛情移到牛羊金銀虛名虛事上來了，愛情的地位顯然是已經墮落，美的歌聲與美的身體同樣被其他物質戰勝成爲無用東西了，就是有這樣好地方供年青人許多方便，恐怕娟金同豹子，也見不慣這些假裝的熱情與虛僞的戀愛，倒不如還是當成聖地，省得來爲現代的愛情髒汚好！」

苗族故事中所刻劃的烏托邦世界，主要是由這名有強烈道德意識的敍事者營造出來的。他不斷以苗族世界與眞實的外在世界做比較，描寫苗族世界的完美的同時，也提醒讀者眞實世界的缺點，創造出兩個視野。就整體來看，他同時期創作的都市故事系列，正提供讀者一個有嚴重缺憾的「眞實世界」。

三

二〇到三〇年代，也就是沈從文創作最活躍的期間，他嘗試了許多文類，是同時期作家極少觸碰的。除了苗族故事以外，例如佛經故事、懸疑故事（the story of suspense）、戲劇獨白、書信體故事、理念故事（the story of ideas）、寓言等等。他在這些「邊際文類」方面的實驗，顯示出他有意開展新的敍事形式。就內涵而言，這些故事多半處理虛幻及異常的題材，和當時風行的「寫實」主流大異其趣。

如果說寫實作品主要是創造現實的幻像，也就是在虛構作品中模擬日常生活的現象，那麼沈從文這些實驗性的作品用意，是不斷提醒讀者作品的「虛構性」。通常他總是創造一個十分老練世故的敍事者，特別喜愛質疑「虛構」與「現實」的複雜關係，並且邀請讀者參與辯論。有時故事中的角色就是敍事者（narrator）和「聽眾」（narratee），模擬說故事的情境，說者與聽者頻頻討論虛構故事的「擬眞」層面（verisimilitude）。透過這些故事，沈從文特意凸顯「虛構」與「現實」之間的問題，形成獨特的文學話語，在五四文學寫實主流中，儼然是一支叛逆的聲音。沈從文一九二八年創作的童話故事《阿麗思中國遊記》，就是向「寫實」主流挑戰的作品。

沈從文於一九三二年到三三年間，寫了八篇佛經故事，一九三三年收集於《月下小景》。在《月下小景》題記中，他說明在青島大學教授中國小說史時，他「對於六朝誌怪，唐人傳奇，宋人白話小說，在形體方面，如何發生長成，加以注意」。換句流行的術語說，他對傳統中國小說敍事模式（narrative form）下了一番研究功夫。他也研究《眞誥》、《法苑珠林》等典籍中的敍事文體，「將它同時代或另一時代相類故事加以比較，因此明白了幾個爲一般人平時所疏忽的問題」。他並指出這些古老故事的文體，「實在也可以作爲『大眾文學』、『童話教育文學』，以及『幽默文學』者參考」。這番話充分顯示出他的用意：以傳統經典中的敍事模式爲借鏡，探討新的寫作方向。

沈從文特別聲明，他的佛經故事是爲了年方十四的小朋友「張家小五」而作。按張家小五名寰和，是沈從文未來妻子張兆和的五弟（沈張於一九三三年九月結成姻親），其時正在學習寫作。沈從文改寫佛經故事，用意是「讓他（張寰和）明白一千年以前的人，說故事的已知道怎樣去說故事」。沈從文一直喜歡自稱爲「說故事人」，以自別於同時代的作家。他在〈題記〉中寫道：「中國人會寫『小說』的彷彿已經有了很多人，但很少有人來寫『故事』。」這番話，即使在今天，是不是值得小說創作者參考？臺灣九〇年代小說寫作已逐漸失去故事性，也逐步和讀者脫節；問題是，小說藝術推到極致，是否一定要排斥「故事」，排斥讀者？

沈從文的佛經故事對讀者反應密切關注，產生深刻的「自省」效應（self-reflexiveness），堪稱爲後設小說（meta-fiction），例如〈扇陀〉（一九三三）、〈慷慨的王子〉（一九三三）及〈一個農夫的故事〉（一九三三）。在改寫時，沈從文通常遵循《法苑珠林》（見《大正新修大藏經》，no. 2122; 668A.D.）中原典的情節發展。〈慷慨的王子〉取材自《太子須大拏經》（《大正》no. 171, 3: 418-24），是最忠於原著的，沈改寫的部分主要涉及說故事人的設計，使得故事和原著產生截然不同的風貌。〈一個農夫的故事〉由《生經》中的《佛說舅甥經》（《大正》no. 1509, 7: 183）蛻變而來，原來的故事不到兩頁。沈改寫成短篇小說時，增加了許多細節和敍述。〈扇陀〉取材自《大智度論》第十七章的一節（《大正》no. 1509, 25: 183；沈從文在文後註明「爲張家小五輯自《智度論》」），原典只有一頁多，沈改寫後除了增加細節的描寫，也使故事的說教意味變得相當詭異（例如說故事人雖告誡聽眾對「性事」要謹愼戒懼，卻流露出自己對女人的痴迷實無可救藥）。

沈從文改寫的佛經故事異於佛典的部分，最主要是敍事架構（narrative frame）的設計。佛經中也採取說故事的情境，每一則故事都以「佛說」起首，目的是傳道及教人如何修身養性，聽眾是佛的弟子或信徒。相對的，沈改寫時設計了一個特殊的場合：住宿在金狼旅店的一群旅客，輪流說故事以「打發長夜」。說故事的人均販夫走卒之徒，有販賣騾馬的商人（〈扇陀〉）、珠寶商人（〈慷慨的王子〉）、獵戶（〈一個農夫的故事〉）等。稍熟悉西方文學的讀者不難聯想到薄迦丘（Boccaccio）的《十日談》（Decameron）及喬瑟（Chaucer）的康特百瑞記（Canterbury Tales）。事實上沈從文在〈題記〉中就指出，他原有意模仿西方說故事的經典作品：「這些故事照當時估計，應當寫一百個，因此寫它時前後都留下一個關節，預備到後來把它連綴起來，如《天方夜譚》或《十日談》形式。」（見一九三六年良友圖書公司《從文小說習作選》）可惜後來因爲「時間精力不許」，所以難以爲繼。如果按照他的原來計劃寫成，這些佛經故事在中國現代文學史中，當成就燦爛。

當然佛經故事中，可能也有中國白話文學說書的傳統，我們可以想像說書人和「聽眾」的對話。沈從文從各種來源擷取不同成分，創作了十分有創意的作品。他特別強調敍事結構，每一篇故事中，說故事人和他所說的故事之間，以及說故事人和聽眾之間，都有微妙、密切的關聯。而故事內容對說故事人和聽眾，都產生喜劇效果。在蓄意鼓動聽眾反應的同時，沈從文等於鼓勵讀者參與作品後設討論，討論的內涵包括故事的寓意、說故事的方式、閱讀的方法等等。最吸引人的，也許是佛經故事撲朔迷離的寓意。我們可以說，沈從文透過傳統說故事的技巧，成功地展現「小說」本身豐富的意涵。他感到三〇年代的文學，不是說教意味濃厚，就是淪爲政治宣傳工具，經常犧牲了作品的藝術價值。他的文論集《廢郵存底》（一九三七）對這些現象多所批判，讀者可以參考。

佛經故事在小說美學上，還透露出另外一個訊息。沈從文的語言運用，值得注意。爲了使風格吻合內涵，他偶爾會使用較近於文言文的語言；也就是刻意文白夾雜。〈慷慨的王子〉中，敍事者開始陳述珠寶商人的故事之前，以俏皮的語氣抱歉道：「下面就是那珠寶商人所說的故事，爲的是故事乃古時的故事，因此這故事也間或夾雜了一些較古的語言，這是記載這個故事的人對於一些太不明瞭古文字的讀者，應當交代一聲請求原諒的。」事實上這段「交代」，適用於所有佛經故事的語言。難以界定的是，究竟敍事者是在諷刺「記載這個故事的人」，還是「太不明瞭古文字的讀者」。似乎諷刺的是所有曾參與辯論文言與白話孰勝的學者。五四揚棄文言文的範本，提倡白話文，甚至口語，相對的也導致許多文字美學上的弊病，例如過度歐化、詰屈聱牙的句法，虛字「的」、「了」、「嗎」、「呢」等全篇累牘，單複數代名詞「他」、「她」、「伊」、「人們」、「女孩們」、「牠們」等掌握失控，被動式的濫用等等，使五四時的白話文往往顯得幼稚可笑，連沈從文早期的作品也難辭其咎。這是不爭的事實，也只有自省性特強的作家如沈從文，才有這樣的自覺。

沈從文實驗的邊緣文類，除了佛經故事以外，其他如戲劇獨白〈上城裏來的人〉（一九二八）、懸疑故事〈都市一婦人〉（一九三二）、〈三個男子和一個女人〉（一九三〇）、〈夜〉（一九三〇）等，都值得注意。如眾所週知，魯迅的〈狂人日記〉（一九一八）開五四獨白體之先。繼起的作家，不少人嘗試這種文類，探討如何展現角色的病態心理。例如冰心的〈瘋人筆記〉（一九二一），描寫分裂的人格對善與惡，光明與黑暗夢魘般的執著。沈從文的〈上城裏來的人〉說話者是一名中年婦女，從鄉間來到城裏幫傭，失根淪落，飽受親人離散之痛。「聽者」顯然是城裏人，而且是一名婦運人士。婦人說道：「你們城裏人眞舒服。成天開會，說婦女解放，說經濟獨立……我不知道使我們村子裏婦人所害的病，有法子在解放以後就不害它不？」故事結束時，讀者總算恍然大悟，婦人口口聲聲的「病」可能是性病，是軍隊襲擊鄉間強姦婦女時帶來的；也可能指暴力帶來的瘋狂感染（婦人的丈夫憤而當兵，預備「作他們作過的事」）；或者指戰爭帶來的人人流離失所的病症。而成天大談婦女解放的城裏摩登婦女，口頭上的一、兩句安慰，對她的傷痛而言，顯然不着邊際。這樣的作品，也可當心理小說讀。

〈三個男子和一個女子〉及〈夜〉，都描寫戀屍狂。〈三個男子〉寫三名男子暗戀一個如花似玉的少女，後來少女因不明原因自殺，其中一名男子隨即失蹤。故事結尾時，聽說有人掘墳盜屍，「這少女屍骸有人在去墳墓半里的石峒裏發現，赤光着身子睡在洞中石床上，地下身上各處撒滿了藍色野菊花。」另兩名男子立刻猜測是失蹤的男子幹的好事。盜墓者是誰事實上沒有任何證據，我們唯一的線索是敍事者（三名男子之一）的推論，而敍事者是「有病」的。故事一開始就營造病態的氣氛，背景又是戰爭。軍中生活的苦悶壓抑，暴力、死亡的無所不在，扭曲了人性，也便人的判斷力帶上病態的色彩。敍事者於故事發生後離鄉背井，到處漂泊，成爲一個流浪的靈魂，因爲過去的回憶而永不得安寧。〈夜〉的結尾同樣出人意表。敍事者是軍隊書記官，因爲出任務的關係，隨部隊開拔，一路險山惡水，膽顫心驚，到深夜忽然看見一個偏僻孤單的房子，以爲是「匪巢」。後來發現屋主是一個憔悴、憂鬱的老年人。屋裏十分簡單乾淨，敍事者又疑心是遇到「神仙」或「隱者」。晚上主客說故事打發長夜，不外是殺長毛、客店遇殭屍等「鬼怪的事情」。輪到主人說故事時，他打開上鎖的房門，敍事者赫然看見床上躺着一具婦人的死屍。老人說這是他的妻子，前一天晚上才去世的。但是婦人顯然陳屍已久，「一個黃得黃臉像蠟，又瘦又小，乾癟如一個烤白薯在風中吹過一個月的樣子的死人。」敍事者不寒而慄。讀者回想起來，敍事過程中，敍事者提起閒暇時臨摹《靈飛經》的習慣，又喜談怪異情事，原來是恐怖結局的伏筆。究竟是老人有病呢，還是敍事者心理不正常？就由讀者揣測了。

〈都市一婦人〉也是寫精神異常的角色。敍事者是從一個少將朋友那兒聽來的故事，然後寫成小說，因此讀者讀到的是「二手故事」。敍事的進行，迂迴曲折，充滿懸疑氣氛。整個敍事過程中，從敍事者無意中看見瞎眼的軍人和他的美麗妻子，到故事結束，無論敍事者或少將，隨時都可能透露軍人眼睛之所以瞎掉的來龍去脈。但故事的眞相如何，到敍事結束時讀者才恍然大悟。而且，讀者對「眞相」的理解，又是靠少將的推論，「悲劇」到底是如何發生的，讀者和敍事者一樣，可能都會採取存疑的態度。二十三、四歲的英俊青年，爲什麼和三十餘歲的貴婦人結爲連理？他爲什麼會失明？這篇作品展現了沈從文說故事的絕佳技巧，因此我想有必要在此賣個關子，讓讀者自已從閱讀過程中「發現」和判斷「眞相」，以免剝奪了讀者閱讀的樂趣。

沈從文還寫了一些討論理念的作品，我們不妨稱之爲「理念故事」。像〈若墨醫師〉（一九三一）、〈八駿圖〉（一九三五）、〈虹橋〉（一九四六）等，探討的都是五四一代熱門的議題。〈若墨醫師〉中，敍事者自稱爲「理想主義者」，他是文學家，或空談者；相對的，若墨醫師則是科學家，也是行動家或革命家。故事的主要部分是兩人坐在同一艘船上時進行的辯論，若墨醫師是舵手，敍事者是唯一的乘客。「掌舵的」和「坐船的」先是討論人生觀，話鋒一轉，便引伸到中國國族命脈所繫。兩人辯論：中國之所以漫無目標，長久失序，究竟是因爲掌舵的經驗能力不足，還是因爲坐船的不守規矩，未充分信賴掌舵的能力？若墨醫師把中國比喻成結核病人，沉痾已久，因此需要猛藥。而敍事者則是懷疑論者，總是採取保留態度。但醫師的積極、進取，顯然對他造成極大震撼。他感覺到若墨醫師平日醫治人的身體，現在則是在「修補我的靈魂」。而小說一開始，敍事者翻閱已故朋友的照片，看到若墨醫師和他妻子的遺影，提起兩人「爲了同一個案件最近在漢口地方死去了」。到故事結束，讀者才明白，這一段極可能是暗示若墨醫師夫妻兩人因從事革命而獻身。敍事者夢魘般的自苦和無名的悔恨，開始時製造了懸疑氣氛：「活得比人長久一點可眞是一件怕人的事情。因爲一切死去了的都有機會重新來活在自己記憶裏，這實在是一種沉重的負擔。」讀者回頭再閱讀一遍時，體會到他所謂「理想主義者」的自嘲和痛苦。革命家壯烈成仁，爲理想犧牲，死而無憾；但拒絕參與革命、以清談爲務的人，縱然苟活下來，恐怕永遠難以擺脫良心的遣責？最後敍事者還是在思考「中國應當如何改造」，決定「很嚴肅的來寫一本《黃人之出路》」。

《八駿圖》解析的是知識分子另一種「意淫」的心態。故事描寫八位大學教授。教授丙在描述一名因性壓抑而鬱悶成病的女子時，態度曖昧（故事中一名女知識分子和情人實行並寫書推廣「精神戀愛」，病死數月後，未婚夫卻娶了上海名交際花）；教授乙日日流連海灘，理直氣壯地瀏覽泳裝女子的裸體，成了公共場所中的偷窺狂（voyeur）；更露骨的，是教授甲的臥室風光：除了小桌上的全家福照片（六個胖孩子圍繞着他及胖太太），枕旁放了一件女用褻衣，「舊式扣花抱兜」，蚊帳裏「掛一幅半裸體的香煙廣告美女」，陳列的文學名作是「一部《雲雨集》，一部《五百家香豔詩》」，外加窗台上的一瓶壯陽藥，「紅色保腎丸小瓶子」。達士先生，也是一名教授，認爲這幾個教授均有精神方面的疾病，他自命爲「醫治人類靈魂的醫生」，並且想「爲他們指出一個道路」。但是他自己是否得以倖免？他剛發了一封電報給家鄉的未婚妻，通知她當晚要回家，卻因一位姿色撩人的女子（另一名教授的女友）的挑逗，而魂不守舍，又立即拍了一封電報給未婚妻，告訴她還要在會館多逗留幾天：「我害了點小病，今天不能回來了。」敍事者口氣曖昧地說，他「的確已害了一點兒很蹊蹺的病」。達士先生患的「蹊蹺的病」，和其他教授一樣，是「文明病」，卻是另一種類。如眾所週知，五四時以疾病來談論中國社會各層面的問題，其實由來已久。〈八駿圖〉只不過指出另一種病徵罷了。

五四文人追求「文明」又質疑文明的複雜情結，在沈從文的作品中處理得相當巧妙。〈虹橋〉則表現出知識分子對「自然」的嚮往。故事中三名藝術家和一位農業專家，深入西藏偏遠地區，「一面預備從自然多學習一些，一面也帶着點兒奢望，以爲在那個地方，除作畫以外終能爲國家做點事。」每個人有各自的動機，夏蒙是邊區剛成立的師範學院負責人之一。李粲對用色彩表現自然失去信心，轉業爲報導文學作家，後來又不信任文字，轉而研究邊區民俗宗教。李蘭則立志改進國畫技巧。小周本來是社會學家，轉到農學院，如今已畢業，正要到夏蒙的學校教書。在入藏的驛路上，忽然看見一道瞬息萬變的彩虹，不禁讚歎天地造物的神奇。於是四人就自然與藝術、人生的關係，展開辯論。三位畫家急於捕捉這個景致，但是小周提出挑戰性的問題：藝術是否能再現自然？在政治掛帥的社會中，藝術能否啟迪人性？屬於城市的知識分子只看見農村的貧苦，妄想改造農村，還是嘗試了解「手足貼近土地的生命本來的自足性」？最後在辯論中，陸續提出一些看法：政治家不能眞正了解土地和農民，而文學家和藝術家則有着力之處；應該以虔誠禮敬的心情，「把生命諧和於自然中，形成自然的一部分」。夏夢和李粲放棄畫彩虹，因爲藝術永遠勝不了自然；李蘭不用顏色，以水墨成功地捕捉了虹的神韻。故事到底傳遞了什麼訊息？模仿自然不可能？還是「寫實」不如「抽象」？讀者當各自有不同的看法。

四

沈從文其他實驗性的作品，如書信體故事〈男子須知〉（一九二六），充滿歌德體故事（the Gothic story）和寫情小說（the sentimental novel）情調，也是有趣的作品。故事中的「八蠻山落草的大王」是強行逼婚的浪蕩子（the rake），宋大妹妹動不動就淚流滿面，拚死捍衛名節，最後感動了大王，終於改邪歸正，兩人婚後過着快樂美滿的生活。故事裏有綁架事件，中西合璧的「城堡」（廢棄的廟宇改造），有謀殺（書信裏提及）等等，舉凡歌德體故事的成規，應有盡有，原本具有悲劇潛力的故事發展成鬧劇（melodrama），顯然是仿諷（parody）。

一般對沈從文的鄉土故事耳熟能詳，評者往往強調其「牧歌情趣」或寫實風格，忽略了他對「非常態」人事物的偏愛。沈從文寫了不少有關土匪、妓女的故事，例如〈虎雛〉（一九三一），寫一名大學教授喜愛家鄉少年虎雛的俊美聰明，想以文明人的教育方式改造他「野蠻的靈魂」。但虎雛畢竟來自山水之鄉，那兒「草木蟲蛇皆非常厲害」，虎雛屬於自然，大學教授的改造實驗終歸失敗。令讀者懷疑的是，敍事者（即大學教授）本身對少年的佔有欲似乎超過常理，是否透露出壓抑的同性戀傾向？又如《從文自傳》（一九三四）中的〈一個大王〉，描寫女土匪王么妹，「長得體面標緻，可是爲人著名毒辣」，在牢裏和另一名土匪「大王」奸淫，最後兩人都被砍頭。

沈從文顯然對土匪的特立獨行甚爲着迷。他的作品雖然一貫反戰、反暴力，但他對這些「化外之民」卻懷抱浪漫情懷。在他筆下，土匪充滿英雄氣概，而非簡單的罪犯。這一類族群的行止，在他心目中似乎代表超越文明禁忌的自然生命力。他著名的鄉土故事《湘西》（一九三九）中的〈鳳凰〉一篇，描寫他家鄉漢苗邊界的奇風異俗，除了巫術、蠱婆、人神戀的「落洞女子」等，還有「游俠」。這類人「扶弱除強，揮金如土」，有仇必報，自認是正義的化身；其行徑「浪漫與嚴肅，美麗與殘忍，愛與怨交縛不分」。《湘行散記》（一九三六）裏的〈五個軍官與一個煤礦工人〉，描寫一名「落草爲寇」的礦工，殺人不眨眼，被捕後從容就死，端個英雄好漢。沈從文的鄉土故事，表面上謳歌田園山水風光，事實上波濤洶湧，「草木蟲蛇」極其厲害，相對於文明世界的刻板虛僞而言，卻不減其「美麗」。同樣的，《邊城》中的妓女，對「性事」處之泰然，反而是到桃源（象徵性愛與自然的樂園？）「尋幽探勝」的知識分子成爲書中嘲笑的對象。沈從文作品刻意創造許多角色「類型」，像知識分子、苗族、軍人、土匪、妓女、紳士、淑女等，都代表特定的「族群」，一方面諷刺現世文明，一方面謳歌崇尙自然的理想世界。

洪範這套選集，以嶄新的詮釋角度呈現沈從文作品的風貌，有別於市面上其他沈從文選集，希望能帶給讀者不同的領會。在今天普遍質疑政治、學術「權威」的時代，在現代文學界一片「重寫文學史」的聲浪中，這段導言目的是就沈從文作品提供反「寫實」傳統的解讀方式。讀者何妨拋棄一切「成見」，開創自己的閱讀空間？

龍朱

寫在〈龍朱〉一文之前

這一點文章，作在我生日，送與那供給我生命，父親的媽，與祖父的媽，以及其同族中僅存的人一點薄禮。

血管裏流着你們民族健康的血液的我，二十七年的生命，有一半爲都市生活所吞噬，中着在道德下所變成虛僞庸懦的大毒，所有値得稱爲高貴的性格，如像那熱情，勇敢，與誠實，早已完全消失殆盡，再也不配說是出自你們一族了。

你們給我的誠實，勇敢，熱情，血質的遺傳，到如今，向前證實的特性機能已蕩然無餘，生的光榮早隨你們已死去了。皮面的生活常使我感到悲慟，內在的生活又使我感到蕭沉。我不能信仰一切，也缺少自信的勇氣。

我只有一天憂鬱一天下來。憂鬱佔了我過去生活的全部，未來也仍然如骨附肉。你死去了百年另一時代的白耳族王子，你的光榮時代，你的混合血淚的生涯，所能喚起這被現代社會蹂躪過的男子的心，眞是怎樣微弱的反應！想起了你們，描寫到你們，情感近於被閹割的無用人，所有的仍然還是那憂鬱！

第一　說這個人

白耳族苗人中出美男子，彷彿是那地方的父母全曾參預過雕塑阿波羅神的工作，因此把美的模型留給兒子了。族長兒子龍朱年十七歲，爲美男子中之美男子。這個人，美麗強壯像獅子，溫和謙馴如小羊。是人中模型。是權威。是力。是光。種種比譬全是爲了他的美。其他的德行則與美一樣，得天比平常人都多。

提到龍朱像貌時，就使人生一種卑視自己的心情。平時在各樣事業得失上全引不出妒嫉的神巫，因爲有次望到龍朱的鼻子，也立時變成小氣，甚至於想用鋼刀去刺破龍朱的鼻子。這樣與天作難的倔強野心卻生之於神巫，到後又卻因爲這美，仍然把這神巫克服了。

白耳族，以及烏婆，猓猓，花帕，長腳各族，人人都說龍朱像貌長得好看，如日頭光明，如花新鮮，正因爲說這樣話的人太多，無量的阿諛，反而煩惱了龍朱了。好的風儀用處不是得阿諛

（龍朱的地位，已就應當得到各樣人的尊敬歆羨了）。既不能在女人中煽動勇敢的悲歡，好的風儀全成爲無意思之事。龍朱走到水邊去，照過了自己，相信自己的好處，又時時用銅鏡檢察自己，覺得並不爲人過譽。然而結果如何呢？因爲龍朱不像是應當在每個女子理想中的丈夫那麼平常，因此反而與婦女們離遠了。

女人不敢把龍朱當成目標，做那荒唐豔麗的夢，並不是女人的錯。在任何民族中，女子們，不能把神做對象，來熱烈戀愛，來流淚流血，不是自然的事麼？任何種族的婦人，原永遠是一種膽小知分的獸類，要情人，也知道要什麼樣情人爲合乎身分。縱其中並不乏勇敢不知事故的女子，也自然能從她的不合理希望上得到一種好教訓。像貌堂堂是女子傾心的原由，但一個過分美觀的身材，卻只作成了與女子相遠的方便。誰不承認獅子是孤獨？獅子永遠是孤獨，就只爲了獅子全身的紋彩與衆不同。

龍朱因爲美，有那與美同來的驕傲不？凡是到過青石岡的苗人，全都能賭咒作證，否認這個事。人人總說總爺的兒子，從不用地位虐待過人畜，也從不聞對長年老輩婦人女子失過敬禮。在稱讚龍朱的人口中，總還不忘同時提到龍朱的像貌。全砦中，年青漢子們，有與老年人爭吵事情時，老人詞窮，就必定說，我老了，你年青人，幹嗎不學龍朱謙恭對待長輩？這青年漢子，若還有羞恥心存在，必立時遁去，不說話，或立即認錯，作揖陪禮。一個婦人與人談到自己兒子，總常說，兒子若能像龍朱，那就賣自己與江西布客，讓兒子得錢花用，也願意。所有未出嫁的女人，都想自己將來有個丈夫能與龍朱一樣，所有同丈夫吵嘴的婦人，說到丈夫時，總說你不是龍朱，眞不配管我磨我；你若是龍朱，我做牛做馬也甘心情願。

還有，一個女人同她的情人，在山峒裏約會，男子不失約，女人第一句讚美的話總是「你眞像龍朱」。其實這女人並不曾同龍朱有過交情，也未嘗聽到誰個女人同龍朱約會過。一個長得太標致了的人，是這樣常常容易爲別人把名字放到口上咀嚼！

龍朱在本地方遠遠近近，得到的尊敬愛重，是如此。然而他是寂寞的。這人是獸中之獅，永遠當獨行無伴！

在龍朱面前，人人覺得是卑小，把男女之愛全抹殺，因此這族長的兒子，卻永無從愛女人了。女人中，屬於烏婆族，以出產多情才貌女子著名地方的女人，也從無一個敢來在龍朱面前，閉上一隻眼，蕩着她上身，同龍朱挑情。也從無一個女人，敢把她繡成的荷包，擲到龍朱身邊來。也從無一個女人，敢把自己姓名與龍朱姓名編成一首歌，來到跳年時節唱。然而所有龍朱的親隨，所有龍朱的奴僕，又正因爲美，正因爲與龍朱接近，如何的在一種沉醉狂歡中享受這些年青女人小嘴長臂的溫柔！

「寂寞的王子，向神請求幫忙吧。」

使龍朱生長得如此壯美，是神的權力，也就是神所能幫助龍朱的唯一事。至於要女人傾心，是人爲的事啊！

要自己，或他人，設法使女人來在面前唱歌，狂中裸身於草席上面獻上貞潔的身，只要是可能，龍朱不拘犧牲自己所有何物，都願意。然而不行。任怎樣設法，也不行。七梁橋的洞口終於有合攏的一日，有人能說在這高大山洞合攏以前，龍朱能夠得到女人的愛，是不可信的事。

不是怕受天責罰，也不是另有所畏，也不是預言者曾有明示，也不是族中法律限止，自自然然，所有女人都將她的愛情，給了一個男子，輪到龍朱卻無分了。民族中積習，折磨了天才與英雄，不是在事業上粉骨碎身，便是在愛情中退位落伍，這不是僅僅白耳族王子的寂寞，他一種族中人，總不缺少同樣故事！

在寂寞中龍朱是用騎馬獵狐以及其他消遣把日子混過了。

日子過了四年，他二十一歲。

四年後的龍朱，沒有與以前日子龍朱兩樣處。若說無論如何可以指出一點不同來，那就是說如今的龍朱，更像一個好情人了。年齡在這個神工打就的身體上，加上了些更表示「力」的東西，應長毛的地方生長了茂盛的毛，應長肉的地方增加了結實的肉，一顆心，則同樣因爲年齡所補充的，是更其能頑固的預備要愛了。

他越覺得寂寞。

雖說七梁洞並未有合攏，二十一歲的人年紀算青，來日正長，前途大好，然而甚麼時候是那補償填還時候呢？有人能作證，說天所給別的男子的，幸福與苦惱，也將同樣給龍朱麼？有人敢包，說到另一時，總有女子來愛龍朱麼？

白耳族男女結合，在唱歌。大年時，端午時，八月中秋時，以及跳年刺牛大祭時，男女成羣唱，成羣舞。女人們，各穿了峒錦衣裙，各戴花擦粉，供男子享受。平常時，在好天氣下，或早或晚，在山中深洞，在水濱，唱着歌，把男女吸到一塊來，即在太陽下或月亮下，成了熟人，做着只有頂熟的人可做的事。在此習慣下，一個男子不能唱歌他是種羞辱，一個女子不能唱歌她不會得到好的丈夫。抓出自己的心，放在愛人的面前，方法不是錢，不是貌，不是門閥也不是假裝的一切，只有眞實熱情的歌。所唱的，不拘是健壯樂觀，是憂鬱，是怒，是惱，是眼淚，總之還是歌。一個多情的鳥絕不是啞鳥。一個人在愛情上無力勇敢自白，那在一切事業上也全是無希望可言，這樣人決不是好人！

那麼龍朱必定是缺少這一項，所以不行了。

事實又並不如此。龍朱的歌全爲人引作模範的歌，用歌發誓的男子婦人，全採用龍朱誓歌那一個韻。一個情人被對方的歌窘倒時，總說及勝利人拜過龍朱作歌師傅的話。凡是龍朱的聲音，別人都知道，凡是龍朱唱的歌，無一個女人敢接聲。各樣的超凡入聖，把龍朱擯除於愛情之外，歌的太完全太好，也彷彿成爲一種吃虧理由了。

有人拜龍朱作歌師傅的話，也是當眞的，手下的用人，或其他青年漢子，在求愛中腹中歌詞爲女人逼盡，或者愛情扼着了他的喉嚨，歌不出心中的事時，來請教龍朱，龍朱總不辭。經過龍朱的指點，結果是多數把女子引到家，成了管家婦。或者到山峒中，互相把心願了銷。熟讀龍朱的歌的男子，博得美貌善歌的女人傾心，也有過許多人。但是歌師傅永遠是歌師傅，直接要龍朱教歌的，總全是男子，並無一個年青女人。

龍朱是獅子，只有說這個人是獅子，可以作我們對於他的寂寞得到一種解釋！年青女人到甚麼地方去了呢？懂到唱歌要男人的，都給一些歌戰勝，全引誘盡了。凡是女人都明白情慾上的固持是一種癡處，所以女人寧願意減價賣出，無一個敢屯貨在家。如今是只能讓日子過去一個辦法，因了日子的推遷，希望那新生的犢中也有那不怕獅子的犢在。

龍朱是常常這樣自慰着度着每個新的日子的，我們也不要把話說盡，在七梁橋洞口合攏以前，也許龍朱仍然可以遇着與這個高貴的人身分相稱的一種機運！

第二 說一件事

中秋大節的月下整夜歌舞，已成了過去的事了。大節的來臨，反而更寂寞，也成了過去的事了。如今是九月。打完谷子了。打完桐子了。紅薯早挖完全下地窖了。多雞已上孵，快要生出小雞了。連日晴明出太陽，天氣冷暖宜人。年青婦人全都負了柴爬同篾籠上坡爬草。各處山坡上都有歌聲，各處山峒裏，都有情人在用乾草鋪就並撒有野花的臨時床上並排坐或並頭睡。這九月是比春天還好的九月。

龍朱在這樣時候更多無聊。出去玩，打鳩本來非常相宜，然而一出門，就聽到各處歌聲，到許多地方又免不了要碰到那成雙的人，於是大門也不敢出了。

無所事事的龍朱，每天只在家中磨刀。這預備在冬天來剝豹皮的刀，是寶物，是龍朱的朋友。無聊無賴的龍朱，是正用着那「一日數摸挲劇於十五女」的心情來愛這寶刀的。刀用油在一方小石上磨了多日，光亮到暗中照得見人，鋒利到把頭髮放到刀口，吹一口氣髮就成兩截，然而還是每天把這刀來磨的。

某天，一個比平常日子似乎更像是有意幫助青年男女「野餐」的一天，黃黃的日頭照滿全村，龍朱仍然磨刀。

在這人臉上有種孤高鄙夷的表情，嘴角的笑紋也變成了一條對生存感到煩厭的線。他時時凝神聽察堡外遠處女人的尖細歌聲，又時時望天空。黃的日頭照到他一身，使他身上作春天溫暖。天是藍天，在藍天作底的景致中，常常有雁鵝排成八字或一字寫在那虛空。龍朱望到這些也不笑。

甚麼事把龍朱變成這樣陰鬱的人呢？白耳族，烏婆族，猓猓，花帕，長腳……每一族的年青女人都應負責，每一對年青情人都應致歉。婦女們，在愛情選擇中遺棄了這樣完全人物，是委娜絲神不許可的一件事，是愛的恥辱，是民族滅亡的先兆。女人們對於戀愛不能發狂，不能超越一切利害去追求，不能選她頂歡喜的一個人，不論是白耳族還是烏婆族，總之這民族無用，近於中國漢人，也很顯明了。

龍朱正磨刀，一個矮矮的奴隸走到他身邊來，伏在龍朱的腳邊，用手攀他主人的腳。

龍朱瞥了一眼，仍然不做聲，因爲遠處又有歌聲飛過來了。

奴隸撫着龍朱的腳也不做聲。

過了一陣，龍朱發聲了，聲音像唱歌，在揉和了莊嚴和愛的調子中挾着一點憤懣，說：「矮子你又不聽我話，做這個樣子！」

「主，我是你的奴僕。」

「難道你不想做朋友嗎？」

「我的主，我的神，在你面前我永遠卑小。誰人敢在你面前平排？誰人敢說他的尊嚴在美麗的龍朱面前還有存在必須？誰人不願意永遠爲龍朱作奴作婢？誰……」

龍朱用頓足制止了矮奴的奉承，然而矮奴仍然把最後一句「誰個女子敢想愛上龍朱？」恭維得不得體的話說畢，才站起。

矮奴站起了，也仍然如平常人跪下一般高。矮人似乎眞適宜於作奴隸的。

龍朱說：「甚麼事使你這樣可憐？」

「在主面前看出我的可憐，這一天我眞値得生存了。」

「你太聰明了。」

「經過主的稱讚獃子也成了天才。」

「我問你，到底有甚麼事？」

「是主人的事，因爲主在此事上又可見出神的恩惠。」

「你這個只會唱歌不會說話的人，眞要我打你了。」

矮奴到這時，才把話說到身上。這個時他哭着臉，表示自己的苦惱失望，且學着龍朱生氣時頓足的樣子。這行爲，若在別人猜來，也許以爲矮子服了毒，或者肚臍被山蠭所螫，所以作這樣子，表明自己痛苦，至於龍朱，則早已明白，猜得出這樣的矮子，不出賭輸錢或失歡女人兩事了。

龍朱不作聲，高貴的笑，於是矮子說：

「我的主，我的神，我的事瞞不了你的，在你面前的僕人，是又被一個女子欺侮了。」

「你是一隻會唱諂媚曲子的鳥，被欺侮是不會有的事！」

「但是，主，愛情把僕人變蠢了。」

「只有人在愛情中變聰明的事。」

「是的，聰明了，彷彿比其他時節聰明了點，但在一個比自己更聰明的人面前，我看出我自己蠢得像猪。」

「你這土鸚哥平日的本事在甚麼地方去了？」

「平時那裏有什麼本事呢，這隻土鸚哥，嘴吧大，身體大，唱的歌全是學來的歌，不中用。」

「把你所學的全唱過，也就很可以打勝仗了。」

「唱過了，還是失敗。」

龍朱就皺了一皺眉毛，心想這事怪。

然而一低頭，望到矮奴這樣矮，便瞭然於矮奴的失敗是在身體，不是在咽喉了。龍朱失笑的說：

「矮東西，莫非是爲你像貌把你事情弄壞了？」

「但是她並不曾看清楚我是誰。若說她知道我是在美麗無比的龍朱王子面前的矮奴，那她定爲我引到黃虎洞做新娘子了。」

「我不信你。一定是土氣太重。」

「主，我賭咒。這個女人不是從聲音上量得出我身體長短的人。但她在我歌聲上，卻把我心的長短量出了。」

龍朱還是搖頭，因爲自己是即或見到矮人在前，至於度量這矮奴心的長短，還不能夠的。

「主，請你信我的話。這是一個美人，許多人唱枯了喉嚨，還爲她所唱敗！」

「既然是好女人，你也就應把喉嚨唱枯，爲她吐血，才是愛。」

「我喉嚨是枯了，才到主面前來求救。」

「不行不行，我剛才還聽過你恭維了我一陣，一個眞眞爲愛情絆倒了腳的人，他決不會又能爬起來說別的話！」

「主啊，」矮奴搖着他的大的頭顱，悲聲的說道，「一個死人在主面前，也總有話讚揚主的完全的美，何況奴僕呢。奴僕是已爲愛情絆倒了腳，但一同主人接近，彷彿又勇氣勃勃了。主給人的勇氣比何首烏補藥還強十倍。我仍然要去了。讓人家戰敗了我也不說是主的奴僕，不然別人會笑主用着這樣的蠢人，丟了白耳族的光榮！」

矮奴就走了。但最後說的幾句話，激起了龍朱的憤怒，把矮子叫着，問，到底女人是怎樣的女人。

矮奴把女人的臉，身，以及歌聲，形容了一次。矮奴的言語，正如他自己所稱，是用一枝禿筆與殘餘顏色，塗在一塊破布上的。在女人的歌聲上，他就把所有白耳族靑石岡地方有名的出產比喻淨盡。說到像甜酒，說到像枇杷，說到像三羊溪的鯽魚，說到像狗肉，彷彿全是可吃的東西。矮奴用口作畫的本領並不蹩腳。

在龍朱眼中，是看得出矮奴餓了，在龍朱心中，則所引起的，似乎也同甜酒狗肉引起的慾望相近。他因了好奇，不相信，就爲矮奴設法，說同到矮奴一起去看。

正想設法使龍朱快樂的矮奴，見到主人要出去，當然歡喜極了，就着忙催主人快出砦門到山中去。

不到一會這白耳族的王子就到山中了。

藏在一積草後面的龍朱，要矮奴大聲唱出去，照他所教的唱。先不聞回聲。矮奴又高聲唱，在對山，在毛竹林裏，卻答出歌來了。音調是花帕族中女子的音調。

龍朱把每一個聲音都放到心上去，歌只唱三句，就止了。有一句留着待答歌人解釋。龍朱就告給矮奴答復這一句歌。又教矮奴也唱三句出去，等那邊解釋。歌的意思是：凡是好酒就歸那善於唱歌的人喝，凡是好肉也應歸善於唱歌的人吃，只是你好的美的女人應當歸誰？

女人就答一句，意思是：好的女人只有好男子才配。她且即刻又唱出三句歌來，就說出什麼樣男子是好男子的稱呼。說好男子時，提到龍朱的名，又提到別的個人的名，那另外兩個名字卻是歷史上的美男子名字，只有龍朱是活人。女人的意思是：你不是龍朱，又不是×××，你與我對歌的人究竟算什麼人？

「主，她提到你的名！她罵我！我就唱出你是我的主人，說她只配同主人的奴隸相交。」

龍朱說：「不行，不要唱了。」

「她胡說，應當要讓她知道是只夠得上爲主人揉腳的女子！」

然而矮奴見到龍朱不作聲，也不敢回唱出去了。龍朱的心是深深沉到剛才幾句歌中去了，他料不到有女人敢這樣大膽。雖然許多女子罵男人時，都總說：「你不是龍朱。」這事卻又當別論了。因爲這時談到的正是誰才配愛她的問題，女人能提出龍朱名字來，女人驕傲也就可知了。龍朱想既然是這樣，就讓她先知道矮奴是自己的用人，再看情形是如何。

於是矮奴照到龍朱所教的，又唱了四句。歌的意思是：吃酒糟的人何必說自己量大，沒有根柢的人也休想同王子要好，若認為攙了水的酒總比酒糟還行，那與龍朱的用人戀愛也就可以寫意了。

誰知女子答得更妙，她用歌表明她的身分，說：只有烏婆族的女人才同龍朱用人相好，花帕族女人只有外族的王子可以論交，至於花帕苗中的自己，為預備在白耳族與男子唱歌三年，再來同龍朱對歌的。

矮子說：「我的主，她侮視了你，卻小看了你的僕人，我要解釋我這無用的人並不是你的僕人，免得她恥笑！」

龍朱對矮奴微笑，說：「為甚麼你不應當說『你對山的女子，膽量大就從今天起來同我龍朱主人對歌』呢？你不是先才說到要她知道我在此，好羞辱她嗎？」

矮奴聽到龍朱說的話，還不很相信得過，以為這只是主人的笑話。他那裏會想到主人因此就會愛上這個狂妄大膽的女人。他以為女人不知對山有龍朱在，唐突了主人，主人縱不生氣，自己也應當生氣。告女人龍朱在此，則女人雖覺得羞辱了，可是自己的事情也完了。

龍朱見矮奴遲疑，不敢接聲，就打一聲吆喝，讓對山人明白，表示還有接歌的氣概，儘女人起頭。龍朱的行為使矮奴發急，矮奴說：「主，你在這兒我是沒有歌了。」

「你照到意思唱，問她膽子既然這樣大，就攏來，看看這個如虹如日的龍朱。」

「我當眞要她來？」

「當眞！要來我看是甚麼女人，敢輕視我們白耳族說不配同花帕族女子相好！」

矮奴又望了望龍朱，見主人情形並不是在取笑他的用人，就全答應下來了。他們於是等待着女子的歌聲，稍稍過了些時間，女子果然又唱起來了。歌的意思是：對山的雀你不必叫了，對山的人你也不必唱了，還是想法子到你龍朱王子的奴僕前學三年歌，再來開口。

矮奴說：「主，這話怎麼回答？她要我跟龍朱的用人學三年歌，再開口，她還是不相信我是你最親信的奴僕，還是在罵我白耳族的全體！」

龍朱告矮奴一首非常有力的歌，唱過去，那邊好久好久不回。矮奴又提高喉嚨唱。回聲來了，大罵矮子，說矮奴偸龍朱的歌，不知羞，至於龍朱這個人，卻是値得在走過的路上撒花的。矮子爛了臉，不知所答。年青的龍朱，再也不能忍下去了，小心小心，壓着了喉嚨，平平的唱了四句。聲音的低平僅僅使對山一處可以明白，龍朱是正怕自己的歌使其他男女聽到，因此啞喉半天的。龍朱的歌意思就是說：唱歌的高貴女人，你常常提到白耳族一個平凡的名字使我慚愧，因爲我在我族中是最無用的人，所以我族中男子在任何地方都有情人，獨名字在你口中出入的龍朱卻仍然是獨身。

不久，那一邊像思索了一陣，也幽幽的唱和起來了，歌的是：你自稱爲白耳族王子的人我知道你不是，因爲這王子有銀鐘的聲音，本來拿所有花帕苗年青的女子供龍朱作墊還不配，但愛情是超過一切的事情，所以你也不要笑我。所歌的意思，極其委婉謙和，音節又極其整齊，是龍朱從不聞過的好歌。因爲對山的女人不相信與她對歌的是龍朱，所以龍朱不由得不放聲唱了。

這歌是用白耳族頂精粹的言語，自白耳族頂純潔的一顆心中搖着，從白耳族一個頂甜蜜的口中喊出，成爲白耳族頂熱情的音調，這樣一來所有一切聲音彷彿全啞了。一切鳥聲與一切遠處歌聲，全成了這王子歌時和拍的一種碎聲。對山的女人，從此沉默了。

龍朱的歌一出口，矮奴就斷定了對山再不會有回答。這時等了一陣，還無回聲，矮奴說：「主，一個在奴僕當來是勁敵的女人，不等主的第二句歌已壓倒了。這女人不久還說到大話，要與白耳族王子對歌，她學三十年還不配！」

矮奴不問龍朱意見，許可不許可，就又用他不高明的中音唱道：

你花帕族中說大話的女子，

大話是以後不用再說了，

若你歡喜作白耳族王子僕人的新婦，

他願意你過來見他的主同你的夫。

仍然不聞有回聲。矮奴說，這個女人莫非害羞上吊了。矮奴說的只是笑話，然而龍朱卻說出過對山看看的話了。龍朱說後就走，向谷裏下去。跟到後面追着，兩手拿了一大把野黃菊同山紅果的，是想做新郎的矮奴。

矮奴常說，在龍朱王子面前，跛腳的人也能躍過闊澗。這話是真的。如今的矮奴，若不是跟了主人，這身長不過四尺的人，就決不會像騰雲駕霧一般的飛！

第三　唱歌過後一天

「獅子我說過你，永遠是孤獨的！」白耳族為一個無名勇士立碑，曾有過這樣句子。

龍朱昨天並沒有尋到那唱歌人。到女人所在處的毛竹林中時，不見人。人走去不久，只遺了無數野花。跟到各處追，還是不遇。各處找遍了，見到不少好女子，女人見到龍朱來，識與不識都立起來怯怯的如為龍朱的美所征服。見到的女子，問矮奴是不是那一個人，矮奴總搖頭。

到後龍朱又重復回到女人唱歌地方。望到這個野花的龍朱，如同嗅到血腥氣的小豹，雖按捺到自己咆哮，仍不免要懰惱矮奴走得太慢。其實那走在前面的是龍朱，矮奴則兩隻腳像貼了神行符，全不自主，只彷彿像飛。不過女人比鳥兒，這稱呼得實在太久了，不怕白耳族王子主僕走得怎樣飛快，鳥兒畢竟是先已飛到遠處去了！

天氣漸漸夜下來，各處有雞叫，各處有炊煙，龍朱廢然歸家了。那想作新郎的矮奴，跟在主人的後面，把所有的花丟了，兩隻長手垂到膝下，還只說見到了她非抱她不可，萬料不到自己是拿這女人在主人面前開了多少該死的玩笑。天氣當時原是夜下來了。矮奴又是跟在龍朱王子的後面，望不到主人的顏色。一個聰明的僕人，即或怎樣聰明，總也不會閉了眼睛知道主人的心中事！

龍朱過的煩惱日子以昨夜爲最壞。半夜睡不着，起來懷了寶刀，披上一件豹皮褂，走到堡牆上去外望。無所聞，無所見，入目的只是遠山上的野燒明滅。各處村莊全睡盡了。大地也睡了。寒月涼露，助人悲思，於是白耳族的王子，仰天嘆息，悲歎自己。且遠處山下，聽到有孩子哭，好像半夜醒來吃奶時情形，龍朱更難自遣。

龍朱想，這時節，各地各處，那潔白如羔羊溫和如鴿子的女人，豈不是全都正在新棉絮中做那好夢？那白耳族的青年，在日裏唱歌疲倦了的心，作工疲倦了的身體，豈不是在這時也全得到休息了麼？只是那擾亂了白耳族王子的心的女人，這時究竟在什麼地方呢？她不應當如同其他女人，在新棉絮中做夢。她不應當有睡眠。她應當這時來思索她所歆慕的白耳族王子的歌聲。她應當野心擴張，希望我平空而下。她應當爲思我而流淚，如悲悼她情人的死去……但是，這究竟是什麼人的女兒？

煩惱中的龍朱，拔出刀來，向天作誓，說：「你大神，你老祖宗，神明在左在右：我龍朱不能得到這女人作妻，我永遠不與女人同睡，承宗接祖事我不負責！若是愛要用血來換時，我願在神面前立約，斫下一隻手也不悔！」

立過誓的龍朱，回到自己的屋中，和衣睡了。睡了不久，就夢到女人緩緩唱歌而來，穿白衣白裙，頭髮披在身後，模樣如救苦救難觀世音。女人的神奇，使白耳族王子屈膝，傾身膜拜。但是女人卻不理，越去越遠了。白耳族王子就趕過去，拉着女人的衣裙，女人回過頭就笑。女人一笑龍朱就勇敢了，這王子猛如豹子擒羊，把女人連衣抱起飛向一個最近的山洞中去。龍朱做了男子。龍朱把最武勇的力，最純潔的血，最神聖的愛，全獻給這夢中女子了。

白耳族的大神是能護佑於青年情人的，龍朱所要的，業已由神幫助得到了。

今日裏的龍朱，已明白昨天一個好夢所交換的是些什麼了，精神反而更充足了一點，坐到那大凳上晒太陽，在太陽下深思人世苦樂的分界。

矮奴走進院中來，仍復來到龍朱腳邊伏下，龍朱輕輕用腳一踢，矮奴就乘勢一個斤斗，翻然立起。

「我的主，我的神，若不是因爲你有時高興，用你尊貴的腳踢我，奴僕的斤斗決不至於如此純熟！」

「你該打十個嘴吧。」

「那大約是因爲口牙太鈍，本來是得在白耳族王子跟前的人，無論如何也應比奴僕聰明十倍！」

「唉，矮陀螺，你是又在做戲了。我告了你不知道有多少回，不許這樣，難道全都忘記了麼？你大約似乎把我當做情人，來練習一種精粹的諂媚技能罷。」

「主，惶恐！奴僕是當眞有一種野心，在主面前來練習一種技能，便將來把主的神奇編成歷史的。」

「你是近來賭博又輸了，總是又缺少錢扳本，一個天才在窮時越顯得是天才，所以這時的你到我面前時話就特別多。」

「主啊，是的。是輸了。損失不少。但這個不是金錢；是愛情！」

「你肚子這樣大，愛情總是不會用盡！」

「用肚子大小比愛情貧富，主的想像是歷史上大詩人的想像。不過……」

矮奴從龍朱臉上看出龍朱今天情形不同往日，所以不說了。這據說愛情上賭輸了的矮奴，看得出主人有出去的樣子，就改口說：

「主，今天這樣好的天氣，是日神特意爲主出游而預備的天氣，不出去像不大對得起神的一番好意！」

龍朱說：「日神爲我預備的天氣我倒好意思接受，你爲我預備的恭維我可不要了。」

「本來主並不是人中的皇帝，要倚靠恭維而生存。主是天上的虹，同日頭與雨一塊兒長在世界上的，讚美形容自然是多餘。」

「那你爲甚麼還是這樣嘮嘮叨叨？」

「在美的月光下野兔也會跳舞，在主的光明照耀下我當然比野兔聰明一點兒。」

「夠了！隨我到昨天唱歌女人那地方去，或者今天可以見到那個人。」

「主呵，我就是來報告這件事。我已經探聽明白了。女人是黃牛寨寨主的姑娘。據說這寨主除會釀好酒以外就是會養女兒。據說姑娘有三個，這是第三個，還有大姑娘二姑娘不常出來。不常出來的據說生長得更美。這全是有福氣的人享受的！我的主，當我聽到女人是這家人的姑娘時，我才知道我是癩蛤蟆。這樣人家的姑娘，爲白耳族王子擦背擦腳，勉勉強強。主若是要，我們就差人搶來。」

龍朱稍稍生了氣，說：「滾了罷，白耳族的王子是搶別人家的女兒的麼？說這個話不知羞麼？」

矮奴當眞就把身捲成一個球，滾到院的一角去。是這樣，算是知羞了。然而聽過矮奴的話以後的龍朱，怎麼樣呢？三個女人就在離此不到三里路的寨上，自己卻一無所知，白耳族的王子眞是怎樣愚蠢！到第三的小鳥也能到外面來唱歌，那大姐二姐是已成了熟透的桃子多日了。讓好的女人守在家中，等候那命運中遠方大風吹來的美男子作配，這是神的意思。但是神這意見又是多麼自私！白耳族的王子，如今既明白了，也不要風，也不要雨，自己馬上就應當走去！

龍朱不再理會矮奴就跑出去了。矮奴這時正在用手代足走路，作戲法娛龍朱，見龍朱一走，知道主人脾氣，也忙站起身追出去。

「我的主，慢一點，讓隸僕隨在一旁！在籠中蓄養的雀兒是始終飛不遠的，主你忙有什麼用？」

龍朱雖聽到後面矮奴的聲音，卻仍不理會，如飛跑向黃牛寨去。

快要到寨邊，白耳族的王子是已全身略覺發熱了，這王子，一面想起許多事，還是要矮奴才行，於是就蹲到一株大榆樹下的青石墩上歇憩。這個地方再有兩箭遠近就是那黃牛寨用石砌成的寨門了。樹邊大路下，是一口大井。溢出井外的水成一小溪活活流着，溪水清明如玻璃。井邊有人低頭洗菜，龍朱望到這人的背影是一個女子，心就一動。望到一個極美的背影還望到一個大大的髻，髻上簪了一朵小黃花，龍朱就目不轉睛的注意這背影轉移，以為總可有機會見到她的臉。在那邊，大路上，矮奴卻像一隻海豹匍匐氣喘走來了。矮奴不知道路下井邊有人，只望到龍朱深恐怕龍朱冒冒失失走進寨去卻一無所得，就大聲嚷：

「我的主，我的神，你不能冒昧進去，裏面的狗像豹子！雖說白耳族的王子原是山中的獅子，無怕狗道理，但是為甚麼讓笑話留給這花帕族，說獅子曾被家養的狗吠過呢？」

龍朱也來不及喝止矮奴，矮奴的話卻全為洗菜女人聽到了。聽到這話的女人，就嗤的笑。且知道有人在背後了，才抬起頭回轉身來，望了望路邊人是甚麼樣子。

這一望情形全瞭然了。不必道名通姓，也不必再看第二眼，女人就知道路上的男子便是白耳族的王子，是昨天唱過了歌今天追跟到此的王子，白耳族王子也同樣明白了這洗菜的女人是誰。

平時氣概軒昂的龍朱看日頭不眏眼睛，看老虎也不動心，只略把目光與女人清冷的目光相遇，卻忽然覺得全身縮小到可笑的情形中了。女人的頭髮能繫大象，女人的聲音能制怒獅，白耳族王子屈服到這寨主女兒面前，也是平平常常的一件事啊！

矮奴走到了龍朱身邊，見到龍朱失神失志的情形，又望到井邊女人的背影，情形明白了五分。他知道這個女人就是那昨天唱歌被主人收服的女人，且知道這時候無論如何女人也明白蹲在路旁石墩上的男子是龍朱，他不知所措對龍朱作獃樣子，又用一手掩自己的口，一手指女人。

龍朱輕輕附到他耳邊說：「聰明的扁嘴公鴨，這時節，是你做戲的時節！」

矮奴於是咳了一聲嗽。女人明知道了頭卻不回。矮奴於是把音調弄得極其柔和，像唱歌一樣的說道：

「白耳族王子的僕人昨天做了錯事，今天特意來當到他主人在姑娘面前陪禮。不可恕的過失是永遠不可恕，因爲我如今把姑娘想對歌的人引導前來了。」

女人頭不回卻輕輕說道：

「跟前鳳凰飛的烏鴉也比錦鷄還好。」

「這烏鴉若無鳳凰在身邊，就有人要拔牠的毛……」

說出這樣話的矮奴，毛雖不被拔，耳朵卻被龍朱拉長了。小子知道了自己猪八戒性質未脫，忙陪禮作揖。聽到這話的女人，笑着回過頭來，見到矮奴情形，更好笑了。

矮奴望到女人回了頭，就又說道：

「我的世界上唯一良善的主人，你做錯事了。」

「爲甚麼？」龍朱很奇怪矮奴有這種話，所以問。

「你的富有與慷慨，是各苗族全知道的，所以用不着在一個尊貴的女人面前賞我的金銀，那不要緊的。你的良善喧傳遠近，所以你故意這樣教訓你的奴僕，別人也相信你不是會發怒的人。但是你爲甚麼不差遣你的奴僕，爲郱花帕族的尊貴姑娘把菜籃提回，表示你應當同她說說話呢？」

白耳族的王子與黃牛寨主的女兒，聽到這話全笑了。

矮奴話還說不完，才責了主人又來自責。他說：

「不過白耳族王子的僕人，照理他應當不必主人使喚就把事情做好，是這樣也才配說是好僕人——」

於是，不聽龍朱發言，也不待那女人把菜洗好，走到井邊去，把菜籃拿來掛到屈着的肘上，向龍朱眏了一下眼睛，卻回頭走了。

矮奴與菜籃，全像懂得事，避開了，剩下的是白耳族王子同寨主女兒。

龍朱遲了許久才走到井邊去。

一九二八年冬作

媚金，豹子，與那羊

不知道廠梨場廠梨的甜味的人，告他白臉苗的女人唱的歌是如何好聽也是空話。聽到搖觽的聲音覺得很美是有人。聽到雨聲風聲覺得美的也有人。聽到小孩子半夜哭喊，以及蘆葦在小風中說夢話那樣細細的響，以爲美，也總不缺少那獃子。這些是詩。但更其是詩，更其容易把情緒引到醉裏夢裏的，就是白臉族苗女人的歌。聽到這歌的男子，把流血成爲自然的事，這是歷史上相傳下來的魔力了。一個熟習苗中掌故的人，他可以告你五十個有名美男子被醜女人的好歌聲纏倒的故事，他又可以另外告你五十個美男子被白臉苗女人的歌聲唱失魂的故事。若是說了這些故事的人，還有故事不說，那必定是他還忘了把媚金的事情相告。

媚金的事是這樣。她是一個白臉苗中頂美的女人，同到鳳凰族相貌極美又頂有一切美德的一個男子，因唱歌成了一對。兩方面在唱歌中把熱情交流了。於是女人就約他夜間往一個洞中相會。男子答應了。這男子名叫豹子。豹子答應了女人夜裏到洞中去，因爲是初次，他預備牽一匹小山羊去送女人，用白羊換娟金貞女的紅血，所作的縱是罪惡，似乎神也許可了。誰知到夜豹子把事情忘了，等了一夜的娟金，因無男子的溫暖，就冷死在洞中。豹子在家中睡到天明才記起，趕即去，則女人已死了，豹子就用自己身邊的刀自殺在女人身旁。尚有一說則豹子的死，為此後仍然常聽到娟金的歌，因尋不到唱歌人，所以自殺。

但是傳聞全爲人所撰擬，事情並不那樣。看看那遺傳下來據說是豹子臨死以前用樹枝畫在洞裏地面沙上最後的一首詩，那意思，卻是娟金有怨豹子爽約的語氣。娟金是等候豹子不來，以爲自己被欺，終於自殺了。豹子是因了那一隻羊的原故，爽了約，到時則娟金已死，所以豹子就從娟金胸上拔出那把刀來，陷到自己胸裏去，也倒在洞中。至於羊此後的消息，以及爲甚麼平時極有信用的豹子，卻在這約會上成了無信的男子，是應當問那一隻羊了。都因爲那一隻羊，一件喜事變成了一件悲劇，無怪乎白臉族苗人如今有不吃羊肉的理由。

但是問羊又到甚麼地方去問？每一個情人送他情婦的全是一隻小小白山羊，而且爲了表示自己的忠誠，與這戀愛的堅固，男人總說這一隻羊是當年豹子送娟金姑娘那一隻羊的血族。其實說到當年那一隻羊，究竟是公山羊或母山羊，誰也還不能夠分明。

讓我把我所知道的寫來罷。我的故事的來源是得自大盜吳柔。吳柔是當年承受豹子與娟金遺下那一隻羊的後人，他的祖先又是豹子的拳棍師傅，所傳下來的事實，可靠的自然較多。後面是那故事。

媚金站在山南，豹子站在山北，從早唱到晚。山就是現在還名爲唱歌山的山。當年名字是野菊，因爲菊花多，到秋來滿山一片黃。如今還是一樣黃花滿山，名字是因爲媚金的事而改了。唱到後來的媚金，承認是輸了，是應當把自己交把與豹子，儘豹子如何處置了，就唱道：

紅葉過岡是任那九秋八月的風，
把我成爲婦人的只有你。

豹子聽到這歌，歡喜得踴躍。他明白他勝利了。他明白這個白臉族中最美麗風流的女人，心歸了自己所有，就答道：

白臉族一切全屬第一的女人，
請你到黃村的寶石洞裏去。
天上大星子能互相望到時，
那時我看見你你也能看見我。

媚金又唱：

我的風，我就照到你的意見行事。
我但願你的心如太陽光明不欺，
我但願你的熱如太陽把我融化。
莫讓人笑鳳凰族美男子無信，

你要我做的事自己也莫忘記。

豹子又唱：

放心，我心中的最大的神。

豹子的美麗你眼睛曾爲證明。

豹子的信實有一切人作證。

縱天空中到時落的雨是刀，

我也將不避一切來到你身邊與你親嘴。

天是漸漸夜了。野猪山包圍在紫霧中如今日黃昏景致一樣。天上剩一些起花的紅雲，送太陽回地下，太陽告別了。到這時打柴人都應歸家，看牛羊人應當送牛羊歸欄，一天已完了。過着平靜日子的人，在生命上翻過一頁，也不必問第二頁上面所載的是些什麼，他們這時應當從山上，或從水邊，或從田壩，回到家中吃飯時候了。

豹子打了一聲呼哨，與媚金告別，忽忽趕回家，預備吃過飯時找一隻新生的小羊到寶石洞裏去與媚金相會。媚金也回了家。

回到家中的媚金，吃過了晚飯，換過了內衣，身上擦了香油，臉上擦了宮粉，對了青銅鏡把頭髮挽成一個大髻，纏上一匹長一丈六尺的縐綢首帕，一切已停當，就帶了一個裝滿了酒的長頸葫蘆，以及一個裝滿了錢的繡花荷包，一把鋒利的小刀，走到寶石洞去了。

寶石洞當年，並不與今天兩樣。洞中是乾燥，鋪滿了白色細沙，有用石頭做成的床同板凳，有燒火地方，有天生鑿空的窟窿，可以望星子，所不同，不過是當年的洞供媚金豹子兩人做新房，如今變成聖地罷了。時代是過去了。好的風俗是如好的女人一樣，都要漸漸老去的。一個不怕傷風，不怕中暑，完完全全天生爲少年情人預備的好地方，如今卻供奉了菩薩，雖說菩薩就是當年殉愛的兩人，但媚金豹子若有靈，都會以爲把這地方盤據爲不應當吧。這樣好地方，既然是兩個情人死去的地方，爲了紀念這一對情人，除了把這地方來加以人工，好好佈置，專爲那些唱歌互相愛悅的少男少女聚會方便外，眞沒有再適當的用處了。不過我說過，地方的好習慣是消滅了，民族的熱情是下降了，女人也慢慢的像中國女人，把愛情移到牛羊金銀虛名虛事上來了，愛情的地位顯然是已經墮落，美的歌聲與美的身體同樣被其他物質戰勝成爲無用東西了，就是有這樣好地方供年青人許多方便，恐怕媚金同豹子，也見不慣這些假裝的熱情與虛僞的戀愛，倒不如還是當成聖地，省得來爲現代的愛情髒汚好！

如今且說媚金到寶石洞的情形。

她是早先來，等候豹子的。她到了洞中，就坐到那大青石做成的床邊。這是她行將做新婦的床。石的床，鋪滿了乾麥桿草，又有大草把做成的枕頭，乾爽的穹形洞頂彷彿是帳子，似乎比起許多床來還合用。她把酒葫蘆掛到洞壁釘上，把繡花荷包放到枕邊（這兩樣東西是她爲豹子而預備的），就在黑暗中等候那年青壯美的情人。洞口微微的光照到外面，她就坐着望到洞口有光處，期待那黑的巨影顯現。

她輕輕的唱着一切歌，娛悅到自己。她用歌去稱讚山中豹子的武勇與人中豹子的美麗，又用歌形容到自己此時的心情與豹子的心情。她用手揣自己身上各處，又用鼻子聞嗅自己各處；揣到的地方全是豐腴滑膩如油如脂，嗅到的氣味全是一種甜香氣味。她又把頭上的首巾除去，把髻拆鬆，比黑夜還黑的頭髮一散就拖地。媚金原是白臉族極美的女人，男子中也只有豹子，才配在這樣女人身上作一切撒野的事。

這女人，全身發育到成圓形，各處的線全是弧線，整個的身材卻又極其苗條相稱。有小小的嘴與圓圓的臉，有一個長長的鼻子。有一個尖尖的下巴。還有一對長長的眉毛。樣子似乎是這人的母親，照到荷仙姑揑塑成就的，人間決不應當有這樣完全的精緻模型。請想想，再過一點鐘，兩點鐘，就應當把所有衣衫脫去，做一個男子的新婦，這樣的女人，在這種地方，略爲害着羞，容納了一個莽撞男子的熱與力，是怎樣動人的事！

生長於二十世紀，一九二八年，在中國上海地方，善於在朋友中刺探消息，各處造謠，天生一張好嘴，得人憐愛的文學家，聰明伶俐爲世所驚服，但請他來想想媚金是如何美麗的一個女人，仍然是很難的一件事。

白臉族苗女人的秀氣清氣，是隨到媚金滅了多日了。這事是誰也能相信的，如今所見到的女人，只不過是下品中的下品，還足使無數男子傾心，使有身分的漢人低頭，媚金的美貌也就可以彷彿得知了。

愛情的字眼，是已經早被無數骯髒的虛僞的情慾所玷汚，再不能還到另一時代的純潔了。爲了說明當時媚金的心情，我們是不願再引用時行的話語來裝飾，除了說媚金心跳着在等候那男子來壓她以外，她並不如一般天才所想像的嘆氣或獨白！

她只望豹子快來，明知是豹子要咬人她也願意被吃被咬。

那一隻人中豹子呢？

豹子家中無羊，到一個老地保家買羊去了。他拿了四吊青錢，預備買一隻白毛的小母山羊，進了地保的門就說要羊。

地保見到豹子來問羊，就明白是有好事了，向豹子說：

「年青的標緻的人，今夜是預備作什麼人家的新郎？」

豹子說：

「在伯伯眼中，看得出豹子的新婦所在。」

「是山茶花的女神，才配爲豹子屋裏人。是大鬼洞的女妖，才配與豹子相愛。人中究竟是誰，我還不明白。」

「伯伯，人人都說鳳凰族的豹子像貌堂堂，但是比起新婦來，簡直不配爲她做墊腳蒲團！」

「年青人，不要太自謙卑。一個人投降在女人面前時，是看起自己來本就一錢不值的。」

「伯伯說的話正是！我是不能在我那個人面前說到自己的。得罪伯伯，我今夜裏就要去作丈夫了。對於我那人，我的心，要怎樣來訴說呢？我來此是爲伯伯勻一隻小羊，拿去獻給那給我血的神。」

地保是老年人，是預言家，是相面家，聽豹子在喜事上說到血，就一驚。這老年人似乎就有一種預兆在心上明白了，他說：

「年青人，你神氣不對。」

「伯伯呵！今夜你的兒子是自然應當與往日兩樣的。」

「你把臉到燈下來我看。」

豹子就如這老年人的命令，把臉對那大青油燈。地保看過後，把頭點點，不做聲。

豹子說：

「明於見事的伯伯，可不可以告我這事的吉兇。」

「年青人，知識只是老年人的一種消遣，於你們是無用的東西！你要羊，到欄裏去揀選，中意的就拿去吧。不要給我錢。不要致謝。我願意在明天見到你同你新婦的……」

地保不說了，就引導豹子到屋後羊欄裏去。豹子在羊羣中找取所要的羔羊，地保爲掌燈相照。羊欄中，羊數近五十，小羊佔一半，但看去看來卻無一隻小羊中豹子的意。毛色純白的又嫌稍大，較小的又多髒污。大的羊不適用那是自然的事，毛色不純的羊又似乎不配送給媚金。

「隨隨便便罷，年青人，你自己選。」

「選過了。」

「羊是完全不合用麼？」

「伯伯，我不願意用一隻駁雜毛色的羊與我那新婦潔白貞操相比。」

「不過我願意你隨隨便便選一隻，趕即去看你那新婦。」

「我不能空手，也不能用伯伯這裏的羊，還是要到別處去找！」

「我是願意你隨便點。」

「道謝伯伯，今天是豹子第一次與女人取信的事，我不好把一隻平常的羊充數。」

「但是我勸你不要羊也成。使新婦久候不是好事。新婦所要的並不是羊。」

「我不能照伯伯的忠告行事，因爲我答應了我的新婦。」

豹子謝了地保，到別一人家去看羊。送出大門的地保，望到這轉瞬即消失在黑暗中的豹子，嘆了一口氣，大數所在這預言者也無可奈何，只有關門在家等消息了。他走了五家，全無合意的羊，不是太大就是毛色不純。好的羊在這地方原是如好的女人一樣，使豹子中意全是偶然的事！

當豹子出了第五家養羊人家的大門時，星子已滿天，是夜靜時候了。他想，第一次答應了女人做的事，就做不到，此後尚能取信於女人麼？空手的走去，去與女人說羊是找遍了全個村子還無中意的羊，所以空手來，這謊話不是顯然了麼？他於是下了決心，非找遍全村不可。

凡是他所知道的地方他都去拍門，把門拍開時就低聲柔氣說出要羊的話。豹子是用着他的壯麗在平時就使全村人皆認識了的，聽到說要羊，送女人，所以人人無有不答應。像地保那樣熱心耐煩的引他到羊欄去看羊，是村中人的事。羊全看過了，很可怪的事是初無一隻合式的小羊。在洞中等候的媚金着急情形，不是豹子所忘記的事。見了星子就要來的臨行囑托，也還在豹子耳邊停頓。但是，答應了女人爲抱一隻小羔羊來，如今是羊還不曾得到，所以豹子這時着急的，倒只是這羊的尋找，把時間忘了。

想在本村裏找尋一隻淨白小羊是辦不到的事，若是一定要，那就只有到離此三里遠近的另一個村裏詢問了。他看看天空，以爲時間尚早。豹子爲了守信，就決心一氣跑到另一村裏去買羊。

到別一村去道路在豹子走來是極其熟習的，離了自己的村莊，不到半里，大路上，他聽到路旁草裏有羊叫的聲音。聲音極低極弱，這漢子一聽就明白這是小羊的聲音。他停了。又詳細的側耳探聽，那羊又低低的叫了一聲。他明白是有一隻羊掉在路旁深坑裏了，羊是獨自留在坑中有了一天，失了娘，念着家，故在黑暗中叫着哭着。

豹子藉到星光撥開了野草，見到了一個地口。羊聽到草動，就又叫，那柔弱的聲音從地口出來。豹子歡喜極了。豹子知道近來天氣晴明，坑中無水，就溜下去。坑只齊豹子的腰，坑底的土已乾硬了。豹子下到坑中以後稍過一陣，就見到那羊了。羊知道來了人便叫得更可憐，也不走攏到豹子身邊來，原來羊是初生不到十天的小羔，看羊人不小心，把羊羣趕走，儘牠掉下了坑，把前面一隻腳跌斷了。

豹子見羊已受了傷，就把羊抱起，爬出坑來，以爲這羊無論如何是用得着了，就走向媚金約會的寶石洞路上去。在路上，羊卻仍然低低的喊叫。豹子悟出羊的痛苦來了，心想只有抱牠到地保家去，請地保爲敷上一點藥，再帶去。他就又返向地保家走去。

到了地保家，拍門時，正因爲豹子事無從安睡的老人，還以爲是豹子的兇信來了。老人隔門問是誰。

「伯伯，是你的姪兒。羊是得到了，因爲可憐的小東西受了傷，跌壞了腳，所以到伯伯處求治。」

「年青人，你還不去你新婦那裏嗎？這時已半夜了，快把羊放到這裏，不要再耽擱一分一秒罷。」

「伯伯，這一隻羊我斷定是我那新婦所歡喜的。我還不能看清楚牠的毛色，但我抱了這東西時，就猜得這是一隻純白的羊！牠的溫柔與我的新婦一樣，牠的……」

那地保眞急了，見到這漢子對於無意中拾來一隻受傷的羊，像對這羊在做詩，就把門閂抽去砰的把門打開。一線燈光照到豹子懷中的小羊身上，豹子看出了小羊的毛色。

羊的一身白得像大理的積雪。豹子忙把羊抱起來親嘴。

「年青人，你這是作什麼？你忘了你是應當在今夜做新郎了。」

「伯伯，我並不忘記！我的羊是天賜的。我請你趕緊爲設法把羊腳擦一點藥水，我就應當抱牠去見我的新人了。」

地保只搖頭，把羊接過手來在燈下檢視，這小羊見了燈光再也不喊了，只閉了眼睛，鼻孔裏咻咻的出氣。

過了不久豹子已在向寶石洞的一條路上走着了。小羊在他懷中得了安眠。豹子滿心希望到寶石洞時見到了媚金，同到媚金說到天賜這羊的事。他把腳步放寬，一點不停，一直上了山，過了無數高崖，過了無數水澗，走到寶石洞。

到得洞外時東方的天已經快明了。這時天上滿是星，星光照到洞門，內中冷冷清清不見人。他輕輕的喊：

「媚金，媚金，媚金！」

他再走進一點，則一股氣味從洞中奔出，全無回聲，多經驗的豹子一嗅便知道這是血腥氣。豹子愕然了。稍稍發癡，即刻把那小羊向地下一摜，奔進洞中去。

到了洞中以後，向床邊走去，爲時稍久，豹子就從天空星子的微光返照下望到媚金倒在床上的情形了。血腥氣也就從那邊而來。豹子撲攏去，摸到媚金的額，摸到臉，摸到口；口鼻只剩了微熱。

「媚金！媚金！」

喊了兩聲以後，媚金微微的嚶的應了一聲。

「你做甚麼了呢？」

先是聽到噓噓的放氣，這氣似乎並不是從口鼻出，又似乎只是在肚中響，到後媚金轉動了，想爬起不能，就幽幽的繼續的說道：

「喊我的是日裏唱歌的人不？」

「是的，我的人！他日裏常常是憂鬱的唱歌，夜裏則常是孤獨的睡覺；他今天這時卻是預備來做新郎的……爲甚麼你是這個樣子了呢？」

「爲甚麼？」

「是！是誰害了你？」

「是那不守信實的鳳凰族年青男子，他說了謊。一個美麗的完人，總應當有一些缺點，所以菩薩就給他一點說謊的本能。我不願在說謊人前面受欺，如今我是完了。」

「並不是！你錯了！全因爲鳳凰族男子不願意第一次對一個女人就失信，所以他找了一整夜才無意中把那所答應的羊找到，如今是得了羊倒把人失了。天啊，告我應當在什麼事情上面守着那信用！」

臨死的媚金聽到這語，知道豹子遲來的理由是爲了那羊，並不是故意失約了，對於自己在失望中把刀陷進胸膛裏的事是覺得做錯了。她就要豹子扶她起來，把頭靠到豹子的胸前，讓豹子的嘴放到她額上。

女人說：

「我是要死了……我因爲等你不來，看看天已快亮，心想自己是被欺了……所以把刀放進胸膛裏了……你要我的血我如今是給你血了。我不恨你……你爲我把刀拔去，讓我死……你也乘天未大明就逃到別處去，因爲你並無罪。」

豹子聽着女人斷斷續續的說到死因，流着淚，不做聲。他想了一陣，輕輕的去摸媚金的胸，摸着了全染了血的媚金的奶，奶與奶之間則一把刀柄浴着血。豹子心中發冷，打了一個戰。

女人說：

「豹子，爲甚麼不照到我的話行事呢？你說是一切爲我所有，那麼就聽我命令，把刀拔去了，省得我受苦。」

豹子還是不做聲。

女人過了一陣，又說：

「豹子，我明白你了，你不要難過。你把你得來的羊拿來我看。」

豹子就好好把媚金放下，到洞外去捉那隻羊。可憐的羊是無意中被豹子已摜得半死，也臥在地下喘氣了。

豹子望一望天，天是完全發白了，遠遠的有雞在叫了。他聽到遠處的水車響聲，像平常做夢日子。

他把羊抱進洞去給媚金，放到媚金的胸前。

「豹子，扶我起來，讓我同你拿來的羊親嘴。」

豹子把她抱起，又把她的手代爲抬起，放到羊身上。「可憐這隻羊也受傷了，你帶牠去了吧……爲我把刀拔了，我的人。不要哭……我知道你是愛我，我並不怨恨。你帶羊逃到別處去好了……獃子，你預備做什麼？」

豹子是把自己的胸也袒出來了，他去拔刀。陷進去很深的刀是用了大的力才拔出的。刀一拔出血就湧出來了，豹子全身浴着血。豹子把全是血的刀子扎進自己的胸脯，媚金還能見到就含着笑死了。

天亮了，天亮了以後，地保帶了人尋到寶石洞，見到的是兩具死屍，與那曾經自己手爲敷過藥此時業已半死的羊，以及似乎是豹子臨死以前用樹枝在沙上寫着的一首歌。地保於是乎把歌讀熟，把羊抱回。

白臉苗的女人，如今是再無這種熱情的種子了。她們也仍然是能原諒男子，也仍然常常爲男子犧牲，也仍然能用口唱出動人靈魂的歌，但都不能作媚金的行爲了！

一九二八年冬作

神巫之愛

第一天的事

雲石鎮砦門外邊大路上，有一群花帕青裙的美貌女子，守候一個侍候神的神巫來臨。人數約五十，全是極年青，不到二十三歲以上，各打扮得像一朵鮮花。人人猜擬到神巫必然帶來神的恩惠給全村，卻帶了自己的愛情給女人中某一個。因此凡是砦中年青貌美的女人，都願意這幸福能落在她頭上。她們等候那神巫來到，希望幸運留在自己身邊，失望分給眾人，結果就把神巫同神巫的馬引到自己的家中；馬安頓在馬房，用麥稈草餵馬，神巫安頓在她自己的房裏，床間有新麻布帳子山棉作絮的房裏。

在雲石鎮的女人心中，把神巫款待到家，獻上自己的身，給這神之子受用，是以爲比作土司的夫人還覺得榮幸的。

雲石鎭的住民，屬於花帕族。花帕族的女人，正彷彿是爲全世界上好男子的傾心而生長得出名美麗，下品的下品至少還有一雙大眼睛與長眉毛，使男子一到面前就甘心情願作奴當差。今天的事，卻是許多稍次的女人也不敢出面競爭了。每一個女人，能多將神巫的風儀想想，又來自視，無有不氣餒失神，嗒然歸去的。

在一切女人心中，這男子應屬於天上的人。縱代表了神，往各處降神的福佑，與自己的愛情，卻從不聞這男子戀上了誰個女人。各處女人用顏色或歌聲盡一切的誘惑，神巫直到如今還是獨身。神巫大約在那裏有所等候的天知道他等候誰。

神巫是在等待誰？生在人世間的人，不是都得漸漸老去麼？美麗年青不是很短的事麼？眼波櫻唇，轉瞬即已消逝，神巫所揮霍拋棄的女人的熱情，實在已太多了。便是今天的事，五十人中倘若有一個爲神巫加了青眼，也就有其餘四十九人對這青春覺到可惱。美麗的身體若無熾熱的愛情來消磨，則這美麗也等於累贅。花帕族，及其他各族，女人之所以精緻如玉，聰明若冰雪，溫柔如棉絮，也就可以說是全爲了神的兒子神巫來注意的。

好的女人不必用眼睛看，也可以從其他感覺上認識出來的。神巫原是一個有眼睛的人，就更應當清楚各部落裏美中完全的女人是怎樣多。爲完成自己一種神所派遣到人間來的意義，他一面爲各族誠心祈福，一面也應當讓自己的身心給一個女人所佔有！

是的，這男子明白這個。他對於這事情比平常人看得更分明。他並無奢望，只願意得到一種公平的待遇。在任何部落中總不缺少那配得他上的女人，瞇着眼，抿着口，做成那歡迎他來擺布的樣子。他並不忘記這事情！許多女人都能擾亂他的心，許多女人都可以差遣他流血出力。可是因爲另外一種理由，終於把他變成驕傲如皇帝了。他因爲做了神之子，就彷彿無做人間好女子丈夫的分了。他知道自己的風儀是使所有的女人傾倒，所以本來不必偉大的他，居然偉大下來了。他不理任何一個女人，就是不願意放下了那其餘許多美麗女子去給世上壞男子髒汚。他不願意把自己身心給某一女人，意思就是想使所有世間好女人都有對他長遠傾心的機會。他認清楚神巫的職分，應當屬於眾人，所以他把他自己愛情的門緊閉，獨身下來，儘眾女人愛他。

每到一處遇有女人攔路歡迎，這男子便把雙眼閉下，拒絕誘惑，女人卻多以爲因自己貌陋，無從使神巫傾心，引慚退去。落了腳，找到一個宿處後，所有野心極大的女人，便來在窗外吹笛唱歌，本來窗子是開的，神巫也必得即刻關上，彷彿這歌聲煩惱了他，不得安靜。有時主人自作聰明，見到這種情形，必定還到門外去用惡聲把逗留在附近的女人趕走，神巫也只對這頭腦單純的主人微笑，從不說主人已做錯了事。

花帕族的女人，在戀愛上的野心等於猓猓族男子打仗的勇敢，所以每次聞神巫來此作儺，總有不少女人在砦外來迎接這美麗驕傲如獅子的神巫。人人全不相信神巫是不懂愛情的男子，所以上一次即或失敗，這次仍然都不缺少把神巫引到家中的心思。女子相貌既極美麗，又非常膽大，明白這地方女人的神巫，騎馬前來，在路上就不得不很慢很慢的走了。

時間是燒夜火以前。神巫騎在馬上，看看再翻一個山，就可以望到雲石鎮的砦前大梧桐樹了，他勒馬不前，細細的聽遠處唱歌聲音。原來那些等候神巫的年青女人，各人分據在路旁樹蔭下，盼望得太久，大家無聊唱起歌來了。各人唱着自己的心事，用那像春天的鶯的喉嚨，唱得所有聽到的男子都沉醉到這歌聲裏，神巫聽了又聽，不敢走動。他有點害怕，前面的關隘似乎不容易闖過，女子的勇敢熱情推這一鎮最出名。

追隨在他身後的一個僕人，肩上抗得是一切法寶，正感到沉重，壓得肩背沉甸甸的，想到進了砦後找到休息的快活，見主人不即行動，明白主人的意思了。僕人說道：

「我的師傅，請放心，女人不是酒，酒這東西是吃過才能醉人的。」他意思是說女人想起才醉人，當面倒無妨。原來這僕人是從龍朱的矮奴領過教的，說話的聰明機智處許多人不能及。可是神巫裝作不懂這僕人的聰明言語，很正氣的望了僕人一眼。僕人在這機會上就向主人微笑，表示他什麼事全清清楚楚，瞞不了他。

神巫到後無話說，近於承認了僕人的意見，打馬上前了。

馬先是走得很快，然而即刻又慢下來了。僕人追上了神巫，主僕兩人說着話，上了一個小小山坡。

「五羊，」神巫喊着僕人的名字，說：「今年我們那邊村裏收成眞好！」

「做僕人的只盼望師傅有好收成，別的可不想管它。」

「年成好，還願時，我們不是可以多得到些錢米嗎？」

「師傅，我需要銅錢和白米養家，可是你要這個有什麼用？」

「沒有錢我們不挨餓嗎？」

「一個年青男人他應當有別一種飢餓，不是用錢可以買來的。」

「我看你近來一天脾氣壞一天，說的話怪得很，必定是吃過太多的酒把人變糊塗了。」

「我自己那知道？在師傅面前我不敢撒謊。」

「你應當節制，你的伯父是酒醉死的，那時你我都很小，我是聽黃牛寨教師說的。」

「我那個伯父倒不錯！酒也能醉死人嗎？」 他意思是女人也不能把主人醉死，酒算什麼東西。

神巫卻不在他的話中追究那另外意義，只提酒。他說：

「你總不應當再這樣做。在神跟前做事的人，荒唐不得。」

「那大約只是吃酒，師傅！另外事情——像是天許可的那種事，不去做也有罪。」

「你眞在褻瀆神了，你這大蒜！」

照例是，主人有點生氣時，就會拿用人比蒜比葱，以示與神無從接近，僕人就不開口了。這時節坡已上了一半，還有一半上完就可以望到雲石鎭，在那裏等候神巫來到的年青女人，是在那裏唱着歌，或吹着蘆管消遣這無聊時光的。快要上到山頂，一切也更分明了。這僕人爲了救濟自己的過失，所以不久又開了口。

「師傅，我覺得這些女人好笑，全是一些蠢到無以復加的東西！」

隨又自言自語說道：「學竹雀唱歌誰希罕？」

神巫不答理，騎在馬上腰身略彎伸手摘了路旁土坎上一朵野菊花，把這花插在自己的鬢邊。神巫的頭上原包有一條大紅錦綢首巾，配上一朵黃菊，顯得更其動人的嫵媚。

五羊見到神巫打扮得如此華貴，也隨手摘了一朵野花安插在包頭上。他頭上纏裹的是深黃布首巾，花是紅色。有了這花僕人更像蔣平了。他在主人面前，總願意一切與主人對稱，以便把自己的醜陋襯托出主人的美好。其實這人也不是在愛情上落選的人物，世界上就正有不少龍朱矮奴所說的「吃攙了水的酒也覺得比酒糟還好的女人」，來與這神巫的僕人囓臂論交！

翻過坡，坡下砦邊女人的歌聲更分明了。神巫意思在此間等候太陽落坡，天空有星子出現，這些女人多數因回家煮飯去了，他就可以趕到族總家落腳。

他不讓他的馬下山，跳下馬來，把牠繫在一株冬青樹下，命令僕人也把肩上的重負放下休息。僕人可不願意。

「我的主，一個英雄他應當在日頭下出現！」

「五羊，我問你，老虎是不是夜間才出到溪澗中喝水？」

僕人笑，只好把一切法寶放下了。因爲平素這僕人是稱讚師傅爲老虎的，這時不好意思說虎不是英雄。他望到他主人坐到那大青石上沉思，遠處是柔和的歌聲，以及憂鬱的蘆笛，就把一個鑲銀漆朱的葫蘆拿給主人，請主人喝酒。

神巫是正在領略另外一種味道的，他搖頭，表示不需要酒。

五羊就把葫蘆的嘴親着自己的嘴，仰頭嘓嘟嘓嘟喝了許多酒，用手抹了一抹葫蘆的嘴又抹自己的嘴，也坐在那石頭上聽山下唱歌。

清亮的歌，嗚咽的笛，在和暖空氣中使人迷醉。

日頭正黃黃的晒滿山坡，要等候到天黑還有大半天的時光！五羊有種脾氣，不走路時就得吃喝，不吃喝時就得打點小牌，不打牌時就得睡！如今天氣正溫暖宜人，什麼事都不宜作，五羊眞願意睡了。五羊又聽到遠處鷄叫狗叫，更容易引起睡眠的慾望，因此當到他主人面前張着嘴一連打了三個哈欠。

「五羊，你要睡就睡，我們等太陽落坡再動身。」

「師傅，你說的極有道理。可是你的命令我反對一半承認一半。我實在願意在此睡一點鐘或者五點鐘，可是我覺得應當把我的懶惰逐去，因爲有人在等候你！」

「我怕她們！我不知道這些女人爲甚麼獨對我這樣多情，我奇怪得很。」

「我也奇怪！我奇怪她們對我就不如對師傅那麼多情了。如果世界上沒有師傅，我五羊或者會幸福一點，許多人也幸福一點。」

「你的話是流入詭辯的，鬼在你身上把你變成更聰明了。」

「師傅，你過奬我了。我若聰明，早應當把一個女人佔有了師傅，好讓其餘女子把希望的火踹熄，各自找尋她的情夫！可是如今卻怎麼樣？因了師傅，一切人的愛情全是懸在空中。一切……」

「五羊，夠了。我不是龍朱，你也莫學他的奴僕，我要的用人只是能夠聽命令的人。你好好爲我睡了罷。」

僕人於是聽命不再作聲，又喝了一口酒，把酒葫蘆擱在一旁，側身躺在大石上，用肘作枕，準備安睡。但他仍然有話說，他的口除了用酒或別的木楦頭塞着時總得講話的。他含含糊糊的說道：

「師傅，你是老虎！」

這話是神巫聽厭了的，並不理他。

僕人便半像唱歌那樣低低哼道：

一個人中的虎，因爲怕女人的纏繞，不願在太陽下見人……

不敢在太陽下見人，要星子嵌在藍天上時纔敢下山……

沒有星子，我的老虎，我的主，你怎麼樣？

神巫知道這僕人有點醉意了，不作理會。還以爲天氣實在太早，儘這個人哼一陣又睡一陣也無妨於事，所以只坐到原處不動，看馬吃路旁草。

僕人一面打哈欠一面又哼道：

黃花崗的老虎，人見了怕；猓猓族的老虎，牠只怕人。

過了一會僕人又哼道：

我是個光榮的男子，花帕族小嘴長臂白臉龐女人，你們全來愛我！

把你們那張小小的嘴唇，把你們兩條長長的手臂，全送給我，我能享受得下！

我的光榮隨了我主人而來……

他又不唱了。他每次唱了一會就歇歇，像神巫在山神前念誦禱詞一樣。他爲了解釋他有理由消受女人的一切溫柔，旋即把他的資格唱出。他說：

我是千羊族長的後裔，黔中神巫的僕人，女人都應歸我。

我師傅怕花帕族的女人，卻還敢到雲石鎮上行法事，我的光榮……

我師傅勇敢的光榮，也就應當歸僕人有一分。

這個僕人哼哼唧唧時是閉上眼睛不望神巫顏色的。因了葫蘆中一點酒，使他完全忘了形，對主人的無用處開起玩笑來了。

遠處花帕族女人唱的歌，順風來時字句聽得十分清楚，在半醉半睡情形中的僕人耳中，還可以得其彷彿，他於是又唱道：

你有黃鶯喉嚨的花帕族婦人，爲甚麼這樣發癡？

春天如今早過去了，你不必爲他歌唱。

我師傅雖是美麗的男子，但並不如你們所想像的勇敢與驕傲；

因爲你們的歌同你們那唱歌的嘴唇，他想逃遁，他逃遁了。

一會兒，僕人的鼾聲代替了他的歌聲，安睡了。這個僕人在朦朧中唱的歌使神巫生了一點小小的氣。爲了他在僕人面前的自尊起見，他本想上了馬一口氣衝下山去。更其使他心中煩惱的，卻是那山下的花帕族年青女人歌聲，那樣纏綿的把熱情織在歌聲裏，聽歌人卻守在一個醉酒死睡的僕人面前發癡，這究竟算是誰的過錯呢？

這時節，若果神巫有膽量，跳上了馬，兩腳一夾把馬跑下山，馬項下銅串鈴遠遠的遞了知會與花帕族所有年青女人，那在大路旁等候那瑰奇秀美的神巫人馬來到面前的女人，是各自怎麼樣心跳血湧！五十顆年青的，母性的，灼熱的心，在腔子裏跳着，然而那使這些心跳動的男子，這時節卻默然坐在那大路旁，低頭默想種種逃遁的方法，人間可笑的事情，眞沒有比這個更可笑了。

他望到僕人五羊甜睡的臉，自己又深恐有人來不敢睡去。他想起那砦邊等候他來的一切女人情形，微涼的新秋的風在臉上刮，柔軟的㺯人的歌聲飄蕩到各處，一種曖昧的新生的慾望搖撼到這個人的靈魂，他只有默默的背誦着天王護身經請神保佑。

神保佑了祂的僕人，如神巫優待他的僕人一樣，所以花帕族女人不應當得到的愛情，仍然沒有誰人得到。神巫是在眾人回家以後的薄暮，淸吉平安來到雲石鎭的。

到了住身的地方時，東家的院後大刺桐樹上，正叫着貓頭鷹。五羊放下了肩上的法寶，搖着頭說：

「貓頭鷹，貓頭鷹，白天你雖然無法睜開眼睛，不敢飛動，你仍然不失其爲英雄啊！」

那樹上的一匹貓頭鷹，像不歡喜這神巫的僕人的讚美，揚起翅膀飛去了。神巫望到這個從龍朱矮奴學來乖巧的僕人微笑，坐下去，接受老族總雙手遞來的一盃蜜蜂茶。

到了夜晚，雲石鎭的箭坪前便成立了一座極堂皇的道場。

晚上的事

松明，火把，大牛油燭，依秩序一一燃點起來，照得全坪通明如白晝。那個野豬皮鼓，在五羊手中一個皮搥重擊下，蓬蓬作響聲聞遠近時，神巫戎裝披掛上了場。

他頭纏紅巾，雙眉向上直豎。臉頰眉心擦了一點鷄血，紅緞繡花衣服上加有硃繪龍虎黃紙符籙。手執銅刀和鏤銀牛角。一上場便在場坪中央有節拍的跳舞着，還用嗚咽的調子唸着娛神歌曲。

他雙腳不鞋不襪，預備回頭赤足踹上燒得通紅的鋼犂。那健全的腳，那結實的腿，那活潑的又顯露完美的腰身旋折的姿式，使一切男人羨慕一切女子傾倒。那在鼓聲蓬蓬下拍動的銅叉上圈兒的聲音，與牛角嗚嗚喇喇的聲音，使人相信神巫的周圍與本身，全是精靈所在。

圍看跳儺的將近一千人，小孩子佔了五分之一，女子們佔了五分之二，成年男子佔了五分之二，一起在神壇邊成圈站定。小孩子善於唱歌的，便依腔隨韻，爲神巫湊歌。女子們則只驚眩於神巫的精靈附身半瘋情形，把眼睛睜大，隨神巫身體轉動。

五羊這時節雖已酒醒了。但他又沉醉到一種事務中，全部精神集中在主人的踴躍行爲上。勻勻的擊打着身邊那一面鼓。他把鼓槌按拍在鼓邊上輕輕的敲，又隨即用力在鼓心上打。他有時用鼓槌揉着鼓面，發出一種殢人的聲音，有時又沉重一擊戛然停止。他臉爲身旁的焚柴火堆薰得通紅，頭像個飯籮搖擺又搖擺。平時一見女人即發笑的臉上，這時卻全無笑容，嚴肅得像武廟那尊泥塑的關夫子了。

神巫把身一踴，把腳一頓，再把牛角向空中畫一大圈，五羊把鼓聲壓低下去，另外那個打鑼的人也把鑼稍停，忽然像從一隻大冰櫃中傾出一堆玻璃，神巫用他那銀鐘的喉嚨唱出歌來了。

神巫的歌說：

你大仙，你大神，睜眼看看我們這裏人！

他們既誠實，又年青，又身無疾病，

他們大人能喝酒，能作事，能睡覺，
他們孩子能長大，能耐飢，能耐冷，
他們牯牛肯耕田，山羊肯生仔，鷄鴨肯孵卵，
他們女人會養兒子，會唱歌，會找她心中歡喜的情人！

……

你大神，你大仙，排駕前來站兩邊！
關夫子身跨赤兎馬，
尉遲恭手拿大鐵鞭！

……

你大仙，你大神，雲端下降慢慢行！
張果老驢上得坐穩，
鐵拐李腳下要小心！

……

福祿綿綿是神恩，
和風和雨神好心，
美酒白飯當前陳，

肥豬肥羊火上烹！

…………

洪秀全，李鴻章，

你們在生是霸王，

殺人放火盡節全忠各有道，

今來坐席又何妨！

…………

慢慢吃，慢慢喝，

月白風清好過河！

醉時携手同歸去，

我當爲你再唱歌！

…………

神巫歌完鑼鼓聲音又起，人人拍手迎神，人人還吶喊表示歡迎那個唱歌的神的僕人。神巫如何使神駕雲乘霧前來降福，是人不能明白知道的事，但神巫的歌聲，與他那種優美迷人的舞蹈，卻已先在雲石鎭上人人心中得到幸福與歡喜了。

神巫迎神歌唱完，幫手把宰好的豬羊心獻上，神巫在神面前作揖，磕頭，風車般翻了三十六個斛斗，鼓聲轉沉，神巫把豬羊心丟到鐵鍋裏去，用手咬訣，噴一口唾沫，第一蹚法事就完結了。

神巫退下壇來時，坐到一張板櫈上休息，把頭上的紅巾除去，首事人獻上蜜茶，神巫一手接茶一手抹除額上的汗漬。這時節，一些頑皮小孩子，已把五羊包圍着了，爭着搶五羊手上的鼓槌，想打鼓玩。五羊站到一張櫈上不敢下來，大聲吒叱那頂頑皮的正在扯他褲頭的孩子。神巫這一面，則有族總，地保，甲長，與幾個上年紀的地方老人陪着。

場坪上，各處全是火炬，樹上也懸掛得有紅燈，所以凡是在場的人皆能互相望到。神巫所在處，靠近神像邊，有大如人臂的天燭，有火燎，有七星燈；所以更見得光明如晝。在火光下的神巫，雖作着神的僕人的事業，但在一切女人心中，神不可知的則數目也不可知，有憑有據的神卻只應有一個，就是這神巫。他才是神。因爲他有完美的身體與高尚的靈魂。神巫爲眾人祈福，人人皆應感謝神巫，不過神巫歌中所說的一切神，從玉皇大帝到李鴻章，若果眞有靈，能給雲石鎭以幸福，就應把神巫分給花帕族所有的好女子，至少是這時節應當讓他來在花帕族女人面前，聽那些女人用敷有蜜的情歌搖動他的心，不合爲一些年老男子包圍保護！

這樣的良夜，風又不冷，滿天是星，正適宜於年青人在洞中幽期密約，正適宜於在情婦身邊放肆作一切頑皮的行爲，正適宜於倦極做夢。把來到雲石鎭唱歌娛神的神巫，解下了法衣，放下了法寶，科頭赤足來陪一個年青花帕族女人往無人處去，並排坐到一個大稻草積上看天上的流星，指點那流星落去的方向，或者用藥麵餵着那愛吠的黃狗，悄悄從竹園爬過一重籬到一個女人窗下去輕輕拍窗邊的門，女人把窗推開援引了這人進屋，神見到這天氣，見到這情形，神也不至於生氣！

爲了神巫外貌的尊嚴，以及老年人保護的周密，一切女人眞是徒然有了這美貌，徒然糟蹋了這一年無多幾日的天氣。各人的野心雖大，卻無一個女人能勇敢的將神巫從火光下搶走。雖說「愛情如死之堅強」，然而任何女人，對這神巫建設的堡壘，也無從下手攻打。

休息了一會，第二次神巫上場，換長袍爲短背心，鼓聲蓬蓬打了一陣，繼着是大銅鑼鐺鐺的響起來，神巫吹角，角聲上達天庭，一切情形復轉熱鬧，正做着無涯好夢的人全驚醒了。

第一次法事爲獻牲，第二次法事爲祈福。

祈福這一堂法事，情形與前一次完全兩樣了。照規矩，神巫得把所有在場的人叫到身邊來，瞪着眼，裝着神的氣派，詢問這人想神給他什麼東西，這人實實在在說過願心後，神巫即向鬼王瞪目，再向天神磕頭，用銅劍在這人頭上一畫完事。在場的人若太多時，則照例只推舉十來個人出場，受神巫的處治，其餘也同樣得到好處了。因爲在大儺中的人，請求神的幫助，不出幾件事：要發財，要添丁，要家中人口清吉，要牛羊孳乳，要情人不忘恩負義；縱有些人也有希望憑了神的保佑將仇人消滅的，這類不合理要求，當然無從代表，然而互相向神納賄，則互相了銷，神的威靈彷彿獨於這一件事無應驗，所以受神巫處治的縱多，也不能出二十個人以上。

鑼鼓驚天動地的打，神巫翹起一足旋風般在場中轉，只要再過一陣，把表一上，就應推舉代表向神請願了，這時在場年青女人，都有一種野心，想在對神巫訴願時，說着請求神把神巫給她的話，在神巫面前請求神許可她愛神巫，也得神巫愛她，是這樣，神就算盡了保佑弱小的職分了。在場一百左右年青女人，心願莫不是要神幫忙，使神巫的身心歸自己一件事，所以到了應當舉出年青女人向神請願時，因爲一種隱衷，人人皆說事是私事，只有各自向神巫陳說最好。

衆女人爲這事爭持着，儘長輩排解也無法解決，顯然明白今夜的事情糟。男子流血女人流淚全是今夜的事。他只默然不語，站在場坪中火堆前，火光照曜到這英雄如一個天神。他四顧一切爭着要祈福的女人，全有着年青美健的身體與潔白如玉的臉額，全都明明白白的把野心放在衣外，企圖與這年青神之子接近。各人的競爭，即表明各人的愛心的堅固，得失之間各人皆具有犧牲的決心。

族中當事人，也有女姪在內，情形也大體明白了，勸阻無效，只有將權利付之神巫自己。那族中最年高的一個，見到自己兩個孫女也包了花格子布巾在場。照例族中的尊嚴，是長輩也無從干預年青人戀愛，他見到這事情爭持下去也不會有結果，於是站到櫈上去，宣告自己的意見。

他先拍掌把一切的紛擾鎭平，演說道：

「花帕族的姊妹們，請安靜，聽一個癡長九十一歲的人說幾句話。

「對於祈福你們不願意將代表舉出，這是很爲難的。你們的意見，是你們至上的權利，花帕族女人純潔的心願，我不能用高年來加以干預。我並不是不明白你們的意思。只是很爲難，今天這大儺是爲全鎮全族作的，並不是我個人私有；也不是幾個姊妹們私有。這是全鎮全族的利益。這儺事，應當屬於在場的公眾，所以凡近於足以妨礙儺事的個人利益要求，我們是有商量考慮的必要。

「如今的夜晚天氣並不很長，這還是新秋，這事也請諸位注意。若果照諸位希望，每一個人，（有女人就說，並不是每一人，是我們女人！）是的，單是女子，讓我來數數罷，一五，一十，十五，二十……這裏像你們這樣年青的姑娘，共七十五個。或者還不止。試問七十五個女人，來到神巫身前，把心願訴盡，又得我們這可敬愛的神巫一一了願，是作得到的事麼？你們這樣辦，你們的心願神巫是知道了，（他覺得說錯了話又改口說）你們的心願神已知道了，只是你們不覺得使神巫過於疲倦是不合理的事嗎？這樣一來到天亮還不能作第三蹄法事，你們不覺得這是妨礙了其他人的利益與事務嗎？

「我花帕族的女人，全知道自由這兩個字的意義的。她知道自己的權利也知道別人的權利，你們可以拿你們自己所要求的去想想。」

有女人就說：「我們想過了，這事情我們願意決定於神巫，他必能給我們公平的辦法。」演說的老人就說道：

「這是頂好的，既然這樣，我們就把這事情請我們所敬愛的神巫來解決。來，第二的龍朱，告我們事情應當怎麼辦。（他向神巫）你來說一句話，事情由你作主。（女人聽到這個話後全體拍手喊好）

「不過，姊妹們，不要因爲太歡喜忘了我們族中的女子美德了！諸位應記着花帕族女人的美德是熱情的節制，男子漢才需要大膽無畏的勇敢！我請你們注意，就因爲不要爲我們尊敬的神巫見笑。

「諸位，安靜一點，聽我們的師傅吩咐罷。」

女人中，雖有天眞如春風的，聽族長談到花帕族女人的美德，也安靜下來了。全場除了火燎爆裂聲外，就只有談話過多的老年族總喉中發喘的聲音。

神巫還是身向火燎低頭無語，用手扣着那把降魔短劍。

打鼓的僕人五羊，低聲說道：

「我的主，你不要遲疑了，我們的神對於年青女人請求從不曾拒絕，你是神之子，應照神意見行事。」

「神的意見是常常能使他的僕人受窘的！」

「就是這樣也並無惡意！應當記着龍朱的言語：年青的人對別人的愛情不要太疏忽，對自己的愛情不要太慳吝。」

神巫想了一會，就抬起頭來，朗朗說道：

「諸位伯叔兄弟，諸位姑嫂姊妹，要我說話我的話是很簡單的。神是公正的，凡是分內的請求他無拒絕的道理。神的僕人自然應爲姊妹們服務，只請求姊妹們把希望容納在最簡單的言語裏，使時間不至於耽擱過多。」

說到此，衆人復拍手，五羊把鼓打着，神巫舞着劍，第一個女人上場到神巫身邊跪下了。

神巫照規矩瞪眼厲聲問女人，彷彿口屬於神，眼睛也應屬於神，自己全不能審察女人口鼻眼的美惡。女人輕輕的戰慄把她的願心說出，她說：

「師傅，我並無別的野心，我只請求神讓我作你的妻，就是一夜也好。」

神巫聽到這嚇人的願心，把劍一揚，喝一聲「走」，女人就退了。

第二個來時，說的話卻是願神許他作她的夫，也只要一天就死而無怨。

第三個意思也不外乎此，不過把話說得更委婉一點。

第四第五……照秩序下去全是一個樣子，全給神巫瞪目一喝就走了。人人先彷彿覺到自己無希望，說給這人聽過後，心卻釋然，以爲別的女子也許野心太大，請神幫忙的是想佔有神巫全身，所以神或者不能效勞，至於自己則所望不賒，神若果是慈悲的，就無有不將憐憫扔給自己的道理。人人彷彿向神預約了一種幸福，所有的可以作爲憑據的劵就是臨與神巫離開時那一瞪。事情的舉行出人意料的快，不到一會在場想與神巫接近一致心事的年青女人就全受福了。女人事情一畢，神巫稍稍停頓了跳躍，等候那另外一種人的祈福，在這時，忽然跑過了一個不到十六歲的小女孩，赤了雙腳，披了長長的頭髮，像才從床上爬起，穿一身白到神巫面前跪下，仰面望着神巫。神巫也瞪目望女人，望到女人一對眼，黑睛白仁像用寶石鑲成，才從水中取出安置到眶中，那眼眶，又是《莊子》一書上的巧匠手工做成的。她就只把那雙眼睛瞅定神巫，她的請求簡單到一個字也不必說，而又像是已經說得太多了。

他這光景下有點眩目，眼睛雖睜大，不是屬於神，應屬於自己了。他望到這女人眼睛不旁瞬，女人也不做聲，眼中卻像是那麼說着：「跟了我去罷，你神的僕，我就是神！」

這神的僕人，可仍然把心鎮住了，循例的大聲的喝道：

「什麼事，說！」

女人不答應，還是望到這神巫，美目流盼，要說的依然像是先前那種意思。

這神巫有點迷亂，有點搖動了，但他不忘卻還有一百左右的花帕族美貌年青女子在周圍，故旋即吼問了一聲是爲什麼事。

女人不作答，從那秀媚通靈的眼角邊浸出兩滴淚來了。僕人五羊的鼓聲催得急促，天空西南角上正墜下一大流星光芒如月，神巫望到這眼邊的淚，忘了自己是神的僕人了，他把聲音變成夏夜一樣溫柔，輕輕的問道：

「洞府中的仙姊妹，你有甚麼事你儘管說。」

女人不答理，他又更柔和的說道：

「你僕人是世間一個蠢人，有命令，吩咐出來我照辦。」

女人到此把寬大的衣袖，擦乾眼淚，把手輕輕撫摩神巫的腳背，不待神巫揚起銅劍先自退下了。

神巫正想去追趕她，卻為一半瘋老婦人攔着請願，說是要神幫她把戰死的兒子找回，神巫只好仍然作着未完的道場，跳跳舞舞把其餘一切的請願人打發完事。

第二蹚休息時，神巫蹙着雙眉坐在僕人五羊身邊。五羊看師傅神色不大對勁，蹲到主人腳邊低聲問主人為甚麼這樣憂鬱。這僕人說：

「我的主，我的神，甚麼事使你煩惱到這樣子呢？」

神巫說：「五羊，我這時比往日顏色更壞嗎？」

「在一般女人看來，你比往日更顯得驕傲。」

「我的驕傲若使這些女人誤認而難堪，那我仍得驕傲下去。」

「但是，難堪的或者是另外一個人！一個人能勇敢愛人，在愛情上勇敢即失敗也不會難堪的。難堪只是那些無用的人所有的埋怨。不過，師傅，我說你有的卻只是驕傲。」

「我不想這樣驕傲了，無味的貪婪我看出我的錯來了。我願意做人的僕，不願意再做神的僕了。」

五羊見到主人的情形，心中明白必定是剛才請願祈福一堂道場中，主人聽出許多不應當聽的話了，這乖巧僕人望望主人的臉，又望望主人插到米斗裏那把降魔劍，心想劍原來雖然揮來揮去，效力還是等於麵杖一般。大致一切女人的祈福，歸總只是一句話，就是請神給這個美麗如鹿驕傲如鶴的神前僕人，即刻爲女人煩惱而已。神顯然是答應了所有女人的請願，所以這時神巫當眞煩惱了。

祈了福，時已夜半，在場的人，明天有工做的男子，都回家了，玩倦了的小孩子，也回家了，應當照料小孩飲食的有年紀女人，也回家了。場中人少了一半，只剩下了不少青年女人，預備在第四踡法事末尾天將明亮滿天是流星時與神巫合唱送神歌，就使希望放在心上向神預約下來的幸福，詢問神巫是不是可以實現，應當如何努力方能實現。

看出神巫的驕傲，是一般女子必然的事，但神巫相信那最後一個女人，卻只會看出他的憂鬱。在平時，把自己屬於一人或屬於世界，良心的天秤輕重分明，擇重棄輕他就儘裝驕傲活下來。如今天秤已不同了。一百個或一千個好女人，虛無的傾心，精靈的戀愛，似乎敵不過一個女子實際的物質的愛較受用了。他再也不能把在世界上有無數青年女子對他傾心的事引爲快樂，卻甘心情願自己對一個女人傾心來接受煩惱了。

他把第三踡的法事草草完場，於是到了第四踡。在第四踡末了唱送神歌時，大家應圍成一圈，把神巫圈在中間，把稻草紮成的藍臉大鬼拋擲到火中燒去，於是打鼓打鑼齊聲合唱。神巫在此情形中，去注意到那穿白絨布衣的女人，卻終無所見。他不能向誰個女子探聽那小女孩屬姓，又不能把這個意思向族總說明，只在人中去找尋。他在許多眼睛中去發現那熟習的眼睛，在一些鼻子中發現鼻子，在一些小口中發現那小口，結果全歸失敗。

把神送還天上，天已微明了。道場散了，所有花帕族的青年女子除了少數性質堅毅野心特大的還不願離開神巫，其餘女人均負氣回家睡覺去了。

隨後神巫便隨了族總家扛法寶桌椅用具的工人返族總家，神巫後面跟得是一小羣年青女人，天氣微寒，各人皆披了毯子，這毯子本來是供在野外情人作坐臥用的東西，如今卻當衣服了。女人在神巫身後，低低的唱着每一個字全像有蜜作餡的情歌，直把神巫送到族總的門外。神巫卻頹唐喪氣，進門時頭也不曾掉回。

第二天的事

神巫思量在雲石鎮逗留三天，這意見直到晚上做過第二踐道場才決定。這神的僕人，當眞願意棄了他的事業，來作人的僕人了。

他耳朶中聽過上一千年青女人的歌聲，還能矜持到貌若無動於心。他眼見過一千年青女人向他眉目傳語，他只閉目若不理會。就是昨晚上，在第二踹道場中，將近一百個女人，來跪到這驕傲人面前訴說心中的願望，他爲了他的自尊與自私，也儼然目無所覩耳無所聞，只大聲咤叱行使他神僕的職務。但是一個不用言語訴說的心願，猷在他面前不到兩分鐘，卻爲他猜中非尋找這女人不可了。

見到主人心不自在的僕人五羊，問他主人說：

「師傅，你試差遣你蠢僕去做你要做的那件事吧，天上人參果，地下八寶精，你要我便找得着！」

「事情是神所許可的事，卻不是我應當做的事！」

「既然神也許可，人還能違逆神嗎？違逆神的意見，地獄是在眼前的。」

「你是做不到這事的，因爲我又不願意她以外另一人知道我的心事。」

「我準可以做到，只要師傅把那人的像貌說出來，我一定要她來同師傅相會。」

「你這個人只是舌頭勇敢，別無能耐！」

「師傅！你說！你說！金子是在火裏煉得出來的，我的能力要做去才知道。」

「你這人，我對你的酒量並不懷疑，只是吃酒以外的事簡直無從信托你。」

「試試這一次罷。師傅，你若相信各樣的強盜也可以進愛情的天堂，那麼，一個歡喜喝一杯兩杯酒的人爲甚麼不能當一點較困難的差事呢？」

神巫不是龍朱，五羊卻已把矮奴的聰明得到，所以神巫不能不首肯了。

神巫就告給他僕人，說是那白衣的女人他一見就如何鍾情。因為女人是最後一個來到場中受福，五羊也早將這女人記在心上了。五羊說這多容易。請師傅放心，在此等候好消息，神巫只好點首應允，五羊笑了笑就去了。

去了半天還不回來，神巫心上有點着急。天氣實在太好了，在這樣日光下殺人也像不是罪過。神巫想自己出門走走，又恐怕沒有那個體己僕人在身邊，外面碰到花帕族女人包圍時無法脫身。他悔不該把五羊打發出門，因為他知道這地方的燒酒十分出名，五羊還不知到什麼時候始能醉醺醺的回家。

族總知道神巫極怕女人麻煩，所以特把他安置到一個單獨院落裏。

神巫因為寂寞，又不能睡覺，就從旁門走過族總住的正院去找人談話，到了那邊，人全出門了，只見一個小孩坐在堂屋青石板地下不起，用手蒙臉哭喚。這英雄把孩子舉起逗孩子發笑，孩子見了生人抱他，便不哭了，只睜了眼睛看望神巫。神巫忽然覺得這眼睛是極熟習的誰一個人的眼睛了。他想了一會，記起了昨夜間那個人。他又望望孩子身上所穿的衣服，也就正是昨夜那女人所穿一個樣子白色。他正在對小孩子發癡，以為這湊巧很可注意，那一邊門旁一個人赫然出現，他手忙腳亂不知所措，把小孩放下怔怔望着那人無言無語。原來這就正是昨夜那個請願求神的少年女子。在日光下所見到的女人顏色，如玉如雪，更其分明。女人精神則如日如霞。這晤面顯然也出於她的意外，微驚中帶着惶恐，用手扶定門框，對神巫出神。

「我的主人，昨夜裏在星光下你美麗如仙，今天在日光下你卻美麗如神！」

女人好像靦覥害羞，不作回答，還是站立在那裏不動。

神巫於是又說道：

「神啊！你美麗莊嚴的口輔，應當爲命令愚人而開的，我在此等候你的使喚。我如今已從你眼中望見了天堂，就即刻入地獄也死而無怨。」

小孩子，這時見到了女人，踊躍着要女人抱他，女人低頭無聲走到孩子身邊來，把孩子抱起，放在懷中，用口吮着小孩的小小手掌，溫柔如觀音菩薩。

神巫又說道：

「我生命中的主宰，一個誤登天堂用口瀆了神聖的尊嚴的愚人，行爲如果引起了你神聖的憎怒，你就使他到地獄去吧。」

女人用溫柔的眼睛，望了望這個人中模型善於辭令的美男子，卻返身走了。

神巫是連用手去觸這女人衣裙的氣概也消失了的，見到女人走時也不敢走上去把女人攔住，也不能再說一句話，女人將身消失到蘆簾背後以後，這神的僕人，惶遽情形比失去了所有法寶還可笑，一無可作，只站到堂屋正中搓手。

他不明白這是神的意思，還是因爲與神意思相反，所以仍然當面錯過了這個機會。照花帕族的格言而說，「凡是幸運它同時必是孿生」。神巫想起這個格言，預料到這事只是起始，不是結局，所以並不十分氣餒，回到自己住屋了。

但他的心是不安定的，他應當即刻就知道一切詳細。他不能忍耐等到僕人五羊回來，報告消息，卻決定要走出去找五羊向他方面打聽去了。

正準備起身出門時節，五羊卻忙匆匆的跑回來了，額上全是大汗，一面喘氣一面用手抹額上的汗，臉上笑容蕩漾像迎喜時節的春官。

「舌頭勇敢的人，你得了些什麼好消息了呢？」

「主的福分，我把師傅要知道的全得到了。我在三里外一個地方見到那人中的神了，我此後將一世唱讚美我自己眼睛有福氣的歌。」

「我只怕你見到的是你自己眼中的酒神？還是喝一輩子的酒吧。」

「我可以賭咒，請天爲我作證人。我向師傅撒謊沒有利益可言。我這時的眼睛有光輝照耀，可以證明我所見不虛。」

「在你眼中放光的，我疑心那只是一匹螢火蟲，你的聰明是只能證實你的眼淺的。」

「冤枉！誰說天上日頭不是人人明白的東西？世上瞎眼人也知道日頭光明，你當差的就蠢到這樣嗎？」這時他想起另外證據來了。「我還有另外證據在這裏，請師傅過目。這一朵花它是有來由的。」

僕人把花呈上，一朵小小的藍野菊，與通常遍地皆生的東西一個樣子，看不出它有什麼特異處。

「饒舌的東西，我不明白這花有甚麼用處?」

「你當然不明白它的用處。讓我來替這菊花向師傅訴說罷。我命運是應當在龍朱腳下揉碎的，誰知給一個姑娘帶走了，我坐到姑娘髮上有半天，到後跌到了一個……哈哈，這樣的因緣我把這花帶回來了。我只請我主，信任這不體面的僕人，天堂的路去此正自不遠，流星雖美卻不知道那一條路徑。」

「我恐怕去天堂只有一條路徑。」神巫意思是他自己已先到過天堂了。

「就是這不體面僕人所知道的一條!」

「有小孩子沒有?」

「師傅，罪過!讓我這樣說一句撒野的話罷，那『聖地』是還無人走過的路!那寶田還不曾被誰下種!」

神巫聽到此時不由得不哈哈大笑，微帶嗔怒的大聲說道:

「不要在此胡言譫語了，你自己到廚房找酒喝去吧。你知道酒味比知道女人多一點。你這傢伙的鼻子是除了辨別燒酒以外沒有其他用處的。你去了吧!你只到廚房去，在喝酒以前，爲我探聽族總家有幾個姑娘年在二十歲以內，還有一個孩子是這個人的兒子。聽清我的話沒有?」

僕人五羊把眼睛睜得多大，不明白主人的用意。他還想分辯他所見到的就是主人所要的一個女人。他還想在知識上找出一點證據。可是神巫把這個人輕輕一推，他已踉踉蹌蹌跌到門限外了。他喊道，師傅，聽我的話！神巫卻匍的把門關上了。這僕人站到門外多久，想起必是主人還無決心，又想起那廚房中大缸的燒酒，自己的決心倒拿定了，就撅嘴躄腳向大廚房走去。

五羊去了以後，神巫把那一朶小小藍菊花拿在手上，這菊花若能說話就好了！他望到這花覺到無涯的幸福，這幸福倒是自己所發現，並不必靠自謙爲不體面的僕人所稟白的。他不相信他剛才所見到的是另外一個女人，他不相信僕人的話有一句可靠。一個太會說話了的人，所說的話常常不是事實，他不敢信任五羊僕人也就是這種理由。

不過，平時誠實的五羊，今日又不是大醉，所見到的人當然也必美得很。這女人可是誰家的女人？若這花眞是從那女人頭上掉下，則先一刻在前面院子所見到的又是誰？如果「幸福眞是孿生」，女人是孿生姊妹，神巫在選擇上將爲難不知應當如何辦了。在兩者中選取一個，將用什麼爲這傾心的標準？人世間不缺少孿生姊妹。可不聞有孿生的愛情。

他胡思亂想了大半天。

他又覺得這決不會錯誤，眼睛見到的當然比耳朶聽來的更可靠，人就是昨夜那個人！但是這兒子屬於誰的種根？這女子的丈夫是誰？……這朶花的主人又究竟是誰？……他應當信任自己，信任以後又有何方法處置自己？

這時節，有人在外面拍掌，神巫說，進來！門開了，進來一個人。這人從族總那邊來，傳達族總的言語，請師傅過前面談話。神巫點點頭，那人就走了。神巫一會兒就到了族總正屋，與族總相晤於院中太陽下。

「年青的人呀，如日如虹的丰神，無怪乎世上的女人都爲你而傾心，我九十歲的老人了，一見你也想作揖！」

神巫含笑說：

「年深月久的樹尙爲人所尊敬，何況高年長德的人？江河的謙虛因而成其偉大，長者對一個神前的僕人優遇，他不知應如何感謝這人中的大江！」

「我看你心中的有不安樣子，是不是夜間的道場疲倦了你？」

「不，年長的祖父。爲地方父老作的事，是不應當知道疲乏的。」

「是飲食太壞嗎？」

「不，這裏廚子不下皇家的廚子，每一種菜單單看看也可以使我不厭！」

「你洗不洗過澡了？」

「洗過了。」

「你想到你遠方的家嗎？」

「不，這裏住下同自己家中一樣。」

「你神氣實在不妥，莫非有病。告給我甚麼地方不舒暢？」

「並無不舒暢地方，謝謝祖父的惦念。」

「那或者是病快發了，一個年青人照例免不了常被一些離奇的病纏倒的。我猜必定是昨晚上那一羣無知識的女人擾亂了你。這些年青女孩子，是常常因爲人太熱情的原故，忘了言語與行動的節制的。告給我，她們中誰個有在你面前說過狂話的沒有。」

神巫仍含笑不語。

族總又說：

「可憐的孩子們！她們太熱情了，也太不自諒了。她們都以爲精緻的身體應當儘神巫處治成爲婦人。都以爲把愛情扔給人間美男子爲最合理的事。她們不想想自己野心的不當，也不想想這愛情的無望。她們直到如今還只想如何可以麻煩神巫就如何做，我這無用的老人，若應當說話，除了說妬忌你這年青好風儀以外，不知道尙可以說什麼話了。」

「祖父，若知道晚輩的心如何難過，祖父當同情我到萬分。」

「我爲甚麼不知道你難過處？衆女子千中選一，並無一個夠得上配你，這是我知道的。花帕族女子雖出名的美麗，然而這僅是特爲一般年青誠實男子預備的。神爲了顯他的手段，仿照了梁山伯身材造就了你，卻忘了造那個祝英台了！」

「祖父，我倒並不這樣想！爲了不辜負神使我生長得中看的好意，我應當給一個女子作丈夫的。只是這女子……」

「愛情不是爲憐憫而生，所以我並不希望你委屈於一個平常女子腳下。」

「天堂的門我已無意中見到了，只是不知道應當如何進去。」

「那就非常好！體面的年靑人，我願意你的聰明用在愛情上比用在別的事還多，凡是用得到我這老人時老人無有不盡力幫忙。」

「……」神巫欲說不說，蹙了雙眉。

「不要愁！愛情是頂頑皮的，應當好好去馴服。也不要把心煎熬到過分。你煩悶，何不出去走走呢？若想打獵，拿我的槍，騎我的馬，同你僕人到山上去罷。這幾日那裏可以打到很肥的山雞，怕人注意你頂好戴一個面具去。不過我想來這也無多大用處，一個瞎子在你身邊也會覺得你是體面的。就是這樣子去罷。乘此可以告給一切女人，說心已屬了誰，那以後或者也不至於出門受麻煩了。天氣實在太好了，不應當辜負這好天氣。」

…………

神巫騎馬出門了，馬是自己那一匹，從族總借來的長槍則由五羊抗上。抗着長槍跟在馬後的五羊，肚中已灌滿麥酒與包谷酒了，出得門來聽到各處山上的歌聲，這漢子也不知不覺輕輕的唱起來。

他停頓了一腳，望望在前面馬上的主人，卻唱道：

你用口成天唱歌的花帕族女人，

你們的愛情全是失敗了。
那騎白馬來到鎭上的年青人，
已爲一個穿白衣女人用眼睛抓住了。
……………
你花帕族的男人，
要情人到別處趕快找去！
從今天起始族中的女人，
把愛情將完全變成妬嫉！

神巫回過頭來說：

「好好爲我把口合攏，不然我要用路上的泥土塞滿你的嘴巴了！」

五羊因爲有點兒醉了，慢一步，停留下來，稍與神巫距離遠一點，仍然唱道：

我能在山中隨意步行，
全得我體面師傅的恩惠，
我師傅已不怕花帕族女人，
我決不見女人就退。
……………

你唱歌想愛神巫的乖巧女人，

此後的歌應當改腔改調！

那神巫如今已爲一個女子的情人，

你的歌當問他僕人「要愛情不要？」

神巫在馬上仍然聽到這歌了，又回過頭來，望着這醉人情形，帶嗔的說道：

「五羊，你當眞想吃馬屎是不是？」

五羊忙解釋，說只是因爲牙齒發酸，非哼哼不行，所以一哼就成歌了。

「既然這樣，我明天當爲你把牙齒拔去，看還痛不痛。」

「師傅，那麼我以後因爲拔牙時疼痛的原故，可以成年哼了。」

神巫見這僕人醉時話比醒時多一倍，不可理喻，就只有儘他裝牙痛唱歌。自己打馬上前走了。馬一向前跑，誰知這僕人因爲追馬，倒彷彿牙齒即刻就不發酸，歌也唱不出了。一跑跑到了個溪邊，一隻水鴨見有人來，振翅乎乎飛去，五羊忙收拾槍交把主人，等到主人舉槍瞄準時，那水鳥已早落到遠處蘆叢中不見了。

「完了。龍朱僕人說：凡是籠中蓄養的鳥一定飛不遠。這隻水鴨子可不是家養的！我們慢慢的沿這小溪向前走罷，師傅。」

神巫等候了一陣，不見這水鴨子出現，只好照五羊意見走去。這時五羊在前，因爲溪邊路窄，他牽馬。走了一會，五羊好像牙齒又發生了毛病，哼起來了。

籠中畜養的鳥牠飛不遠，
家中生長的人卻不容易尋見。
我若是有愛情交把女子的人，
縱半夜三更也得敲她的門。

神巫在五羊說出門字以前就勒着了馬。他不走了，昂首望天上白雲，若有所計畫。

「主人，古怪，你把馬一勒，我這牙齒倒好了，要唱歌也唱不來了。」

「你少作怪一點！你既然說那個人的家，離這裏不遠，我們就到她家中去看看吧。」

「要去也得一點禮物，我們應向山神討一雙小白兔才像樣子！」

「好，照你主意吧，你安置一下。」

五羊這時可高興了。照習慣打水邊的鳥時可以隨便，至於獵取山上的小獸與野雞，便應當同山神通知一聲。通知山神辦法也很簡便，只是用石頭在土坑邊或大樹下砌一堆，堆下壓一綹頭髮與青銅錢三枚，設此的人略一致術語，就成了。有了通知便容易得到所想得的東西。故此時五羊即來辦理這件事。他把石頭找得，扯下了自己頭髮一小綹，摸出三個小錢，蹲下身去，如法泡製。騎在馬上的神巫，等候着，望着遙天的雲彩，一聲不響。

不知是山神事忙，還是所有兔類早得了山神警戒不許出穴，主僕兩人在各處找尋半天的結果，連一匹兔的影子也不曾見到。時間居然不爲世界上情人着想，夜下來了。黃昏薄暮中的神巫，人與馬停頓在一個小土阜上面，望雲石鎮周圍各處人家升起的炊煙，化成銀色薄霧，流動如水如雲，人微疲倦，輕輕打着唿哨回了家。

第二天晚上的事

回家的神巫，同他的僕人，把飯吃過後，坐在院中望天空。藍天裏全是星子。天比平時彷彿更高了。月還不上來，在星光下各地各處叫着紡車娘，聲音繁密如落雨，在紡車娘吵嚷聲中時常有婦女們淸壢宛轉的歌聲，歌聲的方向卻無從得知。神巫想起日間的事，說：

「五羊，我們還是到你說的那個地方去看看吧。」

「主人，你眞勇敢！一出門，不怕爲那些花帕族女人圍困嗎？」

「我們悄悄從後面竹園裏出去！」

「爲甚麼不說堂堂正正從前門出去？」

「就從前門出去也不要緊！」

「好極了，我先去開路。」

五羊就先出去了，到了外邊，耳聽崗邊有女人的嘻笑，聽到蘆笛低低的嗚咽。微風中有梔子花香同桂花香。舉目眺望遠處，一堆堆白衣裙隱顯於大道旁，不下數十，全是想等候神巫出門的癡心女人。這些女人不知疲倦的唱歌，只想神幫助她們，憑了好喉嚨把神巫的心揪住，得神巫見愛。她們將等候半夜或一整夜，到後方各自回家。天氣溫暖宜人，正是使人愛悅享樂的天氣。在這樣天氣下，神巫的驕傲，決不是神許可的一件事，因此每個女人的自信也更多了。

神巫的僕人五羊，見到這個情形，打算打算，心想還是不必要師傅勇敢較好，就轉身向神巫住處走去報告外面一切光景。

「看到了些什麼了呢？」

「……」五羊只搖頭。

「聽到了些什麼了呢？」

「……」五羊仍然搖頭。

神巫就說：

「我們出去吧，若等待絆腳石自己挪移，恐怕等到天亮也無希望出去了。」

五羊微帶憂愁答道：

「倘若有辦法不讓絆腳石擋路，師傅，我勸你還是採用那辦法吧。」

「你不還譏笑我說那是與勇敢相反的一種行爲麼？」

「勇敢的人他不躲避犧牲，可是他應當躲避麻煩。」

「在你的聰明舌頭上永遠見出師傅的過錯，卻正如在龍朱僕人的舌頭上永遠見出龍朱是神。」

「就是一個神也有爲人痲煩到頭昏情形的時候，這應當是花帕族女人的罪過，她們不應當生長得這樣美麗又這樣多情！」

「騙子，少說閒話罷。一切我依你了。我們走。」

「是吧，就走。讓花帕族所有年青女人因想望神巫而煩惱，不要讓那被愛的花帕族一個女人因等候而心焦。」

他們於是當眞悄悄的出了門，從竹園翻籬笆過田坎，他們走的是一條幽僻的小路。忠實的五羊在前，勇壯的神巫在後，各人用牛皮面具遮掩了自己的臉龐，忽忽的走過了女人所守候的砦門，走過了女人所守候的路亭。到了無人的路上時，五羊回頭望了一望，把面具從臉上取下，向主人憨笑着。

神巫也想把面具卸除，五羊卻搖手。

「這時若把它取下，是不會有人來稱讚我主的勇敢的！」

神巫就聽五羊的話，暫時不脫面具。他們又走了一程。經過一家門前，一個稻草堆上有女人聲音問道：

「走路的是不是那使花帕族女人傾倒的神巫？」

五羊代答道：

「大姊，不是，那驕傲的人這時應當已經睡覺了。」

那女人聽說不是，以爲問錯了，就唱歌自嘲自解，歌中意思說：

一個心地潔白的花帕族女人，

因爲愛情她不知道什麼叫作羞恥。

她的心只有天上的星能爲證明，

她愛那人中之神將到死爲止。

神巫不由得不稍稍停頓了一步。五羊見到這情形，恐怕誤事，就回頭向神巫唱道：

年青人不是你的事你莫管，

你的路在前途離此還遠。

他又向那草堆上女人點頭唱道：

好姑娘你心中淒涼還是唱一首歌，

許多人想愛人因爲啞可憐更多！

到後就不顧女人如何，同神巫忽忽的走去了。神巫心中覺得有點難過，然而不久又經過了一家門外，聽到竹園邊窗口裏有女人唱歌：

你半夜過路的人，是不是神巫的同鄉？

你若是神巫的同鄉，足音也不要去得太忙；

我願意用頭髮把你腳上的泥擦揩，

因爲它是從那神巫的家鄉裏帶來。

五羊聽完伸伸舌頭，深怕那女人走出來見到主人，或者就實行用頭髮擦腳的話，拖了神巫就走，擔心走慢了點就不能脫身。神巫無法，只好又離開了第二個女人。

第三個女人唱的是希望神巫爲天風吹來的歌。第四個女人唱的是願變神巫的僕人五羊。第五個女人唱的是只要在神巫跟前作一次獃事就到地獄去儘鬼推磨也無悔無忌。一共經過了七個女人，到第八個就是神巫所要到的家了。遠遠的望到那從小方窗裏出來的一縷燈光，神巫心跳着不敢走了。

他說：「五羊，不要走向前了吧，讓我看一會天上的星子，把神略定再過去。」

主僕兩人就在那人家三十步以外的田坎上站定了。神巫把面具取下，昂頭望天上的星辰鎭定自己的心。天上的星靜止不動，神巫的心也漸漸平定了。他嗅到花香，原來那人家門外各處圍繞的是夜來香同山茉莉，花在夜風中開放，神巫在一種陶醉中更像溫柔熨貼的情人了。

過一會，他們就到了這人家的前面了，神巫以爲或者女人是正在等候他，如同其餘女子一樣的。他以爲這裏的女人也應當是在輕輕的唱歌，念着所愛慕的人名字。他以爲女人必不能睡覺。為了使女人知道有人過路，神巫主僕二人故意把腳步放緩放沉走過那個屋前。走過了不聞一絲聲息，主僕二人於是又回頭走，想引起這家女人注意。

來回三次全無影響，一片燈光又證明這一家男子全睡了覺，婦女卻還在燈光下做工。事情近於不可理解。

五羊出主意，先越過山茉莉作成的低籬，到了女人有燈光的窗下，聽了聽裏面，就回頭勸神巫也到窗下來。神巫過來時，五羊就伏在地上，請主人用他的身體作爲墊腳東西，攀到窗邊去探望探望這家中情形。神巫不應允，五羊卻不起來，所以到後就只得照辦了。因爲這僕人墊腳，神巫的頭剛及窗口，他就用手攀了窗邊慢慢的小心的把頭在窗口露出。那個窗子原是敞開的，一舉頭房中情形即一目了然。神巫行爲的謹愼以至於全無聲息，窗中人正背窗而坐，低頭做鞋，竟毫無知覺。

神巫一看女人正是日間所見的女人，雖然是背影，也無從再有猶豫。心亂了。只要他有勇敢，他就可以從這裏跳進去，作一個不速之客。他這樣行事任何人都不會說他行爲的荒唐。他這種行爲或給了女人一驚，但卻是所有花帕族年青女人都願意在自己家中得到機會的一驚。

他望着，只發癡入迷，他忘了腳下是五羊的肩背。

女人正在用稻草心編製小籃，如金如銀顏色的草心，在女人手上復柔軟如絲絲，神巫凝神靜氣看到一把草成一隻小籃，把五羊忘卻，把自己也忘卻了。在腳下的五羊，見神巫忍氣屏息的情形，又不敢說話，又不敢動，頭上流滿了汗。這忠實僕人，料不到神巫把應做的事全然忘去，卻用看戲心情對付眼前的。

到後五羊實在不能忍耐了，就用手扳主人的腳，無主意的神巫記起了墊腳的五羊，以爲五羊要他下來了，就跳到地上。

五羊低聲說：

「怎麼樣？我的主。」

「在裏邊！」

「是不是？」

「我眼睛若已瞎了，嗅她的氣味也知道這個人是誰。」

「那就大大方方跳進去！」

神巫遲疑了。他想起大白天族總家所見到的女子了。那女子才眞是夜間最後祈福的女子。那女子分明在族總家中，且有了孩子，這女人卻未必就是那一個。是姊妹，或者那樣吧，但誰一個應當得到神巫的愛情？天既生下了這姊妹兩個，同樣的韶年秀美，誰應當歸神巫所有？如果對神巫用眼睛表示了獻身誠心的是另一人，則這一個女人是不是有權利侵犯？

五羊見主人又近於徘徊了，就激動神巫說道：

「勇敢的師傅，我不希望見到你他一時殺虎擒豹，只願意你此刻在這裏唱一首歌。」

「你如果以爲一個勇敢的人也有躲避痲煩的理由，我們還是另想他法或回去了罷。」

「打獵的人難道看過老虎一眼就應當回家嗎？」

「我不能太相信我自己，因為也許另一個近處那隻虎才是我們要打的虎！」

「虎若是孿生，打孿生的虎要問尊卑嗎？」

「但是我只要我所要的一個，如果有兩個可傾心的人，那我不如仍然作往日的神巫，儘世人永遠傾心好了。」

五羊想了想，又說道：

「主人決定虎有兩隻麼？」

「我決定這一隻不是那一隻。」

「不會錯嗎？」

「我的眼睛對日頭不暈眩，證明我不會把人看錯。」

…………

五羊要神巫大膽進到女人房裏去，神巫恐怕發生錯誤，將愛情誤給了另一個人可不甘心。五羊要神巫在窗上唱一首歌，逗女人開口，神巫又怕把柄落在不是昨夜那年青女人手中，將來成一種笑話，故仍不唱歌。

這時既是夜間，這一家男子白天上山作工疲倦已全睡了。驁吵男當家人既像極不方便，主僕二人就只有站在窗下等待天賜的機會，以為女人或者會到窗邊來。其實到窗邊來又有什麼用處？

女人不止過一會兒後即如所希望到窗邊來，還倚伏在窗前眺望天邊的大星！藏在山茉莉花樹下的主僕二人，望到女人彷彿在頭上，唯恐驚了女人，不敢作聲。女人數了又數天上的星，神巫卻度量女人的眼眉距離，因爲天無月光不能看清楚女人樣子，仍然還無結論。

女人看了一會星，把窗關上，關了窗後不久，就只見一個影子像是脫衣情形在窗上晃，五羊正待要請主人再上他的肩背探望時，燈光熄了。

五羊心中發癢，忍不住了，想替主人唱一首歌，剛一發聲口就被神巫用手蒙着了。

「你想作什麼蠢事？」

「我將爲主人唱一曲歌給這女子聽！」

「你不記到着龍朱主僕說的許多聰明話嗎？爲甚麼就忘掉蓄養在籠中的鳥飛不遠那句話呢。」

「主人，口本來不是爲唱歌而生的，不過你也忘了多情的鳥絕不是啞鳥的話了！」

「大蒜！」

在平時，被罵爲大蒜的僕人，是照例不能再開口，要說話也得另找一個方向才行的。可是如今的五羊卻撒野了。他回答他的主人，話說得妙，他說：「若儘是這樣站下來等着，就讓我這『大蒜』生根抽苗也還是無辦法的。」

神巫生了氣，說：「那我們回去。」

「回去也行！他日有人說到某年某月某人的事，我將攙一句話，說我的主張只有這一次違逆了主人的命令，我以爲縱回去也得唱一首歌，使花帕族女人知道今天晚上的情形，到後是主人不允許，我只得……」

五羊一面後退一面說，一直退到窗下，離神巫有六步後，卻重重的咳了一聲嗽，又像有意又像無心，頭觸了牆。激於義憤的五羊，見到主人今夜的婦人氣概，想起來眞有點不平！

神巫見五羊已到了窗下，恐怕他還要放肆，就趕過去。五羊見神巫走近時，又趕伏身貼地，要主人作先前的事情。神巫用腳輕輕踢了一下這個熱心的僕人，僕人卻低聲唱道：

花帕族的女人，你們來看我勇敢的主人！

小心到怕使女人在夢中吃驚，

男子中誰見到過如此勇敢多情？

神巫急了，就用腳踹五羊的頭，五羊還是昂頭望主人笑。

在這時，忽然窗中燈光又明了。神巫爲之一詫，抓了五羊的肩，提起如捉雞，一躍就跳過那山茉莉的圍籬，到了大路上。

窗中燈光明亮後，且見到窗上人影子，神巫心跳着，如先前初到此地時情形相同。五羊目覩此時情形啞口無聲，且祇想蹲下去，希望女人把窗推開時可以不爲女人見到。女人似乎已知道屋外有人的事情了。

過了一會，女人當眞又到了窗邊把窗推開了，立在窗前望天空吁氣，卻不曾對大路上注意。

神巫爲一種虛怯心情所指揮，依舊把身體低藏到路旁樹下去。他只要女人口上說出自己的名字一次，就預備即刻躍出到窗下去與女人會面，使女人見到神巫時，爲自天而下的神巫一驚。女人的行爲，又像是全不知道路上有望她的人，看了一會星，又把窗關上，燈光稍後又熄了。

神巫放了一口氣，身心全像掉落在大海裏。他仍然不能向前，即或一切看得分明也不行。五羊憂鬱的向神巫請求道：

「主人，讓那其餘時節口的用處是另一事，這時卻來唱一句歌吧。」

神巫又想了半天，只爲了不願意太對不起今夜，點了頭。他把聲音壓低，仰面向星光唱道：

瞅人的星我與你並不相識，
我只記得一個女人的眼睛；
這眼睛曾爲淚水所濕，
那光明將永遠閃耀我心。

過了一會，他又唱道：

天堂門在一個蠢人面前開時，
徘徊在門外那蠢人心實不甘：
若歌聲是啟關這愛情的鑰匙，

他願意立定在星光下唱歌一年。

這種歌反覆唱了二十次，三十次，窗中卻無燈光重現，也再不見那女人推窗外望，意外的失敗，使神巫僕主全愕然了。顯然是神巫的歌聲雖如一把精緻鑰匙，但所欲啟關的卻另是一把鎖，縱即或如歌中所說，唱一年也不能得到如何結果了。

神巫在愛情上的失敗這還是第一次，他懊惱他自己的失策。又不願意生五羊的氣，打五羊一頓，回到家中就倒到床上睡了。

第三天的事

五羊在族總家的廚房中，與一個肥人喝酒。時間是大清早上。吃早飯以後，那胖廚子已經把早上應做事做完，他們就在那灶邊大橈上，各用小葫蘆量酒，滿葫蘆酒嘓嘟嘟向肚中灌，各人都有了三分酒意。這個人，全無酒意時是另外一種人，除了神巫同誰也難多說話的。到酒在肚中湧時，五羊不是通常五羊了。不吃酒的五羊，話只說一成，聰明的人可以聽出兩成，五羊有了酒他把話說一成，若不能聽五成就不行了。

肥人既然是廚子，原應屬於半東家之列的，也有了一點酒意，就同五羊說：

「五羊大爺，我問你，你那不懂風趣的師傅，到底有不有一個女子影子在他心上？」

五羊說：

「哥你眞問的怪，我那師傅豈止——」

「有三個——五個——十五個——一百個？」肥人把數目加上去，彷彿很容易。

五羊喝了一口酒不答。

「有幾個？哥你說，不說我是不相信的。」

五羊又喝了一口酒裝模作樣把手一攤說：

「哥，你相信吧，我那師傅是把所有花帕族女子連你我情人全算在內，都擱在心頭上的。他愛她們，所以不將身體交把那一個女子。一個太懂愛情的人都願意如此做男子，做得到做不到那就看人來了，可是我那師傅——」

「爲甚麼他不把這些女人引到山上每夜去睡一個？」

「是吧，爲什麼我們不這樣辦？」

肥人對五羊的話奇怪了，含含糊糊的說：

「哈，你說我們，是吧，我們就可以這樣辦。天知道，我是怎麼處治了愛我的女人！不瞞大哥，不多不少一共十一個。你別瞧我只會做菜。哥，爲什麼你不學你的師傅！」

「他學我就好了」。

「倘若是學到了你的像貌，那可就眞正糟糕。」

「醜人多福相，受麻煩的人卻是像貌很好的人。」

「那我倒很願意受一點麻煩，把像貌變標緻一點。」

「爲甚麼你疑心你自己不標緻呢？許多比你更壞的人他都不疑心自己的。一個麻子的臉上感覺是自己的，並不是別人，不然爲甚麼不當麻子的面時我們全不覺到麻子可笑呢？」

「哥你說的對，請喝！」

「哥你喝！」

兩人一舉手，葫蘆又逗在嘴上了。彷彿與女人親嘴那麼熱情，兩人的葫蘆都一時不能離開自己的口。與酒結緣是廚子比五羊還來得有交情的，五羊到後像一堆泥，倒到燒火櫈旁冷灰中了，廚子還是一口一口的喝。

廚子望到五羊棄在一旁的葫蘆已空，又爲量上一葫蘆，讓五羊抱在胸前，五羊抱了這葫蘆卻還知道與葫蘆口親嘴，廚子望到這情形，只把巴掌拍着個大肚皮癡笑。

廚子結結巴巴的說：

「哥，聽說人矮了可以成精，這精怪你師傅能趕走不能？」

睡在灰中的五羊，只含糊的答道：「是罷，用木棒打他，就走了。」

「不能打！我說用的是道法！」

「念經吧。」

「不能念經。」

「爲甚麼不能？唱歌可以抓得住精怪，念經爲甚麼不能把精怪嚇跑？近來一切都作興用口喊的。」

「你這眞是放狗屁。」

「就是這樣也好。你說的對。這比那些流別人血做官的方法總好一點吧。這是我五羊說的，決不翻悔……哥，你爲甚麼不去做官？你用刀也殺了一些了，殺鷄殺猪和殺人有什麼不同。」

「你說無用處的話。」

「什麼是有用？我請教。凡是用話來說的不全是無用嗎？無用等於有用，論人才就是這種說法；有用等於無用，所以能幹的就應當被劊。」

「你這是念咒語不是？」

「跟神巫的僕人若會念咒語，那麼……」

「你說怎麼？」

「我說跟到神巫的僕人是不會咒語的，不然那跟到族總的廚子也應有品級了。」

廚子到這時費思索了，把葫蘆搖着，聽裏面還有多少酒。他倚立在灶邊，望到五羊捲成一個球倒在那灰堆上，鼾呼已起了，他知道五羊一定正夢到在酒池裏泅水，這時他也想跳下這酒池，就又是一葫蘆酒嘓嘟嘟喝下。這人不久自然也就醉倒到灶邊了。這個地方的灶王脾氣照例非常和氣，所以眼見到這兩個醉鬼如此爛醉，也從不使他們肚痛，若果在別一處，恐怕那可不行，至少也非罰款不能了事的。

五羊這時當眞夢到什麼了呢？他夢到仍然和主人在一處，同站在昨晚上那女人家門外窗前星光下輕輕的唱歌。天上星子如月明，星光照身上使身上也彷彿放光。主人威儀如神，溫和如鹿，而超拔如鶴。身旁仍然是香花。花的香氣卻近於春蘭，又近於玫瑰。主人唱歌厭倦了，要他代替，他不推辭，就開口唱道：

要愛的人，你就愛，你就行，你莫停。
一個人，應當有一個本分，你本分？
你的本分是不讓我主人將愛分給他人，
勇敢點，跳下樓，把他抱定，放鬆可不行。

五羊唱完這體面的歌後，就彷彿聽到女人在樓上答道：

跟到鳳凰飛的鴉，你上來，你上來，
我將告給你這件事情的黑白。
別人的事你放在心上，不能忘，不能忘，
你自己的女人如今究竟在什麼地方？

五羊又儼然答道：

我是神巫的僕人，追隨十年，地保作證。
我師傅有了太太，他也將不讓我獨睏。
倘若師傅高興，送丫頭把我，只要一個，
愚蠢的五羊，天氣冷也會爲老婆捏腳。

女主人於是就把一個丫頭擲下來了。丫頭白臉長身，而兩乳高腫，五羊用手接定，覺得很輕，還不如一籮穀子。五羊把女人所給的丫頭，放到草地上，像陳列寶貝，他望到這個女人歡喜極了。他圍繞這彷彿是熟睡的女子儘只打轉，跳躍歡樂如過年。他想把這人身體各部分望清楚一點，卻總是望不清楚。本來望到那高腫的兩乳，久望一點卻又變成兩個饅頭了。他另外又望到一個冬瓜，又望到一個小杯子，又一望到一碗白燉蘿蔔，又望到……

奇奇怪怪的，是這行將爲他妻女的一身。本來是應當說「用」的，久而久之都變成可吃的東西了。他得在每一件東西上嚐嚐，或吮一次，或用舌舔舔，一切東西的味道都如平常一切菓子，新鮮養人，使人貪饞忘飽。

他在略微知道饜足時候才偷眼望神巫。神巫可完全兩樣，只一個人孤孑的站在那山茉莉旁邊，用手遮了眼睛，不看一切。走過去時神巫也不知。他大聲喊也不應。五羊算定是女人不理主人了，就放大喉嚨唱道：

若說英雄應當永遠孤獨，那獅子何處得來小獅子？

若師傅被女人棄而不理，我五羊必閹割終生！

不知如何，他又覺得眞是應當在神巫面前閹割的時候了，他有點怕痛，又有點悔，就借故說須到前面看看。到了前面他見到廚子，腆着個大肚子，像廟中彌勒佛，心想這人平時吃肉太多了，肚子裏至少有了三隻猪。就隨意在那胖子肚上踢了一腳，看看是不是有小猪跑出。胖子捧了大肚皮在草地上滾，草也滾平了。五羊望到這情形，就只笑，全忘了還應履行自己那件重要責任了。

過不久，夢境又不同了。他似乎同他的師傅向一個洞中走去，師傅傷心傷心的哭着，大約爲失了女人。大路上則有無數年青女人用唱歌嘲笑這主僕二人，嘲笑到兩人的臉嘴，說是太不高明。五羊就望望神巫同自己，眞似乎全都蒼老了，鬍子硬鬖鬖全很不客氣的從嘴邊茁出芽來了，他一面偷偷的拔嘴上的鬍子，一面低頭走路。他經過的地方全是墳堆，且可以看到墳中平臥的人，還有爛了臉裝着一副不高興神氣的。他臨時記起了避魔咒的全文，這咒語，在平時可是還不能念完一半的。這時念咒語走路，然而仍聞得到山茉莉花香氣，只不明白這香氣應從何處吹來。

……………

在酣醉中，這僕人肆無忌憚的做過了許多怪夢。若非給神巫用一瓢冷水澆到頭上，還不知道他尚有幾個鐘頭才能酒醒的。當他能夠睜眼望他的主人時，時間已是下午了。面對神巫他想起夢中事情，霍然一驚，餘醉全散盡了，站起身來才明白已在柴灰中打了幾個滾，全身是灰。他用手摸他的頸和臉，莫名其妙臉上頸上會爲水淋濕，還以爲落雨，因爲睡到當天廊下，所以雨把臉濕了，他望到神巫，卻向神巫癡笑，不知爲什麼事而笑。又總覺得好笑不過，所以接着就大笑起來。

神巫說：「荒唐東西，你還不清醒嗎？」

「師傅，我清醒了，不落雨恐怕還不能就醒！」

「甚麼雨落到你頭上？你一到這裏來就像用糟當飯，他日得醉死。」

「醉得人死的酒，爲甚麼不値得喝！」

「來！跟我到後屋來。」

「嗻。」

神巫就先走了。五羊站起了又復坐下，頭還是昏昏沉沉，腿腳也很軟，走路不大方便。坐下之後，慢慢的把夢中的事歸入夢裏，把實際歸入實際，記起了這時應爲主人探聽那件事了，就在地下各處尋找那廚子，那一堆肥肉體終於爲他發現在碓邊了，起來取瓢舀水，也如神巫一樣，把水潑到廚子臉上去。廚子先還不醒，到後又給五羊加上一瓢水，水入了鼻孔，打了十來個大嚏。口中含含糊糊說了兩句：「出行大吉對我生財。」用肥手抹了一下臉嘴，慢慢的又轉身把臉側向碓下睡着了。

五羊見到這情形，知道無辦法使廚子清醒，縱此時馬房失火大約他也不會醒了，就拍了拍自己身上灰土，趕到主人住處後屋去。

到了神巫身邊，五羊恭敬垂手站立一旁，腳腿發軟只想蹲。

「我不知告你多少次了，脾氣總不能改。」

「是的，師傅。一個小人的惡德，並不與君子的美德兩樣，全是自己的事，天生的。」

「我要你做的事怎樣了呢？」

「我並不是因爲她是籠中的鳥原飛不遠疏忽了職務，實在是爲了……」

「除了爲喝酒我看不出你有理由說謊。」

「一個完人總得說一點謊，我並不是完人，決不至於再來說謊！」

神巫煩惱了，不再看這個僕人。因爲神巫發氣，一面腳久站了當不來，一面想取媚神巫，請主人寬心，這僕人就乘勢蹲到地上了。蹲到地上無話可說，他就用指頭在地面上作圖畫，畫一個人兩手張開，向天求助情形，又畫一個日頭，日頭作人形，圓圓的臉盤，對世界發笑。

「五羊，你知道我心中極其懊惱的，想法子過一個地方爲我探聽詳細那一件事罷。」

「我剛才還夢到——」

「不要說夢了，我不問你做夢的事。我試往別處去，問清楚我所想知道那一件事。」

「我即刻就去。（他站起來）不過古怪得很，我夢到——」

「我無功夫聽你說夢話，要說，留給你那同志酒鬼說罷。」

「我不說我的夢了，然而假使這件事，研究起來，我相信有人感到趣味。我夢到我——」

神巫不讓五羊說完，喝住了他，五羊並不消沉，見主人實在不能忍耐，就笑着立正，點頭，走出去了。

五羊今天已經把酒喝夠了，他走到雲石鎭上賣糍粑處去，喝老婦人爲尊貴體面神巫的僕人特備的蜜茶，吸四川金堂旱煙葉的舊煙斗，快樂如候補的仙人。他坐到一個蒲團上問那老婦人爲甚麼這地方女人如此對神巫傾心，他想把理由得到。賣糍粑的老婦人就說出那道理，平常之至，因爲神巫有可以給世人傾心處。

「伯娘，我有不有？」他意思是問有不有使女子傾心的理由。

「爲甚麼不有？能接近神巫的除你以外還無別一個。」

「那我眞想哭了。若是一個女人，也只像我那樣與我師傅接近，我看不出她會以爲幸福的。」

「這時節花帕族年青女人，那怕神巫給她們苦吃，也願意，只是無一個女人能使神巫心中的火把點燃，也無一個女人得到神巫的愛。」

「伯娘，恐怕還有罷，我猜想總有那麼一個女人，心與我師傅的心接近，勝過我與我師傅的關係。」

「這不會有的事！女人成群在神巫前唱歌，神巫全不理會，這驕傲男子，心中的人在天上，那裏能對花帕族女人傾心？」

「伯娘，我試那麼問一句：這地方，都不會有女人用她的歌聲，或眼睛，揪着了我師傅的心麼？」

「沒有這種好女子，我是分明的。花帕族女子配作皇后的，也許還有人，至於作神巫的妻是床頭人，無一個的。」

「我猜想，族總對我師傅的優渥，或者家中有女兒要收神巫作子壻。」

「你想的事並不是別人所敢想的事。」

「伯娘，有了戀愛的人膽子都非常大。」

「就大膽，族總家除兩個女小孩以外也只一個啞子寡媳婦，啞子膽大包天，也總不能在神巫面前如一般人說願意要神巫收了她。」

五羊聽到這個話詫異了，啞子媳婦是不是——？他問老婦人說：

「他家有一個啞媳婦麼？像貌是……」

「一個人啞了，像貌說不到。」

「我問得是瞎了不瞎？」

「這人有一對大眼睛。」

「有一對眼睛，那就是可以說話的東西了！」

「雖地方上全是那麼說，說她的舌頭是生在眼睛上，我這蠢人可看不出來。」

「我的天——」

「怎麼咧？『天』不是你這人的，應當屬於那美壯的神巫。」

「是，應當屬於這個人！神的僕人是神巫，神應歸他侍奉，我告他去。」

五羊說完就走了，老婦人全不知道這是什麼用意。

不過走出了老婦人門的五羊，望到這家門前的胭脂花，又想起一件事來了，他回頭又進了門。婦人見到這樣子，還以爲愛情的火是在這神巫僕人心上熊熊的燃了，就說：

「年青人，什麼事使你如水車怱忙打轉？」

「伯娘，因爲水的事侄兒才像水車……不過我想知道另外在兩里路外有峒樓附近住的人家還有些什麼人，請你隨便指示我一下。」

「那裏是族總的親戚，還有一個啞子，是這一個啞子的妹妹，聽說前夜還到道場上請福許願，你或者見到了。」

「……」五羊點頭。

那老婦人就大笑，拍手搖頭，她說：

「年青人，在一百匹馬中獨被你看出了兩隻有疾病的馬，你這相馬的伯樂將成爲花帕族永遠的笑話了。」

「伯娘，若果這眞是笑話，那讓這笑話留給後人聽罷。」

五羊回到神巫身邊，不作聲。他想這事怎麼說纔好？還想不出方法。

神巫說：「你倒是到外面打聽酒價去了。」

五羊不分辯，他依照主人意思說：「師傅，的確是探聽明白的事正如酒價一樣，與主人戀愛無關。」

「你不妨說說我聽。」

「主人要聽，我不敢隱瞞一個字。只請主人小心，不要生氣，不要失望，不要怪僕人無用……」

「說！」

「幸福是孿生的，僕人探聽那女人結果也是如此。」

神巫從椅上跳起來了。五羊望到神巫這樣子，更把臉爛的如一個麵餅。

「師傅，你慢一點歡喜罷，據人說這兩個女人的舌頭全在眼睛上，事情不是假的！」

「那應當是眞事！我見到她時她眞只用眼睛說話的。一個人用眼睛示意，用口接吻，是頂相宜的事了！要言語做什麼？」

「……」五羊待要分明說這是啞子，見到神巫高興情形，可不敢說了。他就只告給神巫，說到神壇中許願的一個是遠處的一個，在近處的卻是族總的寡媳，那人的親姊妹。

因爲花帕族的諺語是：「獵虎的人應當獵那不曾受傷的虎，才是年青人本分。」這主僕二人於是決定了今夜的行動。

第三天晚上的事

到晚來，忽然刮風了，落雨了，像天出了主意，不許年青人荒唐。天雖有意也不能阻攔了這神巫主僕二人，正因爲天變了卦，凡是逗在大路上，以及族總門前，鎮旁砦門邊的女人，知道天落了雨，神巫不至於出門，等候也是枉然，因此無一個人攔路了。既然這類近於絆腳石的女人不當路，他們反而因爲天雨方便許多了。

吃過了晚飯，老族總走過神巫住處來談天，因爲天氣忽變，願意神巫留在雲石鎮多住幾天。神巫還不答應，五羊便說：

「一個對酒有嗜好的人，實在應當在總爺廚中留一年，一個對女人有嗜好的人，至少也應當留半……」

五羊的話被主人喝住不說了，老族總明白神巫極不歡喜女人，見到神巫情形不好，就說：

「在這裏委屈了年青的師傅了，眞對不起。花帕族人用不中聽的歌聲麻煩了神巫，天也厭煩了，所以今天落了雨。」

神巫說：「祖父說那裏話，一個平凡男子，到這裏得到全鎮父老姊妹的歡迎，他心裏眞過意不去！天落雨這罪過是仍然應歸在神的僕人頭上的，因爲他不能犧牲他自己，爲人過於自私。不過神可以爲我證明，我並不希望今夜落雨啊！」

「自私也是好的，一個人不能愛自己他也就無從愛旁人了。花帕族女人在愛情上若不自私，滅亡的時期就快到了。」

神巫不敢答話，就在房中打圈走路，用一個勇士的步法，輕捷若猴，沉重若獅子，使老族總見了心中喝彩。

老族總見五羊站在一旁，想起這人的酒量來了，就問道：

「有光榮的朋友，你到底能有多大酒量？」

五羊說：「我是吃糟也能沉醉的人，不過有時也可以連喝十大碗。」

「我聽說你跟到過龍朱矮僕人學唱歌的，成績總不很壞吧。」

「可惜人過於蠢笨，凡是那矮人爲龍朱盡過力的事我全不曾爲主人作到。」

「你自己在吃酒以外，還有什麼好故事沒有？」

「故事眞多啦。大概一個體面人才有體面的事，所以輪到五羊的故事，也都是笑話了。我夢到女主人賞我一個婦人哩，是白天的夢。我如今只好極力把女主人找到，再來請賞。」

老族總聽到這話好笑，覺得天眞爛漫的五羊，嗜酒也無害其心上天眞，就戲說：

「你爲你主人做的事也有一點兒『眉目』沒有？」

「有『目』不有『眉』……哈哈，是這樣罷，這話應當這樣說罷……天不同意我的心，下了雨！」

「不下雨，你大約可以打火把滿村子裏去找人，是不是？」老族總說完打哈哈笑了。

「不必這樣費神——」五羊極認眞的這樣說，下面還有話，神巫恐怕這人口上不檢，誤了事，就喊他拿外廊的馬鞍進來，恐怕雨大漂濕了鞍韉。五羊走出去了，老族總向神巫說：

「你這個用人眞眞不壞。許多人因爲愛情把心浸柔軟了，他的心卻是泡在酒裏變天眞的。」

神巫不作答，用微笑表示老人話有道理。他仍然在房中來回走着，一面聽到外面的風雨撼樹的聲音，想起另一個地方的山茉莉與胭脂花或者已爲風雨毀完了，又想起那把窗推開向天吁氣女人的情形，又想起在神壇前流淚女人的情形，忽然心躁起來了，眉毛聚在一處，忘了族總在身邊，頓足喊五羊。五羊本是候在門外廊下，聽喊聲就進來了，問要什麼。神巫又無可說了，就順口問雨有多大，一時會不會止。

五羊看了看老族總，聰明的回答神巫道：

「還是儘這雨落罷，河中水消了，絆腳石就會出現！」

神巫不理會，仍然走動。老族總就說：

「天落雨，是爲我留客，明天可不必走了，等候天氣晴朗時再說。」

「……」神巫想說一句什麼話，老族總已注意到，神巫到後又不說了。

老族總又坐了一會，告辭了，老族總去後不久，神巫便問五羊簑衣預備好了沒有？五羊說天氣太早，還不到二更，不合宜。於是主僕二人等候時間，在雨聲中消磨了大半天。

出得門時已半夜了。風時來時去。雨還是在頭上落。道路已成了小溪，各處岔道全是活活流水。在這樣天氣下頭，善於唱歌夜鶯一樣的花帕族女人，全斂聲息氣在家中睡覺了。用簑衣掩了身體的主僕二人，出了雲石鎮大砦門，經過無數人家，經過無數田壩，到了他們所要到的地方。

立在雨中望面前房子，神巫望到那燈光，仍然在昨晚上那一處。他知道這一家男子睡了覺，仍然是女子未曾上床。他心子跳動越過那山茉莉的低籬，走到窗下去。五羊仍然蹲在地下，要主人踹踏他的肩，神巫輕輕的就上了五羊的肩頭。

今夜窗已關上了，但這窗是薄棉紙所糊，神巫仿照劍客行爲，把窗紙用唾液濕透，通了一個小窟窿，就把眼睛向窟窿裏張望。

房中無一人，只一盞燈搖搖欲熄。再向床前看去，床邊一張大木椅上是一堆白色衣裙，床上蚊帳已放下，人睡了。神巫想輕輕的喊一聲，又恐怕驚動了這一家其餘的人。他攀了窗邊等候了許久，還無變動。女人是已經熟睡，或者已做夢夢到在神巫身邊了。神巫眼看到燈已快熄，再過一陣若仍無辦法就更不方便了。他縮身下地，把情形告給五羊。五羊以爲就是這樣翻了窗進去，其餘無更好辦法。他說請聰明的龍朱來做此事也只有如此，若這一點勇氣也缺少，那將永遠爲花帕族女人笑話了。

神巫應允了，就又踹到五羊的肩爬到了窗邊。然而望到那帳子，又不敢用手開窗了。他不久又跳下了地。

上去下來，上去下來……一連七八次，還無結果。到後一次下了決心，他仍然上到五羊的肩頭。他將手從那窗格中伸了進去，摸到了窗上的鐵扣，把它輕輕移去，窗開了。窗開後，五羊先是蹲着，這時慢慢的用力站起，於是這忠實的僕人把他的主人送進窗裏去了。五羊做畢這事以後，肩頭上的泥水也忘記拍去，只站在這窗下淋雨。他望到那窗裏的燈光，目不轉睛。他耳朵彷彿已扯長到了窗上。他不能想像這時的師傅是什麼情形，忽然燈熄了，這僕人幾乎喊出聲來，忙咬着簑衣的邊沿，走遠一點。

爲了忘記把窗關上，一陣風來，無油的燈便吹熄了。燈熄了時神巫剛好身到床邊，正想用手揎那細白麻布帳子。燈一熄，一切黑暗，神巫茫然了。過了一陣他記起身邊有取燈了，他從身上摸出來刮燃，又把燈點上，五羊在外面見了燈光，又幾乎喊出聲來。燈燃了時他又去揎那帳子，這年青無經驗的人在虎身邊時還不如此害怕，如今可是全身發抖在那行爲上。

還有更使他吃驚的事，在把帳門打開以後，原來這裏的姊妹兩個，並在一頭，神巫疑心今夜的事完全是夢。

…………

…………

一九二九年春作

七個野人與最後一個迎春節

迎春節，凡屬於北溪村中的男子，全是爲家釀燒酒醉倒了。據說在某城，痛飲是已成爲有干禁例的事了，因爲那裏有官，有了官，凡是近於荒唐的事是全不許可了。有官的地方；是漸漸會與盛起來，道義與習俗傳染了漢人的一切，種族中直率慷慨全會消滅，迎春節的痛飲禁止，倒是小事中的小事，算不得怎樣可惜，一切都得不同了！將來的北溪，也許有設官的一天吧？到那時，人人成天納稅，成天繳公債，成天辦站，小孩子懂到見了兵就害怕，家犬懂到不敢向穿灰衣人亂吠，地方上每個人皆知道了一些禁律，爲了逃避法律人人全學會了欺詐，這一天終究會要來罷。甚麼時候北溪將變成那類情形，是不可知的，然而這一天是年青人大約可以見到的一天了。地方上，勇敢如獅的人，徒手可以搏野猪，對於地方的進化，他們是無從用力制止的。年高有德的長輩，眼見到好風俗爲大都會文明侵入毀滅，也是無可奈何的。凡是有地位一點的人，皆知道新的習慣行將在人心中生長，代替那舊的一切了。在這迎春節，用燒酒醉倒是普遍的事！他們要醉倒，對於事情不再過問，在醉中把恐嚇失去，則這佳節所給他們的應有的歡喜，仍然可以在夢中得到了。

仍然是耕田，仍然是砍柴栽菜，地方新的進步只是要他們納捐，要他們在一切極瑣碎極難記憶的規則下走路吃飯，有了內戰時，便把他們壯年能作工的男子拉去打仗，這是有政府時對於平民的好處。什麼人要這好處沒有？族長，鄉約或經紀人，賣肉的屠戶，賣酒的老板，有了政府他就得到幸福沒有？做田的，打魚的，行巫術的，賣藥賣布的，政府能使他們生活得更安穩一點沒有？

他們願意知道的，是牛羊在有了官的地方，會不會發生瘟疫？若牛羊仍然得發瘟，那就證明無須乎官了。不過這時他們還能吃不上稅的家釀燒酒，還能在這社節中舉行那尚保留下來的風俗，聚合了所有年青男女來唱歌作樂，聚合了所有老年人在大節中講述各樣的光榮歷史與漁農知識，男子還不曾出去當兵，女子也尚無做娼妓的女子，老年人則更能盡老年人責任。未來的事誰知道呢？過去的不能挽回，未來的無從抵擋，也是自然的事！「醉了的，你們睡吧，還有那不曾醉倒的，你們把葫蘆中的酒向肚中灌罷。」這個歌近來唱時是變成凄涼的喪歌，失去當年的意思了。

照到這辦法把自己灌醉的是太多了，只有一個地方的一羣男子不曾醉倒。他們面前沒有酒也沒有酒葫蘆，只是一堆焚得通紅的火。他們人一共是七個，七個之中有六個年紀青青的，只有一個約莫有四十五歲左右。大房子中焚了一堆柴根，七個人圍着這一堆火坐下，火中時時爆着小小的聲音，那年長的男子便用長鐵箸撥動未焚的柴儘它跌到火中心去。

房中無一盞燈，但熊熊的火光已照出這七個樸質的臉孔，且將各個人的身軀向各方畫出不規則的暗影了。

那年長的漢子，撥了一陣火，忽然又把那鐵箸捏緊向地面用力築，憤憤的說道：

「一切是完了，這一個迎春節應當是最後一個了。一切是……喝呀，醉呀，多少人還是這樣想！他們願意醉死，也不問明天的事。他們都不願意見到穿號衣的人來此！他們都明白此後族中男子將墮落，女子也將懶惰了！他們比我們是更能明白許多許多事的。新的制度來代替舊的習慣，到那時，他們地位以及財產全搖動了……但是這些東西還是喝呀！喝呀！……」

全屋默然無聲音，老人的話說完，這屋中又只有火星爆裂的微聲了。

靜寂中，聽得出鄰居划拳的嚷聲，與唱歌聲音。許許多人是在一杯兩杯情形中伏到桌上打鼾了。許許多人是喝得頭腦發眩伏在兒子肩上回家了。許許多人是在醉中痛哭狂歌了。這些人，在平時，卻完完全全是有業知分的正派人，一年之中的今日，歷來爲神核准的放縱，僅有的荒唐，把這些人變成另外一個種族了。

奇怪的是在任何地方情形如彼，而在此屋中的眾人卻如此。年長人此時不醉倒在地，年青人此時不過相好的女人家唱歌吹笛，只沉悶的在一堆火旁，眞是極不合理的一件事！

迎春節到了最後的一個；即或如所說，在他人，也是更非用沉醉狂歡來與這唯一殘餘的好習慣致別不可的。這裏則七個人七顆心只在一堆火上，且隨到火星爆裂，終於消失了。

諸人的沉默，在沉默中可以把這屋子爲讀者一述。屋爲土窖屋，高大像衙門，闊敞如公所。屋頂高聳爲洩煙窗，屋中火堆的煙即向上竄去。屋之三面爲大土磚封合，其一面則用生牛皮作簾，簾外是大坪。屋中除有四鋪木床數件粗木傢具及一大木櫃外，壁上全是軍器與獸皮。一新剝虎皮掛在壁當中，虎頭已達屋頂尾則拖到地上。尙有野鷄與兔，一大堆，懸在從屋頂垂下的大籐鈎上，嶷然不動。從一切的陳設上看來，則這人家是獵戶無疑了。

這土屋，主人即屬於火堆旁年長的一位。他以打獵爲業，那壁上的虎皮就是上月他一個人用獵槍打斃的。其餘六人則全是這人的徒弟。徒弟從各族有身分的家庭中走來，學習設阱以及一切拳棍醫藥，這有學問的人則略無厭倦的在作師傅時光中消磨了自已壯年。他每天引這些年青人上山，在家中時則把年青人聚在一處來說一切有益的知識。他凡事以身作則，忍耐勞苦，使年青人也各能將性情訓練得極其有用。他不禁止年青人喝酒唱歌，但他在責任上教給了年青人一切向上的努力，酒與婦人是在節制中始能接近的。至於徒弟六人呢？勇敢誠實，原有的天賦，經過師傅德行的琢磨，智慧的陶冶，一個完人應具的一切，在任何一個徒弟中全不缺少。他們把這年長人當作父親，把同伴當作兄弟，遵守一切的約束，和睦無所猜忌，日在歡喜中過着日子。他們上山打獵，下山與人作公平的交易。他們把山上的鳥獸打來換一切所需要的東西；槍彈，火藥，箭頭，弦，酒，無一不是用所獲得的鳥獸換來。他們運氣好時，還可以換取從遠方運來的戒指絨帽之類。他們作工吃飯，在世界上自由的生活，全無一切苦楚。他們用槍彈把鳥獸獵來，復用歌聲把女人引到山中。

這屬於另一世界的人，也因爲聽到鄰近有設了官設了局的事情，想起不久這樣情形將影響到北溪，所以幾個年青人，本應在迎春節各穿新衣，把所有野雞，毛兔，山姑，果狸等等禮物送到各人相熟的女人家中去的，也不去了。這師傅本應到廟壇去與年長族人喝酒到爛醉如泥，也不去了。

六個年青人服從了師傅的命令，到晚不出大門，圍在火前聽師傅談天，師傅把話說到地方的變更，就所知道的其餘地方因有了法律結果的情形說了不少，師傅心中的憤慨，不久即轉爲幾個年青人的憤慨了。年青人各無所言，但各人皆在此時對法律有一種漠然反感。

到此年長的人又說話了，他說：

「我們這裏要一個官同一隊兵有甚麼用處？我們要他們保護甚麼？老虎來時，蝗蟲來時，官是管不了的。地方起了火，或漲了水，官是也不能負責的。我們在此沒有賴債的人，有官的地方卻有賴債的事情發生。我們在此不知道欺騙可以生活，有官地方每一個人可全靠學會騙人方法生活了。我們在此年青男女全得做工，有官地方可完全不同了。我們在此沒有乞丐盜賊，有官地方是全然相反，他們就用保護平民把捐稅加在我們頭上了。」

官是沒有用處的一種東西，這意見是大家一致了。

他們結果是約定下來，若果是北溪也有人來設官時，一致否認這種荒唐的改革。他們願意自己自由平等的生活下來，寧可使主宰的爲無識無知的神，也不要官。因爲神永遠是公正的，官則總不大可靠。而且，他們意思是在地方有官以後，一切事情便麻煩起來了，他們覺得生活並不是爲許多麻煩事而生活的，所以這也只有那歡喜麻煩的種族才應當有政府的設立必要，至於北溪的人民，卻普遍皆怕麻煩，用不着這東西！

爲了終須要來的惡運，大勢力的侵入，幾個年青人不自量力，把反抗的責任放到肩上了。他們一同當天發誓，必將最後一滴的血流到這反抗上。他們談論妥貼，已經半夜，各自就睡了。

若果有人能在北溪各處調查，便可以明白這一個迎春節所消耗的酒量眞特別多，比過去任何一個迎春節也超過，這裏的人原是這樣肆無忌憚的行樂了一日，不久過年了。

不久春來了。

當春天，還只是二月，山坡全發了綠，樹木茁了芽，鳥雀孵了卵，新雨一過隨即是溫暖的太陽，晴明了多日，山阿田中全是一旁做事一旁唱歌的人，這樣時節從邊縣裏派有人來調查設官的事了。來人是兩個，會過了地方當事人，由當事人領導往各處察看，帶了小孩子在太陽下取暖的主婦皆聚在一處談論這事，來人問了無數情形，量丈了社壇的地，錄下了井灶，看了兩天就走了。

第二次來人是五個，情形稍稍不同：上一次是探視，這一次可正式來布置了。對於婦女特別注意，各家各戶去調查女人，人人驚嚇不知應如何應付，事情爲獵人徒弟之一知道了，就告了師傅。師傅把六個年青人聚在一處，商量第一步反對方法。

年長人說：「事情是在我們意料中出現了，我們全村毀滅的日子到了，這責任是我們的責任，應當怎麼辦，年青人可各供一個意見來作討論，我們是決不承認要官管理的。」

第一個說：「我們趕走了他完事。」

第二個說：「我們把這些來的人趕跑。」

第三四五六意見全是這樣。既然來了，不要，彷彿是只有趕走一法了。趕不走，倘必須要力，或者血，他們是將不吝惜這些，來爲此事犧牲的。單純的意識，是不拘問什麼人，都是不需要官的，既然全不要這東西，這東西還強來，這無理是應當在對方了。

在這些年青簡單的頭腦中，官的勢力這時不過比虎豹之類稍兇一點，只要齊心仍然是可以趕跑的。別的人，則不可知，至於這七人，固無用再有懷疑，心是一致了。

然而設官的事仍然進行着。一切的調查與布置，皆不因有這七人而中止。七個人明示反抗，故意阻礙調查人進行，不許鄉中人引路，不許一切人與調查人來往，又分布各處，假扮引導人將調查人誘往深山，結果還是不行。

一切反抗歸於無效，在三月底稅局與衙門全布置妥了，這七個人一切計畫無效，一同搬到山洞中去了。照例住山洞的可以作爲野人論，不納糧稅，不派公債，不爲地保管轄，他們這樣做了。

地方官忙於征稅與別的吃喝事上去了，所以這幾個野人的行爲，也不曾引起這些國家官吏注意。雖也有人知道他們是尙不歸化的，但王法是照例不及寺廟與山洞，何況就是住山洞也不故意否認王法，當然儘他們去了。

他們幾個人自從搬到山洞以後，生活仍然是打獵。獵得的一切，也不拿到市上去賣，只有那些凡是想要野味的人，就拿了油鹽布疋衣服煙草來換。他們很公道的同一切人在洞前做着交易，還用自釀的燒酒款待來此的人。他們把多餘的獸皮贈給全鄉村頂勇敢美麗的男子，又爲全鄉村頂美的女子獵取白兔，剝皮給這些女子製手袖籠。

凡是年靑的情人，都可以來此地借宿，因爲另外還有幾個小山洞，經過一番收拾，就是這野人等特爲年靑情人預備的。洞中並且不單是有乾稻草同皮褥，還有新鮮涼水與玫瑰花香的煨芋。到這些洞裏過夜的男女，全無人來驚吵的樂了一陣，就抱得很緊舒舒服服睡到天明。因爲有別的原故，向主人關照不及時，就道謝也不說一聲就走去，也是很平常的事。

他們自己呢，不消說也不是很淸閒寂寞，因爲住到這山洞的意思，並不是爲修行而來的。他們日裏或坐在洞中磨刀練習武藝，或在洞旁種菜舀水，或者又出到山坡頭灣裏坳裏去唱歌。他們本分之一，就是用一些精彩嘹亮的歌聲，把女人的心揪住，把那些只知唱歌取樂爲生活的年靑女人引到洞中來，興趣好則不妨過夜，不然就在太陽下當天做一點快樂爽心的事，到後就陪到女人轉去，送女人下山。他們雖然方便卻知道節制，傷食害病是不會有的。

在這些年青人身上所穿的衣褲，以及麂皮抱兜，就是這些多情的女人手上針線做成。他們送女人則不外乎山花山果，與小山狸皮。他們幾個人出獵以前，還可以共同預約，得山羊便贈誰個最近相交的一個女人，得野狗又算誰的女人所有。他們的口除了親嘴就是唱讚美情慾與自然的歌，不像其餘的中國人還要拿來說謊的。他們各人盡力作所應作的工，不明白世界上另外那些人懶惰就是享福的理由。他們把每一天看成一個新生的天，所以在每一天中他們除了坐在洞中不出，其餘的人是都得在身體與情緒上調節的極好，預備來接受這一天他們所不知道的幸福與災難的。他們不迷信命運，卻能夠在失敗事情上不固執。譬如一天中間或無法與一小山雞相遇，他們到時也仍然回洞，不去死守的。又譬如唱歌也有失敗時，他們中不拘是誰，知道了這事情無望，卻從不想到用武力與財產強迫女子傾心過。

因爲一切的平均，一切的公道，他們嫉妬心也很薄弱，差不多看不出了。

那師傅，則教給這幾個年青人以武藝與漁獵知識外，還教給這些年青人對於征服婦人的法寶。爲了要使情人傾心，且感到接近以後的滿意，他告他們在甚麼情景下唱什麼歌，以及調節嗓子的技術。他又告他們如何訓練他的情人，方能使女人快樂。他又告他們如何保養自己，才能成爲一個忠於愛情的男子。他像教詩的夫子指點他們唱歌，像教體操戰術的教官指點他們對付女人，到後還像講聖諭那麼告誡他們不可用不正當方法騙女人的愛情與他人的信任。

師傅各事以身作則，所以每晨起身就獨早。打老虎他必當先。擒蛇時他選那大的。泅水他第一個泅過河。爬樹他佔那極難上的。就是於女人，他也並不因年紀稍長而失去勇敢與熱誠！凡是一個女子命令到幾個年青人辦得下的，與他好的女子要他去做，也總不故意規避的。

人類的首領，像這樣眞才是值得敬仰的首領！

日子是一天一天過下來了，他們並不覺得是野人就有什麼不好處。至於顯而易見的好處，則是他們從不要花一個錢到那些安坐享福的人身上去。他們也不撩他，不惹他，仍然尊敬這種成天坐在大瓦屋堂上審案，罰錢，打屁股的上等人。

國家的尊嚴他們是明白的，但他們在生活上用不着向誰驕傲，用不着審判，用不着要別人坐牢挨打，所以他們不有一個官管理，也自己能照料活一世下來了。

他們是快快樂樂活下來了，至於北溪其餘的人呢？

北溪改了司，一切地方是王上的土地，一切人民是王上的子民了，的確很快的便與以前不同了。迎春節醉酒的事眞爲官方禁止了。別的集社也禁止了。平時信仰天的，如今卻勒令一律信仰大王，因爲天的報應不可靠，大王卻帶了無數做官當兵的人，坐在極高大極闊氣的皇城裏，要誰的心子下酒只輕輕哼一聲，就可以把誰立刻破了肚子挖心，所以不信仰大王也不行了。

還有不同的，是這裏漸漸同別地方一個樣子，不久就有種不必做工也可以吃飯的人了。又有靠說謊話騙人的大紳士了。又有靠狡詐殺人得名得利的偉人了。又有人口的賣買行市，與大規模官立鴉片煙館了。地方的確興隆得極快，第二年就幾幾乎完全不像第一年的北溪了。

第二年的迎春節一轉眼又到了，荒唐的沉湎野宴，是不許舉行的，凡不服從國家法令的則有嚴罰，決無寬縱。到迎春節那日，凡是對那舊俗懷戀，覺得有設法荒唐一次必要的，人人皆想起了山洞中的野人。歸籍了的子民有遵守法令的義務，但若果是到那山洞去，就不至於再有拘束了。於是無數的人全跑到山洞聚會去了，人數將近兩百，到了那裏以後，作主人的見到來了這樣多人，就把所獵得的果狸，山猪，白緜野鷄等等，薰燒燉炒辦成了六盆佳肴，要年青人到另一地窖去抬出四五缸陳燒酒，把人分成數堆，各人就用木椀同瓜瓢舀酒喝，用手抓菜吃。客氣的就合當挨餓，勇敢的就成爲英雄。

衆人一旁喝酒一旁唱歌，喝醉了酒的就用木椀覆到頭上，說是做皇帝的也不過是一頂帽子擱到頭上，帽子是用金打就的罷了。於是贊成這醉話的其餘醉人，頭上全是木椀瓜瓢以至於一塊猪牙幫骨了，手中則拿得是山羊腿骨與野雞腳及其他，作爲做官做皇帝的器具，忘形笑鬧跳擲，全不知道明天將有些什麼事情發生。

第二天無事。

第三天，北溪的人還在夢中，有七十個持槍帶刀的軍人，由一個統兵官用指揮刀調度，把野人洞一圍。用十個軍人伏侍一個野人，於是將七個屍身留在洞中，七顆頭顱就被帶回北溪，掛到稅關門前大樹上了。出告示是圖謀傾覆政府，有造反心，所以殺了。凡到吃酒的，自首則酌量罰款，自首不速察出者，抄家，本人充軍，兒女發官媒賣作奴隸。

這故事北溪人不久就忘了，因爲地方進步了。

一九二九年三月一日於申成

一個晚會

一個晚會，七月某日，在西城某學校，大家高高興興的來舉行。有些人，甚至於犧牲了一餐白食，一次玩耍，都來到會場中。這會場，就是平日專爲那類嘴邊已有了發青的髫子教授們而預備的，會場的台子上藤椅，便坐過了不能數的許多「名教授名人」。我得先說明今天大會的意義：今天是，爲歡迎一個年青的新從南邊北來的文學者。會場全體，爲花紙電燈，點綴得異樣熱鬧起來了。壁上的鐘，響過七下後，外面的天，還正發着烏青的光，太太小姐們，許多還正才從電影場跑到市場去買點心吃冰激淋的時候，會場的一個入口，就流進了四個會場執事人。年青，標緻，那是不消說的，凡是招待員總不會要痲子或有別的臉相奇古的人去充當，因爲假若這會場是一個圖畫展覽會場時，招待員，便也是藝術品之一件。他們是身子收拾得整整齊齊，且發香，襟邊白綾子狹條寫了字，臉龐兒胖白可愛，嘴唇適宜於與人親嘴。

他們流進會場時，是先像在討論什麼，但立時就分開了，一個人走到講台邊去把電燈機關一扳，場中全體便光明起來。講台上，四張有靠背的藤椅，大大方方，排成一字，各不相下的樣兒。後面一塊黑板，漆灰剝落處，見出瘡疤樣白點。黑板上，留有攔着燈光紫藤花樣的花紙影子，紙條在一種微風中打着鞦韆，影子也在搖晃。場中各座位上，還是全空，那些花紙條影子，在木長條凳的座位上椅靠上移動的，也頗多頗多。

過了一些時間，就是說一個招待員，從身上一個白銅煙夾裏取出煙來燃吸到約有了一半的時間，入口處，便陸陸續續的來了許多各樣臉相各樣衣衫的聽講人來了。進到場中，這一批一批的人，便立時散開，消失到前排的椅子靠背裏，僅餘下一個回旋轉着的頭，互相可以見着。他們又頗自然的把帽子從頭上取下來，也據了一個空位。有些人，臉上便也印了些懸掛在頭上那類花紙條的影子。

壁上一個鐘，慢慢的在走着。

人越來越多了。忙着向各方應付的執事人的頭，便是那麼這邊那邊不息的略像一個傀儡模樣的把它點起來。且手也時時揚起。見到一個女人，從入口處進來，便加了腳下的速度，趕了過去，在一種諂媚的不忠厚的微笑裏，出源於性慾上的微笑裏，爲女人找了座位。

不久，前十多排的人頭，便已繁密的種滿到椅靠上了，後排的後座，也時時刻刻添上了人。

大家隨意談着笑着，用期待電影或跳舞開場的心情去期待這年青人在台上出現。

七點一刻了。

靠後面一點，離講台略遠一點的地方，一個年青的怯怯的漢子，坐在那裏，欣賞着場中的熱鬧。身上骯髒，衣是灰色，一個半藏在椅靠間的頭，散亂的髮，正如同一堆乾的水藻。這是一個什麼人呢？誰也不去注意。雖然大家在這時，有的是空閒，但人家利用這空閒去討論今天行將上台給大家看看臉相的那人去了，招待員，則因了眼睛的視線略高了一點，這小小的生物，竟沒有注意到。

他身子是那麼小，伸起頭來，還是不能不爲那些椅子靠背吞去一半。別人縱是注意，遠遠的，也只能見到那麼半個露出在椅子靠背的有長的散髮的小頭罷。當他抬起頭來時，這裏那裏，便發現許多如一個包頭菌散亂着短頭髮的女人的腦袋。他便微微的在嘴上漾了笑的痕跡。

一切的表示，都是爲他。別人是渴望到見他一面。別人是預備了用一個誠誠實實的心來在他的講演中讓那類動人話語來撼動的。大家的掌，是專像爲他而生的，只要一上台，就會不約而同的來狂拍。別人丟了更好的約會，就是全爲的是來看他一面。女人，這麼多女人，就是他平日的崇拜者。這會是爲了他一人而開的！

少年，在一種光榮的期待中，心是跳到幾乎不能支持了。他又擔心，又害怕，不知果眞一到壁上的鐘打了八點時，自己應當怎麼辦。就是那麼靦靦覥覥的走到台上去罷，是否到時有這氣力，那很難講。講台上，有靠背的一列藤椅子，有一張，不拘那一張，便是爲他而預備的，但當他一進場時，見到場中那種嚴肅樣子，雖想努了力就不客氣奔上去，但，一個害羞的心思，竟先他的腳步，到了心頭，於是氣就餒了下來，把身子塞到這後排一個空座上了。坐下後，他希望一個什麼熟一點的人來，爲他解一下圍。但把頭從椅子靠背中舉起，回旋的結果，卻是失望。這裏那裏，搜索出類乎相識的腦袋卻是多，但並無一個是對。

一羣人，在期待中，正都是極其無聊，當這個那個，發見這樣一個小小的極其可笑的腦袋時，大家便把視線集中寄托到這小小生物上面了。這一來，惶恐是在森森冷冷的目光下驟然增加了許多，因此他更其不自在起來。

把頭縮下後，便聽到別一較近處有人在研究自己。

「一個足以代表中國文化的頭！」話句是很輕。

他小心又小心回過頭去檢察那譏笑他的人，一個圓圓的白臉，去他約有三排左右。雖然是不安，但當他見到這人一種志誠心在那裏期待認識的便是自己，他便原諒這人了。

「朋友，」他輕輕的自言自語，「謝謝你今天的誠意！」

他又想若是這時即走過去，在那人耳朶邊說所笑的就是所盼望的那人時，這圓臉少年，一個慚愧抓住了心，又不知如何的在臉上表示他的高興他的不安！結果是恐怕圓臉人害了羞會跑去，所以單是想着罷了。

少年是文學者，用了孩子樣忠實刀子樣鋒利的眼光，對近代社會方面，有了公正的評判，他的獨斷又得了許多各方的同情，因此，名字卻超了生活，一天一天擴大着了。一半是這學術團體，各個人都想看看這少年的臉相，因此在函面上堆了一堆近乎諛詞的話語，又因了平時的誠實，覺不知應怎樣拒絕是應當，所以就爲這團體用口上的熱情抓來講演了。

從早上起，把上到台上，應有的謙卑一點的謝詞，他就溫習得極其熟習了。且計畫，一到了會場，就去同執事人接洽。自已就老老實實讓執事人引到台上去。在一種不知所措的情形中，把歡迎的掌聲接受後，就開端照到所擬好了的講稿大談起來。不過，當他進到場中時，所預備的計畫，卻爲場中花紙電燈撞破了。這時，既是那麼坐到這普通來賓席上，只有重新蓄養了勇氣，待到主席把自已介紹給大家後，再努力爬上台去！

時間是只剩下三十分。熟人，在他的幾度搜索下，還是不曾見到一個。漸漸的，前前後後人越來越多了。台子上，一個聽差之類，且把台前桌子上兩盆淡紅晚香玉之間放置了一個金花茶壺。

他又把頭四向去旋轉。

這一次的結果，是使他發見了另一回事情。自已的身分，在別人，對他似乎是起了小小的歧異了。場之中，座位的空處，已漸來漸少，且從入口流進來的人還是多，但，在他座位的附近一列空處，卻還是並無一個人……這眞不對！我不上台，則這些人都不大好意思坐攏來……想着時，心中就覺得抱歉萬分。

其實，是別人見了他的髒模樣。拒絕得遠下來了，然而他不知。來了四五個小姐們，一進會場，似乎就見到了這一方面的空處，奔了過來。當一到從木條子靠背中檢察出那個小小的頭時，卻立時又遠遠的走到後邊去了。因了別的一個笑聲，他反過頭來，才見到從近身返身走去的小姐們。

……呀，又是幾個因了我不便坐攏來的米斯！

於是，又想起抱歉的事來。在莫可奈何中時間移得距八點只差十五分左右。「我應得做些什麼？」這疑問，在心中提出後，便知道這時除了應靜候主席介紹以外，只是應抓着自己一點膽子，好莫到時害羞紅臉。

膽子。消失到一切炫耀中，要找，也找不回了，只好用手去抓理自己頭上的髮。

爲的是那些小姐們，上前而又退下的結果，引起了大家的心中蓄着可笑的小頭的模樣，這裏那裏，便又重新有了興趣，把視線遠遠的拋到這少年身邊來了。在這中，他惶懼成了一個小孩，正如在一群角兒尖尖的公羊前，一樣無所措。

退下的小姐們，到近牆處爲止，成排的用了牆作從後面突如其來的擁擠防禦線，一個年紀較稚小的，用手指向少年這一邊，「一個怪物，眞嚇我一跳！」那嚇了她一跳的怪物，頭是正掉過來，便見到那一隻帶有一粒寶石戒指的手遙向自己相指。

「這樣一個頗爲愼重的大會，」少女見到回過來的小腦袋後，得了一個新的厭惡。「難道都不限制一下，讓這一類人也來參預麼？」

同伴是微微的在笑。

「這是招待員的責任。」另一個女人說。

「也許是他也有與我們同樣的誠心來到這裏。」

「我聽到是今天有密司周來唱他的詩，且爲我們介紹洪的文藝思想才來的。」

「那怪物恐怕還只是想到會場來歇憩，或刷一點東西才到此的！」

「招待員眞也應負一點責任。」女人中有第二次提到招待員的。

關於招待員，似乎這時正在那裏盡他的責任！其中之一個，一個二十多歲的大孩子，淺灰的洋服，硬領子雪白，腰微彎，才刮的臉孔，極其乾淨，臉兒白白的，鼻子頗小，胸前用針別了一個狹長白綾子條子，這時正同一個中年長衫人在討論什麼，頭是歪了偏重到右邊來，以背據了柱子。一個細緻可愛的面孔，像是要笑，但不就笑，於是口角就向兩腮鎖緊上翹，那形象，令人想起揑粉粑粑的那類粉人兒面孔。

那頂年青的女人，見到了招待員襟前的綾子，想起責任的話，便離了同伴，向招待員這方面走來了。

「請先生爲我們找一個座位？」女人媚媚的說，說了，且復用那小小的纖白手去整理那額際的髮。那顆發光的戒指，第二次，進到招待員眼中。

「好好好，」他就用本來想笑但又不即笑的臉添上了一分和氣，把頭迎了女人點着。

「我爲米斯去找，」用眼睛重新刷視場中一道，「那中間還不錯罷。」女人，隨到招待員身後，走近少年了，「正因爲，有了這樣一個先生（以手指指少年），大家都不敢近他，看樣子，身上正還有病！」

「喔，那還了得！」說着，就撲上前去，身子的姿式是極美。

少年正溫習着講詞。

招待員，在一個女人面前，知道顯出責任心與俠義心是自己應取的手段，於是撲上前去的結果，是一手抓到了少年肩膊：「先生，請到那一邊去罷，這裏是女士們的座位！」且用力撼動，待到少年極其可憐的眼睛瞧着他時，他就做出一個極不高興的異常莊嚴尊貴的臉相給少年看。

「我就乘到這時走上台去……」想着，就起身向前走去。

「呀，不對！」招待員第二次撈住了他的膀子。「怎麼那樣不聽話咧，是這邊！前面，是不能讓人隨便那麼走的！」少年，膀子被人撈着，被推推扯扯的送到後面僻遠一個空座上後，這一邊，五個小姐們，已把絲手巾在他先前那一列空座上抖着坐下了。

「先生，這會是爲我……」想向招待員說一句，給他一個驚愕。但招待員卻接過口去：「這會原是公開的，並不是爲某一個人，我知道了，雖先來，但那一列是特別爲本會女會員們而設的，先生在這個地方是很合宜了，安靜點罷。」

想再說一句：「那就讓我到台上去坐！」那個青年招待員的背影，卻一下就消失到許多椅子中間了。

那一方，剛坐下去的一羣小姐們，還在討論着各人印象中的怪物地位。

「是一個甚麼人？學生，總不至於那樣罷。」

「怕是一個瘋子。」

「我以爲他是害癆病。」

「瘋子我一見了就心跳，害癆病會傳染給人。」

「我卻不怕瘋子，人是這麼多。」

「兩樣我都怕。」

「我怕這會場中人的錢包要隨了這人飛去。」

「招待員，太不負責了。」

「也幸虧——」年輕那女人，爲要研究少年是瘋子還是害癆病的原故，是以把頭反轉去，在那遠遠的角落裏發現，幸虧爲招待員轟走那個少年了。

少年是默默坐着，在一切誤解中原諒着一切人對他的失敬處。

他想到，招待員，爲要使女人得到較前的位子，好看見他更明白一點，這原是尊敬他。女人們，必欲把他趕走，也是因爲對他生了仰企心而來。且想一切剛才像是用輕蔑眼色望過他的，這一類人若知道是他，會都要生出許多慚愧，等一下，會將用更其狂熱的掌聲來懺悔……不知，那並不是過失！待下他們會知道的，只要幾分鐘後！……想着，笑了。

到了八點鐘，會場人已滿了，主席都搓手，盼望中的少年還不見來。會場外，一個校役，手上搖着開會的鈴子，沿到會場窗子下走去。鈴子聲音消失時，全場人心，爲着期待着的一件事情，即時可以發現，心全給緊張成一條繃着的絃樣了。

大家重復把座位來端整，男人從口袋裏掏出洒有香水的小手幅子抹汗水，女人對到手上的小小鏡子理髮。

前面第二排，一個類似新聞記者的人，光光的頭，瘦瘦的臉子，從身上把一個記事本子取出後，又從襟上拔下自來水筆來記錄今天開會以前會場中一切事。

一些女人，相互在低低耳語。

一些平日曾極其仰慕過少年的人，正在搓着手掌，準備到打。

一些招侍員，一種閒靜樣子，倚在牆邊柱邊，目光是四處亂飛，隨意欣賞着女人。

兩個美術專門學校的女生，速寫簿已擱到膝頭上了。

我們的怯少年呢，所坐的是牆邊，一隻三隻腿的椅子，幸得是一面靠牆，自己又小心把全身重量維持到實在地方，才不至於傾跌。到鈴子響動時，他把一隻手按到胸部，手與心，同時在一種與奮中顫抖，拘攣。要自己鎮靜一點，好上台時不至於笑話起見，他把溫習着講詞的工作停頓了。他這時便想到未來的光榮，以及比光榮還需要的物質獲得。因了這會場，有着許多女人來聽講，他便把自己平日在白日裏做夢鑄成的女人全神的偶像影子，來從這一羣女人中找到可以安置得下的那個人。會場的一切，在他看來，正如一個拳大的夢境，雖然並不朦朧，卻是正如同夢樣的熱鬧。

「呀，諸位，」從講台邊一個門口，出來了一個人，到了台上，那人，正如在團體中至少有過二十次主席以上的經驗，在一陣歡迎掌聲平靜後，就致其開會詞來。「今天我們得洪先生來到敝會講演，我們的榮幸，是非常的榮幸！」

大家又是一頓巴掌。

「我們都用一種熱誠，希望這位青年給我啟示一個應走的方向……」開會大意在主席叱咤演說中間斷着熱鬧掌聲裏說完時，壁鐘，過八點十分了。

少年，當聽到主席說到如何的用了全體的誠心，才請得洪先生到時，人是感動到要流出淚來了。看到大家拍掌，也不因不由的隨到別人狂拍。心中有一種酸楚，又有一種感謝，又頗快樂，又惶恐。說到，先生在信上答復了我們，說是無論如何總能於八點以前到會，這時，是時候了，我們可敬的先生，還不見來，是因爲病了麼，還是因爲有別的事務繫累？眞可念！……到這裏，他是忍不住了，就想站起身來，致一句歉詞，但又覺得應讓一個熟人在人叢中發現他後，再走上去，也省得給全會場人一個驚愕，於是便重復坐正了。

「想洪先生，不會失我們約的，或者早已到了會！」少年，聽到這時，臉色全變。走上台去，是時候了呀！於是，把身子努力拔了起來。不過，剛一起身，後面一個人，就噓的一聲，他，在這一噓中，力量又不知道跑到那裏去了。頹然坐下來，心中又感激又不平的頭掉過去，極其可憐的去望那發哨子的人的座位。那個人，正爲他起身深怕妨碍了他瞻仰講演人的視線，全不知所候的就是眼前這個人。他且預期打了哨子後少年的頭必要回過來，還是妨碍他的事，因此先就做成一個很覺憎嫌的臉，眉目間把一些不高興，鄙夷，以及種種不好神氣都放進去。少年見到這樣一張爛臉，輕輕的放了一口氣。「這也是對我人格上的誠敬！恨我的就是極其愛我的，因爲髒，所以誤會！」他又把這人饒恕了。

「我可以和他談兩句，」不能自已的，他又回過頭去。那漢子，正感到期待中的焦躁，當少年臉向自己時，卻想打這少年頭上一拳，乃更其毒惡的看了少年一眼。這一眼，要在平時少年受來，就也有一拳的力量了，但這時，少年卻感謝他的好意。

「這是誤會，這是一個可笑的誤會，朋友，你等一下會知道罷。」把話故意自言自語的說給別人聽了，偷偷的斜睇下，見到一張臉在梟樣的冷笑。

「招待員吃冤枉飯！」那漢子也自言自語故意把話使隔座聽到，是一個四川人口音。

少年就聽到另外一個人說：「什麼鬼都來了！還說責任。」的確，招待員的責任！把一個陌生人請來，竟不能認識，且復由自己去驅逐到那一個角落去坐！

講台上，新來了兩個年青女人，白的裙裳，把大家的眼睛都吸住。這即是本日會場秩序單所謂介紹講演人詩歌的兩位女士。誰一個是這年青的洪先生的太太或準太太？座位上，大家便胡猜起來了。到後像是多數在一種小小爭持下都同意了那左邊座上女人，這因為是左邊座上女人更年青更美。

女人，手上各拿了一束稿之類，到了台上後，聽到下面間時而起的略近於玩笑的掌聲，大致是想了別的什麼事，坐下後，臉忽兒紅起來，不久，又從講台旁那個小門走去了。

主席又起立。

「諸位，這時我們可敬的洪先生還不見來，這原故不知是怎樣。或者是洪先生不屑來此罷，我想是不會有的。先生和我們雖是很生，但我們對先生一番誠意，先生是總很能瞭解的。剛才打了一個電話，要聽差去問問洪先生住處，公寓中，卻又說先生已早來了，這不知何故。先生不來，眞是我們少幸福。無從來親炙先生言論與丰彩，想大家都覺得是失望……」

少年，忍不能再忍了，奮然立起身來，後面那漢子，兇兇的，從後面伸出一隻大手來，按着了他：「先生，安靜一點罷。再是這樣，會要請先生出去了！」

少年，對那漢子臉紅起，臉上且是微笑：「朋友，這是一個誤會，你不能用較和氣一點的眼光看我麼？」

那漢子卻是不齒。

「我們是朋友咧，」他結結巴巴同那漢子扳談。

「鬼同你是朋友！」

他還想再說一句，但漢子的臉已朝到另一個方向去了。

他又起立。

「招待員！招待員！」漢子竟大喊起來。他又復坐下了。

另一個長衫招待員，揮着扇子走到漢子這邊。

漢子憤憤的說：「請問這先生，是甚麼意思，要屢屢站起妨碍別人的眼睛！」

少年吶吶的：「我，我是為人請……」

「我們得請招待員為大家把這先生請出去，倘若是鬼請了他來的話！」另一個與漢子同一列的漢子說。

「好好，諸位忍受一點罷——先生，請你也不必再那麼站起來。」招待員，又揚了手請別個座上人坐下。「諸位，並沒有事，大家安靜一點罷，我們可敬的洪先生，再等一會兒就會要來了！」

全場的頭，為漢子大聲的喊嚷，已全掉到這一方來了。這邊的交涉時，大家聽到另一漢子說是要請少年出去的話，於是喊「好」喊「贊成」的就這裏那裏都是。且各處有哨子在噓，各處在對少年加以混亂的威嚇攻擊。

「趕出去！趕出去！」少年聽到這些好話，就出於對他懷了敬心來聽講演的青年人口中，頭像昏了，忙用兩隻手去掩了耳朵。

漢子有了得意的顏色。

主席又在台上開口了：

「請大家安靜一點罷，沒有事！沒有事！我們所敬愛的洪先生會要來了！請大家不要起身，安安靜靜坐一下，不然，我們的洪先生見到這樣子，會也要笑話！」

少年又起身，仍然是一隻有力多毛的大手，從後面伸出把他按下：「你幹嗎？」

他囁囁囁囁說：「朋友，請放我，我要走了！」漢子的手，立時即鬆開。

他站起來四處一望。許多黑頭髮下隱藏着的圓的大黑亮眼睛，也正望着他這一邊。他冷冷的又很傷心的做了一個微笑，一折身把身子陷滅到會場入口處那一堆人中間去了。

漢子見少年離了座位時，像心上卸除了多少擔負的樣子，重重的噓了一口氣，臉是即刻變成愉快和平了。一些年青人，見到少年在身旁擠出去，遠一點的便打着哨子相送，近一點的且故意從後面揑扭他的衣襟。女小姐們，也像滅了去一件可憎東西一樣，一團灰色的影子，終於出了會場了！這一羣傻子，就是那麼於不知不覺間，把他們所等的人，於一種對乞丐，小偷，或竟像生了癩子的小狗，那種嫌憎輕蔑的感情中，打發他離了會場而他去。

「諸位，索性再等一會罷，時間才八點四十五分。」大家用鼓掌來同情主席所提的議，於是仍然等候下來。

趕逐了少年的那漢子，對座旁一人說：「怕是不會來了，眞是我們無福一聆這位先生的談吐！」

「要他來的不來，不要他來的卻費了許大的力才能趕去！」另一個人同漢子接談。

漢子想到適間那一個小生物，就笑了。

那人也笑。

「無論如何，到十點也不爲晚！」一個女人同身邊女伴說。

「我們還可以聽密司周讀詩。」同伴那麼應。

有人失了眠已在打盹。

另外，一個記者，摩挲他已把片上好，只預備把鎂絲一燃，就來拍照的攝影匣。把預備燃點鎂絲的火柴，劃來吸了煙，煙，到了三枝了。

又另一記者，鋼筆從衣襟取下後，記錄了一段會場全景，把主席的說話也錄下了，這時卻極無聊。

主席只坐在主席座上發痴。

那兩個美術學校學生，不能忍耐，卻比賽畫起前一排的女人男人頭來了。

到了九點，主席又起立：

「我們可愛的洪先生還不見來！依兄弟愚見，大家再等半點鐘，縱不來，也表示了我們大家對洪先生的敬意，明日再派代表去到洪先生處請約，不知諸位以爲何如！」

全場拍掌，大喊贊成。

掌聲停後，在少年身後那漢子忽然起立了。

「鄙人還有一句話要說！」漢子大聲說，「主席先生主張是再候半點鐘，大家一致通過了。洪先生是我們青年人中最可敬的一個朋友，是一個思想的先驅者，是一盞燈，是一個值得我們佩服的人，尤其是兄弟，對先生有深切的企慕。我以爲把三十分鐘加一倍，索性改成一點，到了十點若還不來，則大家再散去，要求主席先生另約洪先生給我們一個親近的機會，請先生多給我們一點精神的糧食，我們好把生活充實一點，不知諸位以爲——」

「贊成！贊成！」不讓他說完，掌聲就如暴雨落到，全會場，全會場，在一種新的期待中，旋即冷靜下來了。

再說我們少年，用了力擠出會場後，便見到場外還有許多許多是無從入場的人，在牆邊倚着。「都是一群可愛的朋友，」想着，所有的氣憤，又全消了。對到會場大門電燈下貼了一張黃紙的東西，走攏去看時，才知道是一張歡迎他的秩序單子。

本日歡迎洪先生秩序單：——

1主席報告開會宗旨並介紹洪先生

2洪先生講演

3密司楊介紹洪先生文藝思想

4密司周誦讀洪先生的詩歌

在秩序單旁站了一會，又聽到裏面拍掌聲。想到會場外好找出一兩個人談談，別人於見到他近身時，都把頭掉到另一邊去。心裏設了許多計想表明自己是大家所期待的一人，但又不知要怎麼去說。且這時，會場內是誰也不再能讓他進去了。

慢慢的出了學校大門，在一些洋車馬車中找到了出路，沿到馬路走去，一直就到了單牌樓大街。馬路上，各樣車子成列的走動着，電車上滿是白色衣服的人，鈴子叮叮噹噹的響。單牌樓較日裏多了八個警察，少了各麵餅鋪麵杖的敲打聲。鐘表鋪，點心鋪，比白日來得輝煌許多了。澡堂子遠遠的掛得頗高的燈，如同天上的星一樣。

踱着慢步，他終於休息到一家路北點心鋪門口；鋪子玻璃櫥裏，陳列了五色的紅綠糖菓，有作小包，有成各種菓子形狀。類乎幻境樣，梭子形長麵包，都生了手，手上執了菓子糖，舞着，又互相抛替牛舌酥，黃油捲，都生了腳在爬走。還沒有吃夜飯的他，只好讓這些東西把他引誘進到那鋪有許多傷痕的漆布小桌上去了。

會場中那一羣傻子呢，當眞是一直候到十點又五分方才宣告散會。

一九二六年八月二十日北京城

有學問的人

這裏，把時間說明，是夜間上燈時分。北京城圈兒裏黃昏的景色，各人可以想像得出。

到了夜裏，天黑緊了，凡屬於那些家中有小客廳的紳士們，不是就得了許多方便，行爲上可以更洒脫一點，說謊話時不會爲人從臉色上看出麼？有燈，燈光下總不比日光下清楚了，並且何妨把燈捻熄。

是的，燈雖然已亮過了一陣，××先生隨手就把它捻熄了，房子中只遠遠的路燈光從窗間進來，依稀的看得清楚同房人的身體輪廓。他把燈捻熄以後，讓黑暗佔領了全個屋子，又坐到大沙發上來。

與他並排坐的是一個女人，一個年紀應當很青的女人，燈熄後已經不能看出相貌，但從聲音上分辨得出這應屬於標致而有身分的女人。女人見到××先生把燈捻熄後，心稍稍緊了點，然而仍坐在那裏不動，也不說「爲甚麼要熄燈」。

××先生把自己的肥身鑲到女人身邊來，女人避開了一點；再進，女人再避開了一點；又再進。局面成了新樣子，女人是被擠在沙發的一角上去，而××先生儼然作了太師模樣了。於是暫時維持這局面，兩人皆不說話。

××先生在自己行爲上找到發笑的機會，他笑着。

笑是神祕的，同時卻又給了女人方面曖昧的搖動。女人不說話，心中想起所見到的男人各樣醜行爲。她料得當前的男子是甚麼樣一個人，所採取的是甚麼樣的一種行動。她等待着這目前一件事的變化，也不頂害怕，也不想走。

一個經過男子心身兩方面蹂躪過的女人，在某種情形中，是對於某種冒失行爲感到對付容易，用不着忙迫無所措手足的。在一些手續不完備的地方，男子的鹵莽且常作成女人匿笑的方便，因了這個，她更不會對男子的壓迫生出如何驚訝了。她能看到男子的獃處，雖不動心，然而以爲這實無害而有趣，終於儘一個男子在她身體上生一些想頭，作一些獃事，她似乎也將儘他了。

這女人很明顯的地方，就是並不十分討厭男子對於她的小小失禮。

「黃昏眞美呵！」××先生說，彷彿經過一些計算，才有這樣精彩合題的話語。

「是的，很美。」女人說了女人便笑就是笑男子平時並不蠢，這時可顯得獃相，故意在找尋一種方便。

「你笑甚麼呢?」

「我笑一些可笑的事同可笑的人。」

男子覺得女人的話裏有刺，木能的退了一點，彷彿因爲女人的話才覺到自己失禮，如今在覺悟中便仍然恢復了一個紳士應有的態度了。

他想着，對女人的心情加以估計，找尋方法，在言語與行爲上選擇，覺得言語是先鋒，行爲是後援，所以說：

「雖然人是上年紀了，見了黃昏總有點惆悵，說不出這原由……哈哈，很可笑呵！」

「是吧……」女人想接下去的是「並不可笑」，但這樣一說，把已接近的心就離遠了。這是女人的損失，所以她不這樣說。她想起在身邊的人，野心已在這體面衣服體面儀容下躍躍不定了，她預備進一步看。女人在各方面原來都是極懶惰的東西，但心情落在一種近於好奇的時節，則常常露出一點進取精神。

女人並不怎麼憎××先生，不過自己是經過男子的人，而××先生的妻又正是自己同學，她在本分下有制止這危險的必需。她的話，像做詩，推敲了好一陣才出口。她說：「只有黃昏使人恢復青年心情。恢復童心。」以下彷彿還有話應說，可不說了。

××先生得到諂譽機會，於是說：

「可是你如今仍然年青，並不老。」

「二十五六歲的女人還說年青嗎？」

「那我已三十五六了。」

「不過……」

女人不說完，笑了，這笑也同樣彷彿很神祕，搖動着一點曖昧味道。

他不承認這個。爲什麼？是因爲他從女人的笑中看出女人對於他這樣年齡還不失去胡思亂想的少年勇敢的嘲弄。他以爲若自己是個「勇士」，那他已不必支吾，早鹵莽放肆的將女人身體抱持不放了。

女人繼續說：「人是應當忘記自己年紀來作他所要作的事情的——不過也應把他所有的知識幫助他來認清楚生活。」

「這是哲學上的教訓話。」

「是嗎？事實是……」

「我有時……」他又坐攏去了一點，「我有時還想作平常人所謂傻瓜獃子的事情。」

女人在心上想：「你才眞不獃呀！」不過，說不獃，那是獃氣已充分早爲女人所看清了。女人說：「獃也並不壞。不過一切看地方來。譬如……」

兩人說話總是那麼說一半兒，留下一半像是不大適宜用言語說，故到了喉嚨邊又咽下了的。

××先生聽了這話，就有兩種力量在爭持，一是女人許他獃，一是女人警他獃處到此爲止：偏前面，則他將再進一點，或即勇敢的露大獃子像，達到這玩笑的終點。偏後面，那他是應當知趣；不知趣，再獃下去，不啻將自己行爲儘人有機會在心上增長鄙視，太不合算了。

他遲疑。他不作聲。

女人見到他徘徊，女人心想男子眞無用，上了年紀膽子眞小了。她看出××先生的遲疑原因了。按着保守的天性，她也不作聲。

在言語上顯然是慘敗的。即不算失敗，說向前，依賴這言語，大致是無望吧。本來一個教物理學的人早應當自知用言語作矛，攻打一個深的高的城堡如女人心思那樣東西原是不行的。他想還應當可以作點别的事情。他這時記起毛里哀的警句來了：「口是可以攻進女人的心的，但不是靠說話。」

不是靠說話，那麼，把這口，放到女人……這敢麼？這行麼？

女人方面這時也在想到不說話的口的用處了，她想：這獃子，話不說，若是另外發明了口的用處，眞不是容易對付的事。若是他有這種氣概，猛如豹子擒羊，把手抱了自己，自己除了儘這獃子使足獸性以外，眞無其他方法避免這點衝突。

若果××先生這樣作，在××先生本行的術話中，「物理的公例是……」但是他不作，也就不必引用這句話了。

他不是愛她，也不是不愛她：若果愛是不必在時間上生影響，責任只在此一刻，他將說他愛她，而且用這說愛她的口吻她的嘴，作爲證據，此外要作一點再費氣力的事，他也不能吝惜這氣力了。若果愛是較親洽的友誼，他也願説他愛她。

可是愛了，就得……到養孩子。他自已的孩子現在卻已經五歲了。他當然不能再愛他太太的女友。

那就不愛好了。然而這時太太卻帶着孩子出了門，保障離了身，一個新的誘惑儼若有意湊巧而來。並且他能看出面前的女人不是蠢人，有什麼方便處，不會讓那機會錯過的。

他知道她已看出他年青的頑皮心情，他以爲與其説這是可笑，似乎比已經讓她看出自已心事而仍怯着的可笑爲少。一個男子是常常因爲怕人笑他愚蠢而作着更大的蠢事的。這事情是有過很多的例子，××先生也想到了。想到這樣，要獃也獃不去，就不免笑起來了。

他笑他自已不濟。這之間，不無「人眞上了年紀」的自愧，又不無「非獃不可」的自勵。紳士就是這樣的：教育修正了他的身分，卻並不能尅服他的本能。一到有所衝突時，自已就常常疑心：「究竟我是不是一隻閹鷄？」

她呢，知道自已一句話可以使全局面變卦，但不説。

並不是故意，卻是很自然，她找出一句不相干的言語，説：

「近來密司王怎麼樣？」

「我們那位太太嗎？她有了孩子就丢了我……作母親的照例是同兒子一幫，作父親的卻理應成天編講義上實驗室。我覺得不公平！」

「不平時，不擔心良心受責，你還可以在許多機會上作許多事！」

他疑心這是女人看透了他的一個譏諷。一根刺簽在這個有身分的男子心上了，他想拔掉它，

「有一天有一時我要愛一個人的。」

女人心想：「怎不說今天？」

他又說了幾句話。

話中有感慨，似乎仍然要在話上找出與本題發生一點兒關係。

女人心想，這話比一隻手放到肩上來的效力差遠了。她眞願意他勇敢一點。

她於是又說：「不過你們兩個人感情仍然是好得很！」

「是的，好得很，不像在前幾年一個月吵一回的事了。不過我總想若同她仍然像以前的情形，吵是吵，親熱也就眞……唉，說不盡，人老了，眞是甚麼都完了。」

「不要在我面前賣老，你人並不老！」

「人不老，這愛情已經老了。趣味早完了。我很多時候就想到我同她的關係，是應維持在戀愛上，不應維持在家庭上的，可是——」

說到這裏的××先生，感慨眞引上心了，他輕輕的嘆了一口氣。不過同時他在話上是期待着當成引藥，預備燃點這引藥，終於燃到目下兩人身上來的。

女人笑着。一面覺得這應是當眞的事，因爲自己生活的變故，離婚的種種也想起來了，用笑

開始，結束卻是同樣一個輕微的嘆息。

那麼，一面儘那家庭是家庭，一面來補足這闕陷，從新來戀愛罷。這樣一來在女人也是有好處的，××先生則自然更好。

女人正願意，這樣，所以儘××先生在此時作獃樣子。她需要戀愛。她照到女人通常的性格，保守着自己，不願意用力去征服別人，卻願意在被征服下投降。雖然心上早已就投了降，表面上還總是處處表示反抗，這也是這女人與其他女人並不兩樣的地方。

在女人的歎息上，××先生又找出了一句話：

「密司周，你是有福氣的，因爲失戀或者要好中發生變故，這樣人生味道領略得多了一點。」

「是吧，我就在成天領略咀嚼這種味道，也咀嚼別的。」

「是，有別的咀嚼的就更好。我連這點也不有，連……」

「也總有罷。一個人生活，我以爲是在一些小的，淡的，說不出的方面更值得玩味。」

「然而也就是小的地方更加見出寂寞，因爲其所以小，都是軟弱的原因。」

「也幸好是軟弱，才處處有味道！」

女人說到這裏就笑了，笑得稍稍放肆。意思彷彿是：你若膽子大，就把事實變大罷。

這笑本可以使××先生精神振作來幹一點有作有爲的大事，可是他的頭腦塞塡了的物理定律起了作用，不許他撒野。這有學問的人，反應定律之類，眞害了他一生，看的事常常是倒的，把結果數起才到開始，他看出結果難於對付，就不敢起始了。

他也笑了，他笑他自己，也像是捨不得這恰到好處的印象，所以停頓不前。

他停頓不前，以爲應當的，是這人也並不缺少女人此時的心情，他也要看她的儍處了。她毫不放鬆，見他停頓了，一會兒又會要向前。向前的人是不知道自己的好笑處和糊塗處，卻給了「勒馬不前」的人以一種咀嚼趣味的。

××先生對女人，這時像是無話可說了，他若非說話不可，就應當對他自己說：「誰先說話誰就是獃子！」他自己覺得自己也很獃，但只是對女人無決斷處置而生出嘲弄自己的理由。在等候別人開口或行爲中，他心中癢癢的，有一種不能用他物理學的名詞來解釋的意境。

女人想着，同××先生所想也相差不遠，雖然冒險心或者可以說比××先生來得還要比較大一些，只要××先生一有動作，就準備接受這行爲上應有的一分重量。然而要自己把自己挪近××先生，是合乎諺語上的「碼頭就船」，可辦不到。

以爲這局面便永遠如此啞場下去，等候這家女主人回來收場麼？這不會的。到底是男子的××先生，男子的耐性終究有限，他要話說！並且他是主人，一個主人待客的方法，沉默不是一個頂得體的頂客氣的方法！

且看這個人吧。

他的手，居然放到女人的背後了。

女人是明白這個的。雖明白，卻不加以驚訝的表示：不心跳，不慌張，一半是年齡與經驗，一半自然還是有學問。有學問的人照例是能夠穩重處置一切大事的。這行爲我們不能不承認是可以變爲大事的一個手段啊！

××先生想不出新計策，就說道：

「密司周，我們適間說的話眞是有眞理。」

「是的。難道不是麼？我是相信生活上的含蓄的。我討厭那種無節制的放肆，我還不歡喜……」

「譬如吃東西——吃酒，吃一小杯眞好，多了就簡直無味，至於不吃，嗅一嗅，那麼……」

「那就看人來了，也可以說是好，也可以說不好。」

「我是以爲總之是好的，只怕不有酒！」

××先生打着哈哈，然而並不放肆，這個人在任何情形下總仍然有他那一分紳士的禮貌。

他們是在這裏嗅酒的味道的。同樣喝過了別的一種酒，嗅的一種卻是新鮮的，不曾嘗過的，只有這樣覺得很好。

他們談着酒，象徵着生活，兩人都彷彿承認只有嗅嗅，是頂健全一個方法，所以××先生那一隻準備作點別的事情的手，不久也偃旗息鼓收兵回營了。

黃昏的確是很美麗的，想着黃昏而惆悵，是人人應當有的事。過一時，這兩人，會又從黃昏上想到可惆悵的過去，像失了什麼心覺到很空虛呵！

黃昏只是一時的，夜來了，黑了。天一黑，這黑暗也會佔領人心的一角，人的心也會因此失去光明理智的。

女人說：「我要走了，大概密司王不會即刻回來的。我明天再來。」說過這話，就站起來了。站起並不即走，在那兒等候××先生的言語或行爲。她即或要走，在出門以前，她還要作點事。

××先生想，這是一個很壯觀典雅的身體！他還想像抱了這女人以後，她會即刻坐到沙發上來，兩人一塊親嘴，還可以聽到女人說：「我也愛你，但不敢要你……」的話。

他所想像是不會錯的，正如其他事情一樣，決不會錯。這有學問的上等人，實在太能看人類的心了。只是他不做。女人所盼望的言語同行爲，他並不照女人希望去作，卻獃想着。

獃想也只是一分鐘以內的事，他即刻走到電燈旁去，把燈弄明了。

兩人因了燈光一亮，儼然各自覺得這燈用它的光明救了危難了，就互相望着一笑，這種笑說明白了兩人另一種很深的瞭解。

爲時不久，門前有人笑着同一個小孩快樂的喊嚷聲音，這家中的女主人回來了。

女主人進了客廳，他們誠懇親愛的握手，問安，還很誠懇親愛的坐在一塊兒。小孩子走到爹爹邊親親嘴，又走到姨姨這一旁來親嘴，作客的女人抱了孩子不放，只在這小嘴上不住溫柔偎慰。

「×，你同密司周在我來時說些甚麼話。」

「哈，才說到吃酒。」他笑了，並不失去了他那點典雅和尊嚴的紳士風度。

「是嗎，密司周能喝酒吧？」女主人彷彿不相信。

作客的那一個就說：「不，若我是有人勸，恐怕也免不了喝一口。」

「我也是這樣——式芬，（他向妻問）我不是這個脾氣嗎？」

客人把小主人抱得更緊，只憨笑。

一九二八作於上海，一九三五改於北平。

元宵

一　家中

一個爲雷士先生寫小傳的人，曾這樣寫過：一個中年人，獨身，身體永遠是不甚健康到使人擔憂，他的工作是用筆捉繪這世界一時代人類的姿態到紙上。

因爲是元宵，這個人，本來應當在桌邊過四小時的創作生活，便突於今天破壞了。先是想出門到某一個地方去看一個朋友，到臨出門時又忽然記起今天是一種佳節，在這家有主婦與小孩子的家庭中，作一不速之客眞近於不相宜，就又把帽子擲到房角一書架上，仍然坐到自己工作桌前了。

心裏有東西在湧，也說不分明是什麼東西。說是「有」，不如說是「無」。他感到的是空虛。心情不能向任何事寄托，如沉溺的人浮在水面，但想抓定一根草或一枝葦，便彷彿得了救，他於是在思索所有足以消磨這一天的好辦法。凡是辦法他全想到了，在未去實行之前，先就知道這樣不行那樣不行，到後就只有痴坐在那裏，眼對窗格數對窗牆上的土蠭窠出孔的數目了。

那覆在牆上如一堆牛屎的土蜂窠，出入泥孔道是六個，其一尙彷彿如普通許多地方之小北門，雖有此道，卻用物堵塞，禁止出入，爲取吉兆那樣子。他望到蜂窠出神，不知道究竟這泥球內有無生物，假使是有，這些蜂子又正在作些甚麼事，思想些甚麼。他願意知道牠們多一點，但做不到。他其實，何常不願意也多知道自己一點呢？但自己空虛的心情，是已分明了，如何這空虛將離開身邊，如何把生活變成如一般人那樣，既不缺少興味，也不缺少快樂，他可永遠不清楚了。

彷彿煩惱來了，就工作，不能工作也儼然做着工作的樣子，一面想，這是往日的辦法。有了這辦法，生活在本身上雖找不出意義，但另外，間一翻翻文件盒裏的成績，似乎是這樣仍然可以單獨活下的勇氣了。且常想到一切過去的偉大的前輩，是如何在刻苦中度着日子，則又不禁奮興起來。想到在生活上苦戰的英雄，瘡痍滿身的情形，迴視自己則又不禁臉上發燒。在另一時，自己的行爲，不就已經給人說過這是英雄這是戰士了麼？過去的，另一時代的戰士之流，是不是也就相差不遠，那不可知。然而所謂享樂者徒眾，他將用甚麼方法在什麼情形下消磨着這每一天呢？明燈華筵周旋於女人之間，回則頭痛心煩；或留心自己臉上一點粉刺，便每日照醫生所囑咐做事；或爲新衣與縫工吵嘴，不能自休……這裏就無處不可以得到人性的眞實源泉，鄙視，憎忿，無端的傾心與有意的作僞，隨時隨處可遇。這些人，自然也就不缺少着那所謂煩惱，然而所煩惱者，當爲另外一事上，不比此時的他了。這時的他一事不能作，即空想，也倦於展開。一個思想粗糙的人，行爲將近於荒唐，一個思想細緻的人，他可以深入人生，然而一個倦於思想的人，他是只有幻滅的悲慟咬他那心的。

他低頭坐下，望了望腳上的皮鞋，鞋爲新置，還放光，鞋底邊的線尚不曾爲泥弄髒。因爲鞋，想起買這鞋那一天，在那鞋店外邊，見到的一個女人苗條身體，看女人彷彿近於暗娼者流，就有意無意跟到那女人走去，隨後發現了這女人是舞女，就又回頭返家。鞋子使他生的聯想不過如斯而已。若是自己歡喜跳舞呢，那等到夜間，穿上這樣一雙體面皮鞋，到各舞場去找那天鞋店前見到的舞女，陪她舞一夜，大致是可以感到一種沉醉的。但他不是能跳舞的人，他不學，好像是懶去先花費那一番功夫。

過一會，皮鞋與跳舞的夢過去了，他就把皮包從衣袋中掏出，檢察所剩的錢有多少。檢察結果知道了鈔票五元的是拾張，一元的是九張。還有一張一百元的匯豐銀劵，爲昨天一個書鋪送來的，還不曾拆兌成零數。他把皮夾揑在手上，想了想，意思像是若把這點點錢用到荒唐事上去，就可以使別人同自己即刻在此種關係下變成密友，也可以使一個好女人墮落，一個乞丐因得此歡喜而死，就搖了一搖頭，拍的把皮夾丟到地板上了。

然而他仍然望到這黑色印有凸花的小皮夾，彷彿見到這皮夾自己在動，且彷彿那鈔票就像一杯酒，在那裏勸駕，請他好好在機會中用它一用，一面還似乎在那裏分解，說「這也可以說是誘惑，可完全不是惡意」。他承認這眞不是惡意的。一個曾經與金錢失過戀的人，對於錢的歸依是明白它的善意的。有了錢，於他是可以增加在人前若干勇氣的。沒有錢時他就想到他非常善於用錢的事情，買這樣那樣，或送誰借誰，都以爲只要有錢時這樣一做，當可以得到一種慰快，如在神前還願。不過如今是錢在手上的，他卻不能把這個錢照到他所想的去做了。從前想到這樣那樣是可以得到幸福的，這時仍然不夠了。在沒有錢時節，他以爲，若果有了錢，就可以把無聊這兩個字在字典上用墨塗去，如今他明白錢不是能幫助他獲到他所要的東西了。一個老年人，身邊兒女繞膝，有錢多，在家做善人，用錢打發在門外叫喊的無告者，錢是的確能給這老封翁好處的。一個博徒，在新年中輸了錢，正感無法可以扳本，得到一筆小款，他同樣也能感到錢的好處的。窮人自然以錢爲命，錢與幸福也不能分開，無從分開。他拿這一點錢有什麼用處？

買書，則書架上的新書已不能再加上一本，床下未看過的書也滿了。縫衣則他不等到穿新衣會客。送人則不知應送給誰，至於凡是窮的就送，他又似乎以爲這樣善事應當給那些闊人去做，這不是他的事。胡花，也彷彿只有這個辦法了，但是把煩惱當成一種病，這病可不是把錢胡花就可以醫好的病！

他不願意吃酒看戲，又不歡喜到賭場去，又不能更荒唐獨自跑妓院去玩，這錢要花也難。

今天是十五，他記得很淸楚，因爲是十五，就像照平常花錢方法去做做也不行了。在今天這種日子中，朋友方面有家的，是縱或更比平常還熱誠的款待客，做客的也不會得到好處的。朋友若獨身，則多數不會在家，總出門到熟人處喝酒打牌去了。

一個身在外國的人，對於佳節的來臨，是自然很寂寞的。一個身在本國的人，也還是感到寂寞，那原故又不是窮，當然是另外一種情形了。他是明白自己這寂寞情形，而不敢去思索這問題的，他只煩惱，並不細細追究為甚麼這樣自苦。

在他那生活中就有那煩惱病根存在。「一個中年人，獨身，身體是永遠不甚健康使人擔憂，工作是用筆捉着這世界一時代的人類姿態到紙上」，在這四句傳略中，就潛伏了這人病的因子，不承認那怎麼行。不承認也罷，就說是看不起所目覩過的一切女人，因而擱延下來了，話是不妨這樣說的。然而總應當有那樣可以傾心的女子，生到這世界上另一個地方另一個家中！在某一時這精細的頭腦，也應當想到這一件事來吧。應當想到過甚麼樣女子是可愛的女子，甚麼樣女子是可以作妻的女子，無目的的夢也總在較年青的心中做過吧。在這時，雖不是在那裏應付一件戀愛，或應付一件債務，然而就正因為不敢去對這債務加以注意或清理，意識的潛沉，就更容易把人性情變成悒鬱無聊，覺到生活近於一種苦事了。

應當去做的事，先因為世故的毒所中太深，以為這是一種笑話，人已變成極其萎悴柔弱的人了。思慮緻密在事業上可以成功的，在生活上卻轉成了落伍的人，所以這時的他就只是仍然在桌邊，連心情的放蕩也不曾有。他沒有比喻，沒有夢，沒有得失，所以所有的就是空虛了。

一個人，生來若應當用行爲去擁護思想，他想到的就去做，這人是無大苦的。若思想是應當裁制行爲，則有思想的人能幫助人的行爲，當向前時就向前，他也不會大苦。知道了思想與行爲的如骨附肉，便不想，也不做，只徒然對於一切遠離，然而仍然永遠是負疚的心情，他是這種人之一個。不幸的地獄便是爲這一類人而設的，雖然這事也只是此外的人才能看出，他自己是永遠不會如別人看到他不幸分量之多。

他也如旁人一樣，生活的轉變是他所需要的，因爲一切習慣是不可耐的，如沉在泥中，出氣也漸近於滋塞。他又想到若干轉變自己的方法，只除了結婚一件事不想。其實，則沒有比這個更切要對於救濟這時的他爲有效了。但他不對這個事多想，就因爲有所謂「儼然笑話」的嘲諷先對自己的心情加以攻擊，到後他索興不想了。

他無聊無賴，把腳跟打着地板，地板被觸發出蓬蓬的聲音，他於是又想起了買鞋，跟到女人背後走，走到了大東見到那女子與那舞場職員說話，就返身。腳下的鞋子給他的聯想是慢慢使他惘然失神了，他以爲若果是有這樣一個女人願意同他結婚，他無論如何要愛這女子一世，就是這女子再壞一點欺騙他同別人好，只要這欺騙行爲不爲他知道，也無關係。他所想到的女人不是在他生活情形下所找不到的女人。就再好一點，完全一點，也不是很爲難的事。爲難的倒是他並不將這想望與事實連在一起，故無從稍有結果。日常生活中，不乏社會上與他同樣身分的女子，在極方便中在一處，到這時他想到的卻是凡女子都很平常，人的生存總是爲女子以外的，雖然他說不出爲女子以外的什麼。但在女子面前，他決不會承認自己有理由做成一個顚子模樣來爲女人難過，這是經過太多回數試驗過的事了。另一時，他到路上去，爲一些擦身而過的女人，都像被帶去了一點身上所有東西，他是並不在人前否認的。總之他的事，是只有自己明白的，有時到自己也不明白，那就是這無所排遣的時候了。到了這種時候才覺得一切的智力驟然失去，心情忽然與年齡不相稱起來，他就免不了把固定秩序破壞，變成世俗所說放蕩人了。

人究竟爲什麼而生存？這時是在想，也想不通的。每到這種時候頭腦中便彷彿生了若干茨，無從着手拔去，他隱隱約約看到這茨的鋒芒，他隱隱約約仍然不斷的用手去拔，手也彷彿到流了血。這時眞能流血是好的。凡事到流血，比悶到甕中死去好多了。到見血，那可以喊叫了，可以呻吟了，也可以用力來反抗了。但心被痲木了的人，他睜眼望到自己殭殭的與世界離遠，他不能伸出手來打誰一拳，又不能把他所能在人面前做的笑臉給誰去看的。他這時不能做好人也不能做壞人。他只看別人在他身前騎馬過去，看到那馬蹄下灰塵飛起。他看到有些人眼淚流到虛榮與狡詐上，又看到有些人在他親人前裝模作樣，撒嬌撒痴。他看到別人的富麗詞藻，與壯觀的抄襲，使他目眩心驚。他看到口若懸河的辯士，站在高台上說謊，得到無量的鼓掌作酧。他看到日影在牆上移動。

日影在牆上移動，他看到這一點祕密，忽然有所澈悟，決定出門了，按了一次鈴。

聽差來了，這是一個瘦得可憐的人，用薄薄皮包着骨，手上的青筋如運河，起伏有序。他望到這聽差的瘦身材不作聲。進門了的聽差，見主人無話說，知道是要出門了，就把帽子從書架上取下來，用袖口抹灰。到後又見到地板上的皮夾了，就彎身將那皮夾拾起。

「爲甚麼我告你買那個藥又不買?」

聽差不答，就笑。

他又說：「是不是把錢又送到……」

聽差仍然笑。

他把皮夾開了，取出一張五元鈔票，塞到聽差手中，「這次記到買！我擔心你是害肺病。」

「前幾天張先生不是爲我驗過了嗎？他說不妨事，肺是比許多人還健的。我倒想，或者要……」聽差說要的是什麼他不聽了。

他把呢帽接過手，皮夾仍然塞到衣袋裏去，走出房門了。

二　街　上

到了街上，人很多。本來平時就極其熱鬧的大街，今天是更其熱鬧了。

三　書　鋪

他看人。信步走了很久的時間，走到一個書鋪了，就走進去看。書鋪中全是買書的年青男女，望到這些年青的天眞爛漫的臉，他只發愁。走到自己幾種書的陳列處去，也堆了十多人在那裏選書，大約是新年，這些年青人從家中親戚方面得了一點壓歲錢，又捨不得用，就相信了學校中教師的話來買他的書讀了。望到這些人從袋中把錢取出，送給書店夥計時，他就想自己若有多錢，眞應當印一萬本送給這類人看。望到這些人得了書還等不到拿回去，就在書店翻看，且有些嫌書價太貴，不能買，停頓在那書架邊看白書，又不忍放手，他就想走過去說可以送人一本。

他看了每一個在翻他所有小說集的年青人的臉，心中有一種慚愧，覺得這些人眞是好人。然而他又以爲這些人很可憐，這樣歡喜看這些書，卻不知道這些書的作者就站在身邊。

若果這些人，知道身邊的沉悶蕭條的他，就是這一堆集子的作者，將用甚麼眼光來款待這個人？他想到這件事，就走到兩個中學生模樣的年青人身旁去，看他們是在翻些什麼書。書鋪中夥計也無一個認識他，所以正在那裏解釋他一本長篇小說的好處給兩個學生聽，還把書送給他一本，意思是勸駕。

他望到手上一本自己所作的書，花的封面也是自己所畫，且看看這書鋪夥計的圓臉圓眼睛，和氣得可愛，就點點頭，要夥計把書包了。那兩個學生見到他買了這書，才似乎下了決心，也選出兩本書來給夥計，要夥計算賬。他對這兩個年青人笑着，想說什麼不說，又走到別一處去了。

到另一處誰知那個圓臉夥計又走來，拿他的一本書勸駕，說這書很好，很有銷路，應當買一本拿回去看。他點頭又買了一本。圓臉夥計眞是會做生意的人，以爲來買書的眞信了他的宣傳，對作者生出敬仰了，就將所有十多種集子各取一册來放在他面前，且一一爲指點這一集內容是怎麼樣，那一集內容是怎麼樣，看那樣子似乎這人全把這些書背得成誦，且與作者非常熟習，對於作者生活性情也非常清楚。

他只對這夥計笑，不說要也不說不要。爲了信任起見，這夥計又由他自己的心裏找出一些對作者高明的處所加以稱讚的話，這生意是非做不行了。他到後就又答應了每種包一本，一總算賬。

他問那夥計：「有多少錢一個月。」

夥計笑，彷彿忸怩害羞，問了兩次才告說是「只有飯吃，到半年後才能每月有三元薪水」。

「你讀過幾年書？」

「小學畢了業。」

「也能看小說不能？」

「能。所有的小說看得並不少了。」

「歡喜誰的？」

「歡喜的很多，這個人的也很歡喜，我昨天還才讀那……游記。」

「你也有空看小說！」

「是夜間，我同他們那幾個人，（他就用手指遠處的較大的夥計）全是看小說。我還見到過魯迅先生！是一個鬍子，像官，他不穿洋服！」說着這樣話的夥計，自己是很高興的。大約在平時是不容易有機會同人說這些話，所以這時就更顯得活潑了。

他對這年青夥計是也只有笑的。

那夥計，一面寫發單，一面還說那幾個作家是穿洋服的，那幾個又穿長衫，料不到這小小腦子記得那麼多事情。看他年紀還不過十六歲，就知道中國這時許多人物，到將來眞也是了不得的人物！不過他想起這人在半年後才有三元一月的薪水，未免惘然了。那麼對於買書人慇懃，那麼對書的銷數盡職，就吃老板一點飯，作爲這誠實的報酧，中國的情形使他覺得有點難過了。

他看到這夥計用那小手極其熟練的把書包上，又把發單到櫃台上去繳錢，心裏莫名其妙的酸楚。在塡寫發單時，這小孩還關照一聲，說若是作家來買，還只要七折，作家買自己出版書則對折，那是頂合算的。他並沒有說他如今就是買自己的書。他只想到這年青人圓臉發愁。夥計把書同應還餘錢送給他時，還另外送了一張上面載有他所新著未曾出版的書籍預約廣告。

他以爲是這夥計還希望他買一預約券，就說：「我是不是還可以先買一預約？」

「慢一點再買也好，這書恐怕不能在下月出版。」說這話時輕輕的，說過後且望了一望左右。這夥計是因爲作了將近十塊錢生意，特意關顧起主顧來了。

本來這書還未脫稿，這時聽到這夥計說慢一點買預約，他就想這書將來若寫成，當寫着特爲給這小朋友的一句話了。他覺得這年青人是比起自己來還更偉大一點的，自己站到這潔白靈魂的面前，要多說一點話也說不來。他想到的是應當使這年青人知道自己的感謝，但他不說話，終於走了。

他縱能幫助這個人，也不知如何幫助，且好像還不配幫助。至於這夥計，卻全無他望，這是很明白的。這個人，也不是求心之所安，已成天站到書櫃邊為他盡過無數日子的力了。他既無驕傲也無憤懣，日子過下來了。這個人若是也有所謂生活的夢，大約想到的，也不外乎是時間已即刻在半年以後，每月三元的月薪，可以處置新白布汗衣一事而已。當與這年青夥計同樣年齡的他，身在鄉下做一小飯館的學徒時，那時所做的夢，尚不敢想到一月有三塊錢的。再過十年也許這夥計也將因為一種奇怪的機遇，成為另一種人吧；或者聰明一點做了委員，直爽一點就被人捉去殺，想到此的他，覺得人事就是如此，多想亦等於徒勞，就不再在那書鋪耽擱，把書夾在脇下走了。誰知正在此時那賣書處起了爭吵了，另一夥計與兩個年青學生越嚷越兇，所有買書的都圍攏去了。問原因纔明白是因為這人買了書兩本，到包好，算完賬，卻用不曾帶多錢的理由退一本書，換一本書，然而夥計則因為發票寫好不能更改，故好意的勸這人拿錢來取書。本來兩面全是好意，不知如何卻吵嘴了，他走過去看，就見到那兩個人正是先前在翻閱他著的《血與水》一本書的人，就問這兩個人要換什麼書，可以到櫃上去同他們交涉，不要同夥計吵。

「我們要他換××，這夥計嫌我們麻煩了他，不肯換。」

「決不是。他們先又說要《血與水》兩本！」夥計說給他聽。

一個管事的過來了，正要說話，他把管事的拉到人身後去，告給了管事的他是誰，就要這管事的喊夥計將他所有陳列在書架上的集子各檢一册包好，等買書那人出門時，就給這兩個年青人，說是作者送他們的。他把話說完，簽了一個名在賬房櫃台的簿子上，就走去了。他不敢在書鋪外邊停留，因爲恐怕那年青人出來時認得到他。他的心像做了一件善事，一旁走一旁好笑，以爲今天做的事是頂痛快的事。他猜想這兩個年青人必定還吃驚不小，或者不好意思要這書。他又想這事若爲那圓臉圓眼小夥計知道，不知這天眞爛漫的人將來對另一主顧又將如何去說今天的事了。

四　街　上

他走到大街上了，把剛才書鋪的事放下，心中又有點空虛來了。他見到那樣多的人同車子，見到那樣多貨物，與空中的電線，說不出的寂寞，又慢慢的加濃，覺得在大路上走也不成事了。他想不如返家好一點。這樣想，就回頭走。走了兩步看到路旁的車，他就不講價錢坐上去，用手指前面，意思要車夫向前面拉。

這江北車夫太聰明了，看到車上人情形，以爲是命令他向前趕車了，適巧前面走的是一部包車，車上坐的是一個女人，這車夫就回頭向他會心一笑，一直向前面車子追去。事情顯然是作錯了，但他卻不言語，以爲就是這樣辦也未嘗不可。車追上了前面的黑包車，女人返身望，望到他，似乎認識，不作聲仍然把頭掉過去，他覺得好笑。然而拉他的車夫見到這女人回頭，卻樂極了，以爲得錢的機會到了，不知疲倦的緊追到前面車子，車略停時還回頭對他作出一種醜像。走了一會女人又回頭望了，似乎知道後面的車是特意追她跟下來的了，回頭時就略示風情，他仍然只有笑。

爲甚麼忽然作起這樣獃事，並且爲甚麼這女人就正是上海的壞女人，他有點奇怪了。他想這樣走着還不要緊，一到了什麼地方，可就有點麻煩到了。難道結果就像平常當笑話說的把這女人成爲一件開心的東西嗎？難道事是這樣方便嗎？就說眞是這樣順利下去，到了以後，怎麼樣？

到了一處，前面的車停了，女人進了花店。他的車夫也把車停住，回頭問：「……」

他答：「……」

兩個人並不說話，他用嘴表示仍然向前走，車夫懂到這意思，然而一走過這花店前，車夫倒糊塗起來了。再向前，則走到甚麼地方去了？車夫這時不得不開口了，就說：

「去啥地方？」

「××××。」

「是××××？」

「是吧。」

車夫彷彿生了點氣，就回頭走，因爲所取的道路應向南，如今卻是正往北走。車夫回頭走時便慢了，心中很不高興。他倒奇怪這車夫生氣的理由了。他想這總不外乎是因爲不再進花店去使車夫也掃了興，就要把車停止在路旁。他下了車，從皮夾裏取出四毛小洋送到車夫手心，車夫無話可說，把兩隻雙毫互相碰了一回，驗明無誤，拖車走到馬路對過接美國水兵去了。他就站在街上，望這車夫連汗也不及揩拭的樣子出神。待到那車夫拖了水兵跑去以後，他一回頭，又望到那花店門前黑包車了。他忽然想就進去買一束花也不什麼要緊，走進去看一看也不算壞事。

五　花店

他到了這花店裏面了，見到玫瑰花中的一個人的白臉。這人見有人進來也正望他。女人就是這在車上回頭的女人，見到進來的是他，先笑了。他想回頭走。

女人喊道：

「雷士先生，不認識我了嗎？」

他痴了，聲音也並不熟習，然而喊叫他的名字時，卻似乎這女人曾在什麼地方見到過了。他忽劇的就仍然回身來點頭，把帽從頭上摘下。他望女人一會，仍然想不起這人是誰。女人見到他發痴就笑了。

「你不認識我了。我看你車子在後面，以爲你是……」

「車子在後面——？」

「是！我以爲——」

「你以爲我——」

女人就極其天眞的笑，且走攏來。雷士茫然了。他想起如何無心的被車夫把他拖着追下來，又如何無心的下了車，又如何無心的進到這花店，且一時又總想不起這女人是誰，然從女人對他的客氣情形上看來則又必定是這女子丈夫或哥哥之類如何與他熟習，爲了女人在剛才行爲中的誤會，把雷士難過起來了。他覺得這誤會將成一種笑話了，以爲女子的心中，還以爲是他故意這樣作着那近於浪子的事，回去將不免對家中人說及引爲笑樂了。想分釋一句話，又不知如何說出口。

女人以爲他是在追想他們過去的淵源，就說：

「先生是太容易忘記了，大阪丸的船上……」

「喔……」

「是！秋君就是我！才是一年多點的事，難道我就變老了許多？」

「你是秋君！老了嗎？我這眼睛眞……你是更美了。」

「先生說笑話……我在此知道先生是住到這裏的。看報先生的名字總可以到書鋪廣告上找尋得到，不過因爲近來也忙，又明白先生的地方是……」

「怎麼這樣說，我正想要幾個客！我是無聊得很，一個人住到這裏。你的名字我也彷彿常在報紙上見到！近來你是更進步了，你幾乎使我疑心爲……」

女人笑了，因爲她也料不到一年前的自己與一年後的自己在雷士眼中變到這樣時髦了。因爲面前站定的是唱戲的秋君，他原先一刻的惶恐已消失，重新得到一種光明了。他就問她現在住到甚麼地方，是不是還同到母親在一起。

「母親也在這裏，還有……母親她也念到你！雷士先生，你近來瘦了許多了，我先在車上是不敢喊你的，怕錯。到後見你走路的樣子，才覺得不會誤會了。爲甚麼近來這樣瘦，有病嗎？」

聽到女人說到他瘦，他就用手撫自己的頰，做成消沉神氣搖頭，且輕輕的吁了一口氣。

女人又問：「雷士先生，近來生活還好不好呢？……想必很好了。你最近出版那×××，還是昨天我才到××書局買到，送給我母親，她老人家就歡喜看這種東西，說是很好的！」

雷士先生只勉強的笑，站到那花堆邊並不做聲。

「今天過節啊！天氣眞好。」女人意思是說到天氣則雷士當有話可談了。

雷士先生點頭，又勉強的笑，說：「天氣眞好。」

女人說：「雷士先生，回頭預備到什麼地方去？」

「到馬路上去。」

「是買東西嗎？」

「沒有地方去所以到馬路上看別人買東西。」

「怎麼說得這樣可憐？」

「……」雷士先生要答，不答，眼望到這女人的眼眉，神氣慘沮。

女人似乎瞭解了，想了一想，就說：「雷士先生，願不願意過我住處去玩玩？」

「……」他搖頭。

「既然沒事，就到我家去過節。我家中又並無多人，只我媽同我。吃了飯，我要去戲院，若是先生高興，就陪我媽到光明戲院看看我唱的戲。」

他仍然不作聲。意思是答應了，卻不說。

這時女人對花注意了，手指到一束茶花，問雷士先生還好看不好看，他連說很好很好，其實這話是爲預備答覆那到她家過節而說的，這話答覆得不自然，女人看出他的無主神氣也笑了。但女人因爲雷士說這花很好，本來不想要的，也要花店中人包上了。後來又看了一束玫瑰，也包上了。女人把花看好就問雷士：「看不看過這地方的戲。」

雷士先生又搖頭笑。

「也可以看看。這裏戲院不像北京的，空氣並不十分壞，秩序也還好。先生是寫小說的人，也應當去看看！我們做戲的人有時是比到大學念書的人還講規矩的，先生若知道多一點，可以寫一本好東西！」

「我有時都想去學戲！我知道那是有趣味的。跑龍頭套也行，將來眞會去學的。」

「這是說笑話！先生去學戲他們書鋪也不答應的，中國人全不答應的。」

「不要他們答應！我能夠唱配角或打旗子喝道，同你們一起生活，或者總比如今的生活有生氣一點。」

「還是不要上台吧，上了台才知道沒意思。我希望先生答應到我家去過節，晚上就去光明看我做戲，若是先生高興，我能陪先生到後台去看那些女人化粧，這裏有許多是我朋友，有讀過高級中學的功課的女子！」

「好，就是這樣吧。」

女人見他答應了，顯出很歡喜的樣子，說：「今天眞碰巧，好極了。母親見到先生不知怎麼樣高興！」

雷士見到這女人活潑天眞的情形，想起去年在大阪丸上同這母女住一個官艙，因船還未開駛即失了火，當時勇敢救出這母女的事，不禁惘然如失。過去的事本來過去也就漸忘了，誰知一年以後無意中又在這大都市中遇到這個人。先時則這女子尚爲一平常戲子，若非在船中相識，則在每日戲報的一小角上才能找出這女人的名字，然如今卻在××地方成紅人，幾於無人不曉了。人事的升沉，正如天上的白雲，全不是有意可以左右，即如今日的雷士，也就不是十年以前的雷士所想到，更不是一般人所想到。至於在他這時生活下，還感生活空虛渺無邊際，則更不是其他人所知了。

他見到女人高興，也不能不高興了。女人說請他陪她還到幾個鋪子裏買一點東西，他想起也應當買一點禮物送給這女人的母親，就說自己也要買一點東西，不妨事。女人把花放到包車上，要車夫先拖空車回去，就同雷士步行，沿馬路走去，雷士小心的與這女人總保持到相當的距離，女人似乎極聰明，即刻發覺了這事，且明白雷士先生是怕為熟人見到以為同一女伶走路為不方便，就也小心先走一點了。

六 街上

「雷士先生，」女人說，因為說話就同他並了排。「你無事就常到這裏大路上走走嗎？」

「這是頂熟習的地方了，差不多每一家鋪子應有若千步才能走過，我也記在心上的。」

「是在這裏做小說嗎？」

「那裏。做小說若是要到馬路上看，找人物，那恐怕太難了。」

「那為甚麼不看看電影？」

「也間或看看，無聊時，就在這類事情上花錢的。」

「朋友？」

「來往的也很少，近半年來是全與他們疏遠了，自己像是老人，不適於同年青人在一起了。」

「雷士先生又講笑話了。我媽就常說，雷士先生在文章上也只是講笑話，說年紀過了，不成了，不知道雷士先生的，還以爲當眞是一個中年人，又極其無味，又不好看……」女人說到這裏覺得好笑，不說了。

雷士先生稍離遠了女人一點，仍然走路。心上的東西不是重量的壓迫，只是難受，他不知道他應當怎麼說好，他要笑也笑不出。

他們就這樣沉默的走了一些時間，到後走進一個百貨公司去，女人買了十多塊錢的雜物，他也買了二十元的東西，不讓女人許可，就把錢一起付了鋪中人。女人望到雷士先生很少說話，像極其憂鬱的神情，又看不出是因爲不願意同她在一處的理由，故極其解事的對雷士先生表示親近，總設法在言語態度上使他快活，誰知這樣結果雷士先生卻更難過。

本來平時無論在什麼地方全不至於沉默的他，這時眞只有沉默了。人生的奇妙在這個人心中佔據了全部，他覺得這事還只到起頭。還不過三點鐘時間，雖然同樣是空虛，同樣心若無邊際，但三點鐘以前與此時，卻完全是兩種世界了。

這女子若是一個蕩婦，則雷士先生或者因爲另一種興趣，能與她說一整天的話。這女子若是一個平常同身分的女人，則他也可以同她應酬一些，且另外可以在比肩並行中有一種意義。

他把這戲子日常生活一想，想到那些壞處，就不敢走了。他以爲或者在路上就有不少男女路人認得到她是一個戲子。又想也總有人認識他，以為他是同女戲子在一起，將來即可產生一種造作的故事。故事的惱人，又並不是當眞因爲他同了這女戲子好，卻是實際既不如此，笑話卻因此流傳出去，漸成一種荒謬的故事了。

女人見到雷士先生情形，知道他在他作品上所寫過的獃處又不自然的露出了，心中好笑。爲了救治這毛病，她除了即刻陪雷士先生到她家去見母親，是無別的方法可做的，就說到龍飛車行去，叫汽車回去，問雷士先生願不願意。

「坐街車不行嗎？」

「隨先生的便。不過坐汽車快一點。」

「……」他不說什麼，把手上提的東西從左移過右，其中有那一包書在。

女人說：「我來拿一點東西好不好？」

「不妨事，並不重。」

「雷士先生，你那一包是些什麼。」

「書。」

「你那麼愛買書看。」

「並不爲看買來的，無意中……」

「無意中——是不是說無意中到書鋪，又無意中碰到我了？

…………

七　車　中

他們在汽車上了，用着二十五哩的速度，那汽車夫一面按喇叭一面把着駕駛盤，車正在大馬路上跑。

雷士先生用買來的物件作長城，間隔着，與那女戲子並排坐到那皮墊上，無話可說。女人見到在兩人之間的大小紙包，阻礙了方便，把它移到車座的極右邊，就把身鑲到他身邊來了。然而雷士先生仍然不說話，心中則想到的是：「這女子，顯然是同到別一個人作這樣事也很習慣了。」一望到這很秀美的臉頰，於是他起了一種極野蠻的慾望，以爲自己做點蠢事，抱到這女人接一個吻，當然在女子看來也是一種平常事。女人這時正把雙臂揚起，用手掠理頭上的短髮，他望到這白淨細緻的手臂，望一會，又忽然以爲自己拘謹爲可笑得很，找女人說話來了。

他就問：「除了唱戲還做些什麼？」

「什麼也不做。看點書，陪母親說點笑話，看看電影……我還學會了繡花，是請人教的，最近才繡得有一幅套枕！」

「你還學繡花嗎？」

「爲什麼不能學？」

「我以爲你應酧總不少。」

「應酧是有的，但明九是不許我同人應酧的。往日還間或到別的地方去吃酒，自從有一次被小報上說過笑話後，明九就說不能再同人來往了。明九他總以爲這是不好的，寧可包銀少點也無害，隨便堂會是不行的。母親說明九是書獃子，但我知道明九脾氣，所以我順了他。」

忽然在女人話中有了五個明九的名字，他愕然了。他說：「明九是誰？」

女人笑了，不做聲。

「是你的——？」

「我們是十月間結婚的。」

本來先又並無心想與這女子戀愛的雷士先生，這時聽到這話，卻忽然如跌到深淵裏去了。彷彿驟然的下沉，半天才冒出水面，他略顯粗糙的問道：

「是十月結婚的？」

「是的，因爲不告給誰，所以許多人都不知道，報上也無人說。明九他是頂不歡喜張揚的，這人脾氣怪極了，但是這是個好人。」

「自然是好人！他也唱戲嗎？」

「那裏，他是北大畢業的。原本我們是親戚。我說到你時，他也非常敬仰先生！他近來是過安徽去了，不回來的。我到三月底光明方面滿了約，或者也不唱戲了，將同母親過安徽去。」

雷士望到這女人的臉，女人因爲在年長的人面前，說到自己新婚的丈夫，想到再過兩三月即可到丈夫身邊去，歡喜的顏色在臉上浮出，人出落得更其艷麗了。

車走了一陣，到新世界轉了彎，稍停，停時車略震，兩人的身便挨了一下。

雷士先生把身再離遠了女人一點，極力裝成愉悅的容色，帶着笑說道：

「秋君小姐，那你近來是頂幸福了。」

「先生說是幸福，許多人也說這是幸福！母親和人說明九也很幸福，其實母親比我同明九都幸福，先生是不是？」

「自然是的。」他歇了一歇又慢慢的說，「自然是幸福的。」他又笑，「應當有幸福！」

「先生，你說的話使我想起你××上那篇文章的一段來了，你寫那個中年人見了女人說不出話的神氣，眞活像你自己！」

「你那樣記心好！」

「那裏是記心好，但我在你說話中總想得起你說的那個人模樣神氣，怪可憐的，你又不是那樣潦倒的人，母親也笑過！」

「我不是那種人嗎？對了。」他打了哈哈，「你太聰明了，太天眞了，年青人，你眞是有福氣的。到家時爲我替老人家請安，這裏東西全送給老人家，說我改日來奉看，如今有事，我要走了。」他見到前面路燈還紅，汽車還不能通過，就開了左邊車門，下去了。

女人想拉着他已趕不及，雷士代爲把門關上了。女人亟命車夫下車爲把車門拉開，走下車去追趕雷士先生。忽忽間雷士先生已走進大世界的大門，買了票，隨到一群人湧進裏面去，待到女人下車時，路旁已無雷士先生影子了。

八　大世界

他糊糊塗塗進了大世界，糊糊塗塗隨到一羣人走到一個雜耍場去，又糊糊塗塗坐下，喝着賣茶人送來的茶，心中酸楚萬分。喝了一口茶，聽到那台上奏戲小丑喊了一句「先生今天是過節」，他想起他下車的不應該，且忘了記下這女伶住址，又有點生悔心了。待到那賣茶的拿菓盤來時，他從皮夾中選出一張一元中南鈔票，塞到茶博士手中，踉踉蹌蹌的又走出雜耍場，走出大世界，到那先前一刻下車的地方了。他意思猜想或者女人就還在等候他，誰知找他不見的女人，已早無踪無影了。

九　街　上

他記到剛才那停車處，這時前面燈又成紅色，另一輛汽車也正停到彼處，他望到這另一車是兩個年青男女，坐緊擠在一個地方，他幾乎想跳上車去打這年青男子一頓。然而前面燈一轉綠色，這車又即刻開去，向前跑了，他只有在那路旁搓手。

今天的一切事，使這個人頭腦發昏。究竟是不是眞經過了這種種，他有點疑惑起來了。他於下車時，無意中把從××書店買來的自已幾本書也留到車上了。他不能想像這時坐在車上的女人是怎樣感想，因爲再想這女人，他將不能在這大路上忍住他的眼淚了。

他究竟是做錯了事還是把事情做得很對？

他恨那路燈，在車過身時卻忽然成爲紅色。

他想仍然應當在此等候，到天夜，從夜到天明，總有一時女人仍然當由此地過身，見到他在此不動，或者就會下車來叫他仍然上車去。

他想仍然到龍飛車行去，等候那女人的汽車回時，就仍然要那車夫再送一趟，則必定就可以在她正與她母親說到他時，人就在門外按鈴。

……還是回家去好，因爲時間已將近六點，路燈有些已放光了。

他今天若不出門，則平平穩穩的把這幾點鐘消磨到一種平凡的寂寞中，這一天也終於過去了。「也許這時回家，到了家，又當有什麼事發生」，他正像不甘平凡，以爲天也不許他平安過這一天，還留得有另一事在家中等候，就這樣打量，跳上一部街車，仍然如先前一次叫車一樣，呶嘴使車夫向前，當眞回家了。

十 家 中

他這時又坐到窗前，時間是已入夜有七點了。

家中是並沒有一件希奇的事等候他的。他在家中也不會等候出希奇的事情來。他要出門又不敢出門了，他想這一天的事。

這時泥蜂窠是見不到了。

這時那圓臉的賣書的小夥計，大致也放了工，睡到小白木床上雙腳擱到床架上，橫倒把頭向燈，在那裏讀新小說了。

這時那得了許多書籍的兩個中學生，或者正在用小刀裁新得的書，或用紙包裹新書，且互相同家中人說笑了。

這時得了無數禮物的女人，是怎麼樣呢？這事情他無法猜想，也無勇氣想下去了。

他坐在那裏，玩味白天的一切事情。他想把自己與這女人的一晤的情形寫成一首詩，寫一兩張覺得是失敗就把紙團成球丟到壁爐裏去了。他又想把這事寫一小說，也只能起一個頭，還是無從滿意，就又將這一張紙隨意畫了一個女人的臉，即刻把它扯成粉碎。他預備用筆來寫一封信給

××書店，說願意每月給五塊錢給那圓臉夥計供買書與零用，到後又覺得這信不必寫，就又不寫了。他又預備寫一封信給那兩個青年，說希望他同他們可以做朋友，也不能下筆。他又想爲那女戲子寫一封信，請求她對於白天的行爲不要見怪，並告給她很願意來看她母女。

他當眞就寫那最後所說的一信，極力的把話語說得委婉成章，寫了一行又讀一次，讀了又寫一句。他在這信上扯着極完滿的謊，又並不把心的眞實的煩悶隱瞞。他在信上混合了誠實與虛僞兩種成分，在未入女人目以前先自己讀及就墜淚不止。

沒有一個人明白他傷心的理由，就是他自己在另一時也恐怕料不到這時的心情。他一面似乎極其傷心，一面還在那裏把信陸續寫下，鐘打了八點，街上有人打鑼鼓過去的，鑼鼓聲音使他瞿然一驚，想起寫信以外的事了。他把業經寫了將近一點鐘的三張信稿，又拿在手上即刻扯成長條了，因爲街頭的鑼鼓喧闐，他憶及今夜光明戲院此時的鑼鼓喧闐了。

想到去，就應當走，不拘是如何，也應當到那裏看去了。

十一　花樓

他勇敢的到了光明戲院，買了特別花樓的座，到了裏面原來時間還早，樓下池子與樓上各廂還只零零落落，不及一半的人，戲場的時鐘還只有八點二十分。他決計今夜當看到最後，且當爲最後出戲場的一個看戲人，用着戰士的赴敵心情，坐到那有皮墊的精緻座椅上了。

一個賣茶的走過來，拿着白毛絨手巾，熱得很，他卻搖頭。

「要甚麼茶？」

「隨便。」

「吃點甚麼？」

「隨便。」

「要不要××特刊？這裏面有秋君的像，新編的。」這茶房原來還拿得有元宵××特刊，送把到他手上時，很聰明的不問及錢，留下一冊就泡茶去了，他就隨意的翻那有像片的地方看。不到一會那茶房把蓋碗同菓盤全拿來了，放到雷士身邊小茶几上，茶房垂手侍立不動。這茶房，一望即可知道是北派了，雷士問他是不是天津人，茶房就笑說是的。

雷士翻到秋君的一張照相，就說：「這姑娘戲好不好？」

茶房笑說：「台柱兒一根，並不比孟小多蹩腳！」

「今天甚麼時才出台？」

「十一點半。要李老板唱完靳子，楊老板唱完清官冊，才輪到她。」

「有人送花籃沒有？」

「多極啦。這人不要這個，聽別人說是嫁了人，預備不唱戲了。」

「嫁的人是內行不是？」

「是學生，年青，標致，做着知事。我聽一個人說的，不明白眞假。我恐怕是做縣長的小太太，多可惜。」

「她有一個母親也常來聽戲嗎？」

「『聽戲』，這裏是『看戲』！他們全是說看的！」這茶房到此也忘形了，全把侉子氣露出了，就大笑。

「我問你是這老太也常來？」

「今天或者要來吧。老太太多福氣，養了小閨女兒比兒子強多，這人是有福氣的人！」

「她同人來往沒有？我聽說好像相交的極多。」

「誰說！這是好人，比女學生還規矩，壞事是不做的，那裏極多！」

「用一點錢也不行嗎？」

「您先生說誰？」

「這個！」雷士說時就用手指定那秋君便裝相的身上。

「那不行。錢是只有要錢的女人才歡喜的。這女人有一千一百塊的包銀，夠了。」

「我聽人說是像……」

「……」茶房望了一望這不相信的男子，以爲是對這女人有了意，會又像其他的人一樣，終會失望，就在心中匿笑不止。

這時在特別包廂中，另一茶房把兩個女人引到廂中了，包廂地位在正中前面，與雷士先生坐處成斜角，故坐下以前回頭略望的那一個年青女人，一眼就望到雷士了。她不曾告給她的媽，就打了招呼，點點頭，用手招雷士先生，歡喜得很。她忙到她母親耳邊輕輕的告給這老人，說雷士先生就坐到後側面花樓散座上。老女人這時也回頭了，雷士不得不走過包廂了。走過包廂時那天津茶房才明白雷士問話的用意，避開了。

十二　特別包廂

他過去了，望到老太說不出一句話，他知道女人必已經把日間的事一一告給這母親了，想起自己行動在這一個女戲子母女面前，這著作家眞是窘極醜極了。

那母親先客客氣氣的說謝謝雷士先生送了那樣多禮物，眞不好意思。且說秋君不懂事，卻不邀先生到家裏來過節，又不問好地址，所以即刻要她到××書局去問，才知道先生住處。待打發車夫到住處邀先生來戲院時，又說不在家了。雷士又聽到說這母女還到書局去問，還到自己住處去接，更不知道如何說話了。到此時他當然是只好坐到這裏了，坐下以後又同這母親談談若干舊事，這老人總不忘記幫助過她母女的雷士先生，且極誠懇的說到如何希望他身體會比去年好一點，如何盼望到見他，又如何歡喜讀他的小說。女人則一言不發，只天眞的伏在那母親椅背，笑着望到她媽，又望到雷士先生的臉。

雷士先生像在地獄中望到天堂的光明，覺得一切幸福憂患皆屬於世界所有人類，人與人，在愛憎與其他上面，原都是那麼貼緊黏固成整個，但自己則仍然只是獨自一人，渺不相涉。雖然在許多地方，許多人，是正如何對他懷念，對他關心，然而在孤獨中生長的人，正如在冰雪中生長的蟲一樣，春風一來反而受不住了。他聽到那做母親的說到對他關心的話，就深深的難過。他聽到那做母親的把秋君的新婚相告，如告給一個遠地初來的舅父以甥女適人的情形，他眞要哭了。她還要告他秋君的丈夫是什麼樣人物，這次在安徽是做些什麼事，幸好戲台上在打仗，披了頭髮趙子龍出了馬門，一陣混戰開始了，話才暫時稍息。

老太太去注意打仗的勝敗去了，把話暫停，雷士得了救，極其可憐的望到伏在椅背上一對黑眼珠放光的秋君。秋君也望他，望到他時想起日間的事，秋君笑，輕輕的問，爲甚麼日間要走，有什麼不爽快事情。

「不是不爽快，我有事。」

「你的事我知道。在……上也有那樣一句：『我有事』，這是一個男子通常扯謊的話，不是麼？」

「虧你記得這樣多。」

「你是這樣寫過！你的神氣處處都像你小說上的人物，你不認賬麼！」

「我認了又有什麼辦法？你是不是你所記得到的我寫過的女子呢？」

秋君詫異了，痴想了一會，眼睛低下不敢再望雷士了。在這清潔的靈魂上，印下一個情慾自覺的黑色戳記了，她明白在身邊兩尺遠近的男子對她的影響了，過了許久才用着那充滿熱情與畏懼的眼光再來望雷士先生。

「你這樣看我做什麼？」雷士先生說，說時舌也發抖。

女人不做聲，卻喊她的母親。母親雖回了頭，心卻在趙雲打仗的槍法上。

「媽。」女人喊她的媽，不說別的，就撒嬌模樣把頭伏到她母親肩上去，亂揉。

「乖，怎麼樣？」

「我不願意看這個了。」

「還不到你的時間！」

「不看了。」

「你病了嗎？」

「不。」

「到那裏去？」

「玩去，」她察看了腕上的手錶一會，「還有兩點鐘我們坐汽車到金花樓去吃一點東西去。」

「你又餓了嗎？」

「不。我們到那裏去坐坐，我心裏悶得很，想哭了。」

「好，我們去，我們去。雷士先生不知道高不高興去呢。雷士先生若是不想看這戲，我們就去玩玩吧，回頭再來看阿秋的×××。」

雷士先生不做聲回答那母親去是不去，只望這女人，心中又另外是一種空洞，也可以說彷彿是塡了一些泥沙，這泥沙就是從女人眼中掘來的。

女人極其不耐煩的先站起身來，像命令又像自己決定的說：「去！」雷士也不由得不站起身了。這時女人極力避開雷士，不再望雷士，且把眉微蹙，如極恨雷士先生，不願意與他在一個地方再坐。雷士先生則只覺到自己是無論如何將掉到這新掘的井裏了，也不想遁，也不想喊，然而心中怔忡，卻仍然願意自己關了房門獨在一間房裏，單來玩味這件事，或仍然在大街上無目的的行走，倒反而輕鬆許多。

十三　車中

在上汽車時，雷士先生與那做母親的坐在兩旁，秋君坐當中，頭倚在母親肩上，心緒極其不寧，時常轉動，不說一句話，像害了病。雷士先生也無話可說，只掉頭從車窗方面望外邊路上的燈。他除了這樣辦，再也想不出另外一種方法了。他有點害怕這事的進展了，他不避退是不行的。雖然退，前面一個深坑他仍然看到，那裏面說不定是一窖幸福，然而這幸福是隱在黑暗中的，應當要用手去摸，所摸到的或者是毒蛇，是蜴蜥，也不可知。

他到這個時候又仍然不能忘記那個作知事的年青漢子，他且不能忘記自己的地位。他記到這母親方才在包廂中提到那新夫婿時的態度，也記到女人在日裏提到她丈夫的態度，想到這些他有點不敢相信自己了。在一切利害計算上神經過敏比感覺遲鈍是更壞一點的，所以他又寧願意仍然作為不瞭解女人的心情，那樣來與那母親談話了。

然而做母親的見到女兒心中煩躁，卻不來與雷士先生談話，只把女兒摟在懷裏，吮女人的臉。雷士先生就在那一旁懊悔自己白天做錯了事，把一種機會由自己放去，爲極蠢極無用的一行爲。

十四　金花樓

到了金花咖啡館門前，雷士先生先下了車。其次是女人，下車以前先伸出手來，給他，他只得把手捏着，扶女人下來，又第二次把那做母親的也扶下來，在這極其平常的小小節奏中，雷士先生的心正如一縷輕煙，吹入太空，無法自主。他彷彿所要的東西，在這些把握中就得到了。又彷彿女人是完全天眞爛漫，早把在戲場時的事忘掉，因爲女人一入這大咖啡館，聽到屋角的小提琴唱片，在奏谷弗樂曲子，又活潑如日裏在那花店買花時情形，假裝的病全失去了。

找到一個座位後，雷士先生爲了掩飾自己的劣點起見，把憂鬱轉成了高興，夷然坦然的去同那母親談話，又大方的望着女人笑，女人也回笑，意思是像這樣一來大家也可以無須乎具有戒心，就縱或在身體方面免不了有些必然的事，在心上倒可以不必受苦，方便自由多了。她要雷士先生始終對此種心情同意，故向雷士先生說：「這裏不比戲場，同母親說話，是不怕爲鑼鼓所防礙的。」

「是的，我忘記問老人家了，過年也打點牌玩嗎？」

「沒有人。白天阿秋不唱戲，我就同她兩個人捉皇帝，過五關，這幾天也玩厭了，看書。」

「我聽說老人家還能看書，目力眞好。」

「謝謝雷士先生今天送的一包書，還有那些禮物。我阿秋說這是雷士先生送我的，我見到這樣多的東西時，罵阿秋不懂事。阿秋倒說得好，她說書應當歸她所有，東西則算母親的，好笑。雷士先生，我們眞不好說感謝你對於我們的好處的話了，天保佑你得一個——」

「母親，」女人忽然搶着了話說，「什麼時候我們過杭州去？」

「你說十八到廿都無戲就十八去。」

「十八！」女人故意說及十八，讓雷士先生聽到，且伶俐的盼雷士先生，意思是請他注意。

雷士先生說：「喔，十八老人家過杭州嗎？」

「阿秋說是去玩兩天，乘天氣好，就便把嗓子弄好點。她想坐船了，想吃素菜了，所以天氣好就去。雷士先生近來是……」

女人又搶着說：「母親，我們住新新，住大浙？」

「就住新新，隨你看。」

女人又說：「雷士先生，近來忙不忙？」

「……甚麼忙？」

「事情多吧。」

「無聊比事情還多。」

「無聊爲甚麼不也乘到天氣好到杭州去玩幾天？」

雷士先生不好如何說話。

女人又向她母親說：「媽，若是雷士先生無事情，能同我們一起處，就好極了。」

「恐怕雷士先生不歡喜同我們女人玩。」

雷士先生就說：「沒有什麼，不過我……」

「十八去，好極了。雷士先生你不要同我媽說不去，天氣好，難得哩。」

「當眞去嗎？」

「爲甚麼不去？我說到杭州，是頂歡喜的。划船，爬山，看大紅魚，吃素菜，對日頭出神，聽鐘，眞好。媽，明九他若來——」說到這裏時，這女人望到雷士先生又把頭垂下，住口了。

那母親說：「阿秋，你今天又忘記寫信了！我告到你是應當寄信給明九告他那件事！你今天因爲見到雷士先生，就只知道同我說這樣那樣，也不知道疲倦。」

女人低了頭，不做聲，情形又像因想起了什麼事頭痛，心裏不耐煩起來了。

雷士先生雖然忽無意中又受了一打擊，然於女人舉動是看得很分明的。看到女人不做聲，驟又煩惱了，就覺得這事情眞漸進於複雜，爲不容易解決的一件事了。女人願意雷士先生同到杭州西湖去玩幾天，這動機在女人心中潛伏了什麼慾望，雷士是明白肯定再不容惑疑了。不過在她的天眞純樸的心上，也許以爲這樣作不過是一種游戲，就儘雷士先生在一種方便中作一個情人，可以在這游戲中使雷士先生成一個能夠快樂的男子，卻並不是怎樣危險的遊戲。

雷士先生則先看到這危險，故憂愁放到臉上，不快活的意思，完全與這時女人因一種情慾騷動在心中而顯出的煩惱爲兩樣。他是不是要利用這機會做一點事業，他還無法決定的。他把這事答應了，就應當去，應當到那裏盡他所能盡的一個男子本分，這種天與其便的事上得到分內的幸福，他再因循則可以說是一種罪過。不過事情還有三天，在三天中他若能沉醉到酒裏，則或者容易過去，也不會別有枝節變故。若這三天儘這中年人來想，可不知道平空要想出多少忌諱了。雷士先生知道自己的壞處是比別人知道他的長處還多的，他就不能有這種信心相信到三天以後眞過杭州！他這時願意，敢，到時也說不定又害怕，願意仍然過安寧單調的生活於上海不動了。並且他又想，時間是還有三天，單是今天一出門，所遇到的已就變幻離奇到意料之外了，則三天儘事實可能，還不知如何延展這局面。也許到時他縱不缺少勇氣，勇氣卻又無用處，事情變了。

同時，他見到這女人豐艷的身體，輕盈的姿式，初熟鮮菓似的情慾知識，又覺連三日後，也不可耐，只想天賜其便這時就能把這女人擁到懷中，儘量一飽。

他在意識中潛伏一種吃肉飲血的飢餓，又在意識中潛伏一種守分知足的病態德性。他儘這兩種成分在自己心上互相衝突，意志薄弱的他就也不左袒也不右袒。惟其既不能左也不能右，要在言語上始終保持到他略無痕跡的自然，也就不可能了。

他又有妬嫉情緒，因爲這妬嫉情緒，他就覺得血在心上湧，以爲無論如何也要把這女人拿到手上一天或一分鐘，要像他人那樣看清楚了這女人一切才放下。到妬火中燒時他是完全不爲自已設想也不爲女人幸福設想，只想等待那機會一到，就將成爲戀愛的人，使女人屈服，到後且不妨儘這作男子者知道有過這樣一回事的。這也不過是「想」而已。若果想到的事全有危險的可能，則他稍過一時，又想到自殺作一悲劇完場，給這社會添一故事，那當然是更危險了。

他想的其實可以說是全無用處的。這時應當做的只是他來同這老太太說一點閒話，同時來用一些精巧的言語，隨意把女人顚倒着，感動着，苦惱着，則雷士先生便不愧爲男子，因爲凡是男子應做的他已照做了。

他有理由說各樣俏皮的話，也有理由說謊話，極不合理的就是緘默。他一面當用耳朵去作成小心聽老人言語的神氣，一面用眼睛極殘忍的攻進他面前的女人的心中，極不應當低頭去望自己的皮鞋。望到自己皮鞋的他，返憶到那從鞋店出來見到的舞女。他去想那舞女，卻不能同眼前的女伶說話，眞是無用的男子，另一時他自己也將無法否認的。

局面在沉悶中是雷士先生應當負責的。不過因爲咖啡已來，大家就把注意力轉到咖啡上去，所以雷士先生與女人皆得了救。說咖啡好壞是不至於抖舌的，他就不含糊的誇獎這咖啡，說是比大華還好。

「雷士先生到大華跳舞嗎？」母親說。

「沒有，我是只到那裏吃過兩頓晚餐的。」

「爲甚麼不跳舞？」女人說。

「不會。」雷士先生說到不會，意思就是問那母親女兒會不會。

「據說容易學，我阿秋是會得不多的，要學就問阿秋，她是正極歡喜作人先生。」

「我想學唱戲。」

「雷士先生又說笑話。」

「不是笑話，我眞願意到台上去胡鬧一陣。我看他們打觔斗的像很高興，生活也不壞。」

母女全笑了，母親說：「戲院可請不起你這名人。」

「正因爲不要名譽，我或者就可以安分生活下來了。」

「你這樣做社會不答應，要做也做不來！」女人這樣說。意思是並不出本題以外。

「社會是只准人做昨天做過的事，不准人做今天所想做的事。」

「除了是雷士先生想到戲台上打觔斗，別的事是也可以作的。」這話是那母親說的，好像是間接就勸說了雷士不要太懦。

「秋君小姐以爲這話怎麼樣？」

「……」女人笑，咬了一下嘴唇，把話說到另外事情上去，她問她母親：「那我將來眞到美國去學演電影，媽以爲好嗎？」

「有什麼不好。願意做的就去做，就好了。」

雷士先生說：「眞是，我以後也就照到老人家所說的生活下去，必定幸福。」

「是！幸福就是這樣得到！但是爲甚麼又……」女人不說完又笑了。

「爲什麼？——」他要說的話只用眼睛去說，他望到女人。

女人不聽這話，自己輕輕的唱歌，因爲這咖啡館這時所上的一張唱片，就正是她不久要唱的戲，她在避開雷士先生的攻擊，然而在另一意義上她是仍然上前了。

……………

十五　車　中

雷士先生用手捏着秋君的手，默默的到了光明劇場。

十六　特別包廂

陪那母親坐到那裏看秋君做戲，他下場時記不清楚同那老太太說了些什麼話。

十七　車　上

仍然捏了秋君的手默默的送這兩母女到家，自己才坐那汽車回住處。

十八　？

……………

作於一九二九年春

紳士的太太

我不是寫一個可以用你們石頭打她的婦人，我是為你們高等人造一面鏡子。

他們的家庭

一個曾經被人用各樣尊敬的稱呼加在名字上面的主人，國會議員，羅漢，猪仔，金剛，後來又是顧問，參議，於是一事不作，成爲有錢的老爺了。

人是讀過書，很幹練的人，在議會時還極其雄強，常常疾聲厲色的與政敵論辯，一言不合就祭起一個墨盒飛到主席台上去，又常常做一點政治文章到金剛月刊上去發表，現在還只四十五歲。四十多歲就關門閉戶做紳士，是因爲什麼原故，很少有人明白的。

紳士爲了娛悅自己，多數念點佛，學會靜坐，會打太極拳，能談相法，懂鑑賞金石書畫，另外的事情，就是喝一點酒，打打牌。這個紳士是並不把自己生活放在例外的地位上去的，凡是一切壞紳士的德性他都不會缺少。

一棟自置的房子，門外有古槐一株，金紅大門，有上馬石安置在門外邊（因爲無馬可上，那石頭，成爲小販賣冰糖葫蘆憩息的地方了）。門內有門房，有小黑花哈叭狗，門房手上弄着兩個核桃，又會舞石槌，哈叭狗成天寂寞無事可作，就蹲到門邊看街。房子是兩個院落的大小套房子，客廳裏有柔軟的沙發，有地毯，有寫字台，壁上有名人字畫，紅木長桌上有古董玩器，同時也有打牌用的一切零件東西。太太房中有小小宮燈，有大銅床，高鏡台，細娟長條的仕女畫，極精緻的大衣櫥。僻處有亂七八糟的衣服，有用不着的舊式洋傘草帽，以及女人的空花皮鞋。

紳士有一個年紀不大的妻，有四個聰明伶俐的兒女，妻曾經被人稱讚過爲美人，兒女都長得體面乾淨，因爲這完全家庭，這主人，培養到這逸樂安全生活中，再無更好的理由拒絕自己的發胖了。

紳士漸漸胖下來，走路時肚子總先走到，坐在家中無話可說時就打呼睡覺，吃東西食量極大，談話時聲音滯呆，太太是習慣了，完全不感覺到這些情形是好笑的。用人則因爲凡是有錢的老爺天南地北都差不多是這個樣子，也就毫不引起驚訝了。對於紳士發生興味的，只有紳士的兒子，那個第三的，看到爹爹的肚子同那神氣，總要發笑的問，這裏面是些什麼東西。紳士記得蘇東坡故事，就告給兒子，這是滿腹經綸。兒子不明白意思，請太太代爲說明，遇到太太興致不惡的時節，太太就告給兒子說這是「寶貝」，若脾氣不好，不願意在這些空事情上嘮叨，就大聲喊奶媽，問奶媽爲甚麼儘少爺牙痛，爲甚麼儘少爺頭上長疙瘩。

少爺大一點是懂事多了的，只愛吃零碎，不歡喜談空話，所以做母親的總是歡喜大兒子。大少爺因爲吃零碎太多，長年臉龐黃黃的，見人不歡喜說話，讀書聰明，只是非常愛玩，九歲時就知道坐到桌子邊看牌，十歲就會「挑土」，爲母親拿牌，紳士同到他太太都以爲這小孩將來一定極其有成就。

紳士的太太，爲紳士養了四個兒子，還極其白嫩，保留到女人的美麗，從用人眼睛估計下來，總還不上三十歲。其實三十二歲，因爲結婚是二十多，現在大少爺已經是十歲了。紳士的兒子大的十歲，小的三歲，家裏按照北京做官人家的規矩，每一個小孩請娘姨一人，另外還有車夫，門房，廚子，做針線的，抹窗子掃地的，一共十一個下人。家裏常常有客來打牌，男女都有，把桌子擺好，人上了桌子，四隻白手爭到在桌上洗牌，抱引小少爺的娘姨就站到客人背後看牌，待到太太說，娘姨，你是看少爺的，怎麼儘獃到這裏？這三河縣才像記起了自己職務，把少爺抱出外面大街，看送喪事人家大塊頭吹嗩哪打鼓打鑼去了。引少爺的娘姨，廚子娘姨，雖不必站在桌邊看誰輸贏，總而言之是知道到了晚上，汽車包車把客人接走以後，太太是要把人喊在一處，爲這些下等人分派賞號的。得了賞號這些人就按照身分，把錢用到各方面去，廚子照例也歡喜打一點牌，門房能夠喝酒，車夫有女人，娘姨們各個還有瘦瘦的挨餓的兒子，同到一事不作的丈夫，留在鄉下，靠到得錢吃餅過日子。太太有時輸了，不大高興，大家就不做聲，不敢討論到這數目，也不敢在這數目上作那種荒唐打算，因爲若是第二次太太又輸，手氣壞，這賞號分給用人的，不是錢，將只是一些辱罵了。實在說來使主人生氣的事情也太多了，這些眞是完全吃閒飯的東西，一天什麼事也不作，什麼也不能弄得清楚，這樣人多，還是糊糊塗塗，有客來了，喊人擺桌子也找不到，每一個人又都懂得到分錢，不忘記伸手。太太是常常這樣生氣罵人的，用人從不會接嘴應聲，人人皆明白罵一會兒，回頭不是客來就是太太到別處去做客，太太事情多，不會罵得很久，並且不是輸了很多的錢也不會使太太生氣，所以每個下人都懂得做下人的規矩，對於太太非常恭敬。

太太是很愛兒子的，小孩子哭了病了，一面打電話請醫生，一面就罵娘姨，因爲一個娘姨若照料得盡職，像自己兒子一樣，照例小孩子是不大應當害病愛哭的。可是做母親的除了有時把幾個小孩子打扮得齊全，引帶小孩子上公園吃點心看花以外，自己小孩子是不常同母親接近的。另外時節母親事情都像太多了，母親常常有客，常常做客，平時又有許多機會同紳士吵嘴鬥氣，小孩子看到母親這樣子，好像也不大願意親近這母親了。有時頂小的少爺，一定得跟到母親做客，總得太太裝成生氣的樣子罵人，於是娘姨才能把少爺抱走。

紳士爲什麼也缺少這涵養，一定得同太太吵鬧給下人懂到這習慣？是並不溢出平常紳士家庭組織以外的理由。一點點錢，一次做客不曾添製新衣，更多次數的，是一種紳士們總不缺少的曖昧行爲，太太從紳士的馬褂袋子裏發現了一條女人用的小小手巾，從朋友處聽到了點謠言，從娘姨告訴中知道了些祕密，從汽車夫處知道了些祕密，或者，一直到了床上，發現了什麼，都得在一個機會中把事情擴大，於是罵一陣，嚷一陣，有眼睛的就流眼淚，有善於說謊賭咒的口的也就分辯，發誓，於是本來預備出去做客也就不去了，本來預備睡覺也睡不成了。哭了一會的太太，若是不甘示弱，或遇到紳士恰恰有別的事情在心上，不能採取最好的手段賠禮，太太就一人出去到別的人家做客去了，紳士羞慚在心，又不無小小憤怒，也就不即過問太太的去處。生了氣的太太，還是過相熟的親戚家打牌，因爲有牌在手上，縱有氣，也不是對於人的氣了。過一天，或者吵鬧是白天，到了晚上，紳士一定各處熟人家打電話，問太太在不在。有時太太記得到這行爲，正義在自己身邊，不願意講和，就總預先囑咐那家主人，告給紳士並不在這裏。有時則雖囑咐了主人，遇到公館來電話時，主人知道是紳士想講和了，總仍然告給了太太的所在地方，於是到後紳士就來了，裝作毫無其事的神氣，問太太輸贏，若旁人說贏了，紳士不必多說什麼，只站在身後看牌，到滿圈，紳士一定就把太太接回家了。若聽到人說輸了呢，紳士懂得自己應做的事，是從皮包裏甩一百八十的票子，一面放到太太跟前去，一面挽了袖子自告奮勇，爲太太扳本。既然加了股份，太太已經願意講和，且當到主人面子，不好太不近人情，自然站起來讓座給紳士。紳士見有了轉機，雖很歡喜的把大屁股貼到太太坐得熱巴巴的椅子上去，仍然不忘記說「莫走莫走，我要你幫忙，不然這些太太們要欺騙我這近視眼！」那種十分得體的趣話，主人也彷彿很懂事，聽到這些話總是打哈哈笑，太太再不好意思走開，到滿圈，兩夫婦也仍然就回家了。遇到各處電話打過，太太的行動還不明白時節，主人照例問汽車夫，照例汽車夫受過太太的吩咐，只說太太並不讓他知道去處，是要他送到市場就下了車的。紳士於是就坐了汽車各家去找尋太太。每到一個熟人的家裏，那家公館裏僕人，都不以爲奇怪，公館中主人，姨太太，都是自己才講和不久，也懂得這些事情，男主人照例袒護紳士，女主人照例袒護太太，同這紳士來談話。走到第二家，第三家，有時是第七家，太太才找着。有時找了一會，紳士新的氣憤在心上慢慢滋長，不願意再跑路了，吼着要回家（或索性到那使太太出走的什麼家中去玩了一趟），回到家中躺在柔軟的大椅上吸煙打盹，這方面一堅持，太太那方面看看無消息，有點軟弱惶恐了，或者就使那家主人打電話回家來，作爲第三者轉圜，使紳士來接，或者由女主人伴送太太回家，且用着所有紳士們太太的權利，當到太太把紳士教訓了一頓。紳士雖不大高興，既然見到太太歸來了，而且伴回來的又正說不定就是在另一時方便中也開了些無害於事的玩笑過的女人。到這時節，利用到機會，把太太支使走開，主客相對會心的一笑，大而肥厚的柔軟多脂的手掌，把和事老小小的善於攪牌也善於做別的有趣行爲的手揑定。用人不在客廳，一個有教養的紳士，總得對於特意來做和事老的人有所答謝，一面無聲的最謹愼的做了些使和事老忍不着笑的行爲，一面又柔聲的喊着太太的小名，用「有客在怎麼不出來」這一類正義相責。太太本來就先服了輸，這時又正當到來客，再不好堅持，就出來了。走出來了，談了一些空話，因爲有了一主一客，只須再來兩個就是一桌，紳士望到客人做了一個會心的微笑，趕忙去打電話邀人，坐在家裏發悶的女人正多，自然不到半點鐘，這一家的客廳裏又有四隻潔白的手同幾個放光的鑽戒在桌上唏唎嘩啦亂着了。

關於這家庭戰爭，由太太這一面過失而起釁，由太太這一面錯誤來出發，這事是不是也有過？也有過。不過男子到底是男子，一個紳士，學會了別的時候以前先就學會了對這方面的讓步，所以除了有時無可如何才把這一手拿出來抵制太太，平常時節是總以避免這衝突爲是的。因爲紳士明白每一個紳士太太，都在一種習慣下，養成了一種趣味，這趣味有些人家是在相互默契情形下維持到和平的，有些人家又因此使紳士得了自由的機會，總而言之太太們這種好奇的趣味，是可以使紳士階級把一些友誼僚誼更堅固起來的，因這事實紳士們裝聾裝啞過着和平恬靜的日子，也就大有其人了。這紳士太太，是缺少這樣把柄給丈夫拿到，所以這太太比其餘公館的太太更使紳士尊敬畏懼了。

另外一個紳士的家庭

因爲做客，紳士太太做到西城一個熟人家中去。

也是一個紳士，有姨太太三位，兒女成群，大女兒在大學念書，小女兒在小學念書，有錢有勢，兒子才從美國回來，即刻就要去新京教育部做事。紳士太太一到這人家，無論如何也有牌打，因爲沒有客這個家中也總是一桌牌。小姐從學校放學回來，爭着爲母親替手，大少爺還在候船，也常常站到庶母後面，間或把手從隙處插過去，搶去一張牌，大聲的吼着，把牌擲到桌上去。紳士是因爲瘋癱，躺到藤椅上哼，到晚飯上桌時，才扶到桌邊來吃飯的。紳士太太是到這樣一個人家來打牌的。

到了那裏，看到癱子，用自己兒女的口氣，同那個廢物說話：

「伯伯這幾天不舒服一點嗎？」

「好多了。謝謝你們那個橘子。」

「送小孩子的東西也要謝嗎？伯伯吃不得酸的，我那裏有人從上海帶來的外國蘋果，明天要人送點來。」

「不要送，我吃不得。××近來忙，都不過來。」

「成天同和尚來往。」

「和尚也有好的，會畫會詩，談話風雅，很難得。」

自己的一個姨太太就笑了，因爲她就同一個和尙有點熟。這太太是不談詩畫不講風雅的，她只覺得和尚當眞也有好人，很可以無拘束的談一些話。

那從美利堅得過學位的大少爺，一個基督教徒，就說：

「和尚都該殺。」

紳士把眼睛一睜，很不平了：

「怎麼，亂說！佛同基督有什麼不同嗎？不是都要渡世救人嗎？」

少爺記起父親是廢物了，耶穌是憐憫老人的，取了調和妥協的神氣：「我說和尙不說佛。」

姨太太A說：「我不知道你們男人爲甚麼都恨和尙。」

這少爺正想回話，聽到外面客廳一角有電話鈴響，就奔到那角上接電話去了。這裏來客這位紳士太太就說：「伯伯媳婦怎麼樣？」廢物不作聲，望到大小姐，因爲大小姐在一點鐘以前還才同爹爹吵過嘴。大小姐笑了。大小姐想到這件事，就笑了。

姨太太B說：「看到相片了，我們同大小姐到他房裏翻出相片同信，大小姐讀過笑得要不得。還有一個小小頭髮結子，不知是誰留下的，還有……」

姨太太C不知爲什麼紅了臉，借故走出去了。

大小姐追出去：「三孃，嬸嬸來了，我們打牌！」

紳士太太也追出去，走到廊下，趕上大小姐：「慢走，我同你說。」

大小姐似乎懂得所說的意思了，要紳士太太走過那大丁香樹下去。兩人坐到那小小綠色藤椅上去，兩人互相望着對方白白的臉同黑黑的眼珠子，大小姐笑了，紅臉了，伸手把紳士太太的手揑定了。

「嬸嬸，莫逼我好吧。」

「逼你甚麼？你這丫頭，那麼聰明，你昨天裝得使我認不出是誰了。我問你，到過那裏幾回了？」

「嬸嬸你到過幾回？」

「我問你！」

「只到過三次，千萬莫告給爹爹！」

「我先想不到是你。」

「我也不知道是嬸嬸。」

「輸了贏了？」

「輸了不多。姨姨輸二千七百，把戒指也換了，瞞到爹爹。」

「幾姨？」

「就是三孃。」

三孃正在院中尖聲喚大小姐，到後聽到這邊有人說話，也走到丁香花做成的花牆後面來了。見到了大小姐同紳士太太，就說：「請上桌子，擺好了。」

紳士太太說：「三孃，你手氣不好，怎麼輸很多錢。」

這婦人爲妓女出身，會做媚笑，就對大小姐笑，好像說大小姐不該把這事告給外人。但這姨太太一望也就知道紳士太太不是外人了，所以說：「××去不得，一去就輸，還是大小姐好。」

又問：「太太你常到那裏？」紳士太太就搖頭，因爲她到那裏是並不爲賭錢的，只是監察到紳士丈夫，這事不能同姨太太說，不能同大小姐說，所以含混過去了。

他們記起牌已擺上桌子了，從花下左邊小廊走回內廳，見到大少爺在電話旁拿着耳機，說洋話，疙疙瘩瘩，大小姐聽得懂是同女人說的話，就嘻嘻的笑，兩個婦人皆莫名其妙，也好笑。

四個人嘩喇嘩喇洗牌，分配好了籌碼，每人身邊一個小紅木茶几，上面擺紙煙，擺細料蓋碗，泡好新毛尖茶，另外是小磁盤子，放得有切成小片的美國桔子。四個人是主人紳士太太，客人紳士太太，姨太太B，大小姐。另外有人各人背後站站，誰家和了就很伶俐的伸出白白的手去討錢，是「做夢」的姨太太C。廢人因爲不甘寂寞，要把所坐的活動椅子推出來，到廳子一端，一面讓姨太太A搥背，一面同打牌人談話。

大少爺打完電話，穿了洋服從廳旁過身，聽到牌聲洗得熱鬧，本來預備出去有事情，也在牌桌邊站定了。

「你們大學生也打牌！」

「爲甚麼不能夠陪媽陪嬸嬸？」

客人紳士太太就問大少爺：「春哥，外國有牌打沒有？」

主人紳士太太笑了：「豈止有牌打，我們這位少爺還到美國做教師，那些洋人送他十塊錢一點鐘，要他指點！」

「當眞是這樣，我將來也到美國去。」

大小姐說：「要去等我畢業了，我同嬸嬸一路去。我們可以……慢點慢點，一百二十副。媽你爲甚麼不早打這張麻雀，我望這麻雀望了老半天了，哈哈，一百二！」說了，女人把牌放在嘴邊親了那麼一下，表示這夭索同自己的感情。

母親像是不服氣樣子，找別的岔子：「玉玉，怎麼一個姑娘家那麼野？」

大小姐不做聲，因爲大少爺揑着她的膀子，要代一個莊，大小姐就嚷：「不行不行，人家才第一個上莊！」

大少爺到後坐到母親位置上去，很熱心的洗着牌，很熱心的叫骰子，和了一牌四十副，才哼着美國學生所唱的歌走去了。

這一場牌一直打到晚上，到後又來了別的一個太太，二姨太讓出了缺，仍然是五個人打下去。到晚飯時許多雞鴨同許多精緻小菜擺上了桌子，在非常光亮的電燈下，打牌人皆不必掉換位置，就仍然在原來座位上吃晚飯。廢人也鑲攏來了，問這個那個的輸贏，吃了很多的魚肉，添了三次白飯，還說近來廚子所做的菜總是不大合口味，因爲在一缽雞中發現了一隻雞腳沒有把外皮剝去，就叫廚子來，駡了一些吃寃枉飯的大人們照例駡人的話，說是怎麼這東西還能給人吃，要把那雞收回去，廚子把一個大磁盆拿回到灶房，看看所有的好肉已經吃盡，也就不說什麼話，回頭上房喊再來點湯，於是又在那煨雞缸裏舀了一盆清湯送上去了。

吃過了晚飯，晚上的時間覺得尙長，大小姐明早八點鐘就得到學校去上課，做母親的把這個話提出來，在客人面前不大好意思同母親作對，於是退了位，讓姨太太C來補缺，四人重新上了場，不過大小姐站到母親身後不動，一遇到有牌應當上手時，總忽然出人意外的飛快的把手從母親肩上伸到桌中去，取着優美的姿勢，把牌用手一摸，看也不看，噓的一聲又把牌擲到桌心去。母親因爲這代勞的無法拒絕，到後就只有讓位了。

八點了，二少爺三小姐三少爺不忘記姐姐日裏所答應的東道，選好了××主演的《媽媽趣史》電影，要大小姐陪到去做主人。恰恰一個大三元爲姨太太C搶去單吊，非常生氣，不願意再打，就伴同一群弟妹坐了自己汽車到××去看影戲去了，主人紳士太太仍然又上了桌子。

大少爺回來時，廢物已回到臥房去睡覺去了。大少爺站到姨太太C身後看牌，看了一會，走去了。姨太太C到後把牌讓姨太太B打，說要有一點事，也就走去了。

於是客人紳士太太一面砌牌一面說：「伯母，你眞有福氣。」

主人紳士太太說：「吵鬧極了，都像小孩子。」

另外來客也有五個小孩，就說：「把他們都趕到學校去也好，我有三個是兩個禮拜才許他們回來一次的。」這個婦人卻料不到那個大兒子每星期到××飯店跳舞兩次。

「家裏人多也好點。」

「我們大少爺過幾天就要去南京，做什麼『邊事』，不知邊些什麼。」

「有幾百一個月。」

「聽說有三百三，三百三他那裏夠，好的是也可以找錢，不要老子養他了。」

「他們都說美國回來好，將來大小姐也應當去。」

「她說她不去美國，要去就去法國。法國女人就只會妝扮，這丫頭愛好。」

輪到紳士太太做夢賦閑了，站到紅家身後看了一會，又站到痞家身後看了一會，吃了些糖松子兒，又喝了口熱茶，想出去方便一下，就從客廳出去，過東邊小院子。過圓門。過長廊。那邊偏院辛夷樹開得花朶動人，在月光裏把影子通通映在地下，非常有趣味。辛夷樹那邊是大少爺的書房，聽到有人說話，引起了一點好奇的童心，就走過那邊窗下去，只聽到一個極其熟習的女人笑聲，又聽到說話，聲音很小，像在某一種情形下有所爭持。

「小心一點……」

「你莫把手攏着，我就……」

聽了一會，紳士太太忽然明白這裏是不適宜於站立的地方，臉上覺得發燒，悄悄的又走回到前面大院子來，月亮掛到天上，有極小的風吹送花香，內廳裏不知是誰一個大牌和下了，只聽到主客的嘻笑與攪牌的熱鬧聲音，紳士太太想起了家裏的老爺，忽然不高興再在這裏打牌了。

聽到裏面喊丫頭，知道是在找人了，就進到內廳去，一句話不說，鑲到主人紳士太太的空座上去補缺，兩隻手皆放到牌裏去亂和。

不到一會兒，姨太太C來了，悄靜無聲的，極其矜持的，站到另外那個紳士太太背後，把手擱到椅子靠背上，看大家發牌。

另外一個紳士太太，一面打下一張筒子，一面鼻子皺着，說：「三孃，你眞是使人要笑你，怎麼晚上也擦得一身這樣香。」

姨太太C不做聲，微微的笑着，又走到客人紳士太太背後去。紳士太太回頭去看姨太太C，這女人就笑，問嬴了多少。紳士太太忽然懂到爲甚麼這人的身上有濃烈的香味了，把牌也打錯張了。

紳士太太說：「外面月亮眞好，我們打完這一牌，滿圈了，出去看月亮。」

姨太太C似乎從這話中懂得一些事情，用齒咬着自己的紅紅嘴唇，離開了牌桌，默默的坐到較暗的一個沙發上，把自己隱藏到深軟的靠背後去了。

一點新的事情

××公館大少爺到東皇城根紳士家來看主人，主人不在家，紳士太太把來客讓到客廳裏新置大椅上去。

「昨天我以爲嬸嬸會住到我家裏的，怎麼又不打通夜？」

「我恐怕我們家裏小孩子發燒要照應。」

「我還想打四圈，那曉得嬸嬸贏了幾個就走了。」

「那裏，你不去南京，我們明天又打。」

「今天就去也行，三孃總是一角。」

「三孃同……」紳士太太忽然說滑了口，把所要說的話都融在一個驚訝中，她望到這個整潔溫雅的年青人呆着，兩人互相皆爲這一句話不能繼續開口了。年青人狼狽到無所措置，低下了頭去。

過了一會大少爺發現了屋角的一具鋼琴，得到了救濟，就走過去用手按琴鍵，發出高低的散音。小孩子聽到琴聲，手拖娘姨來到客廳裏，看奏琴，紳士太太把小孩子抱在手裏，叫娘姨削幾個梨子同蘋果拿來，大少爺不敢問紳士太太，只逗着小孩，要孩子唱歌。

到後兩人坐了汽車又到××廢物公館去了，在車上，紳士太太，很悔自己的失言，因爲自己也還是年青人，對於這些事情，在一個二十六七歲的晚輩面前，做長輩的總是爲一些屬於生理上的種種，不能拿出長輩樣子，這體面的年青人，則同樣也因爲這嬸嬸是年青女人，對於這曖昧情形有所窘迫，也感到無話可說了。車到半途，大少爺說：「嬸嬸，莫聽他們謠言。」紳士太太就說：「你們年青人小心一點。」仍然不忘記那從窗下聽來的一句話，紳士太太把這個說完時，自己覺得臉上發燒得很，因爲兩個人是並排坐得那麼近，身體的溫皆互相感到，年青人，則從紳士太太方面的紅臉，起了一種誤會，他那聰明處到這時彷彿起了一個新的合理的注意，而且這注意也覺得正是救濟自己一種方法，到了公館，下車時，先走下去，伸手到車中，一隻手也有意那麼遞過來，於是輕輕的一握，下了車，兩人皆若爲自己行爲，感到了一個憧憬的展開擴大，互相會心的交換了一個微笑。

到了廢物家，大少爺消失了，不到一會又同三孃出現了。紳士太太覺得這三孃今天特別對他親切，在桌邊站立，拿煙拿茶剝菓殼兒，兩人望到時，就似乎有些要說而不必用口說出的話，從眼睛中流到對方心裏去，紳士太太感到自己要做一個好人，要爲人包瞞打算，要爲人想法成全，要盡一些長輩所能盡的義務：這是爲甚麼？因爲從三孃的目光裏，似乎得到一種極其誠懇的信托，這婦人，已經不能對於這件事不負責任了。

大小姐已經上坤範女子大學念書去了，少爺們也上學了，今天請了有兩個另外的來客，所以三孃不上場，到紳士太太休息時，三孃就邀紳士太太到房裏去，看新買的湘繡。兩人剛走過院子，望見偏院裏辛夷，開得如紅火，一大樹花燦爛奪目，兩人皆不知忌諱走到樹下去看花。

「昨夜裏月光下這花更美。」紳士太太在心上說着，微微的笑。

「我想不到還有人來看花！」姨太太C也這樣想着，微微的笑。

書房裏大少爺聽到有人走路聲音，忙問是誰。

紳士太太說：「××，不出去麼？」

「是孀孀嗎？請進來坐坐。」

「太太就進去看看，他很有些好看的畫片。」

於是兩個婦人就進到這大少爺書房了，一個並不十分闊大的臥室，四壁裱得極新，小小的銅床，小小的桌子，四面皆是書架，堆滿了洋書，紅綠面子，印金字，大小不一，似乎才加以整理的神情，稍稍顯得凌亂。床頭一個花梨木櫃橱裏，放了些女人用的香料，一個高腳維多利亞式話匣子，上面一大册安置唱片的本子，本子上面一個橘子，橘子邊旁一個煙斗。大少爺正在整理一個像小鐘一類東西，那東西就擱到窗前桌上。

「有什麼用處？」

「無線電盒子，最新從美國帶回的，能夠聽上海的唱歌。」

「太太，大少爺帶得一個小鬧錶，很有趣味。」

「哎呀，這樣小，值幾百？」

「一百多塊美金，孀孀歡喜就送孀孀。」

「這怎麼好意思，你只買得這樣一個，我怎麼好拿。」

「不要緊，孀孀拿去玩，還有一個小盒子，這種錶只有美國一家專利，若是壞了，拿到中央錶店去修理，不必花錢，因爲世界凡是代賣這鐘錶公司出品的都可以修理。」

「你留到自己玩罷，我那邊小孩子多，掉到地下也可惜。」

「嬸嬸眞是當做外人。」

紳士太太無話可說。因爲姨太太C已經把那個錶放到紳士太太手心裏，不許她再說話了。這女人，把人情接受了，望一望全房情景，像是在信托方面要說一句話，就表示大家可以開誠布公作商量了，就悄悄的說道：

「三孃，你聽我說一句話，家裏人多了，凡事也小心一點。」

三孃望到大少爺笑：「我們感謝太太，我們不會忘記太太對我們的好處。」

大少爺，這美貌有福的年青人，無話可說，正翻看到一本日日放在床頭的英文聖經，不做聲，臉兒發着燒，越顯得嬌滴滴紅白可愛，忽然站起來，對紳士太太作了三個揖，態度非常誠懇，用一個演劇家扮演哈孟雷特青年的姿勢，把紳士太太的左手拖着，極其激動的向紳士太太說道：

「嬸嬸的關心地方，我不會忘記到腦背後。」

紳士太太右手捏着那鈕扣大的小錶，左手被人拖着，也不缺少一個劇中人物的風度，謙虛的而又溫和的說：「小孩子，知道嬸嬸不是妨礙你們年青人事情就行了，我爲你們耽心！我問你，什麼時候過南京有船？」

「我不想去，並不是沒有船。」

「母親也瞞到？」

「母親只知道我不想去，不知道爲什麼事情，她也不願意我就走，所以幫同瞞到老癱子說是船受檢查，極不方便。」

紳士太太望望這年青姪兒，又望望年青的姨太太C，笑了：「眞是一對玉合子。」

三孃不好意思，也哧的笑了。「太太，今夜去××試試賭運，他們那裏主人還會做很好的點心，特別製的，不知嘗過沒有？」

「我不歡喜大數目，一百兩百又好像拿不出手——××，美國有賭博的？」

「法國美國都有，我不知道這裏近來也有了，以前我不聽到說過。嬸嬸也熟習那個嗎？」

「我是悄悄的去看你的叔叔，我裝得像媽子那樣帶一副墨眼鏡，誰也不認識，有一次我站到我們胖子桌對面，他也看不出是我。」

「三孃，今天晚上我們去看看，嬸嬸莫打牌了。假裝有事要回去，我們一道去。」

姨太太C也這樣說：「我們一道去。到那裏去我告給太太巧方法扎七。」

事情就是這樣定妥了。

到了晚上約莫八點左右，紳士太太不願打牌了，同廢物談了一會話，邀三孃送她回去，大少爺正有事想過東城，搭乘了紳士太太的汽車，三人一道兒走。汽車過長安街，一直走，到哈德門大街了，再一直走，汽車夫懂事，把車向右轉，因爲計算今天又可以得十塊錢特別賞賜，所以樂極了，把車也開快許多了。

三人到××，留在一個特別室中喝茶休息，預備吃特製點心，三姨太太悄悄同大少爺說了幾句話，撲了一會粉，對穿衣鏡整理了一會頭髮，說點心一時不會做來，先要去試試氣運，拿了皮篋想走。

紳士太太說：「三孃你就慌到輸！」

大少爺說：「三孃是不怕輸的，頂爽利，莫把皮篋也換籌碼輸去才好。」

姨太太C走下樓去後，小房中只剩下兩個人。兩人說了一會空話，年青人記起了日裏的事情，記起同姨太太C商量得很好了的事情，感到游移不定，點心送來了。

「嬸嬸吃一杯酒好不好？」

「不吃酒。」

「吃一小杯。」

「那就吃甜的。」

「三孃也總是歡喜甜酒。」

當差的拿酒去了，因爲一個方便，大少爺走到紳士太太身後去取煙，把手觸了她的肩。在那方，明白這是有意，感到可笑，也仍然感到小小動搖，因爲這貴人記起日裏在車上的情形，且記起昨晚上在窗下竊聽的情形，顯得拘束，又顯得煩懣了，就說：

「我要回去，你們在這裏罷。」

「爲甚麼忙？」

「爲甚麼我到這裏來？」

「我同嬸嬸要說一句話，又怕罵。」

「甚麼話？」

「嬸嬸樣子像琴雪芳。」

「說瞎話，我是戲子嗎？」

「是三孃說的，說美得很。」

「三孃頂會說空話，」雖然這麼答着，側面正是一個鏡台，這紳士太太，不知不覺把臉一側，望到鏡中自己的白臉長眉，溫和的笑了。

男子低聲的藴籍的笑着，半天不說話。

紳士太太忽然想到了什麼的神情，對着了大少爺：「我不懂你們年青人做些什麼詭計。」

「嬸嬸是我們的恩人，我……」那隻手，取了攻勢，伸過去時，受了阻礙。

女人聽這話不對頭，見來勢不雅，正想生氣，站在長輩身分上教訓這年青人一頓，拿酒的廝役已經在門外輕輕的嘜門，兩人距離忽然又遠了。

把點心吃完，到後兩人用小小起花高腳玻璃盃子，吃甜味桔子酒。三姨太太回來了，把皮篋擲到桌上，坐到床邊去。

紳士太太問：「輸了多少？」

三孃不作答，拿起皮篋歡歡喜喜掏出那小小的精巧紅色牙骨籌碼數着，一面做報告，一五一十，除開本，贏了五百三。

「我應當分三成，因爲不是我陪你們來，你一定還要輸。」紳士太太當笑話說着。

大少爺就附和到這話說：「當眞嬸嬸應當有一半，你們就用這個做本，兩人合份，到後再結算。」

「全歸太太也不要緊，我們下樓去，現在熱鬧了點，張家大姑娘同到張七老爺都來了，×總理的三小姐也在場，五次輸一千五，驕傲極了，越輸人越好看。」

「我可不下去，我不歡喜使她知道我在這裏賭錢。」

「大少爺？」

「我也不去，我陪嬸嬸坐坐，三孃你去罷，到十一點我們回去。」

「……莫走！」

…………

回到家中，皮篋中多了一個小錶，多了四百塊錢，見到老爺在客廳中沙發上打盹，就罵用人，爲甚麼不喊老爺去睡。當差的就說，才有客到這裏談話剛走不久，問老爺睡不睡覺，說還要讀一點書，等太太回來再叫，他所以不敢喊叫。紳士見到太太回了家，大聲的叱娘姨，驚醒了。

「回來了，太太！到什麼人家打牌？」

紳士太太裝成生氣的樣子，就說：「運氣壞極了，又輸一百五。」

紳士正恐怕太太追問到別的事，或者從別的地方探聽到了關於他的消息，賊人心虛，看到太太那神氣，知道可以用錢調和了，就告給紳士太太明天可以還賬，且安慰太太，輸不要緊，又同太太談各個熟人太太的牌術和那屬於打牌的品德。這貴人日裏還才到一個飯店裏同一個女人鬼混過一次，待到太太問他白天做些什麼事時，他就說到佛學會念經，因爲今天是開化老和尚講楞嚴日子。若是往日，紳士太太一定得詐紳士一陣，不是說楊老太太到過佛學會，就是說聽說開化和尚已經上天津，紳士照例也就得做戲一樣，賭一個小咒，事情才能和平了結，解衣上床。今晚上因爲贏了錢，且得了一個小小金錶，自己又正說着謊話，所以也就不再追究談楞嚴談到第幾章那類事了。

兩人回到臥室，太太把皮篋子收到自己小小的保險箱裏去，紳士作爲毫不注意的神氣，一面彎腰低頭解鬆綁褲管的帶子，一面低聲的摹仿梅畹華老板的天女散花搖板，用節奏調和到呼吸。

到後把汗衣剝下，那個滿腹經綸的尊貴肚子因爲換衣的原因，在太太眼下，用着驕傲凌人的態度，挺然展露於燈光下，暗褐色的下垂的大肚，中縫一行長長的柔軟的黑毛，刺目的呈一種圖案調子，太太從這方面得到了一個聯想，告紳士，今天西城××公館才從美國回來不久的大少爺來看過他，不久就得過南京去。

紳士點點頭：「這是一個得過哲學碩士的有作爲的年青人，廢物有這樣一個兒子，自己將來不出山，也就不妨事了。」

紳士太太想到別的事情，就笑，這時也已經把袍子脫去，夾襖脫去，鞋襪脫去，站在床邊，對鏡用首巾包頭，預備上床了。紳士從太太高碩微胖的身材上，在心上展開了一幅美人出浴圖，且嘩嘩的隔房浴室便桶的流水聲，也彷彿是日裏的浴室情景，就用鼻音做出褻聲，告太太小心不要着涼。

更新的事情

約有三天後，××祕密聚樂部的小房子裏又有這三個人在吃點心，那三孃又贏了三百多塊錢，分給了紳士太太一半。這次紳士太太可在場了，先是輸了一些，到後大少爺把嬸嬸邀上樓去，姨太太C不到一會兒就追上來，說是天紅得到五百，把所輸的收回，反贏三百多，紳士太太同大少爺除了稱讚運氣，並不說及其他事情。

紳士太太對於他們的事更顯得關切，到廢物公館時，總借故到姨太太C房中去盤旋，打牌人多，也總是同三孃合手，兩股均分，輸贏各半。

星期日另外一個人家客廳裏紅木小方桌旁，有西城××公館大小姐，有紳士太太，大小姐不明奧妙，問紳士太太，知不知道三孃近來的手氣。

「嬸嬸不知道麼？我聽人說她輸了五百。」

「輸五百嗎？我一點不明白。」

「我聽人說的，她們看到她輸。」

「我不相信，三孃太聰明了，心眼玲瓏，最會看風色，我以爲她扳了本。」

大小姐因爲抓牌就不說話了，紳士太太記到這個話，雖然當眞不大相信，可是對於那兩次事情，有點小小懷疑起來了。到後新來了兩個客，主人提議再拼成一桌，紳士太太主張把三孃接來。電話說不來，有小事，今天少陪了，紳士太太要把耳機接線拿過身邊來，捏了話機，用着動情的親暱調子：

「三孃，快來，我在這裏！」

那邊說了一句什麼話，這邊就說：「好好，你來，我們打過四圈再說。」

說是有事的姨太太C，得到紳士太太的囑咐，仍然答應就來了，四個人皆拿這事情當笑話說着，但都不明白這友誼的基礎建築到些什麼關係上面。

不到一會三孃的汽車就在這人家公館大門邊停住了，客來了，桌子擺在小客廳，三孃不即去，就來在紳士太太身後。

「太太贏了，我們仍然平分，好不好？」

「好，你去罷，人家等得太久，張三太快要生氣了。」

三孃去後大小姐問紳士太太：

「這幾天孀孀同三孃到什麼地方打牌。」

紳士太太搖頭喊：「五萬碰，不要忙！」

休息時三孃扯了紳士太太，走到廊下去，悄悄的告她，大少爺要請太太到××去吃飯。紳士太太記起了大小姐先前說的話，問姨太太C：

「三孃，你這幾天又到××去過嗎？」

「那裏，我這兩天門都不出。」

「我聽誰說你輸了些錢。」

「什麼人說的？」

「沒有這回事就沒有這回事，我好像聽誰提到。」

三孃把小小美麗嘴唇抿了一會，莞爾而笑，拍着紳士太太肩膊：「太太，我謊你，我又到過××，稍稍輸了一點小數目。我猜這一定是宋太太說的。」

紳士太太本來聽到三孃說不曾到過××，以爲這是大小姐或者明白她們贏了錢，故有意探詢，也就罷了。誰知姨太太C又說當眞到過，這不是謊話的謊話，使她不能不對於前兩天的賭博生出疑心了。她這時因爲不好同三孃說破，以爲另外可去問問大少爺，就忙爲解釋，說是聽人說過，也記不起是誰了。她們到後都換了一個談話方向，改口說到花，一樹迎春顏色黃澄澄地像碎金綴在枝頭上，在晚風中搖擺，姿態絕美，三孃爲折了一小枝來替紳士太太插到衣襟上去：

「太太，你眞是美人，我一看到你，就好像自己會嫌自己骯髒卑俗。」

「你太會說話了，我是中年人了，那裏敵得過你們年青太太們。」

到了晚上，兩人借故有事要走，把兩桌牌拼成一桌，大小姐似乎稍稍奇怪，然而這也管不了許多，這位小姐是對於牌的感情太好了，依舊上了桌子摸風，這兩人就坐了汽車到××飯店去了。××飯店那方面，大少爺早在那裏等候了許久，人來了，極其歡喜，三孃把大少爺扯到身邊，咬着耳朶說了兩句話，大少爺望到紳士太太只點頭微笑，兩個人不久就走到隔壁房間去了。房裏剩下紳士太太一個人，襟邊的黃花掉落到地下，因爲拾花，想起了日裏三孃的稱譽，回頭去照鏡子，照了好一會，又用手抹着自己頭上光光的柔軟的頭髮，顧影自憐，這女人稍稍覺得有點煩惱，從生理方面有一些意識模糊的反抗，想站起身來走過去，看兩個人在商量些什麼事情。

推開那門，見到大少爺坐在大椅上，三孃坐大少爺腿上，把頭聚在一處，蜜蜜的接着吻。紳士太太不待說話，心中起着驚訝，就縮回來了，仍然坐到現處，就聽到兩人在隔壁的笑聲，且聽到接吻嘴唇離開時的聲音。三孃走過房中來了，一隻手藏在身後，一隻手伏在紳士太太肩上，悄悄的說：

「太太，要看我前回所說那個東西沒有？」

「你怎麼當眞？」

「不是說笑話。」

「眞是醜事情。」

三孃不再作聲，把藏在身後那隻手所拿的一個摺子放到紳士太太面前，翻開了第一頁。於是第二頁，第三頁……兩人相對低笑，大少爺，輕腳輕手，已經走到背後站定許久了。

………………

回家去，紳士太太向紳士說頭痛不舒服，要紳士到書房去睡。

一年以後

紳士太太爲紳士生養了第五個少爺，寄拜給廢物三姨太太作乾兒子，三孃送了許多禮物給小孩，紳士家請酒，客廳臥房皆擺了牌，小孩子們皆穿了新衣服，由娘姨帶領，來到這裏做客。紳士家一面舉行湯餅宴，一面接親家母過門，頭一天是女客，廢物不甘寂寞也接過來了。廢物在客廳裏一角，躺在那由公館抬來的轎椅中，一面聽太太們打牌嚷笑，一面同紳士談天，講到佛學中的果報，以及一切古今事情，按照一個紳士身分，採取了一個廢人的感想，對於人心世道，莫不有所議及。紳士同廢人說一陣，又各處走去，周旋到婦人中間，這裏看看，那裏玩玩，院子中小客人哭了，就嘆氣，大聲喊娘姨，叫取菓子糖來款待小客人。因爲女主人不大方便，不能出外走動，乾媽收拾得嫋嫋婷婷，風流俏俊，代行主人的職務，也像紳士一樣忙着一切。

到了晚上，客人散盡，娘姨把各房間打掃收拾清楚，紳士走到太太房中去，忙了一整天，有點疲倦了，就坐到太太床邊，低低的嘆了一聲氣。看到桌上一些紅綠禮物，看到乾媽送來的大金鎖同金壽星，想起那婦人飄逸風度，非常憐惜似的同太太說：

「今天乾媽眞累了，忙了一天！」

紳士太太不做聲，要紳士輕說點，莫驚吵了後房的小孩。

似乎因爲是最幼的孩子，這孩子使母親特別關心，雖然請得有一個奶娘，孩子的床就安置在自己房後小間，紳士也極其愛悅這小小生命的嫩芽。正像是因爲這小孩的存在，母親同父親互相也都不大歡喜在小事上尋隙縫吵鬧，家庭也變成非常和平了。

因爲這孩子是西城××公館三姨太太的乾兒子，從此以後三孃有一個最好的理由來到東城紳士公館了。因這貴人的過從，從此以後紳士也常常有理由同自己太太討論到這乾親家母的爲人了。

有一天，紳士從別處得到了一個消息，拿來告給了太太。

「我聽到人說西城××公館的大少爺，有人做媒。」

太太略略驚訝，注意的問：「是誰?」

兩人在這件事情上說了一陣，紳士也不去注意到太太的神氣，不知爲甚麼，因爲談到消息，這紳士記起另外一種消息，就笑了。

太太問：「笑甚麼?」

紳士還是笑，並不作答。

太太有點生氣樣子，其時正爲小孩子剪裁一個小小綢胸巾就放下了剪刀，一定要紳士說出。

紳士仍然笑着，過了好一會，才嚅嚅滯滯的說：「太太，我聽到有笑話，說那大少爺燈……有點……」

紳士太太愕然了，把頭偏向一邊，驚訝而又惶恐的問：「怎麼，你說什麼?!」

「我是聽人說的，好像我們小孩子的……」

「怎麼，說什麼?!你們男子的口!!」

紳士望到太太臉上突然變了顏色，料不到這事情會有這樣嚇人，就忙分辯說：「這是謠言，我知道!」

紳士太太要哭了。

紳士趕忙忽忽促促的分辯說：「是謠言，我是知道的!我只聽說我們的孩子的乾媽三孃，特別同那大少爺談得合式，聽到人這樣說過，我也不相信。」

紳士太太放了一口氣，才明白謠言所說的原是孩子的乾媽，對於自己先前的態度忽然感到悔恨，且非常感到丈夫的可惱了，就罵紳士，以爲眞是一個墮落的人，那麼大年紀的人了，又不是年青小孩子，不拘到什麼地方，聽到一點毫無根據的謠言，就拿來嚼咀。且說：

「一個紳士都不講身分，虧得你們念佛經，這些話拿去隨便說，拔舌地獄不知怎麼容得下你們這些人。」

紳士聽到這教訓，一面是心中先就並不缺少對於那乾親家母的一切憧憬，把太太這義正辭嚴的言語，嵌到肥心上去後，就不免感到一點羞慚了。見到太太樣子還很難看，這尊貴的人，照老例，做戲一樣陪了禮，說一點別的空話，搭搭訕訕走到書房繼續做阿難伽葉傳記的研究去了。

紳士太太好好保留到先前一刻的情形，保留到自己的驚，保留到丈夫的謙和，以及那些前後言語，給她的動搖，這女人，再把另外一些時節一些事情追究了一下，覺得全身忽然軟弱起來，發着抖，再想支持到先前在紳士跟前的生氣倔強，已經是萬萬辦不到了。於是她就哭了，伏在那尚未完成的小孩子的胸巾上面，非常傷心的哭了。

悄悄溜到門邊的紳士，看到太太那情形，還以爲這是因爲自己失去紳士身分的責難，以及，物喪其類底痛苦，才使太太這樣傷心，萬分羞慚的轉到書房去，想了半天主意，才虧得想出一個計策來，不讓太太知道，出了門雇街車到一個親戚家裏去，只說太太爲別的事使氣，想一個老太太裝作不知道到他家裏，邀她往公園去散散。把計策辦妥當後，這紳士又才忙忙的回到家中，仍然去書房坐下，拿一本陶淵明的詩來讀，讀了半天，聽到客來了，到上房去了，又聽到太太喊叫拿東西，過了一會又聽到叫把車子預備，來客同太太出去以後，紳士走到天井中，看看天氣，天氣非常子好，好像很覺得寂寞，就走到上面房裏去，看到一塊還未剪裁成就的綢子，濕得像從水中浸過，紳士良心極其難過，本來乘到這機會，可以到一個相好的婦人處去玩玩，也下了決心，不再出門了。

紳士太太回來時，問用人，老爺甚麼時候出去，什麼時候回來，用人回答太太，是老爺並不出門，在書房中讀書，一個人吃的晚飯。太太忙到書房去，望着老爺正跪在佛像前念經，站到門邊許久，紳士把經念完了，回頭才看到太太。兩人皆有所內恧，都願好好的講了和，都願意得到對方諒解，紳士太太極其溫柔的走到老爺身邊去。

「怎麼一個人在家中，我以爲你到傅家吃酒去了。」

紳士看到太太神氣，是講和的情形，就做着只有紳士才會做出的笑樣子，問到甚麼地方去玩了來，明白是到公園了，就又問到公園甚麼館子吃的晚飯，人多不多，碰到什麼熟人沒有。兩人於是很虛僞又很誠實的談到公園的一切，白鶴，鹿，花壇下圍棋的林老頭兒，四如軒的水餃子，說了半天，太太還不走去。

「累了，早睡一點。」

「你呢？」

「我念了五遍經，近來念經眞有了點奇跡，念完了神清氣爽。」

聽着這樣謊話的紳士太太，容忍着，不去加以照例的笑謔，沉默了一陣，一個人走到上房去了。紳士在書房中，正想起傳家一個婢女打破茶碗的故事，一面脱去襪子，娘姨走來了，靜靜的怯怯的說：「老爺，太太請您老人家。」紳士點點頭，娘姨退出去了，紳士不知爲什麼原故，很覺得好笑，在心中攪起了些消失了多年的做新郎的情緒，靸上鞋，略顯得忽促的向上房走去。

第二天，三孃來看孩子，紳士正想出門，在院子裏遇到了，紳士紅着臉，笑着，敷衍着，一溜煙走了。三孃是也來告給紳士太太關於大少爺的婚事消息的，說了半天，到後接到別處電話，來約打牌，紳士太太卻回絕了。

兩個人在家中密談了一些時候，小孩子不知爲什麼哭了，紳士太太叫把小孩子抱來，小孩子一到母親面前就停止了啼哭，望到這乾媽，小小的伶精的黑眼仁，好像因爲要認清楚這女人那麼注意集中到三孃的臉。三孃把孩子抱在手上，哄着喝着：

「小東西，你認得我！不許哭！再哭你爹爹會丢了你！」

紳士太太不知爲什麼原因，小孩子一不哭泣，又教奶媽快把孩子抱去了。

一九二九年作

《月下小景》題記

這祇是些故事，除〈月下小景〉在外，全部分出自《法苑珠林》所引諸經。我因爲在一個學校裏教小說史，對於六朝志怪，唐人傳奇，宋人白話小說，在形體方面，如何發生長成，加以注意，覺得提到這個問題的，有所說明，皆不詳盡，使人惑疑。我想多知道一些，曾從《眞誥》，《法苑珠林》，《雲笈七籤》諸書中，把凡近於小說故事的記載，掇輯抄出，分類排比，研究它們記載故事的各種方法，且將它同時代或另一時代相類故事加以比較，因此明白了幾個爲一般人平時所疏忽的問題。另外又因爲抄到佛經故事時，覺得這些帶有教訓意味的故事，篇幅不多，卻常在短短篇章中，能組織極其動人的情節。主題所在，用近世眼光看來，與時代潮流未必相合。但故事取材，上自帝王，下及蟲豸，故事布置，常常恣縱不可比方。祇據支配材料的手段組織故事的文體而言，實在也可以作爲「大眾文學」，「童話教育文學」，以及「幽默文學」者參考。

我有個親戚張小五，年紀方十四歲，就在家中同他的姐姐哥哥辦雜誌，幾個年青小孩子，自己寫作，自己鈔印，自己裝訂，到後還自己閱讀。也歡喜給人說故事，也歡喜逼人說故事。我想讓他明白一千年以前的人，說故事的已知道怎樣去說故事，就把這些佛經記載，爲他選出若干篇，加以改造，如今這本書，便是這故事一小部分。本書雖署明「輯自某經」，其實則祇可說是就某經取材，重新處理。不過時下風氣，抄襲者每每諱言抄襲，雖經明白摘發，猶復強詞奪理，以飾其迹，其言雖辯，其醜彌增。張家小五是小孩子，既歡喜作文章，受好作品影響的機會必多，我的意思，卻在告他：「說故事時，若有出處，指明出處，並不丟人。」且希望他能夠將各故事對照，明白死去了的故事，如何可以變成活的，簡單的故事，又如何可以使它成爲完全的。中國人會寫「小說」的彷彿已經有了很多人，但很少有人來寫「故事」。在人棄我取意義下，這本書便付了印。

一九三四年七月二十五青島

月下小景

——新十日談之序曲

初八的月亮圓了一半，很早就懸到天空中。傍了省邊境由南來的橫斷山脈長嶺腳下，有一些為人類所疏忽歷史所遺忘的殘餘種族聚集的山砦。他們用另一種言語，用另一種習慣，用另一種夢，生活到這個世界一隅，已經有了許多年。當這松杉挺茂嘉樹四合的山砦，以及砦前大地平原，整個為黃昏佔領了以後，從山頭那個青石碉堡向下望去，月光淡淡的灑滿了各處，如一首富於光色和諧雅麗的詩歌。山砦中，樹林角上，平田的一隅，各處有新收的稻草積，以及白木作成的谷倉，各處有火光，飄颺着快樂的火燄，且隱隱的聽得着人語聲，望得着火光附近有人影走動。官道上有馬項鈴清亮細碎的聲音，有牛項下銅鐸沉靜莊嚴的聲音。從田中回去的種田人，從鄉場上回家的小商人，家中莫不有一個溫和的臉兒，等候在大門外，廚房中莫不預備得有熱騰騰的飯菜，與用瓦罐燉熱的燒酒。

薄暮的空氣極其溫柔，微風搖蕩大氣中，有稻草香味，有爛熟了山菓香味，有甲蟲類氣味，有泥土氣味，一切在成熟，在開始結束一個夏天陽光雨露所及長養生成的一切。一切光景具有一種節日的歡樂情調。

柔軟的白白月光，爲位置在山岨上石頭碉堡，畫出一個明明朗朗的輪廓，碉堡影子橫臥在斜坡間，如同一個巨人的影子。碉堡缺口處，迎月光的一面，倚着本鄉寨主的獨生兒子儺佑；儺神所保佑的兒子，身體靠定石牆，眺望那半規新月，微笑着思索人生苦樂。

「……人生值得活下去，因爲一切那麼有意思，人與人的戰爭，心與心的戰爭，到結果皆那麼有意思。無怪乎本族人有英雄追趕日月的故事，因爲日月若可以請求，要它停頓在那兒時，它便停頓，那就更有意思了。」

這故事是這樣的：第一個××人，用了他武力同智慧得到人世一切幸福時，他還覺得不足，貪婪的心同天賦的力，使他勇往直前去追趕日頭，找尋月亮，想征服主管這些東西的神，勒迫它們在有愛情和幸福的人方面，把日子去得慢一點，在失去了愛心爲憂愁失望所嚙蝕的人方面，把日子又去得快一點。結果這貪婪的人雖追上了日頭，因爲日頭的熱所烤炙，在西方大澤中就渴死了。至於日月呢，雖知道了這是人類的慾望，卻祇是萬物中之一的慾望，故不理會。因爲神是正直的，不阿其所私的，人在世界上並不是唯一的主人，日月不單爲人類而有。日頭爲了給一切生物的熱和力，月亮卻爲了給一切蟲類唱歌，用這種歌聲與銀白光色安息勞碌的大地。日月雖仍然若無其事的照耀着整個世界，看着人類的憂樂，看着美麗的變成醜惡，又看着醜惡的稱為美麗，但人類太進步了一點，比一切生物智慧較高，也比一切生物更不道德。既不能用嚴寒酷熱來困苦人類，又不能不將日月照及人類，故同另一主宰人類心之創造的神，想出了一點方法，就是使此後快樂的人越覺得日子太短，使此後憂愁的人越覺得日子過長。人類既然憑感覺來生活，就在感覺上加給人類一種處罰。

這故事有作為月神與惡魔商量結果的傳說，就因為惡魔是在夜間出世的。人皆相信這是月亮作成的事，與日頭毫無關係，凡一切人討論光陰去得太快，或太慢時，卻常常那麼詛咒：「日子，滾你的去罷。」痛恨日頭而不憎惡月亮，土人的解釋，則為人類性格中，慢慢的已經神性漸少，惡性漸多。另外就是月光較溫柔，和平，給人以智慧的冷靜的光，卻不給人以坦白，直率的熱，因此普遍生物皆歡喜月光，人類中卻常常詛咒日頭。約會戀人的，走夜路的，作夜工的，皆覺得月光比日光較好。在人類中討厭月光的祇是盜賊，×地方土人中卻無盜賊，也缺少這個名詞。

這時節，這一個年紀還剛祇滿二十一歲的砦主獨生子，由於本身的健康，以及從另一方面所獲得的幸福，對頭上的月光正滿意的會心微笑，似乎月光也正對了他微笑。傍近他身邊，有一堆白色東西。這是一個女孩子，把她那長髮散亂的美麗頭顱，靠在這年青人的大腿上，把它當作枕頭安靜無聲的睡着。女孩子一張小小的尖尖的白臉，似乎被月光漂過的大理石，又似乎月光本身。一頭黑髮，如同用冬天的黑夜作為材料，由盤據在山洞中的女妖親手紡成的細紗。眼睛，鼻子，耳朵，同那一張產生幸福的泉源的小口，以及頰邊微妙圓形的小渦；如本地人所說的接吻之巢窩，無一處不見得是神所着意成就的工作。一微笑，一映眼，一轉側，都有一種神性存乎其間。神同魔鬼合作創造了這樣一個女人，也得用侍候神同對付魔鬼的兩種方法來侍候她，纔不委屈這個生物。

女人正安安靜靜的躺在他的身邊，一堆白色衣裙遮蓋到那個修長豐滿柔軟溫香的身體，這身體在年輕人記憶中，祇彷彿是用白玉，奶酥，菓子同香花，調和削築成就的東西。兩人白日裏來此，女孩子在日光下唱歌，在黃昏裏與落日一同休息，現在又快要同新月一樣甦醒了。

一派清光灑在兩人身上，溫柔的撫摩着睡眠者的全身，山坡下是一部草蟲清音繁複的合奏，天上的那規新月，似乎在空中停頓着，長久還不移動。

幸福使這個孩子輕輕的歎息了。

他把頭低下去，輕輕的吻了一下那用黑夜搓成的頭髮，接近那魔鬼手段所成就的東西。

遠處有吹蘆管的聲音。有唱歌聲音。身近旁有斑背螢，帶了小小火把，沿了碉堡巡行，如同引導得有小仙人來參觀這古堡的神氣。

當地年青人中唱歌聖手的儺佑，唯恐驚了女人，驚了螢火，輕輕的輕輕的唱：

龍應當藏在雲裏，

你應當藏在心裏。

…………

女孩子在迷糊夢裏，把頭略略轉動了一下，在夢裏回答着：

我靈魂如一面旗幟，
你好聽歌聲如溫柔的風。

他以爲女孩子已醒了，但聽下去，女人把頭偏向月光又睡去了。於是又接着輕輕的唱道：

人人說我歌聲有毒，
一首歌也不過如一升酒使人沉醉一天，
你那傅了蜂蜜的言語，
一個字也可以在我心上甜香一年。

女孩子仍然閉了眼睛在夢中答着：

不要冬天的風，不要海上的風，
這旗幟受不住狂暴大風。
請輕輕的吹，輕輕的吹；
（吹春天的風，溫柔的風）
把花吹開，不要把花吹落。

小砦主明白了自己的歌聲可作爲女孩子靈魂安寧的搖籃，故又接着輕輕的唱道：

有翅膀鳥雖然可以飛上天空，
沒有翅膀的我卻可以飛入你的心裏。
我不必問什麼地方是天堂，
我業已坐在天堂門邊。

女孩又唱：

身體要用極強健的臂膀摟抱，
靈魂要用極溫柔的歌聲摟抱。

砦主的獨生子儺佑，想了一想，在腦中搜索話語，如同寶石商人在口袋中搜索寶石。口袋中充滿了放光眩目的珠玉奇寶，卻因爲數量太多了一點，反而選不出那自以爲極好的一粒，因此似乎受了一點兒窘。他覺得神祇創造美和愛，卻由人來創造讚譽這神工的言語，向美說一句話，爲愛下一個註解，要適當合宜，不走失感覺所及的式樣，不是一個平常人的能力所能企及。「這女孩子値得用龍朱的愛情裝飾她的身體，用龍朱的詩歌裝飾她的人格。」他想到這裏時，覺得有點慚愧了，口吃了，不敢再唱下去了。

歌聲作了女孩子睡眠的搖籃，所以這女孩子纔在半醒後重復入夢。歌聲停止後，她也就驚醒了。

他見到女孩子醒來時，就裝作自己還在睡眠，閉了眼睛。女孩從日頭落下時睡到現在，精神已完全恢復過來，看男子還依靠石牆睡着，擔心石頭太冷，把白披肩搭到男子身上去後，傍了男子靠着。記起睡時滿天的紅霞，望到頭上的新月，便輕輕的唱着，如母親唱給小寶寶聽催眠歌。

睡時用明霞作被，

醒來用月兒點燈。

砦主獨生子哧的笑了。

「……」

「……」

四隻放光的眼睛互相瞅定，各安置一個微笑在嘴角上，微笑裏卻寫着白日兩個人的一切行爲，兩人似乎皆略略爲先前一時那點回憶所羞了，就各自向身旁那一個緊緊的擠了一下，重新交換了一個微笑，兩人發現了對方臉上的月光那麼蒼白，於是齊向天上所懸的半規新月望去。

遠遠的有一派角聲與鑼鼓聲，爲田戶巫師禳土酬神所在處，兩人追尋這快樂聲音的方向，於是向山下遠處望去。遠處有一條河。

「沒有船舶不能過那條河，沒有愛情如何過這一生？」

「我不會在那條小河裏沉溺，我祇會在你這小口上沉溺。」

兩人意思仍然寫在一種微笑裏，用的是那麼曖昧神祕的符號，卻使對面一個從這微笑裏明明白白，毫不含糊。遠處那條長河，在月光下蜿蜒如一條帶子，白白的水光，薄薄的霧，增加了兩人心上的溫暖。

女孩子說到她夢裏所聽的歌聲，以及自己所唱的歌，還以爲他們兩人皆在夢裏。經小砦主把剛纔的情形說明白時，兩人笑了許久。

女孩子天眞如春風，快樂如小貓，長長的睡眠把白日的疲倦完全恢復過來，故她在月光下，顯得如一尾魚在急流溪水裏。

祇想說話，全是說那些遠無邊際的，與夢無異的，年青情人在狂熱中所能說的糊塗話蠢話皆完全說到了。

小砦主說：

「不要說話，讓我好在所有的言語裏，找尋讚美你眉毛頭髮美麗處的言語！」

「說話呢，是不是就妨礙了你的諂諛？一個有天分的人，就是諂諛也顯得不缺少天分！」

「神是不說話的。你不說話時像……」

「還是做人好！你的歌中也提到做人的好處！我們來活活潑潑的做人，這纔有意思！」

「我以爲你不說話就像何仙姑的親姊妹了。我希望你比你那兩個姐姐還稍呆笨一點。因爲得呆笨一點，我的言語字彙裏，纔有可以形容你高貴處的文字。」

「可是，你曾同我說過，你也希望你那隻獵狗敏捷一點。」

「我希望牠靈活敏捷一點，爲的是在山上找尋你比較方便，爲我帶信給你時也比較妥當一點。」

「希望我笨一點，是不是也如同你希望羚羊稍笨一樣，好讓你嗾使那隻獵狗咬我時，不至於使我逃脫？」

「好的音樂常常是複音，你不妨再說一句。」

「我記得到你也希望羚羊稍笨過。」

「羚羊稍笨一點，我的獵狗纔可以趕上牠，把牠捉回來送你。你稍笨一點，我纔有相當的話頌揚你！」

「你口中體面話夠多了。你說說你那些感覺給我聽聽，說謊若比眞實更美麗，我願意聽你的謊話。」

「你占領我心上的空間，如同黑夜占領地面一樣。」

「月亮起來時，黑暗不是就祇占領地面空間很小很小一部分了嗎？」

「月亮照不到人心上的。」

「那我給你的應當也是黑暗了。」

「你給我的是光明，但是一種眩目的光明，如日頭似的逼人熠耀。你使我糊塗。你使我卑陋。」

「其實你是透明的，從你選擇諂諛時，證明你的心現在還是透明的。」

「清水裏不能養魚，透明的心也一定不能積存辭藻。」

「江中的水永遠流不完，心中的話永遠說不完；不要說了。一張口不完全是說話用的！」

兩人爲嘴唇找尋了另外一種用處，沉默了一會。兩顆心同一的跳躍，望着做夢一般月下的長嶺，大河，砦堡，田坪。蘆管聲音似乎爲月光所濕，音調更低鬱沉重了一點。砦中的角樓，第二次擂了轉更鼓，女孩子聽到時，忽然記起了一件事，把小砦主那顆年青聰慧的頭顱捧到手上，眼眉口鼻吻了好些次數，向小砦主搖搖頭，無可奈何低低的歎了一聲氣，把兩隻手舉起，跪在小砦主面前來梳理頭上散亂了的髮辮，意思想站起來，預備要走了。

小砦主明白那意思了，就抱了女孩子，不許她站起身來。

「多少螢火蟲還知道打了小小火炬遊玩，你忙些什麼？走到什麼地方去？」

「一顆流星自有它來去的方向，我有我的去處。」

「寶貝應當收藏在寶庫裏，你應當收藏在愛你的那個人家裏。」

「美的都用不着家：流星，落花，螢火，最會鳴叫的藍頭紅嘴綠翅膀的王母鳥，也都沒有家的。誰見過人蓄養鳳凰呢？誰能束縛着月光呢？」

「獅子應當有牠的配偶，把你安頓到我家中去，神也十分同意！」

「神同意的人常常不同意。」

「我爸爸會答應我這件事，因爲他愛我。」

「因爲我爸爸也愛我，若知道了這件事，會把我照××人規矩來處置。若我被繩子縛了沉到地眼裏去時，那地方接連四十八根籮筐繩子還不能到底，死了做鬼也找不出路來看你，活着做夢也不能辨別方向。」

女孩子是不會說謊的，××族人的習氣，女人同第一個男子戀愛，卻祇許同第二個男子結婚。若違反了這種規矩，常常把女子用石磨綑到背上，或者沉入潭裏，或者拋到地窟窿裏。習俗的來源極古，過去一個時節，應當同別的種族一樣，有認處女爲一種有邪氣的東西，地方酋長既較開明，巫師又因爲多在節慾生活中生活，故執行初夜權的義務，就轉爲第一個男子的戀愛。第一個男子因此可以得到女人的貞潔，就不能夠永遠得到她的愛情。若第一個男子娶了這女人，似乎對於男子也十分不幸，迷信在歷史中漸次失去了它本來的意義，習俗保持了古代規矩下來，由於××守法的天性，故年青男女在第一個戀人身上，也從不作那長遠的夢。「好花不能長在，明月不能長圓，星子也不能永遠放光」，××人歌唱戀愛，因此也多憂鬱感傷氣分。常常有人在分手時感到「芝蘭不易再開，歡樂不易再來」，兩人悄悄逃走的。也有兩人攜了手沉默的一同跳到那些在地面張着大嘴，死去了萬年的火山孔穴裏去的。再不然，冒險的結了婚，到後被查出來時，就應當把女的向地獄裏拋去那個辦法了。

當地女孩子因爲這方面的習俗無法除去，故一到成年家庭即不大加以拘束，外鄉人來到本地若喜悅了什麼女子，使女子獻身總十分容易。女孩子明理懂事一點的，一到了成年時，總把自己最初的貞操，稍加選擇就付給了一個人，到後來再同第二個鍾情的男子結婚。男子中明理懂事的，業已愛上某個女子，若知道她還是處女，也將儘這女子先去找尋一個盡義務的愛人，再來同女子結婚。

但這些魔鬼習俗不是神所同意的。年青男女所作的事，常常與自然的神意合一，容易違反風俗習慣。女孩子總願意把自己整個交付給一個所傾心的男孩子，男子到愛了某個女孩時，也總願意把整個的自己換回整個的女子。風俗習慣下雖附加了一種嚴酷的法律，在這法律下犧牲的仍常常有人。

女孩子遇到了這鄉長獨生子，自從春天山坡上黃色棣棠花開放時，即被這男子溫柔纏綿的歌聲與超人壯麗華美的四肢所征服後，一直延長到秋天，還極純潔的在一種節制的友誼中戀愛着。爲了狂熱的愛，且在這種有節制的愛情中，兩人皆似乎不需要結婚，兩人中誰也不想到照習慣先把貞操給一個人蹂躪後再來結婚。

但到了秋天，一切皆在成熟，懸在樹上的果子落了地，穀米上了倉，秋雞伏了卵，大自然爲點綴了這大地一年來的忙碌，還在天空中塗抹華麗的色澤，使溪澗澄清，使空氣溫暖而香甜，且裝飾了遍地的黃花，以及在草木上傳上與雲霞同樣的眩目顏色。一切皆布置妥當以後，便應輪到人的事情了。

秋成熟了一切，也成熟了兩個年青人的愛情。

兩人同往常任何一天相似，在約定的中午以後，在這古碉堡上見面了。兩人共同採了無數野花鋪到所坐的大青石板上，並肩的坐在那裏，山坡上開遍了各樣草花，各處是小小蝴蝶，似乎向每一朶花皆悄悄囑咐了一句話。向山坡下望去，入目遠近皆異常恬靜美麗。長嶺上有割草人的歌聲，村砦中有爲新生小犢作柵欄的斧斤聲，平田中有拾穗打禾人快樂的吵罵聲。天空中白雲緩緩的移，從從容容的動，透藍的天底，一陣候鳥在高空排成一線飛過去了，接着又是一陣。

兩個年青人用山果山泉充了口腹的飢渴，用言語微笑餵着靈魂的飢渴。對日光所及的一切唱了上千首的歌，說了上萬句的話。

日頭向西擲去，兩人對於生命感覺到一點點說不分明的缺處。黃昏將近以前，山坡下小牛的鳴聲，使兩人的心皆發了抖。

神的意思不能同習慣相合，在這時節已不許可人再爲任何魔鬼作成的習俗加以行爲的限制。理智即或是聰明的，理智也毫無用處。兩人皆在忘我行爲中，失去了一切節制約束行爲的能力，各在新的形式下，得到了對方的力，得到了對方的愛，得到了把另一個靈魂互相交換移入自己心中深處的滿足。到後來，於是兩個人皆在戰慄中昏迷了，瘖啞了，沉默了，幸福把兩個年青人在同一行爲上皆弄得十分疲倦，終於兩人皆睡去了。

男子醒來稍早一點，在回憶幸福裏浮沉，卻忘了打算未來。女孩子則因爲自身是女子，本能的不會忘卻××人對於女子違反這習慣的賞罰，故醒來時，也並未打算到這些主的獨生子會要她同回家去，兩人的年齡還皆祇適宜於生活在夏娃亞當所住的樂園裏，不應當到這「必需思索明天」的世界中安頓。

但兩人業已到了向所生長的一個地方一個種族的習慣負責時節了。

「愛難道是同世界離開的事嗎？」新的思索使小砦主在月下沉默如石頭。

女孩子見男子不說話了，知道這件事正在苦惱到他，就裝成快樂的聲音。輕輕的喊他，懇切的求他，在應當快樂時放快樂一點。

××人唱歌的聖手，

請你用歌聲把天上那一片白雲撥開。

月亮到應落時就讓它落去，

現在還得懸在我們頭上。

天上的確有一片薄雲把月亮攔住了，一切皆朦朧了。兩人的心皆比先前黯淡了一些。

砦主獨生子說：

我不要日頭，可不能沒有你。

我不願作帝稱王，卻願爲你作奴當差。

女孩子說：

「這世界祇許結婚不許戀愛。」

「應當還有一個世界讓我們去生存，我們遠遠的走，向日頭出處遠遠的走。」

「你不要牛，不要馬，不要果園，不要田土，不要狐皮褂子同虎皮坐褥嗎？」

「有了你我什麼也不要了。你是一切；是光，是熱，是泉水，是果子，是宇宙的萬有。爲了同你接近，我應當同這個世界離開。」

兩人就所知道的四方各處想了許久，想不出一個可以容納兩人的地方。南方有漢人的大國，漢人見了他們就當生番殺戮，他不敢向南方走。向西是通過長嶺無盡的荒山，虎豹所據的地面，他不敢向西方走。向北是本族人的地面，每一個村落皆保持同一魔鬼所頒的法律，對逃亡人可以隨意處置。東邊是日月所出的地方，日頭既那麼公正無私，照理說來日頭所在處也一定和平正直了。

但一個故事在小砦主的記憶中活起來了，日頭曾炙死了第一個××人，自從有這故事以後，××人誰也不敢向東追求習慣以外的生活。××人有一首歷史極久的歌，那首歌把求生的人所不可少的欲望，眞的生存意義卻結束在死亡裏，都以爲若貪婪這「生」祇有「死」纔能得到。戰勝命運祇有死亡，克服一切惟死亡可以辦到。最公平的世界不在地面，卻在空中與地底：天堂地位有限，地下寬闊無邊。地下寬闊公平的理由，在××人看來是可靠的，就因爲從不聽說死人願意重生，且從不聞死人充滿了地下。××人永生的觀念，在每一個人心中皆堅實的存在。孤單的死，或因爲恐怖不容易找尋他的愛人，有所疑惑，同時去死皆是很平常的事情。

砦主的獨生子想到另外一個世界，快樂的微笑了。

他問女孩子，是不是願意向那個祇能走去不再回來的地方旅行。

女孩子想了一下，把頭仰望那個新從雲裏出現的月亮。

水是各處可流的，

火是各處可燒的，

月亮是各處可照的，

愛情是各處可到的。

說了，就躺到小砦主的懷裏，閉了眼睛，等候男子決定了死的接吻。砦主的獨生子，把身上所佩的小刀取出，在鑲了寶石的空心刀靶上，從那小穴裏取出如梧桐子大小的毒藥，含放到口裏去，讓藥融化了，就度送了一半到女孩子嘴裏去。兩人快樂的咽下了那點同命的藥，微笑着，睡在業已枯萎了的野花鋪就的石牀上，等候藥力發作。

月兒隱在雲裏去了。

黃羅寨故事一九三二年九月二十二在青島寫成

慷慨的王子

住宿在金狼旅店，用各種故事打發長夜的一羣旅客中，有人說了一個慳吝人的故事。因那故事說來措詞得體，形容盡致，把故事說完時，就得到許多人的讚美。這故事的粗俚處，恰恰同另一位描寫詩人愛唱故事那點莊嚴處相對照，其一彷彿用工緻筆墨繪的廟堂功臣圖，其一彷彿用粗壯筆觸作的社會諷刺畫，各有動人的風格，各有長處。由於客人讚美的狂熱，似乎稍稍踰越這故事價值以外，因此引起了一個珠寶商人的抗議。

這珠寶商人生活並不在市儈行業以外，他那眉毛，眼睛，鼻子，口，全個兒身段，以及他同人談話時節那副帶點虛僞做作，帶點問價索價的探詢神氣，皆顯見得這人是一個十足的市儈。大凡市儈有市儈的品德，如同吃教飯人物一樣，努力打扮他的外表，顧全面子，永遠穿得乾乾淨淨。且照例可說聰明解事，一眼望去他知道對你的分寸，有勢力的，他常常極其客氣，不如他的，他在行動中做得出他比你高一等的樣子。他那神氣從一個有教養的人看來常常是傖俗刺眼的，但在一般人中，他卻處處見得能幹。

在長途行旅中，使一個有習好愛體面的人也常常容易馬虎成爲一個野人，一個囚犯。但這個珠寶商人，一到旅店後，就在大木盆裏洗了臉，洗了腳，取出一雙繡花拖鞋穿上，拿出他假蜜蜡鏤銀的煙咀來，一面吸美魔牌香煙，一面找人談話。在旅客中這個人的行業彷彿高出別人一等，故雖同人談話，卻仍然不忘記自己的尊貴，因此有時正當他同人談論到各種貴重金屬的時價時，便會突然向人說道：「八古寨的總爺嫁女，用三斤六兩銀子作成全副裝飾，鳳冠上大珠值五十兩。」說完時，便用那雙略帶一點愁容的小小眼睛，瞅定對面那一個，看他知不知道這回事情。對面若是一個花紗商人，或一個飄鄉賣卜看相的，這事當然無有不知的道理，就不妨把話繼續討論下去。並且對面那個若明白了這筆生意就正是這珠寶商人包辦的，必定即刻顯得客氣起來，那自然話也就更多了。若果那一面是一個獵戶，是一個燒炭人，平時祇知道熏洞裝阱，伐樹燒山，完全不明白他說話的用意，那分明是兩種身分，兩個階級，兩樣觀念，談話當然也就結束了。於是這珠寶商人便默默的來計算這一個月以來的一切支出收入，且讓一個時間空間皆極久遠了的傳說，佔據自己的心胸，溫習那個傳說，稱讚那傳說中的人物，且夢想他有一天終會遇到傳說中那個王子，聊以自娛。

到金狼旅店的他，今夜裏一共聽了四個故事，每個故事皆十分平常，也居然得到許多讚美，因此心中不平。要來說說他心中那個傳說給眾人聽聽。

他站起身時，用一個鄉下所不習見的派頭，腰脊微屈，說話以前把臉掉向一旁輕輕的咳了一下，帶點裝模作樣叫賣貨物的神氣，這神氣在另一地方使人覺得好笑，在這裏卻見得高貴異常。

「人類中慳吝自私固然是一種天性，與之相反那種慷慨大方的品德，這世界上也未常不有。在中國地方，很多年以前，就有堯王讓位給許由先生，許先生淸高到這種樣子，甚至於帝王位置也不屑一顧，以後還逃走到深山中的故事。雖然這些故事爲讀書人所歡喜說的，年代究竟遠了一點，我們既不很淸楚當時做王帝的權利義務，說來也不會相信。可是有個現成故事，就差不多同這個一樣，那不同處不過堯王讓的是一個王位，這人所讓的是無量珠寶。」說到這裏時這珠寶商人稍稍停頓了一下，看看有多少人明白他是個珠寶商人。那時有個人正想到他自己名爲「寶寶」的殤子，因此低低嘆息了一聲。商人望了那人一眼，接着便說：「不要把王位放在珠寶上面，我敢斷定在座諸君，就有輕視王位尊敬珠寶的人在內。不要以爲把王位同珠寶並列，便覺得比擬不倫。我敢說，珠寶比王位應當更受人尊敬與愛重。諸君各處奔走，背鄉離井，長途跋涉，寒暑不辭，目的並不是找尋王位，找尋的還是另外那個東西！」

那時節全個屋子裏的人出氣也很輕微，當珠寶商人把話略略停頓。在沉寂中讓各人去反省王位與珠寶在自己生活中所生的意義時，就祇聽到屋外的風聲同屋中火堆旁的瓦罐水沸聲。火堆中的火柴，間或爆起小小火星向某一方向散去時，便可聽到一個人把腳忽劇縮開的細微聲音。還有一匹竈馬，在屋角某處嘈嘈振翅，但誰也不覺得這東西値得加以注意。

下面就是那珠寶商人所說的故事，爲的是故事乃古時的故事，因此這故事也間或夾雜了一些較古的語言，這是記載這個故事的人對於一些太不明瞭古文字的讀者，應當交代一聲請求原諒的。

…………

珠寶比王位可愛，從各人心中可以證明。但還有一樣東西比珠寶更難得，有人還併王位同珠寶去掉換的，這從下面故事可以證明。

過去時間很久，在中國南方偏西一點，有個國家，名叫葉波。國中有個大王，名叫溫波。這個王年輕時節，各處打仗，不知休息，用武力把一切附屬部落降伏以後，就在全國中心大都城住下，安富尊榮，打發日子。這國王年紀五十歲時，還無太子，因此按照東方民族作國王的風氣，討取民間女子兩萬，作爲夫人。可是這國王雖有兩萬年青夫人，依然沒有兒子，這事古怪。

葉波國王同其他地面上國王一樣，聰明智慧，全部用到政務方面以後，處置自己私人事情，照例就見得不很高明。雖知道保境息民，撫育萬類，可不知道用何聰明方法，就可得一兒子。本國太醫進奉種種藥方，服用皆無效驗。自以爲本人既是天子，一切由天，故到後這國王聽人說及某處高山，有一天神，正直聰明，與人禍福靈應不爽時，就帶了一千御林軍，用七匹白色公鹿，牽引七輛花車，車中載有最美夫人七位，同往神廟求願。

國王沒有兒子，事不希奇，由於身住宮中，不常外出，氣血不暢，當然無子。今既出門一跑，曬曬太陽，換換空氣，筋骨勞動，脈絡舒張，神廟停駕七天以後，七個夫人之中，就有一個懷了身孕。這夫人到十個月後，生一太子，名須大拿。

太子十六歲時節，讀書明禮，武勇仁慈，氣概昂藏，使人愛敬。太子年齡既已長大，國王就爲他討一媳婦，名叫金髮曼坻，這金髮曼坻，也是一個國王女兒，長得端正白皙，柔媚明慧，夫婦二人，愛情濃厚，結婚以來，就不見過一人眉毛皺蹙。兩人皆祇用微笑大笑，打發每個日子，金髮曼坻到後爲太子生育一男一女。

太子須大拿身住宮中既久，一切宮中禮節習氣，莫不平板可笑，拘束既久，心實厭煩，幻想宮殿以外萬千人民生活，必更美麗自然。因此就有一天，裝扮成爲一個平民，離開王宮，走出大城，廣陌通衢，各處游觀。未出宮前，以爲宮外世界寬闊無涯，範圍較大，所見所聞，必可開心。迨後全城各處一走，凡屬人類種種生活，貧窮，聾瞽，痦痙，疥癘，老憊，死亡，僅僅巡游一天，所有人事觸目驚心各種景象，皆已一覽無餘，一天以內，便增加了這王子一種人生經驗，把這種人生諸現象認識以後，心中實不快樂。

回宮當日，這王子就向國王請事：

「國王爸爸，我有一件事情想來說說，請先赦罪，方敢稟告。」

國王就說：

「赦你無罪，好好說來。」

太子向國王說明日裏私自出宮不先稟告情形，且說：

「想求國王爸爸答應一件事情，不知能不能夠得到許可。」

「想要什麼，可同我說；一切說來，容易商量。這國王寶座，同所有國土臣民，皆你將來所有，如何支配，你有權力。」

「既一切爲我所有，我可處置，我想使我臣民，得我恩惠。我願意手中持有國中庫藏鑰匙，派人從庫中取出所有珍寶，放城門邊，同大街上，送給一切可憐臣民。這些寶物將儘人歡喜，隨意拿去，決不令一個人心中不滿。」

國王既已答應太子一切要求，必得如約照辦。雖明白一國珠寶有限，臣民慾望無窮，太子所想所作，近於稚氣。但自己年紀已老，祇有這樣一個太子，珍寶金銀，皆不如太子可貴，且把無用珍寶，捨給平民，爲太子結好於下，也未爲非計，故用下面話語，答復太子：

「親愛的孩子，你想要做什麼，儘管去做，鑰匙在我這裏，你就拿去，一切由你！」

太子聽國王說話以後，趕忙向國王道謝。當晚無事，到第二天，就派人用各種大小車輛，把國內一切稀奇貴重寶物，從庫藏中搬出。這些大小不等的車輛，裝滿了各樣珍寶以後，皆停頓在城門邊同大街鬧市。不拘何人，心愛何物，若欲拿去，皆可隨意挑選，不必說話，就可拿去。國王既富足異常，庫中各物，堆積如山，每輛大車載運，皆如從大牛身上拔取一毛，所裝雖多，所去無幾，故這種空前絕後毫無限制的施捨，經過三天，本國臣民欲望業已滿足，葉波國王庫中所存，尙較其他國王富足。

那時節去葉波國不遠，有一敵國，同葉波王平素意見不合，常常發生戰爭。聽人傳說葉波國太子種種布施故事，那個國王就集合全國大臣參謀顧問，開會商量。那不懷好意的國王說：「葉波國出一儍子，慷慨好施，樂於爲善，凡有所求，百凡不厭，各位大臣，諒有所聞。那國有一大象，靈異非凡，顏色白皙，如玉如雪。這象可在蓮花上面行走，名須檀延，這象性格溫和，極易駕馭，力量強大，長於戰爭。從前遇有戰事發生，每次交鋒，這寶象總常佔上風。如今國王既老悖昏庸，一切惟儍子是聽，若能乘此機會，設一計策，向那國中愚儍王子，把象討來，從此以後，我國就可天下無敵日臻強盛了。各位大臣之中，有誰能告奮勇，裝扮成爲平民，過葉波國討取這白色寶象沒有？」

大臣中間，人人皆明白兩國世仇，相互切齒交往斷絕，業已多日。皆覺得事情不很容易，無從敢告奮勇，獨任艱鉅。

其中有八個小臣，平時由於位卑職小，並不爲王重視，這時同稟國王：「國王陛下，親王殿下，大臣閣下，皆祇宜於廟堂陳詞，籌度國事。討象事小，應當交給小人辦理。我等八人在此，時間已久，無事可作，如今就爲大王把象取來，祇請頒發糧秣同其他必需用物，八人即刻便可上路。」

國王聞言，心中歡喜，命令財政大臣把一切需要，如數供給八人，國王並且身當大臣面前宣言：

「若能把象取得，可得重賞！」

八人就連夜趕往葉波國，至太子宮門，求見太子。各人皆預先約好，化裝成爲跛腳，拿一拐杖，蹺一右腳，向宮門回事小官說：

「有事想見太子，勞駕引見。」

太子聽說八個跛腳男人，同一殘廢，同一服裝，同一神氣，齊集宮門求見，心中稀奇，即刻令人引見，並且親自迎出二門，爲每人行禮，十分客氣，異樣親切。八人一見太子，照預先約好辦法，異口同聲說道：

「我們八人皆從極遠地方跑來，各想討點東西回去，祇因遠遠就已聽說太子仁慈，想不至於吝嗇恩惠。」

太子聽說，滿心歡喜，詢問八人要的是些什麼。並且爲八人說明，國中名貴寶物，尙有若干種類，某某寶物，藏某庫內，祇問歡喜，無不相贈。

八個喬裝跛人，同時向太子說明來意：

「我們八人，是八兄弟，家中富有。不可比方。小時作夢同到一處，見一大神，有所囑咐。神說：『爾等八人，皆有福分，可騎白象，同上太淸。白象神物，非凡象比，必須跛腳，方可得象。』第二天八人淸早醒來，各人各把夢中所見所聞，互相印證，八人之中，夢皆全同，大神所說，想亦不虛，因此互相商議，各人自用鐵鎚槌碎一腳，且從此背家離井，四方飄泊，希望與白象相遇。游行十年，備經寒暑，加之一腳上蹺，一腳拄地，痲煩痛苦，不可言述。如今聽說太子為人慷慨大方，從不拒絕別人請求，名聲遠播，八方皆知，天上地下，無不明白。且聞人說太子象廄，寶象成群，因此趕來進見太子，別無所求，祇求把那一匹寶象，送給我們兄弟八人，讓我們騎這寶象雲遊各處，以符夢兆，並可宣揚太子恩惠。」

太子聞言，信以為眞，毫不遲疑，即刻就帶領八人過象廄中，指點一切大小象名，聽憑揀選。

「各位同胞，不必客氣，象皆在此，祇請注意，且看看這些大小白象，若有任何一象中意，即刻就可把牠牽去。」

八人看看，並無須檀延白象在內，裝作回想夢境，稍加遲疑，就搖頭說：

「王子豪放，誠過所聞，惟象廄中所有各象，皆不如夢中白象美麗。我們八人冒昧請求，希望太子把恩惠放大，讓我們看看那匹能在蓮花上行走的白象。」

太子帶八人往那寶象所在處，未近象廄以前，八人就同聲驚訝，以為彷彿夢中到過此地。一見寶象，又裝作更深驚異，以為一切皆與夢境符合，且故意詢問王太子：

「這象名字，叫須檀延，不知是不是？」

太子微笑點頭。當時八人就想把象騎走，太子便說：

「這象可動不得，是我爸爸的象。國王愛象，如愛兒女，若遽送人，事理不合。不得國王許可，這象不能隨便送人。」

八人十分失望，不再說話。

太子心想：

「象雖爸爸寶物，不能隨便送人。可是我既先前業已告人，百凡國王私財，大家歡喜，皆可任意攜取，各隨已便。如今八人皆爲這白象折足，各處奔走，飄泊十年，也爲這象，今若不把這象送八人，未免爲德不卒，於心多愧。把象送人，縱爲罪過，必須受罰，也不要緊！」

那麼想過以後，爲求恩惠如雪如日，一律平等，不私所愛起見，太子就命令左右，即刻把白象披上錦毯，加上金鞍，收拾停當，牽出外面時，太子左手持水，洗八人手，右手牽象，送與八人。

八人得象，向天空爲太子祝福，且稱謝不已。

太子向八人說：

「我的朋友，你聽我說：這象既已得到，請速上路，不要遲緩。若時間延宕，國王方面已知消息，派人追奪，我不負責！」

八人聲說，知道時間不可稍緩須臾，又復道謝，就急急忙忙騎象走去。

葉波國中大臣，聽說太子業已把國中唯一寶象送給敵國，皆極驚怖，即刻齊集宮門，稟告國王。國王聞稟，也覺得十分驚愕，不知所措。

大臣同在國王面前議論這事。

「國家存亡全靠一象，這象能敵六十大象，三百小象，太子慷慨，近於糊塗，不加思索，把象與人，國家把象失去以後，從此恐不太平！太子年紀太輕，不知事故，一切送人，庫藏爲空，唯一白象，復爲敵有。若不加以懲罰，全國大位，或將斷於一人，國王明察，應知此理。」

國王聞說，心中大不快樂。

當時開會討論，大臣們皆以爲白象重要，關係國家命運，白象既爲太子送與敵國，國法所在，必將應得處罰，加於太子一身，方稱公平。按照國法，失地喪師，以及有損國家權威種種過失，皆應處以死刑。其中有一大臣，獨持異議，不欲雷同。那大臣說：

「國法成立，多由國王一人所手創。任何臣民，皆應守法。但因一象死一太子，目前雖爲他國稱讚葉波國人守法，此後恐爲歷史家所笑，以爲國法乃貴畜而賤人，實不相宜。如今因爲太子過分慷慨，影響國家，照本大臣主張，以爲把太子放逐出國，住深山中十二年，使他慚愧反省，不知大家以爲如何。」

大臣所說，極有道理，各個大臣皆無異議，國王即刻就照這位大臣所說，決定一切。

國王把太子叫來，同他說道：

「錯事業已作成，不必辯論，今當受罰，即此宣布：你應過檀特山獨住十二年，不能違令。」

太子便說：

「我行爲若已踰越國王恩惠範圍以外，應受懲罰，我不違令。祇請爸爸允許，再讓我布施七天，盡我微心，日子一到，我就動身出國。」

國王說：

「這可不行，你正因爲人太大方，踰越人類慷慨範圍以外，故把你充軍放逐。既說一切如命，即刻上路，不必多說！」

太子稟白國王：

「國王爸爸既如此說，不敢違令。我自己還有些財寶，願意散盡以後，離開本國，不敢再花國家分文。」

那時國王兩萬夫人已知消息，一同來見國王，請求允許太子布施七天，再令出國，國王情面難卻，因此不得不勉強答應。

七天以內，四萬老幼，凡來攜取寶物的，恣意攫取，從不干涉。七天過後，貧人變富，全國百姓，莫不怡悅，相向傳言，讚述太子。

太子過金髮曼坻處告辭，妃子聞言，萬分驚異。「因何過錯，便應放逐？」太子就一一告給曼坻，因爲什麼事情，違反國法，應被放逐，不可挽救。

金髮曼坻表示自己意見：

「我們兩人，異體同心，既作夫婦，豈能隨便分離？如你已被放逐，國家就可恢復強大，消滅危險，你應放逐，我亦同去，鹿與母鹿，當然成雙。」

太子說：

「人在山中，虎狼成羣，吃肉喝血，使人顫慄，你一女人，身軀柔弱，應在宮中，不便同去！」

妃答太子：

「若需如此，萬不可能。王帝用幡信爲旗幟，燎火用煙焰爲旗幟，女人用丈夫爲旗幟：我沒有你，不能活下。希望你能許可，儘我依傍，不言畀離，有福同享，有禍分當。若有人向你有所求乞，我當爲你預備，人如求我，也儘你把我當一用物，任意施捨。我在身邊，決不累你。」

太子心想「若能如此，尙復何言」，就答應了妃子請求，約好同走。

太子與妃，並兩小兒，同過王后處辭行時，太子稟告王后：「一切放心，不必惦念。希望常常勸諫國王，注意國事，莫用壞人。」

王后聽說，悲淚潸然，不能自持，乃與身傍侍衞說：

「我非木石，又異鋼鐵，遇此大故，如何忍取？今祇此子，由於干犯國法，必得遠去，十二年後，方能回國，我心非石，經此打擊，碎如糠粃！」

但因擔心太子心中難堪，恐以母子之情，留連莫前，增加太子罪戾。故仍裝飾笑靨，祝福兒孫，且以「長途旅行，增長見聞，回國之日，必多故事」，打發一眾上路。

國王其餘兩萬夫人，每人皆把眞珠一顆，送給太子，三千大臣，各用珍寶，奉上太子。太子從宮中出城時節，就把一切珠寶，散與送行百姓，即時之間，已無存餘。國中所有臣民，皆送太子出城，由於國法無私，故不敢如何說話，各人到後，便各垂淚而別。

太子兒女與其母金髮曼坻共載一車，太子身充御者，拉馬趕車，一行人眾，向檀特山大路一直走去。

離城不遠，正在樹下休息，有一和尚過身，見太子拉車牲口，雄駿不凡，不由得不稱羨：

「這馬不壞，應屬龍種，若我有這樣牲口，就可騎往佛地，眞是生平快樂事情。」

太子在旁聽說，即刻把馬匹從車軛上卸下，以馬相贈，毫無吝色。

到上路時，讓兩小兒坐在車上，王妃後推，太子牽輓，重向大路走去。正向前走，又遇一巡行醫生，見太子車輛，精美異常，就自言自語說道：

「我正有牡馬一匹，方以爲人世實無車輛配那母馬，這車輕捷堅緻，恰與我馬相稱。」

太子聽說，又毫無言語，把兒女抱下，即刻將車輛贈給醫生。

又走不遠，遇一窮人，衣服敝舊，容色枯槁。一見太子身服繡衣，光輝絢目，不覺心動，爲之發癡。太子知道這人窮困，欲加援手，已無財物。這人當太子過身以後，便低聲說：

「人類有生，煩惱重疊排次而來，若能得一柔軟溫暖衣服，當爲平生第一幸事。」

太子聽說，就返身回頭，同窮人掉換衣服，改此新衣，掉換故衣，一切停當以後，不言而行。另一窮人見及，趕來身後，如前所說，太子以妃衣服打發走路。轉復前行，第三窮人，又近身邊，太子脫兩小兒衣服，拋於窮人面前，不必表示，即如其望。

太子既把錢財，糧食，馬匹，車輛，衣服零件，一一分散給半路生人，各物罄盡以後，初無悔心，如毛髮大。在路途中，太子自負男孩，金髮曼坻，抱其幼女，步行跋涉，相隨入山。

檀特山距離葉波國六千里，徒步而行，大不容易。去國既遠，路途易迷，行大澤中，苦於飢渴。那時天帝大神，欲有所試，就在曠澤，變化城郭，大城巍巍，人屋繁庶，伎樂衣食，瀰滿城中。俟太子走過城邊時，就有白臉女人，微鬚男人，衣冠整肅，出外迎迓。人各和顏悅色，異口同聲：

「太子遠來，道行苦頓，願意留下在此，以相娛樂，盤旋數日，稍申誠敬，若蒙允許，不勝歡迎！」

妃見太子不言不語，且如無覩無聞，就說：

「道行已久，兒女飢疲，若能住下數日，稍稍休息，當無妨礙。」

太子說：

「這怎麼行，這怎麼好。國王把我徙住檀特山中，上路不用監察軍士，就因相信我若不到檀特山中，決不休息。今若停頓此地，半途而止，違國王命，不敬不誠。不敬不誠，不如無生！」

妃不再說，即便出城，一出城後，爲時俄頃，前城就已消失。

繼續前行，到檀特山，山下有水，江面寬闊，波濤洶湧，爲水所阻，不可渡越。

妃同太子說：

「水大如此，使人擔憂！既無船舶，不見津梁，不如且住，待至水減再渡。」

太子說：

「這可不成，國王命令，我當入山一十二年，若在此住，是爲違法。」

原來這水也同先前一城相同。同爲天帝所變化，用試太子。太子於法，雖一人獨處，上復念念不忘，不敢有貳，故這時水中就長一山，山旋暴長，以堰斷水，便可搴衣渡過，太子夫婦兒女過河以後，太子心想：「水既有異，性分善惡，殺諸人畜，必不可免。」因此回顧水面，囑咐水道：

「我已過渡，流水合當把原狀即刻恢復。若有人此後欲來尋我，向我有所請求乞索，皆當令其渡過。」

太子說後，水即復原，「其速如水」，後人用作比喻，比喻來源，乃由於此。

到山中後，但見山勢嶔崎，嘉樹繁蔚。百果折枝，爛香充滿空氣中。百鳥和鳴，見人不避。流泉清池，溫涼各具；泉水味皆如蜜酒，如醴，如甘蔗汁，如椰汁，味各不同，飲之使人心胸暢樂。太子向妃說：「這大山中，必有學道讀書人物，故一切自然，如此佳美。使自然如有秩序，必有高人，方能作到。」太子說後，便同妃子並諸兒女取路入山，山中禽獸，如有知覺，皆大歡喜，來迎太子。山中果然有一隱士，名阿周陀，年五百歲，眉長手大，臉白眼方。這人品德絕妙，智慧足尊。太子一見，即忙行禮不迭。太子說道：

「請問先生，今這山中，何處多美果清泉，足資取用？何處可以安身，能免危害？」

阿周陀說：

「請問所問，因何而發？這大山中，一律平等，一切邱壑，皆是福地，今既來住，隨便可止！」

太子略同妃子說及過去一時所聞檀特山種種故事，不及同隱士問答。

隱士就說：

「這大山中，十分清淨寂寞，世人雖多，皆願熱鬧，閣下究爲什麼原因，帶妻子來此？由於幻想，支配肉體，故把肉體儘旅途跋涉折磨，來此證實所問所想嗎？」

太子一時不知所答。

太子未答，曼坻就問隱士：

「有道先生，來此學道，經多少年？」

那隱士說：

「時間不多，不過四五百歲。」

曼坻望望隱士，所說似乎並不是謊，就輕輕說：

「四五百歲以前，我是什麼？」

那時曼坻，年紀不過二十二歲而已。

隱士見曼坻沉吟，就說：

「不知有我，想知無我，如此追究，等於白費。」

曼坻說：

「隱士先生，認識我們沒有？」

太子也說：

「隱士先生，也間或聽人說到葉波國王獨生太子須大拿沒有？」

隱士說：

「聽人提到三次，但未見過。」

太子說：

「我就是須大拿，」又指妃說：「這是金髮曼坻。」

隱士雖明白面前二人，爲世稀有，但身作隱士，業已四五百年，人老成精，故不再覺得別人可怪，祇問二人：

「太子等到這兒來，所求何事？」

太子說：

「別無所求，想求忘我，若能忘我，對事便不固執，人不固執，或少罪過。」

隱士說：

「忘我容易，但看方法。遇事存心忍耐，有意犧牲，忍耐再久，犧牲再大，不爲忘我。忘我之人，順天體道，承認一切，大千平等。太子功德不惡，精進容易。」

隱士話說完後，指點太子應當住處。太子即刻就把住處安排起來，與金髮曼坻各作草屋，男女分開，各用水果爲飲食，草木爲牀褥。結繩刻木，記下歲月，待十二年滿，再作歸計。太子兒名爲耶利，年方七歲，身穿草衣，隨父出入。女名脂拿延，年祇六歲，穿鹿皮衣，隨母出入。

山中自從太子來後，禽獸盡皆歡喜，前來依附太子。乾涸之池，皆生泉水。樹木枯槁，重復花葉。諸毒消滅，不爲人害。甘果繁茂，取用不竭。太子每天無事可作，就領帶兒子，常在水邊，同禽獸游戲，或拋一白石，到極遠處，令雀鳥競先啣回，或引長繩，訓練猿猴，使之分隊拔河。金髮曼坻則帶領女兒，採花拾果，作種種婦女事情，或用石墨，繪畫野牛花豹，於洞壁中，或用石針，刻鏤土版，仿象雲物，畢盡其狀。幾人生活，美麗如詩，韻律淸肅，和諧無方。

那個時節，拘留國有一退伍軍人，年將四十，方娶一婦。婦人端正無比，如天上人。退伍軍人，乃醜陋不堪，狀如魔鬼，闊嘴長頭，肩縮腳短，身上疥癘，如鏤花鈿。婦人厭惡，如避蛇蝎，但名分既定，蛇蝎纏繞，不可拒絕，婦人就心中詛咒，願其早死。這體面婦人一日出外挑水，路逢惡少流氓，各唱俚歌，笑其醜婿：「生來好馬，獨馱癡漢，馬亦柔順，從不踶嚙。」

婦人挑水回家以後，就同那軍人說：

「我剛出去挑水，在大路上，迎頭一羣痞子，笑我罵我，使我難堪。趕快爲我尋找奴婢，來做事情，我不外出，人不笑我！」

軍人說：

「我的貧窮，日月洞燭，一錢不名，爲你所見，我如今向什麼地方得奴得婢？」

婦人說：

「不得奴婢，你別想我，我要走去，不願再說！」

軍人像貌殘缺，愛情完美，一聽這話，心中惶恐，臉上變色，手腳打顫。

婦人記起一個近年傳說，就向軍人說道：

「我常常聽人說及葉波國王太子須大拏，爲人大方，坐施太劇，被國王放逐檀特山中，有一男一女，尚在身邊，你去向他把小孩討來，不會不肯！」

軍人說：

「身爲王子，取來作奴作婢，惟你婦人，有這打算，若一軍人，不願與聞。」

婦人說：

「他們不來，我便走去，兩利兩害，憑你揀選。」

那退伍軍人，不敢再作任何分辯，即刻向檀特山出發，到大水邊，心想太子，剛一着想，河中就有一船，儘其渡過。這退伍軍人遂入檀特山，在山中各處找尋須大拿太子所在處，路逢獵師，問太子住處，獵師指示方向以後，就忽然不見。

退伍軍人按照方向，不久便已走到太子住處。太子正在水邊，訓練一熊作人姿式泅水，遙見軍人，十分歡喜，即刻向前迎迓，握手爲禮，且相慰勞，問所從來。

退伍軍人說：

「我爲拘留國人，離此不近，久聞太子爲人大方，好施樂善，故遠遠跑來，想討一件東西回去。」

太子誠誠實實的說：

「可惜得很，你來較遲，我雖願意幫忙，惟這時節，一切已盡，無可相贈。」

退伍軍人說：

「若無東西，把那兩個小孩子送我，我便帶去，作爲奴婢，做點小事，未嘗不好。」

太子不言，退伍軍人再三反復申求，必得許可。太子便說：「你既遠遠跑來，爲得是這一件事，你的希望，必有歸宿。」

那時兩個小孩，正在同一老虎游戲，太子把兩人呼來，囑咐他們：

「這軍人因聞你爸爸大名，從遠遠跑來討你，我已答應，可隨前去。此後一切，應聽軍人，不可違拗。」

太子即拖兩兒小手，交給軍人，兩個小孩不肯隨去，跪在太子面前，向太子說：

「國王種子，爲人奴婢，前代並無故事，此時此地，有何因緣不可避免？」

太子說：

「天下恩愛，皆有別離，一切無常，何可固守？今天事情，並不離奇，好好上路，不用多說！」

兩個小孩又說：

「好，好，我去我去，一切如命。爲我謝母，今便永訣，恨阻時空，不可面別！我們儻若因爲宿世命運，今天之事，不可免避，但想母親失去我等以後，不知如何憂愁勞苦，何由自遣！」

退伍軍人說：

「太子太子，我有話說。承蒙十分慷慨，送我一兒一女，我今既老且憊，手足無力，若小孩不歡喜我，一離開你以後，就向他們母親方面跑去，我怎麼辦？你既爲人大方，不厭求索，我想請你把那兩個小孩，好好縛定，再送把我。」

太子就反扭兩小孩子，令退伍軍人用藤蔓自行緊縛，且繫令相連，不可分開，自己總持繩頭，即便走去。兩個小孩不肯走去，退伍軍人就用皮鞭捶打各處，血流至地，亦不顧惜。太子目睹，心酸淚落，淚所墮處，地爲之沸。小孩走後，太子同一切禽獸，皆送行至山麓，不見人影，方復還山。

那時各種禽獸皆隨太子還至兩小兒平時游戲處，號呼自撲，示心哀痛。小孩到半路中，用繩纏繞一銀杏樹，自相糾繆，不肯即走，希望母親趕來。退伍軍人仍用皮鞭重重抽打不已，兩小孩因母親不來，不能忍受鞭笞，就說：

「不要再打，我們上路！」上路以後，仰天呼喊：「山神樹神，一切憐憫，我今遠去爲人作奴作婢，不知所止，不見我等母親，心實不甘，請爲傳話母親，疾來相見一別！」

金髮曼坻，時正在山中拾取成熟自落菓實，負荷滿筐，正想帶回住處。忽然左足發癢，右眼蠕動，兩乳噴汁，如受吮吸，心中十分希奇，以爲平時未曾經驗，必有大變，方作預示。或者小孩有何危險發生，不能自免，正欲母親加以援救？想到此時，即刻棄去菓筐，走還住處。有一獅子，因知太子把兒女給人，實爲心願，恐妃一回住處，由於母子私愛，障礙太子善心，就故意在一極窄路上，當道蹲據，不讓金髮曼坻走過。

妃子就說：

「獅子獅子，不要攔我，願讓一路，使我過身！」

獅子當時把頭搖搖，表示不行。到後明知退伍軍人，業已走去很遠，無法追趕，方站起身來，令妃通過。妃還住處，見太子獨自坐在水邊，瞑目無視。水邊林際，不見兩兒，即往草屋求索，也不在內。便回到太子身邊，追問小孩去處。

妃子說：

「我們小孩，現在何處？」太子不應。妃子發急，又說：「你聽我說，不要裝聾，我們小孩，現在何處？快同我說，告我住處，不要隱瞞，使我發狂！」

妃子如此再三催促太子，太子依然不應。妃極愁苦，不知計策，就自怨自責：「太子不應，增加迷惑，或我有罪，故有這事！」

太子許久方說：

「拘留國來一窮軍人，向我把兩個兒女討走，我已送他帶去多時！」

金髮曼坻聽說這話，驚嚇呆定，如中一雷，躄地倒下，如太山崩。在地宛轉啼哭，不可休止。

太子勸促譬解，不生效驗，太子因此想起故事一個，就向失去兒女那個母親來說：

「你不要哭，且聽我說，這有理由，你不分明！這事有因有果，並不出於意外。你念過大經七章沒有？經中故事，就是我等兩人另一時節故事。那時我爲平民，名鞞多衞，你爲女子，名曰陀羅。你手中持好花七朶，我手中持銀錢五百，我想買你好花，獻給佛爺，你不接錢，送我二花，求一心願。你當時說：願我後世，作你愛人，恩憐永生，如大江水。我當時就同你相約：能得你作夫人，爲幸多多，但我先前業已許願，願我愛人，一切能隨我意見，不相忤逆，隨在布施，不生吝悔。你當時所說，爲一『可』字。今天我把小孩送人，你來啼哭，擾亂我心，來世愛憐，恐已因此割斷！」

曼坻聽過故事，心開意解，認識過去，祇因心愛太子，堅強如玉，既然相信從布施中，可以使兩人世世生爲夫婦，故不再哭，含淚微笑，且告太子：

「一切布施，皆隨所便。」

那時有一大神，見太子大方慷慨，到此地步，就變作一人，比先前一時那退伍軍人還更醜陋，來到太子住處，向太子表示自己此來希望：

「常聞太子樂善好施，不逆人意，來此不爲別事，祇因我年老醜惡，無人婚娶，請把那美麗貞淑金髮曼坻與我，不知太子意思如何？」

太子說：

「好，你的希望，不會落空。你既愛她，把她帶去，你能快樂，我也快樂！」

金髮曼坻那時正在太子身旁，就說：

「今你把我送人，誰再來服侍你？」

太子說：

「若不把你送人，尙何成爲平等？」

太子不許妃再說話，就牽妃手交給那古怪醜人。大神見太子捨施一切，毫不悔吝，爲之讚歎不已，天地皆動。這大神所變醜人，就把曼坻拖去，行至七步，又復回頭，重把曼坻交給太子，且說：

「不要給人，小心愛護！」

太子說：

「既已相贈，爲何不取？」

那醜人說：

「我不是人，祇是一神，因知慷慨，故來試試。你想什麼，你要什麼？凡能爲力，無不遵命。」

曼坻即爲行禮，且求三願：一，願從前把小孩帶去的退伍軍人，仍然把小孩賣至葉波國中，二，願兩個小孩，不苦飢渴。三，願太子同妃，早得還國。那大神一一允許。又問太子，所願何在。

太子說：

「願令眾生，皆得解脫，無生老病死之苦。」

大神說：

「這個希望，可大了點，所願特尊，力所不及，且待將來，大家商量！」

話已說畢，忽然不見。

那時拘留國退伍軍人，業已把兩個小孩，帶回家中，婦人一見，就在門前擋着，大罵退伍軍人：

「你這壞人，心眞殘忍，這兩小孩，皆國王種子，你乃毫無慈心，鞭打如此！今既全身潰爛，膿血成瘡，放在家中，有何體面！趕快爲我拖上街去，賣給別人，另找奴婢，不能再緩！」

軍人唯唯聽命，依然用藤縛執，牽上街𨻶，找尋主顧。軍人心想居奇發財，取價不少，人嫌價貴貨劣，莫不嗤之以鼻。輾轉多日，乃引至葉波國。

既至葉波國中，行通衢中，衒賣求售，大臣人民，認識是太子兒女，大王冢孫，舉國驚奇，悲哀不已。諸臣民就問退伍軍人：「憑何因緣，得這小孩。」退伍軍人說：「我非拐騙，實向其爸爸討得！」有些人民，就想奪取，且想毆打軍人，發洩悲憤。中有一懂事明理長者，在場制止衆人鹵莽行動，提議說道：

「這件事情，不能如此了事。目前情形，實爲太子樂於成人之心，以至於此。今若強奪，違太子意。不如即此稟告國王，使王明白，王旣公正，自當出錢購買！」

諸臣稟告國王，國王聞言，大驚失色，即刻下諭宣取退伍軍人帶領小孩入宮。王與王后，並二萬夫人，及諸宮女從官，遙見兩兒，萎悴異常，非復先前豐腴，莫不哽噎。

國王問詢退伍軍人：

「何從得到這兩小孩？」

退伍軍人說：

「我向太子求丐得到，所稟是實。」

國王即喊近兩個小孩，把繩索解除，想同小孩擁抱接吻，小孩皆哭泣閃避，若有所忌，不肯就抱。

國王問退伍軍人，應當出多少錢，方可買得這一男一女，退伍軍人一時不知如何索價，未便作答，小孩同時便說：

「男值銀錢一千，公牛一百頭，女值金錢二千，母牛二百頭。」

國王說：

「男子人類所尊重，如今何故男賤女貴？」

男孩便說：

「國王所說，未必近實。後宮婇女，與王無親無戚，或出身微賤，或但婢使，王所愛幸，便得尊貴。今王獨有一子，反放逐深山，毫不關心，所以明白顯然，知必男賤女貴！」

國王聽說，感動非常，悲哀號泣，如一婦人。且因王孫耶利慧穎傑出，愛之深切，就說：

「耶利耶利，我很對你父子不起。你已回國，爲甚麼不讓我抱你吻你？你生我氣，還是怕這軍人？」

小孩說：

「我不恨你，我不怕他。本是王孫，今爲奴婢，安有奴婢受國王抱？故我不敢就王擁抱！」

國王聞言，倍增悲愴，即一切如其所言，照數付出金銀牛物與退伍軍人，再呼兩兒，兒即就抱。王抱兩孫，手摩小頭，口吻各處創傷，問其種種經過。又問兩孫：

「你爸爸媽媽，在山中住下，如何飲食，如何生活？」

兩個小孩一一作答，具悉其事。國王即遣派一大臣，促迎太子。那大臣到山中時，把國王口諭，轉告太子，並告一切近事，促太子回國。太子回答：

「國王放逐我住山中，一十二年爲期，今猶剛好三年，爲守國法，年滿當歸！」

大臣回國如太子所說，稟啓國王，國王用羊皮紙，親自作一手書，又命一大臣，把手書帶去，送給太子。那書信說：

「……一切過去，即應忘懷，你極聰明，豈不瞭解？去時當忍，來時亦忍：即便歸來，不勝懸念！」

太子得信以後，向南作禮，致謝國王恕其已往罪過。便與金髮曼坻，商量回國。

山中禽獸，聞太子夫婦將回本國，莫不跳躍宛轉，自撲於地，號呼不止，訴陳慕思。泉水爲之忽然涸渴，奇花異卉，因此萎謝。百鳥毀羽折翅，如有所喪。一切變異，皆爲太子。

太子與妃同還本國，在半路中。先是太子出國前後情形，三年以來，爲世傳述，遠近皆知，敵國怨家，設詐取象，種種經過，亦皆全在故事中間。心有所恧，贖罪無方，此時太子回國，敵國怨家，探知消息，即派遣大使，裝飾所騙白象，金鞍銀勒，錦毯繡披，用金瓶盛滿金米，用銀瓶盛滿銀米，等候在太子所經過大道中，以還太子，並具一謝過公文，恭敬而言：

「前騙白象，愚癡故耳。因我之事，太子放逐。故事傳聞，心爲內恧。贖罪無方，食息難處。今聞來還，歡喜踴躍。茲以寶象奉還太子，願垂納受，以除罪尤！」

太子告彼大使，請以所言轉告：

「過去之事，疢心何益。譬如有人，設百味食，持上所愛，其人食之，吐嘔在地，豈復香潔？今我布施，亦若吐嘔，吐嘔之物，終還不受！速乘象去，見汝國王，委屈使者，遠勞相問！」

於是大使即騎象還歸，白王一切，即因此象，兩國敵怨，化爲仁慈，且因此故，兩國人民，皆感覺人不自私其所愛，犧牲之美，不可髣髴。

太子回國，國王騎象出迎，太子便與國王相見，各致想思，互相擁抱，相從還宮。國中人民，莫不歡喜，散花燒香，以待太子。

從此以後，國王便把庫藏鑰匙，交付太子，不再過問。太子恣意布施，更勝於前。

……………

故事說完以後，在座諸人，莫不神往。讚美聲音，不絕於耳。商人也揚揚自得，重新記起一個被大眾所歡迎的名人風度，學作從容，向人微笑，把頭向左向右，點而又點。

有一個身兒瘦瘦的鄉下人，在故事中對於商人措詞用字有所不滿，爲屋中掌聲有所不滿，就說：

「各位先生，各位兄弟，請稍停停，聽我說話。葉波國王太子，大方慷慨，施捨珍寶，前無古人，如此大方，的確不錯，但從諸位對於這故事所給的掌聲看來，諸位行爲，正彷彿是預備與那王子媲美，所不同的，不過一爲珍寶，一爲掌聲而已。照我意見說來，這個故事，既由那位老板，用古典文字敍述，我等祇須由任何一人，起立大聲說說：『佳哉，故事！』酬謝就已相稱，不煩如此拍掌，拍掌過久，若爲另一敵國怨家，來求慈悲，諸位除掌聲以外，還有什麼？」

那時節山中正有老虎吼聲，動搖山谷，眾人聞聲，皆爲震懾。那人在火光下一面整理自己一件東西一面就說：

「各位先生，你們讚美王子行爲，以爲王子犧牲自己，人格高尚，爲不可及。現在山頭老虎，就正飢餓求食，誰能砍一手掌，丟向山澗餧虎沒有？」

各人皆面面相覷，不作回答。那人就向眾人，留個微笑，怱怱促促，把門拉開向黑暗中走去了。

大家皆以爲這人必爲珠寶商人說的故事所感化，夢想犧牲，發癡發狂，出門捨身飼虎的，因此互相議論不已。並且以爲由於義俠，應當即刻出門援救這人，不能儘其爲虎吃去。但所說雖多，卻無一人膽敢出門。珠寶商人，則以爲自己所說故事，居然如此有力，使人發生影響，捨身飼虎，故極自得。見眾人議論之後，繼以沉默，便造作一個謊話，以爲被這故事感動而捨身飼虎的事情，數到這人，業已爲第三個。眾人皆願意聽聽另外兩個人犧牲的情形，願意聽聽那個謊話。

店主人明白若自己再不說話，誤會下去，行將使所有旅客，失去快樂，故趕忙站起，含笑告給眾人：出門的人，爲虎而去，雖是事實，但請放心，不必難過。原來那人是一個著名獵戶。眾人聞言，莫不爽然自失，珠寶商人，想再謅出另外那兩次犧牲案件，一時也謅不出了，就裝作疲倦，低頭睡覺。因裝睡熟，必得裝成毫無知覺，故一隻繡花拖鞋，分明爲火燒去，也不在意。一個市儈能因遮掩羞辱，犧牲一雙拖鞋，亦不常見，故附記在此，爲這故事作一結束。

一九三三年一月廿日爲張小五輯自《太子須大拏經》在青島

獵人故事

有個善於獵取水鳥的人，因爲聽另一個人，提及黑龍江地方的雉雞，行爲笨拙，一到了冬季天落大雪時，這些雉雞就如何飛集到人家屋簷下去，儘人用手隨便捕捉。對於鳥類的描寫，似乎太刻薄了一點，覺得有點不平。這獵人就當眾宣布，他有一個關於鳥類的故事，並不與前面的相同。

大家看看，這是一個獵鳥的專家，又很有了一分年紀，經驗既多，所說的自然眞切動人，故希望他趕快說出來，說出來時，大家再來評定優劣。

這獵人就說：

「這故事是應當公開的，可是不許誰來半途打岔。」

大家異口同聲承認了這個約束：

「好的，誰來打岔，把誰趕出門外去。」

有人這時走到窗邊看看，外面的雨，正同傾倒一樣向下直落，誰也不願意出去的，誰也不會打岔！

我十六年前住在北京西苑，有志作一個獵人，還不曾獵取過一隻痲雀。那時正當七月間，一個晚上，因爲天氣太熱，恰恰和家中人爲點小事，又吵了幾句，心中悶悶不樂。家中不能住下，故獨自在頤和園旁邊長湖隄上散步。這長湖是旗人田順兒向官家租下，歸他管業，我們平時叫它作租界的。我在這隄上走了一陣，又獨自在那石橋上坐下來，吸着我的長煙管，看天上密集的星子，讓帶了荷葉香味的涼風吹吹，覺得悶氣漸消，心中十分舒服。走了一陣，坐了一陣，在家中受的悶氣既漸漸兒散了，我想起應當回大坪裏聽瞎子說故事去了。正當站起身時，忽然從那邊蘆葦裏過來了一個人。這人穿了一身青衣，頸項長長的，樣子十分古怪。我先前還以爲是一隻雁鵝，到後我認清楚了他是一個人時，我想起這裏常常有人悄悄兒捕魚，所以看他從蘆葦出來，也就不覺得希奇了。這人走近我身邊以後就不動了，原來他想接一個火，吸一枝煙。

接了火他還不即走開，站在那兒同我說了幾句閒話。西苑我住了很多日子，還不曾見到這樣一個有趣味的人。我們談到租界的出產，以及別的本地小事。不知如何我們就又談到了雁鵝，又談到了生氣，說到這兩件事情時，那穿青衣的人就說：有個故事，歡喜不歡喜聽下去？我正想聽故事，有人爲我說故事，豈有不歡喜道理。可是他先同我定下很苛刻的契約，兩人事前說好，不許中途打岔，妨礙他的敍述，聽不懂也不許打岔。若一打岔，無論如何就不繼續再說下去。我當時就滿口答應了他。獵鳥的人先就得把沉默學會，纔能打鳥，我不用提，這件事頂容易辦到。

這穿青衣的人就一面吸煙一面把故事說下去。

有那麼一個池塘，池塘旁邊長滿了蘆葦，池塘中有一汪淸水，水裏有魚，有蝦，有各樣小蟲，蘆葦裏有青蛙，有烏龜，有各種水鳥。那個夏天蘆葦裏一角，住了兩隻雁鵝同一個烏龜。這兩樣東西，本不同類，祇因爲同在一塊地方，相處既久，常常見面，生活來源，又皆完全來自池塘，故他們正好像身住租界另外某種雅人相似，相互之間，在些小小機會上，就成了要好朋友。兩方面既然皆沒有什麼固定正當的職業，每天皆閑着無事，聚在一塊兒談天消磨日子，機會也就很多。

他們既然能夠談得來，所談到的，大概也不外乎藝術，哲學，社會問題，戀愛問題，以及其他種種日常瑣事佚聞。不過他們從不拿筆，不寫日記，不做新詩，故中外文學家辭典上沒有姓名，也不到上海文藝茶話同大作家吃喝，不加入筆會。

論性格他們極不相同。他們之間各有個性。譬如那兩隻雁鵝，教育相等，生活相似，經驗閱歷皆差不多，觀念可就不能完全相同。雁鵝和烏龜，不同處自然更多了。好在他們都有知識，明白信仰自由的眞諦，不十分固執己見，雖各有哲學，各有人生觀，並不妨礙他們友誼的成立。

雁鵝在天賦上不算聰明，可是天生就一對帶毛的翅膀，想到什麼地方去時，同世界上有錢的人一樣，皆可以一翅飛去，不至於發生困難。性格雖並不聰明，所見的自然較寬。且從自己身分地位上看來，生活上的方便自由處，遠非其他獸類，魚類，蟲類可比，故不免稍稍感覺驕傲。由於自己可以在空中來去，所見較寬，故議論之間，不免常常輕視一切。對於烏龜的笨拙，窄狹，寒酸，以及彷彿有理想而永遠不落實際；不能飛卻最歡喜談飛行的樂趣，永遠守住一方，卻常常描寫另一世界的美麗，這種書生似的傻處，覺得十分好笑。又因為明白烏龜不會生氣，因此就常常稱烏龜為「哲學家」，「理想主義者」，且加以小小嘲弄，佔了點無損於人有益於己的小便宜。

至於那個烏龜呢，性格平易靜默，澹泊自守，風度格調，不同流俗。生平足跡所經，十分有限，但博聞強記，讀書明理。雖對於雁鵝那種自由，有所企羨，但並不覺得必須為自己缺點難過。這烏龜有烏龜的人生觀，這人生觀的來源，似乎由於多讀古書，對老莊尤多心得（老莊是兩部怪書，不拘何種人，一讀了他就可以使他滿意現狀，保守現狀，直至於死）。由於讀書有得，故這烏龜在生活上一切打算，皆平穩無疵。天氣熱時，他祇想在濕泥裏爬爬，或過橋洞下陰涼處玩玩，天氣比較寒冷時，太陽很好，他爬到石頭上曬曬太陽，無太陽時，就縮了頭頸休息在自己窠裏。這烏龜生活雖極平凡，但能得到一分生活趣味，每一個日子似乎皆不輕易放過。每每默想到《莊子》書中所說：「寧為廟堂文繡之犧牲乎？抑為泥塗曳尾之烏龜乎？」便儼然若有所得，以為遠古哲人，對於這分生活，尚多羡慕意思，自己既是一個有生命的東西，生活結結實實，就覺得泰然坦然，精神中充滿了一個哲人的快樂。

雁鵝不大瞭解「知足不辱」的哲學，故以爲烏龜是理想主義。烏龜依然記着古書上幾句話，故從不對於雁鵝的誤解加以分辯。這烏龜彷彿有種高尚理想，故能對於生存卑賤處，不以爲辱。其實這個烏龜對於比本身還大一點兒的理想，全用不着，他的理想就祇在他的生活中。

有一次又被雁鵝稱呼他爲理想家，且逼迫到要明白他的理想所歸宿處，這烏龜無辦法時，就說：「我的理想祇是：天氣清朗時，各處慢慢爬去，聽聽其他動物談談閒話。腹中需要一點兒柔軟東西塡塡時，遇到什麼可吃的，就隨便抓來吃吃。玩倦了，看看天氣也快要夜了，應當回家時，就趕快回家去睡覺。我的理想就是這樣的，不折不扣，同許多人的理想一樣。」

烏龜說的話很實在，雁鵝卻不大相信，這也是很自然的。這正同許多沒有理想的人一樣，由於他的樸質，由於他的無用，由於怕冒險，怕傷風，怕遇見生人，生活得簡陋異常，容易與哲人行爲相混淆，常常爲流俗所尊敬，反而以爲是一個布衣哲學家。這種事在烏龜方面雖不常見，在人類可多極了。

照性情，生活，信仰，三方面看來，這兩隻雁鵝同烏龜，不會成爲朋友的。可是他們自己也不大清楚，不但成爲朋友，且居然成爲極好的朋友了。烏龜那種平庸迂腐，雁鵝心中有時也很難受；雁鵝那種膏粱子弟氣息，烏龜也不能完全同意。不過這分友誼卻是極可珍貴的，難得的，也不會爲了這些小事有所妨害的。

他們還都是一個會裏面的會員。那會也同人類的什麼黨會一樣，無所不包。他們之間常常用得是極親暱的稱呼，那個稱呼為中國人從外國學來，他們又從人類學來的。

有一天，他們吃得飽飽的，無事可作，同在一個柳樹樁上談天，一隻雁鵝剛從他們自己那個會裏，聽過貓頭鷹演說，那題目名為「有翅膀者生存之意義」。複述貓頭鷹的話語，給烏龜聽。說到「地球上一切文化同文明，莫不由於速度而產生，換而言之，也莫不由於金錢同翅膀而產生。人類雖有金錢，可無翅膀，故人類中就有許多人，成天祇想生出翅膀。但翅膀為上帝獨給鳥類的一分恩物，故報紙上載人類的飛機常常失事，就從不見到什麼報紙，載登什麼鳥類失事。即此可知鳥類為萬物之靈，為上帝的嫡親的兒女。至於其他……」

這雁鵝記起朋友是烏龜，不好再說下去了。為了不想給朋友難堪，故隨即又很謙虛的說：「照我想來，速度產生文明是無可否認的，因為他可以縮短空間距離。凡是有翅膀的東西，他本身自然重要一點，或者說自由一點……我祇說，比別的生活自由一點。這自由是好像很可貴的。」

烏龜最不滿意把文明文化用速度來解釋，一則由於自己行動呆滯，一則由於他讀過許多中國古書，以為那種速度產生文明的議論，近於一種謊話。他這時把眼睛望望雁鵝，心中既對於翅膀的價值有所不平，平素又不大看得起新學，對於貓頭鷹感情極壞，就好像當着貓頭鷹面駁一樣，盛氣的說：

「速度本身決不能產生文化或文明，恰恰相反，文明同文化皆在生活沉澱中產生。我以為世界上縱有更多生了兩個翅膀的生物，可以自己各處遠遠的飛去，對於文明文化還是毫無關係。文明文化是一些人坐下來決定的。是一些比較聰明的人，運用他們的聰明，加上三分湊巧產生的。要身體自由有什麼用處？自由重在信仰與觀念，換言之，重在思想自由！」

那雁鵝對於這種議論本來不大明白，見烏龜這樣一說，更不明白了，就要求他朋友，把自由說得淺近一點。

烏龜想想：「是的，我同你應當說淺近一點的。」就說：

「淺近一點嗎，我祇問你，把自己本身安頓到一個陌生世界裏去，一切都不讓他習慣，關於氣候，起居，飲食，一切皆毫不習慣；關於禮貌，服飾，一切皆得摹仿那個世界的規矩——你算是自由了嗎？」

這樣一來雁鵝懂了。雁鵝說：

「可是你若有那點自由，不是可以看到許多新地方，看到許多新東西了嗎？你不是可以到他們博物館看商周古物，到藝術館看唐宋古磁古畫，到圖書館看宋元板本古書，再到大戲院去聽第一流名手唱歌扮戲，到大咖啡館同美人跳舞嗎？祇要有翅膀，你不是可以各處遊山玩水，把世界全跑盡嗎？」

烏龜把頭搖搖，很有道理的說：

「那不算數，那不算數。一隻大船在鹹水裏各處浮去，他由於缺少思想，每次週遊環球，除了在龍骨上黏了些貝殼以外，什麼也得不到。生活從外面進來，算不得生活。你縱無翅膀，不能用你的翅膀各處飛去，祇要你有錢，一隻哈叭狗，也可以週遊全個地球！你試說，那一隻有錢的哈叭狗，照着你所說到的一一生活過來，他是不是還依然一隻哈叭狗？」

雁鵝說：

「我並不以爲這哈叭狗玩過了幾個地方，就懂得藝術或哲學。我不那麼說。可是我請你說淺近一點，不要儘來作比喻。你同人說話，近來的『人』你作比喻他就不大懂，何況一隻雁鵝？」

烏龜說：

「總而言之，我以爲我們單是有眼睛還不行，譬如一個篩子有多少眼睛，它行嗎？」

那雁鵝見到這烏龜又在作比喻了，就趕忙把頭偏到一邊去，不想再聽，烏龜知道那是什麼表示，就說：

「不作比喻，不作比喻。我說的是我們不能靠眼睛來經驗一切，應當用靈魂來體念生活，用思索來接近宇宙。宇宙這東西很寬很大，一個生物不管是一隻鳥還是一個烏龜，從橫的看來，原祇佔地面那麼一個小點，小到不能形容，從縱的看來，我們的壽命同地球壽命比比，又顯得如何可笑。故生活得有意義，不應在身體上那點自由，應在善於生活。一個懂生活的人，即或把他關在籠子裏，也能夠生活得從從容容，他且能理解宇宙，認識宇宙。」

烏龜那麼說着，是因爲他不久以前正讀過一本書，書上那麼說着。

較小那隻雁鵝，半天不說話，這時卻挑出字眼兒說：

「關在籠子裏？就祇有同雞鴨畜牲一樣愚蠢的人，纔常常被他們同伴關在籠子裏。我是一隻雁鵝，我就不願意被人關在籠子裏！」

那烏龜說：

「人不常常關在木籠或細篾籠裏，那是的，那是的。關在籠子裏的人也不全是愚蠢的人。可是有些很聰明的人他自己願意關在另外一種籠子裏，又窄又髒，沾沾自喜打發日子，那不是件事實嗎？」

「那是由於他們人生觀不同，歡喜這樣過日子！」

「可是那一個拘束他們生活關閉他們思想的籠子，算不算得一個籠子？」

說到這裏他們休息了一會，因爲各皆知道把話說遠了。三個朋友皆明白「人類」的事應由人類去說，他們還知道這個問題即如要他們人類自己來說，也永遠模模糊糊，說不清楚，雁鵝同烏龜自然更不必來討論它了，故當時就不再繼續說「人」。他們在休息時各自喝了一點兒清水，潤潤喉嚨，那隻較小雁鵝，喝過了水時想起了各地方的水，他說：

「本地的水不如玉泉的好，玉泉的水不如北海的好，北海的水不如……」

他同許多人一樣，有一種天性，凡事越遠的越覺得好。他正想說出一個他自己也並不到過的極遠地方的泉水名字，那是他從廣告上看來的，因爲記起烏龜頂不高興從報紙上找尋知識，就不好意思再說下去了。

可是烏龜明白那句話的意思，就很蘊藉的笑笑，且引了兩句格言，說明較遠的未必就是較好的東西。他引用的自然仍舊是中國格言。

那雁鵝對於老朋友引用「人」的格言，並不十分心服，心想「人自己尚用不着那個，一個烏龜還有什麼用處？」但一時也不再加分辯。

過了一會，不知何處拋來一個小小石子，正落在烏龜背上，雁鵝明白一定是什麼人拋擲來的，故對於朋友這種無妄之災，有所安慰，說了幾句空話，且對於石頭來源，加以猜測。可是烏龜卻滿不在乎，以為極其平常。雁鵝見他朋友滿不在乎的神氣，反而十分不平，就說：

「哲學家朋友，你不覺得這件事稀奇嗎？」

烏龜把頭搖搖，把前腳爬爬，一面說：

「也不十分希奇。」

雁鵝說：

「既不希奇，然而平空來那麼一下，也不覺得生氣嗎？」

烏龜想想，做了一個儒雅的微笑，解釋這件事毫無生氣的理由。

「我因為記起《莊子》上說的，虛舟觸舷，飄風墮瓦：一切出於無心，皆不應當生氣，故不生氣。」

因爲說到不生氣，其時兩隻雁鵝興致正好，就把他朋友如人類中一切聰明朋友作弄老實朋友一樣，好好的試驗了一番，結果這烏龜還是永遠保持到他那個讀書人的風度。由於這些原因，他們的友誼此後似乎也就更進步了一點，話非本文，不必多提。

爲時不久，這池塘裏的水，忽然枯竭起來了，許多有翅膀的皆搬家了。大家爲了這件事皆忙着，各個按照自己經驗所及，打算此後辦法。兩隻雁鵝皆到過北京城裏先前帝王用作花園的北海，知道那方面一切情形，明白北海地方風景不惡，有水有山，游玩的閒人雖多一點，不如這裏池塘清靜，可是若到那地方去生活，可保定毫無危險。那裏來玩的，不守規矩，至多祇摘摘蓮蓬，折點花草，大多數卻皆是受過教育的人，祇在那裏吃吃東西，談談閒天，打發日子，決不會十分胡鬧。雁鵝打量邀約烏龜過北海去住，故同他朋友來商量。

「親家，我們的生活有了點兒障礙，你注意不注意。這池子因爲天乾，忽然涸竭起來了，我們生活，業已發生問題！若老守一方，必受大苦；同在一處，挨餓尚爲小事，恐怕本身還多危險。」

烏龜說：

「我記得漢朝大儒董仲舒說過：天若不雨，可用土龍求雨。北京地方，不少明白古書相信古書的人，應當用這方法求雨。他的來源極古，出於《山海經》，本於〈神農請雨書〉……」

雁鵝看到他的朋友在引經據典，不知如何應付，且知道這事一引經據典，便不大容易說得清楚，因此搖搖頭就走開了。

到了第二天又來說：

「朋友，這樣生活可不行，水全涸了，蘆葦也枯了，我擔心他們不久會放火燒我們的蘆葦。我擔心會發生這樣一件事情，火發時，我們有翅膀的還可一翅飛去，你是那麼慢慢兒爬的，這可不成。你得即早設法，想一主意，方不失古君子明哲保身之道。」

烏龜因爲昨天朋友不讓他把話說完就走開，今天卻又來說，心中不大樂意，就簡簡單單的向雁鵝說：

「爲時還早。」

說了把頭縮縮，眼睛一閉，就不再開口了，雁鵝無法，又祇好走開。

第三天，蘆葦塘內果然起了大火，雁鵝不忍拋下他的朋友獨自飛去，就來想法救他朋友。要這烏龜口啣一木，兩隻雁鵝各啣一頭，預備把這烏龜帶出危險區域，到北海去。這時烏龜明白事情十分緊急，不得不承認這兩個朋友提議，就說：「一切照辦，事不宜遲。」

他們把樹枝尋覓得到以後，就教烏龜如法試試。臨動身時，兩隻雁鵝且再三說：

「小心一點。不可說話！」

烏龜當時就說：

「我又不是小孩，難道懸在半空，還說話嗎？我不開口，祇請放心！」

兩隻雁鵝，於是把木啣起，直向北海飛去。

他們經過西苑時節，西苑許多小孩，見半空中發生了這種希奇事情，皆擡起頭來，向空中大笑大嚷，皆說：

「看雁鵝搬家，看烏龜出嫁！」

雁鵝心想：「小孩子，遇事皆得大聲喊叫，不算回事。」仍然向東飛去，不管地下事情。烏龜也想：「童婦之言，百無禁忌。」故裝作毫無所聞，不理不睬。

又飛一陣，到海甸時，又爲小孩子看到，大聲叫喊。一行仍然不理，向東飛去。

到了城中，又有小孩喊叫如前，這些小孩，全皆穿得十分整齊，還是學生。

烏龜就想：「鄉下小孩，不懂事情，見了我們搬家，大驚小怪，自不出奇。你們城中小孩，每天有姑媽師母爲說故事，見多識廣，也居然這樣子！」正想說：「你們教員，教你們些什麼東西？縱是搬家出嫁，事極平常，同你地下小孩，有什關係，也值得大驚小怪？」話一出口，身子就向下直掉。

…………

說到這裏，那穿青衣的人，才預備說以下事情，那時手中煙捲已完事了，正在掉換一枝煙捲。我覺得這故事十分動人，爲了不知道這烏龜掉到什麼地方，是死是活，爲他十分擔心，忘了先前約束，就插口說：

「以後的事？」

我可發誓，我祇問那麼一句，那穿青衣的人，就祇爲我揷嘴說過那麼一句閒話，即刻就生起氣來了。他顯出極不高興的神氣，向我說道：

「爲什麼問這句蠢話？以後的事誰能淸楚？我囑咐你不許打岔，你又打岔，看你意思，我說到末尾，你一定還會要問：那這故事，你既不是雁鵝，你又打那兒來的？你別管我是雁鵝不是。我說故事，生平就不高興人家這樣質問！」

我就趕忙分辯，說明一切出於無心，請他原諒。這穿青衣的人祇自顧自己把話說完以後，不管我所說的是什麼，似乎還很不高興我，把煙捲燃好，就向蘆葦那邊揚揚長長大模大樣走去了。我看他走去時，還以爲他脾氣不會那麼認眞，就很好笑的想着：「你那種走路方法眞像一隻雁鵝，或同雁鵝有點親戚關係。」

可是他當眞走了，我還很擔心那個烏龜，想知道這讀過許多中國舊書的烏龜，因爲一時節同小孩子生氣，得到什麼結果。又想知道這兩隻雁鵝，見到了烏龜跌下以後，是不是還想得出方法援救這個朋友。我願意這故事那麼結束，就是這烏龜雖然在半空中向下跌落，到地面時卻恰恰掉在一個又暖和又體面正好空着的鳥巢裏，那鳥巢裏最好還應當有幾本古書，儘他在那裏讀書，等候那兩隻雁鵝各處找尋，尋覓到第三天纔終於發見了他。可是自己那麼打算可不行，這結局得由那個穿青衣的人口中說出，我纔能夠放心。我於是就追過去，請他慢走一點，爲他道歉，且同他評理。

「朋友，朋友，你不應當爲這點小事情生氣！你不正說過那烏龜因爲生城市中小孩子的氣，從半空中就摔下去了嗎？你若爲一句話見怪，也不很合理！」

我一面那麼說，一面心裏又想：「你若把故事爲我說完事，你即或就是那兩隻雁鵝中任何一隻，我下次見着你時，也不至於捉你。」

但這個人顯然不願意再繼續我們的談話，他頭也不掉回，就消失在蘆葦裏去了。

我再走過去一點，傍近蘆葦時，蘆葦深處祇聽到勾格一聲，接着是兩隻大翅膀扇着極大的風，舉起一個黑色的東西，從我頭上飛去。我原來正驚起一隻大雁。我就大聲喊叫那個說故事的朋友。等了許久，裏面也無回答。蘆葦靜靜的，一點兒聲音也沒有。再過去一看，蘆葦並不多，蘆葦盡處前面就是一片水。沒有那捕魚的人，絕對沒有。我想想，這事古怪。

我很悔爲甚麼不抓他一把，把這隻大雁捉回家去，請求他把故事說完，求不出，就逼迫他把這故事說完。

獵鳥人說到這裏時，望望大家，怯怯的問：

「你們不覺得這雁鵝很聰明嗎？」接着又說：「我因爲相信那個穿青衣的人就是那隻大雁，相信牠會說故事，相信牠下面還有故事，就祇爲了我要明白那個故事的結果，我纔決定作一個獵人，全國各處去獵鳥。我把牠們捉來時，好好的服侍牠們，等候牠們開口，看看過了十天半月，這一位還是不會說什麼，就又把牠放走了。你們別看我是一個獵鳥專家，我作了十六年的獵鳥人，還不曾殺死過一隻小鳥！爲了找尋那會說故事的雁鵝，我把全國各省有雁鵝的澤地皆跑盡了。你們想想，若我找着了牠，那不就很好了嗎？」

這專家把故事說完時，他那麼和氣的望着衆人，好像要人同情他的行爲似的。「爲了這隻雁鵝，他各處找尋了十六年」，他是那麼說的，你看看他那分樣子，竟不能不相信這件事。

爲小五輯自《五分律》，一九三三年在青島寫。

一個農夫的故事

那個中年獵戶，把他爲了一個未完故事，找尋雁鵝十六年的情形，前後原因說過後，旅館中主人就說：

「美麗的常常是不實在的，天空中的虹同睡眠時的夢，皆可作爲證明。不管誰來說一句公平話，你們之中有相信雁鵝會變人的這種美麗故事嗎？你們說：這故事是有的，那就得了。」

除了其中祇有一個似通非通的讀書人，以爲獵人說的故事是在諷刺他以外，其餘諸人都覺得這故事十分有味。但當主人把這個話問及眾人時，由於誰也不知道說謊，故誰也不敢說他曾經在某個地方，也同樣遇到過這種有理性的雁鵝同烏龜。可是當中卻有個年青農人，身個兒長長的，肩膊寬寬的，臉龐黑黑的，帶着微笑站起身來說：

「我並不見到過一隻善變的鳥，可知道人類中有種善變的人。若這件事也可以爲獵鳥人的故事作一個證明，我就把這故事說出來，請諸位公平裁判。」

許多人都希望把故事說出以後，再來評判是非，看看是不是用一個新的故事能代替那個獵人舊的故事。大家盼望他即刻把故事說出來，故不必約束，皆異口同聲請他「快說」，且默默的坐下來聽那故事。

農人於是說了下面一個故事：

某個地方，有姊弟二人，姊姊早寡，丈夫死後祇留下一個兒子，爲時不久，她也得了小病死去，死去之後，這孤兒便同他舅父兩人一同住下，打發每個日子。孤兒年紀到二十歲時，同他舅父兩人皆在京城一個衙門裏辦事。兩人正直誠實，得人敬愛。祇因爲那個國家階級制度過嚴，大凡身居上位，皆爲皇親國戚，至於寒微世族，則本人即或如何多才多藝，如何勤愼守職，皆無擡頭希望。那國家一時又還不曾發生革命，故兩人在衙門裏服務多日，地位尚極卑微。那時本國恰巧發生饑荒，人皆挨餓，京城內外，無數平民皆無食物可得，死亡極多，情形很可憐憫。那國家讀書人雖不少，卻同別的國家讀書人差不多，大都以爲自己既已派定讀書教書，諸事自有官吏負責，不能越俎代庖。至於官吏，當然不會注意這類事情。舅甥兩人見到這種情形，十分難受，知道國王大庫藏裏，收了許多稀奇寶物，毫無用處，許多金錢銀錢，毫無用處，許多糧食，毫無用處。兩人就暗地商量：

「我們事情既那麼卑微，國家現狀又那麼稀糟，照這樣情形下去，想要出人一頭，再來拯救平民，不知何年何月，方可辦到。若等革命改變制度，更是緩不濟急。如今庫裏寶物極多，別的東西更多，不如就便取點到手，取得以後，分給京城各處窮人，這樣作去，不算蠢事。」

兩人都覺得這事試作一下，對於別人多少有些益處。對於多數別人有益，自己即或犯罪受罰，並不礙事。兩人商量停當以後，就祇等候機會來時，準備動手。

機會一來，兩人就在庫房某處，挖一大洞，共同爬將進去，取出不少東西。

天亮以後，管庫大臣發現了庫旁有一大洞，直通內裏，細加察看，就知道晚上業已有人從這地洞搬去東西不少，且到各處探聽，皆說有若干窮人，半夜深更，忽然有人從屋瓦上拋下不少布帛食物，錢財寶貝。那時祇聽到有人在門外說話，十分輕微。「國王知道你們爲人正直，生活艱難，故派我來贈給你們一些東西。事出國王好意不必懷疑。」開門一看，渺無一人。東西具在，當非做夢。一切東西既不知眞實來源，故第二天天明以後，膽小多疑的人，以爲橫財之來別有理由不能隨意受用的，就趕忙把夜來情形，稟告本街保甲，聽候定奪。管庫大臣趕忙把一切原委稟告國王。國王聽說，心中十分納悶，不明究竟。以爲這無名賊人，既盜國庫，又施平民，於法不可原諒，於理可難索解。當時就吩咐管庫大臣：「暫且不必聲張，走露風聲，且等數天，好好派人照料庫中，到時一定還有人來偷取東西，見他來時，把他捉來見我。小心捉賊，莫令逃脫，更應小心，莫加傷害。」

舅甥二人，其一以爲國王還不知道這事，必是管庫官吏怕事，不敢稟聞，其一又以爲國王當已知道這事，但知盜亦有道，故不追究。兩人打算雖不一致，結論皆同；稍過一陣，風聲略平，便再冒險去庫中偷盜，必使京城每個正直平民，皆得到些好處，方見公平。

爲時不久，又去偷盜，到洞口時，外甥就說：

「舅父舅父，你年紀業已老邁，不大上勁。我看情形，也許裏邊有了防備，你先進去，若爲衞兵所捕，無法逃脫，不如我先進去。我身體伶便如猴子，強壯如獅子，事情發生時，容易對付。」

那舅父說：

「你先進去，那怎麼行。我既人老，應當先來犧牲，凡有危險，也應先試。」

「那裏有這種道理？若照人情，不管好壞，我應佔先。」

「若照禮法，你無佔先權利。」

但這種事既非禮法所獎勵，也非人情所許可，故甥舅兩人，便祇好抽籤決定。輪到舅父先入，那外甥便說：

「舅父舅父，我們所作事情，並非兒戲！若兩人被捉，一同牽去殺頭，各得同伴，還有趣味。若不殺頭，一同充軍，路上也不寂寞。若一人被捉，一人逃亡，此後生活，未免無聊。故照我意思，我要發誓，決不與舅父因患難分手。」

舅父說：「一切應看事情，斟酌輕重，再定方針。」

那舅父於是十分勇敢，溜進洞穴。剛一進洞，頭尙在外，就已爲兩隻冰冷的手，攔腰抱定，無從掙扎。且聽人說：「守了十天，如今可捉到你了！」外甥用手抱定舅父頭顱不放，還想救出舅父。這舅父知道身入網羅，已無辦法可以逃脫，且恐爲時稍緩，外甥也將被捉。明知同歸於盡，兩無裨益。這時要他走去，他又必不願意單獨走去，並且縱即走去，天發白後，人還可從他的像貌看出，原係甥舅兩人同謀。這舅父爲救外甥，故臨時想出急計，告外甥說：

「夥件夥件，我如今已無希望了。我腰下業已被人用鍘刀扎斷，不會再活。兩人同歸於盡，實在無益。我已老去，我應死了。你還年輕，還可爲那些窮人出力幫忙。如今不如把我頭顱割下帶走，省得我爲人認識，出做官吏的醜。此後你自己好好生活不要爲我犧牲難受。」

外甥聽說，相信舅父腰身業已被人扎斷，不能再活，不得不忍痛把他舅父頭顱割下，就此走去。

天明以後，管庫大臣又把一切情形稟告國王，且同時稟明盜賊之死，並非兵士罪過，祇爲賊人心虛，恐怕同伴受捕，故犧牲自己，讓同伴把頭割去。還有夥件一人，不知去向。國王又說不必聲張，並且下一祕密命令，把這無名無頭死屍，擡出庫房，移放京城熱鬧大街上去，派人悄悄注意，凡有對死屍流涕致哀的，就是賊首盜魁，務必把他活活捉來，不能儘其逃脫。

這無名死屍，當天果然就在大街上陳列起來，國中人民，不知究竟，爭來看這希奇死人，車馬絡繹，不知其數。這外甥聽說，趕一大車，裝滿柴草，從城外來。車到屍邊時節，正當車馬擁擠滿街，把鞭一揮，痛擊馬身數下，馬一蹶蹄，故意就把車上柴草傾倒，半數柴草，在屍左右，半數柴草，直壓屍身。計已得售，這年輕人便棄下車輛，從人叢中逃去。

天晚以後，大臣進見國王，又把這事稟告國王，且啓請國王，那堆柴草，應當如何處置。國王又說：「不必聲張，做愚蠢事。祇須好好伺候，爲時不久，必有人來縱火，見人縱火，就爲我綑定送來，我要親自審問。」

大臣無言退下，如命轉告守屍兵士，小心有人縱火。

這外甥明知屍邊必有無數兵士，保護屍身，準備捉人，若冒昧自去，就得上當，故特別雇請十個小孩，身穿紅衣，手執火把，如還儺願，各處遊行。遊行已慣，再到屍邊，把火炬向柴草投去，向黑暗中逃脫，不再過問。小孩得錢，各個照樣作去，手執火炬，跳舞踴躍，近屍邊後，就把火炬向屍投去，屍上柴草皆燃，人多雜亂，依然無從捉人。

屍被火化以後，大臣又把這事稟明國王，國王又說：「不必聲張，這有辦法。祇須好好注意，再過三天，有誰來收骨灰，就是這人，一定爲我捉來，不可再令漏網。」

這時守在骨灰邊已換了一隊精明勇敢的皇家兵士，這外甥知道皇家兵士，愛喝好酒，便特別釀了兩罈好酒。這酒既然味道釅冽，醉人即倒，他自己則扮成一個賣酒老商人，到兵士處每日賣酒，爲時稍久，就同守備兵士要好結交，十分信托，願意把酒賒給每個兵士了，兵士祇因守夜多日，十分疲倦，又因糧餉不多，不能大喝，如今既可賒酒，不責償於一時，就無所顧忌，儘量大喝，等到每人各皆醉倒睡眠在地，不省人事時，這外甥明白機會已到，便十分敏捷，用酒甕裝好骨灰，離開那個地方。

天明以後，兵士方知骨灰業經被那賊人偷去，大臣把這事第四次稟告國王時，國王仍然不許聲張，心中打算：「這賊狡慧不凡，一切辦法，皆難捉到，應當想出另外一條巧妙計策，把他捉來！」

國王獨自一人想了三天三夜，一個巧妙的設計被他安排出來了。

國王想出的計策，也同一般作國王的腦子所想出的相似，知道有若干種事情，任何方法無從解決時，便應當用女人出面解決。本國歷史上照例有極大篇幅，記載了這類應用女人的方法。他知道捉這狡滑的賊人，如今又得應用這方法了，便把一位最美麗最年輕的公主，着意打扮起來，並置她在一個單獨宮殿裏去。那小小宮殿建築在一條清澈見底的河邊，除了公主同一羣麋鹿在花園裏過日子外，就似乎無一個其他生人。同時又用黃金爲公主鑄好四座極美麗的金像，用白石爲基，安置到京城四隅公共廣坪中去，使人人從金像上知道公主如何標緻美麗。

國王這個公主，既美麗馳名，爲國中第一美人，如今又祇是一人獨在臨河別宮避暑，這外甥各處探聽，皆屬實情，就想乘夜到這公主住處去，見見公主。他早已知道國王意思，不過用公主作餌，想捕捉他，且知道沿河兩岸及公主住處附近，莫不有兵士暗中放哨，準備拿人。他因此想出一個主意，抱一大竹，順流由河中下行，當下行時，必作出種種希奇古怪聲音，讓兩岸聽到。

每度從公主宮殿前邊過身時，他又從不傍岸。他的意思祇是故意驚擾哨兵，使沿岸哨兵爲這古怪聲音驚醒，但看看河中，又毫無所見，一連兩月，所有哨兵皆以爲作這聲音的，非妖即怪，不如不理。且以爲河上既有怪物，賊人不是傻子，自然也不會從河中上岸。從此以後，便對沿河一帶，疏忽許多。

因此就有一個晚上，這青年男子，抱一長竹，隨水下流，流到公主獨住宮殿前面時，冒險上了河岸。上岸以後，直向公主住處小小宮殿走去。

公主果然獨身在她那睡房裏，別無旁人。那時業已深夜，各處皆極安靜，公主房中祇一盞小小長明紗燈。那公主穿了一身白色睡衣，躺在牀上還未睡眠，思想作爸爸的國王，出的主意眞是不可解。她以爲這樣保護周密，即或有人愛她想她，那裏會有力量冒險跑來看她？她又想：「如果有人來了，我讓他吻我還是一見他我就喊叫捉賊？」正想到這些事情時，忽然向河邊那扇小門開了，走進來了一個身穿黑衣的年青男子，在薄薄燈光下，祇看得出這男子有一雙放光眼睛同一個挺拔俊美的身幹。

年輕男子見到了公主，就走近公主身邊，最謙卑的說明了來意。那分風度，那些言語，無一處不使公主中意。他告她祇爲了愛，他因此特意來看看她。他明白，她不討厭，她願意給平民一點恩惠；他祇需要在她腳下裙邊接一個吻，即刻被縛也死而無怨了。

那公主默默的看了站在面前的年青人好久，把頭低下去了。她看得出那點眞誠，看得出那點熱情，她用一個羞怯的微笑鼓勵了他的勇氣，她鼓勵他做一個男子，凡是一個男子在他情人面前做得出的事，他想做時，她似乎全不拒絕。

但當這年輕荒唐男子想同這個公主接吻時，公主雖極愛慕這個男子，卻不忘記國王早先所囑咐的一切，就緊緊的把這陌生男子衣角抓定，不再放鬆，儘他輕薄，也不說話。

年輕人見到公主行爲，明白那是什麼意思。

「美麗的人，怎麼牽我衣角？你若愛我，怕我走去，不如捉我這雙手臂。」他似乎很慷慨的把兩隻手臂遞過去讓公主捏着。

公主心想：「衣角不如手臂，倒是眞的。」就放下衣角，捉定手臂。

但那雙手冷得蹊蹺，同被冰水淋過的一樣。

「你手怎麼這樣冰冷？」

「我手怎麼不冷？我從水中冒險泅來的，現在已到秋天了，我全身皆爲水浸透，全身皆這樣冰冷！」

「那不着涼了嗎？」

「不會着涼，我見你以後，全身雖結了冰，心裏可暖和得很，它不久就能把熱血送到四肢的。」

公主把手捉定以後，即刻就大聲喊叫，驚動衞兵。那年輕人見到這種變化時，依然毫不慌張，萬分溫柔的說：「親愛的，我已是你的，你如今已把我捉住了，我不掙扎。且讓我到簾幕邊去，作為我剛來看你就被你捉住，省得他們對你問長問短罷。」公主答應了他的請求，隔了簾幕握定他兩隻手，等到眾人趕來時，大家方纔知道公主所捉的手，祇是兩隻死人的殭手。原來年輕人早已預備了那麼一着，讓公主隔了簾幕握定那死人兩隻手後，自己卻從從容容從水上逃走了。

天明以後，大臣又把這事一切經過稟明國王。

國王心想：「這人可了不起，把女人作圈套，尚難捕捉，奇材異能，眞正少見。」

當時就又用其他方法，設計擒拿，自然祇是費事花錢，毫無結果。

公主懷姙十個月後，月滿生一男孩，長得壯大端正，白皙如玉。周年以後，國王就令乳母懷抱小孩，向京城內外各處走去，且囑咐這奶媽小心注意，在任何地方，有人若哄小孩，有父子情，就即刻把人縛好，押解回來。這奶媽抱了小孩在京城內外各處走去，逗引小孩皆為婦人女子，並無一個男子與這小孩有緣。到後一天，小孩飢餓，抱往賣燒餅處，購買燒餅充飢。這賣燒餅師傅，恰好就正是那個小孩父親，一見小孩，不覺心生慈愛，逗引小孩發笑。小孩為人雖還不到兩歲，父子血緣，互有引力，故也十分歡喜，在餅師抱中，舒服異常。

天黑以後，奶媽把小孩抱還宮中，國王問他，是不是在京城內外，遇見幾個可疑人物。奶媽便如實稟曰：

「一個整天，並無什麼男子與這小孩有緣。祇有一個賣餅男子，見小孩後，同小孩十分投契。」

國王說：

「既有這事，爲甚麼不照我命令把人捉來？」

「他餓了哭了，賣餅老板送個麥餅，哄他一聲，不會是賊，怎麼隨便捉他？」

國王想想，話說得對，又讓了這賊人一着，就告奶媽歇歇，明天再把小孩抱去，若遇餅師，即刻揪來，若遇別的可疑人物，也可揪來。

第二天這奶媽又抱了孩子各處走去，城中既已走盡，以爲不如出城走走，或者還會湊巧碰到。出城以後，上了一個離城三里的小坡，走得腳酸酸的，就在一塊青石板上坐下歇憩，且檢樹葉子哄小孩子玩。那時來了一個賣燒酒的男子，傍近身邊，歇下了他的擔子。奶媽眼見這人很有幾分年紀，樣子十分誠實，兩人慢慢的說起話來，交換了一些意見，一些微笑。奶媽生平從不吃過一滴燒酒，對於酒味，毫無經驗。那賣酒人把酒用竹溜子舀出，放在自己口邊嘗了那麼一口，做出神往意迷的樣子，稱讚酒味。那點燒酒味道實在也還像個佳品，人在下風，空聞酒味，眞正不易招架。

奶媽爲上風燒酒氣味所薰陶，把一雙眼睛斜着覷了半天，到後卻說：

「老板老板，你那竹桶裏是什麼，是不是香湯？」

賣酒人說：

「因爲它香，可以說是香湯。但這東西另外還有一個名字，且爲女人所不能說。」

「這名字一定是『酒』。我且問你，怎麼原因，女人就不能說酒喝酒？」

「女人怕事，對於規矩禮法，特別擁護，所以凡屬任何一種東西，男子不許女人得到，女人就自己不敢伸手取它。這香湯名字雖然叫作燒酒，因爲它香，而且好吃，男子擔心你們平分這點幸福，故法律寫定：本國女子，沒有喝燒酒的權利，也沒有說燒酒的權利。」

奶媽心想：「法律上的確不許女人喝酒。」但她記起經書，她說：「經書上說酒能亂性，所以不許女子入口。」

那男子不再說話，祇當着奶媽面前喝了一大口燒酒，證明經書所說，荒唐不典，相信不得。實際上他喝的卻是清水，因爲他那酒桶，就有機關，又可儲水，又可貯酒。

「你瞧，酒能亂性，我如今喝的又是什麼！聖書同法律一樣，對於女人，便顯見得特別苛刻。你相信這個不是好東西嗎？」

那奶媽說：

「我不相信。」

那男子正想激動她的感情，就說：

「不要說謊騙人，也不要用謊話自騙，你相信法律，也相信聖書。」

奶媽由於賭氣，心不服輸，把一隻手向賣酒人這方面伸出，不即縮回，把眼微閉。話說得有一點兒發急：

「我來一杯，來一滴，我不相信那些用文字寫的東西了，我要自己試試。」

買酒人先不答應，他說他是個正派商人，在國王法律下謀生混日子，不敢擔當引誘平民女子犯罪的名義。他且裝成即刻要走的神氣，站起身來。

奶媽到這時節眞有些憤怒了，一把揪定他的酒擔，逼那賣酒商人交出勺子，非喝一口燒酒，決不放他脫身。賣酒商人彷彿忍着委屈，遞了一小盞燒酒到奶媽手中後，就站在一旁，假裝極不高興神氣，背過身去，不再望着奶媽。他就知道這一盞酒，對於一個婦人，能夠發生如何效果。一切情形，不出所料，頃刻之間，藥性一發，這女人便醉倒了。賣酒人便把小孩接抱在手，讓奶媽抱一酒甕，留在路上，這個國家從此也就不再見到這個賣酒人了。

這年輕人得到了自己同公主所生小孩後，想法逃到了鄰近國王處去。進見國王時，爲人既儀表不俗，應對復慧辯有方，暢談各事，莫不中肯，國王心中十分歡喜，便想賞他一個爵位，祇不知道應賞何種爵位，比較相宜。那時正當國家文武考試，這年輕人不願無功得祿，就用另一姓名，祕密投考，已得第一，又戴好面具，手執標槍，騎一白馬，去同一個極強梁的武士挑戰，結果又把這武士打倒。國王知道這人智慧勇力，皆爲本國第一，其時正無太子，就想立他作爲太子。

那國王說：「遠處地方來的年輕人，我雖不大明白你的底細，我信托你。你的文彩是一匹豹子，你的勇敢像一隻獅子，眞是天下少有的生物。我這時沒有兒子，這分產業同一羣可靠的人民，皆得交給一個最出色的英雄接手管業，如今很想把你當作兒子。你若答應，你想得一女人，這裏五族共有七個美貌女子，儘你意思挑選。看誰中意，你就娶誰。」

那年輕人見國王待他十分誠實坦白，向他提議，不能不即刻答復，就稟告國王：

「國王好意，同日頭一樣公正光明，我不敢藉口拒絕。作太子事，容易商量。關於女人，我心有所主，雖死不移。若國王對這事有意幫忙，請簡派一個使臣，過我本國國王處，爲我向他最小公主求婚。若得允許，我願意在此住下，爲王當差；若不允許，我得走路。」

這個王聽說，當時就簡派大使，攜帶無數珍奇禮物，爲年青人向那國王公主求婚。先前那個國王，素聞鄰國並無太子，心知必是那個賊人，就慨然應諾，但告使臣，有一條件，必得履行，公主方可下嫁。這條件也並不算苛刻，祇是應照禮法，到時必須太子自來迎親，方可發遣。使臣回國覆命時，就詳細稟告一切。

年輕人既爲賊臣，心懷恐懼，以爲若回國中，國王一見，必知虛實，發覺以後，便恐捉牢不放。但一切既已定妥，若不前去，則又近於違禮，且儼然懦怯不前，將爲人所輕視。便啓請國王，商量迎親辦法，以爲若往迎親，必有五百騎士護衞，希望這五百騎士，人馬衣服鞍轡，全用同一式樣，同一顏色。

國王依言，即刻派定五百年輕騎士，各穿紫色衣甲，身騎白馬，用銀鞍金勒，王子也照樣扮扎停當，二百五十個騎兵在前，二百五十個騎兵在後，迎親王子，藏在其中，直向那年輕人本國走去。一行人馬到地以後，五百零一個騎士，便集合排成一隊，同在國王面前，向王敬禮。鵠立大坪，聽王訓令。隨行大臣且稟告國王，太子已到，請見公主。

那國王一見騎士隊伍，就知道賊在其中，毫無可疑，細心觀察一陣過後，便驟馬跑入迎親隊伍中間，捉出一人，並騎急馳而去。

年輕人既已被捉，心中便想：若未入宮，必有辦法可以脫身。若一入宮，恐欲再出宮門，事不容易。但他這時仍然毫不畏懼，深知命運正在禍福之間，生死決於一人。那時國王把他帶入宮後，即疾趨公主花園，把他帶見公主，任憑公主處罰。公主尚未出時，國王就向他說：

「小小壞蛋，你聰明千次，糊塗一回，前後計謀，巧捷無比，事到如今，還有話說麼？」

年輕人說：

「各事皆我所作，我無話說。我祇請求國王，當公主面，公平處置。若我所作所事，應受國法懲治，我不逃避。若我還有理由可以自由，我也願意國王，不必請求，並不吝惜這點恩惠。」

公主正因想及小孩，不知去處，心中發愁。出時眼淚瀅然，斜睇這年輕男子，雖事隔兩年，當時正值黑夜，面目不分，如今衣服改變，一望就知這人正是那夜冒犯入宮的巧賊。公主心中因祇怨愛糾纏，便默然無話可說。

國王一看已知情形，就說：

「年輕男子，你既願得公主，公主現在已歸你所有！」回頭又向公主說：「這賊聰明狡黠，天下無雙，這次交你看守，好好把他捉牢，莫讓這賊又想逃脫！」國王說完，自己就騎馬跑去了。

到後這年輕男子，便當眞爲公主用愛情捉牢，不再逃走了。他既作了兩國要人，兩個國王死後，國土合併，作了國王，這個國王，就是一本極厚歷史所說到的無憂國王。

故事說畢，人人莫不歡悅異常。但其中有個研究歷史的學者，以爲故事雖空幻無方，益人知慧，大家歡喜，也極自然。惟這個善變的人，所有歷史，既說已有一本極厚書籍說到，他想知道這書名稱，板本，形式，希望說故事的人皆能一一說出，他方能承認事非虛構。因爲他是一個歷史學者，若不提「史」，他不過問，若提及史，他要證據。

那年輕農人，把一雙爲火光薰得微閉的眼睛，向歷史學者又狡滑又粗野做了一個表示，他說：

「要問歷史，是不是？第一我就認得那個王子。不要以爲希奇，我還認得那個舅父。不要驚訝，我還認得那個公主同皇帝！」那歷史家茫然了。農人看到學者神氣十分好笑，且明白自己幾句話已把這個歷史家引入迷途，故顯得快樂而且興奮。他接着說：「歷史照例就是像我們這種人做出說出，卻由你們來寫下的。如今趕快拿出你的筆，記下來，倘若你並不看過這本書，此後的人卻以爲你記下的就是那一本書了。你得好好記下來，同時莫忘記寫上最後一行：『說這個故事的是一個青年農人，他說這個故事，並無其他原因，祇爲得他正死去了一個極其頑固的舅父，預備去接受舅父那一筆遺產：四頃田，三隻母牛，一棟房子，一個倉庫，遺產中還有一個漂亮乖巧的女子，他的表妹。他心中正十分快樂，因此也就很慷慨的分給了衆人一點快樂。』這是說謊，是的。這算罪過嗎？你記下來呀，記下來就可以成爲歷史！」

大家直到這時方明白原來一切故事全是這個年輕農人創造的，祇有最後幾句話十分眞實。原來誰也不希望述說的是一段歷史，一段眞事，故這時反覺得更多喜悅。其中祇有那個歷史家因此十分生氣，因爲他覺得歷史的尊嚴，不應當爲農人揑造的故事所淆亂。但這也不過一會兒的事，即刻他又覺得快樂了。他雖不曾看過那麼一本關於無憂王厚厚的書，他從農人的口中，卻得到了一個假定的根據，他疑心另外一個地方，一定曾經有過這樣一本厚厚的書。他不相信這故事純粹出於農人自造，卻疑心這是一個「歷史的傳說」，當眞他就把這故事記到他一册厚厚的歷史稿本上去了。

爲張家小五輯自《生經》。一九三三年四月十日成於青島新窄而霉齋。六月二十二改校。

扇陀

一個販騾馬的商人，正當着許多人的面前，說到他如何爲婦人所虐待。有一天吃了點酒，用趕騾馬的鞭子，去追趕他那個性格惡劣的婦人，加以重重的毆打，從此以後這婦人就變得如何貞節良善時，全屋子裏的客人，莫不撫掌稱快。其中有幾個曾經被他太太折磨虐待過多年的，就各在心上有所划算，看看到了北京以後，如何去買一根鞭子，將來回家，也好如法泡製。

販騾馬商人稍稍把故事停頓了一下，享受那故事應得的獎勵，等候掌聲平息後，就用下面的話語，結束了他的故事：

「……好好記着，不要放下你的鞭子！不要害怕她們，女人不是値得男子害怕的東西。不要尊敬她們，由於你們過分的尊敬，使她們常常忘卻了自己是一種什麼樣不完備的，低能的，兩腳畜牲，久而又久她就會裝模作樣來踐踏你了。把她們看下賤一點，不要理會她們，遇着她們一說謊時，就把你手中鞭子揚起揮動。你平常時節怎麼樣去管束你的劣馬，就同樣採用那個方法去教訓女人。現在的良馬，不必須再用鞭子去抽牠們，那是牠祖先被打多日生養出來的。現在的好女人，也正是幾千年來作丈夫的能在各種方面負責鞭她們的結果！我們呢，我們的責任若輪到了頭上，非用鞭子不可時，不盡責就得受懲罰！」

這商人很明顯的，是由於自己一次意外的發明，把女人的能力，以及有關女人的種種優美品德——就是在下等社會中的女人尤不缺少的純良節儉與誠實品德，都彷彿不大注意，話語也稍稍說得過分了。

那時節在屋角隅那堆火旁，有四個向火的巡行商人，其中之一忽然站起來說話了。這人臉上鬍鬚極亂，身上披了件向外反穿的厚重羊皮短襖，全身臃脹如同一頭狗熊。站起身時他約束了下腰邊的帶子，用那爲風日所炙，冰雪所凝結，帶一點兒嘶啞發沙的嗓子，喊着屋中的主人，他意思似乎有幾句話要說說。不必惑疑，這人對於前面那個故事，有一種抗議，有一分異議，大家皆一望而知。

這人半夜來皆不作聲，祇沉默地坐在火邊烤火，間或用木柴去攪動身前的火堆，使火中木柴從新爆着小小聲音，火焰向上捲去時，就望着火焰微笑。他同他的夥伴，似乎都祇會聽其他客人故事，自己卻不會說故事的。現在聽人家說到女人如何祇適宜用鞭子去抽打，說到女人除了說謊流淚以外，一切事業由於低能與體力缺陷，皆不會作好，還另外說到無數褻瀆這世界上女人的言語，說話的卻是一個馬販子！因此這商人便想着：

「如果一切都是事實，女人全那麼無能力，無價值，你祇要管教得法，她又如何甘心爲你作奴作婢，那過去由於恐懼，對女人發生的信仰，以及在這信仰上所犧牲的種種，豈不完全成爲無意思的東西了嗎？」

他想得心中有點難過起來，正由於他相信女人是世界上一種非凡的東西，一切奇蹟皆爲女人所保持，凡屬駕雲乘霧的仙人，水底山洞的妖怪，樹上藏身的隱士，朝廷辦事的大官，遇到了女人時節，也總得失敗在她們手上，向她們認輸投降。就由於這點信仰，故他如今到了三十八歲的年齡，還不敢同女人接近。這信仰的來源，則爲他二十年前跟隨了他的爸爸在西藏經商，聽到了一個故事的結果。故事中的一個女人，使他當時感受極深的印象，一直到如今，這印象還不能夠爲時間揩去。他相信女人能力在天下生物中應居首一位，業已相信了二十年，現在並且要來爲這信仰說話了。

大家先料不到他也會有什麼故事，現在看他站起身時，柴堆在他身旁捲着紅紅的火焰，火光照耀到這人的全身，有一種狗熊豎立時節的神氣。一種生長城市讀了幾本書籍自以爲善於「幽默」的小子，就乘機取笑這其貌不揚的商人，對眾人說：

「弟兄弟兄，請放清靜一點，聽我說幾句話。先前那位老板，給我們說的故事，使我們認爲十分開心。一切幸福皆應是孿生的姊妹，故我十分相信。從這位老板口中，也還可聽出一個很好的故事。你們瞧（他說時充作耍狗熊的河南人神氣，指點商人的臉龐同身上），這有趣的……不會說無趣的故事！」他把商人拉過那大火堆邊去，要那商人站到一段木頭上面，「來，朋友，你說你的。我相信你有說的。你不是預備要說你那位太太，她如何值得尊敬畏懼嗎？你不是要說由於她們的神祕能力，當你長年出外經商時節，她在家中還能每一年爲你生育一個團頭胖臉的孩子嗎？你不是要說一個女人在身體方面有些部分高腫，有些部分下陷，與一個男子完全不同，覺得奇怪也就覺得應當畏懼嗎？許多人都是這樣對她太太發生信仰的，祇是仍然請你說說，放大方一點來說，我們這夜裏很長，應當有你從從容容說話的時間。」

這善於詼諧的城市中人，所估計的走了形式，這一下可把商人看錯了。一會兒他就會明白他的嘲笑，是應從商人方面退回來，證明自己簡陋無識的。

那商人怯生生的被人拉過去，站在那段木頭上，聽人說到許多莫明其妙的話語，輪到他說話時就說：

「不是，不是，我不說這個！我是個三十八歲了的男子，同閹雞一樣，還沒有用過身體上任何部分挨過一次女人。我覺得女人極可嚇怕，並且應當使我們嚇怕。我相信女子都有一種能力，可以把男子變成一塊泥土，或和泥土差不多的東西。不管你是什麼樣結實硬朗的傢伙，到了她們的手中，就全不濟事。我嚇怕女人，故我現在年齡將近四十歲，財產分上有了十四匹駱駝，三千銀錢的貨物，還不敢隨便花點錢買一個女子。」

眾人聽說都很奇怪，以爲這人過去既並不被女人欺騙和虐待，天生成那麼怕女人，眞是罕見的事情。就有人說：

「告給我們你怕女人的道理，不要隱瞞一個字。」

這商人望望四方，看得出眾人的意思，他明白他可以從從容容來說這個故事了，他微笑着。在心裏說：「是的，一個字我也不會隱瞞的。」就不慌不忙，覆述了下面那個在十七歲時聽來的故事。

過去很久時節，很遠一個地方，有那麼一個國家：地面不大不小，由於人民飲食適當，婚姻如期舉行，加之帝王當時選擇得人，故地方十分平安，人民全很幸福。這國家國內有幾條很大的大河，橫橫的貫通境內各處，氣候又十分調和，地面就豐富異常。全國出產極多，農產物中五穀同水果，在世界上附近各個小國內極其出名。那地方氣候好到這種樣子，人民需要晴時天就大晴，需要水時天就落雨；凡生長到這個小國中的人民，都知道天不遺棄他們，他們也就全不自棄，人人自尊自愛，奉公守法，勤儉耐勞，誠實大方。凡屬於人類中諸多良善品德，倘若在另一族類，另一國家，業已發現過了的，這些眞理的產品，在這小國人民性格上也十分完全，毫不短少。這國家名爲波羅蒂長，在北方古代史上原有它一個位置。

波羅蒂長國中，有一個大山，高一百里，寬五百里，峯巒競秀，嘉樹四合，藥草繁多，絕無人跡。這大山早爲國家法律訂下一條規定，不能隨便住人，祇許百獸任意蓄息。山中僅有一位博學鴻儒，隱居山洞，讀書脩道，冥坐絕慾，離開人世，業已多年。某年秋天，一個清晨，這隱士起身時節，正在用盤盂處置他的小便，看見有兩隻白鹿，正在洞外芳草平地，追逐跳躍，游戲解悶，中間有母鹿一匹，生長得秀美雅潔，和氣親人，眼光溫柔，生平未見。這隱士當時，心中不知不覺，爲之一動。小便完事以後，照例盤中小便，都應捨給山中鹿類，當作飲料。這母鹿十分欣悅，低頭就盤，舐完盤中所有以後，就向山中走去。

爲時不久，這母鹿居然懷了身孕，一到月滿，就生出小鹿一隻。所生小鹿，眉目口鼻，一切皆完全如人，僅僅頭上長出一對小小肉角，兩腳異常纖秀，這母鹿正當牠生產時，因想起隱士洞邊向陽背風，故跑近隱士所住洞邊，在草地中生產。落下地後，母鹿看看，「原來是一小孩！」既不能帶這小孩跳山躍澗，故把小孩銜放隱士洞邊，自己就跑去了。

隱士那時正在讀書，忽然聽到洞外有小孩子大哭，心中十分希奇。走出洞外一看，就見着這人鹿同生的孩子，身體極其細嫩，眼目緊閉，抱起細看，頭腳尚有鹿形，眼目張開時節，流眄四顧，也如另一地方另一相熟眼目。隱士心中納罕：「小孩來處，必有一個原因！」從目光中隱士即刻明白小孩一定是母鹿所生，小孩爸爸，除了自己也就沒有別人了，故把小孩好好抱回洞裏，細心調養。

隱士住在山中業已多年，讀書有得，飲食皆極隨便，不至害病。隱士既不吃煙火，故此小孩口渴，隱士就爲收取草上露珠，當作飲料。小孩饑餓，隱士又爲口嚼松子，當作飯食。小孩既教育有方，加之身上有母鹿血氣，故從小就健康聰明，活潑美麗。到後年齡益長，隱士又十分耐煩，親自教他一切學問，使他明白天地各種祕密，了然空中諸星，地面百物，如何與人類有關。又讀習經典，用古聖先賢，所想所說一切艱深事情，作爲這小仙人精神糧食。隱士祇差一事不說，就是女人，不說女人究竟如何，就因爲對於女人，隱士也不十分明白。

這隱士到後道行完滿，就離開本山，不知所往。那時節母鹿所生，隱士所養，年紀業已二十一歲。因爲教育得法，年紀雖小，就有各種智慧，百樣神通，又生長得美壯聰明，無可彷彿，故諸天鬼神，莫不愛悅。隱士既已他去，這候補仙人，就依然住身山洞，脩眞養性，澹泊無爲，不預人事。

一天，正在山中散步，半途忽遇大雨，這雨正爲波羅蒂長國中所盼望的大雨，山中落了雨後，山水暴發，路上極滑，無意之中，使這候補仙人傾跌一跤，打破法寶一件，同時且把右腳扭傷。

這候補仙人，心中不免嗔怒，以爲自然阿諛人類，時候還不即到，祇需請求，不費思索，就爲他們落雨，自然尊嚴，不免失去。且這雨似乎有意同自己爲難，就從頭上脫下帽子，舀滿一帽子清水，口中念出種種古怪咒語，咒罰波羅蒂長國境，此後不許落雨。這種咒語，乃從東方傳來，十分靈驗，不至十二年後，決不會半途失去效力。這候補仙人，既然法力無邊，天上五龍諸神，皆尊敬畏怖，有所震懾，一經吩咐，不敢不從，故詛咒以後，波羅蒂長一國，從此當眞就不降落點滴小雨。

天不落雨太久，河水井水，也漸漸乾枯起來，五穀不生，百菓萎悴，一連三年。三年不雨，國家漸起恐慌。國家漸貧，國庫收入短少，不敷開支，人民男女老幼，無法可以生存。

波羅蒂長國王，爲人精明幹練，負責愛民，諸般方法，皆無結果。他很明白，若從此以往，再不落雨，天旱過久，國家人民，皆得消滅。人民挨餓太久，心就糊塗焦躁，易於煽惑，若有一二在野人物，造謠生事，胡說八道，以爲一切天災，及於本國，皆爲政府辦事不力，政體組織不妥，如欲落雨，必需革命。雖革命與落雨無關，由於人民挨餓過久，到後終不免革命發生。國家革命，就須流血，一切革命歷史，莫不用血寫成，國王故想不如即早推位讓賢，省得發生內爭。國王雖有讓位之心，一時又覺無賢可讓。眼見本國人民，挨餓死去，無法救助，故憂愁煩惱，寢食皆廢。

國王有一公主，按照國家法律，每天皆同平民女子，共往公共井邊，用木製轆轤，長長繩綆，向深井中汲取地下泉水，灌漑田地，爲國服務。公主白日在外，常與平民接近，常聽平民因餓唱出各種怨而不怒的歌謠，一回宮中，又見國王異常沉悶，就爲國王唱歌解悶，國王聽歌，更覺難堪。公主就問國王：「國王爸爸，如何可以救國？」且說若果救國還有辦法，必得犧牲公主，自己心願爲國犧牲。

國王就說：

「一切辦法，皆已想盡，國家前途，實深危險，人民雖皆明白天災不可倖免，但怨嗟歌謠，業已次第而生，若不即早設法，終究不免革命。發生革命，不拘誰勝誰負，一切秩序，不免破壞無餘，政府救濟，更多棘手，故思前想後，皆覺退任讓賢較好，細想種種，一時又無賢可讓，所以心中十分爲難。」

公主就把在外所聽風謠，種種國民事情，加以分析，建議國王：

「國王爸爸，一切既很煩心，不易一人解決，不如召集大官名臣，國內各黨各派博學多通人物，同處一堂，商量辦法。首先討論天災來源，其次籌措善後救濟，或有結果。若這事實在由於國王專政而起，國王退位，就可以使上天落雨，穀果百物，滋生遍地，國王爸爸，就應即刻辭職。若一切另有原因，另有辦法，討論結果，國王爸爸，就負責執行。」

國王心想：公主言之有理！就按照國法，召集全國公民代表會議，聚集全國公民代表，討論波羅蒂長一國，應付這次空前天災種種方策。

開會時節，國王主席，首先致辭，說明種種，希望代表隨意發言，把這事情公開討論。

當開會時，其中就有一個聰明公民，多聞博識，獨明本國天旱理由，於是當眾發言：

「國王陛下，大臣殿下，有意負責救國，明白一切應從根本入手，故有今天大會。查我波羅蒂長國家，本極富足，有吃有喝，無有憂患，今已三年不雨，國困民貧，設若長此以往，當然不堪設想。根據公民所知。這次天災，並非國王在位，或大臣徇私所致。祇爲本國憲法所定，國中那個供給禽獸蕃殖的名山，有一年青候補仙人，父親生爲隱士，母親身是母鹿，神力無邊，智慧空前。這候補仙人，平日研究學問，不管人事，安靜自守，與世無逆。卻當某某一天，因事上山，在半途中，天忽落雨，山路因雨路滑，故摔跌一跤，扭傷右腳。這候補仙人，右腳無端受傷，心懷嗔憤，追究原因，實爲落雨所致，雨水下落，又實爲本國人民盼望所致，因此詛咒天上，十二年中，不許落下點滴小雨。我波羅蒂長國家，三年不雨，原因在此。故欲盼望落雨，先應明白此事根本所在。」

國王聽說本國雨不再落，祇是這樣一件事情，就說：

「治國惟賢，經典昭明，本國既有此等聖人，力能支配天地，管束陰陽，用爲國王，對我人民，必能造福，朕必即刻退位，以讓賢能。」

多數公民，皆不說話。

有一首相，在國內負責多年，明白治國不易。想使國家秩序井然，有條不紊，正賴政體鞏固，權力集中，治國所需，不儘祇在高深學理法力，經驗能力，兼有並存，加以負責，才可弄好。聽說國王就想讓位，不敢贊同，便說：

「皇帝陛下，讓出王位，出於誠意，代表諸君，想當明白。國王意思極好，爲國爲民，誠爲無可與比。不過一切打算，不合目前國家情形。任何國家施政，有不好處，國中人民，加以反對，若攻擊批評，祇是二三在野名流，雖想救國，不會做官，尙從不聽說輕易讓賢，把國家組織，陷入紛亂。何況仙人，平時淸高澹泊，不問世事，沉靜自得，有如木石，即有高尙理想，如何就可治國？並且事情既不過由於一捽而起，照本席主張，不如派員慰問，較爲得體。本國對這年青仙人，若想表示尊敬，使他快樂，同他合作，免得或爲他人利用，妨礙國家統一，不如取法他國，把這候補仙人，當成國內元老，一切事情，對他十分客氣，遇事不能解決，就即刻命駕領教，總以哄得仙人歡喜，不發牢騷，國家前途，方有辦法。」

另外有一陸軍大臣，頭腦簡單，性情直率，國內兵士，全在一人手中，生平擁護國王，信仰首相，故繼續發言：

「皇帝陛下，所說使人感動，首相殿下，所說使人佩服。國王若想退位，好意不能爲全國國民見諒。因爲國民盼望國王幫忙，並且相信，這個時節，也祇有國王可以幫忙。我國旱災，既爲仙人一捽而起，首相意見，本席首先贊同。若國家可以同這刁鑽古怪合作，各種條件，皆應負責答應。若方法用盡，還不落雨，本席職責所在，向天賭咒，領率全國兵士，來與周旋，不怕一切，總得把這仙人神通打倒。」

陸軍大臣，所說理直氣壯，故全體公民代表，莫不動容，鼓掌稱善。

其中有一公民，見事較多，知識開明，覺得打倒仙人，很不像話，就說：

「救災方法還多，武力打倒仙人，本席以爲不必。國家多上一個仙人，如同國家多有一個詩人一樣，實爲我波羅蒂長國中光榮。公民盼望，祇是皇帝陛下，代表我們公民全體，想出辦法，能與仙人合作。若說武力周旋，效法他國，文人學者，捉來即刻把頭割下，辦法雖在，輕而易舉，所作事情，實極愚蠢。我波羅蒂長國中，國家雖小，不應愚蠢就到如此地步，在歷史上爲我國王留一汚點。政府若斷然處置，公民可不能同意。」

另一公民，爲了補充前說，又繼續說：

「他國短處雖不足取法，他國長處又不可不注意：公民以爲我們本國，不如仿照他國，設立一個國家學院，或研究院，位置這種有德多能的仙人，讓他讀經習禮，不問國事。給他最大尊敬和夠用薪水，不使他再挨餓受涼，也不使他由於過分孤寂，將脾氣變壞，則一切問題，皆易解決！」

另一公民又說：

「仙人甚麼皆不缺少，不如封他一極大爵位，一定可以希望從此合作。」

發言公民極多。政府意思，就是讓這些公民代表，充分發表意見，大家決議以後，斟酌執行。但因過去一時，政府太能負責，一切政策，不用平民擔心，政府莫不辦得極爲妥當合理。政府太好，作公民的，就皆祇會按照分定，作事做人，因此一來把一切民主國家公民監督政府的本能，也皆完完全全消失無餘了。到時人人各自發抒意見，皆近空談，不落邊際。

還是首相發言提出辦法，希望大家注意，這會議到後，才有眉目。

會議結果，就是政府公民，全體同意，以爲先得想方設法，把這候補仙人，感情轉換過來，不問條件，皆可商量。祇要落雨三日，仙人若有任何貪婪條件提出，國王首相，皆當代表國民，簽字承認。

但這個古怪仙人並非其他國家知識階級可比，（據說知識階級，若爲政府蔑視過久時節，性之所近，喜發牢騷，詛咒政府，常有話說，祇須政府當局，稍稍懂事，應酬有方，就可無事）生平性情孤僻，不慕榮利，威脅利誘，皆難就範。仙人住處，又在深山，不是租界可比，故首先成爲問題，就是波羅蒂長國家政府，應用何種方法，方能接近這候補仙人，商談一切。

因在會代表，並無人能同這仙人來往，最後方決定懸出賞格，召募一人，若有人來應募，能在一定時期，見到仙人，或有方法，懇求仙人，使咒語失去效率，或能請求仙人下山，來到國都開會，不論何人，皆加重賞。

會議散後。國王立刻執行決議，頒布賞格，張貼全國，各處通都大邑，四衢四門，莫不有這賞格懸布。國王大大方方，表示出來：

我國旱災，不能免去，細查來由，皆是肉角仙人發氣所致。爲此布告國人：

凡有本領，能夠想方設法，哄倒肉角仙人，放棄咒語，使我波羅蒂長國中，再落大雨者，若想作官，國王聽憑這人選擇地面，與之分國而治；若想討娶一房老婆，最美麗聰明公主，即刻下嫁。

國民皆爲重賞誘惑，目眩神馳，惟一聞仙人住處，就在大山之上，於是又各心懷畏怖，寶愛性命，不敢冒險應募。

那個時節，波羅蒂長國中，就有一女子，名字叫做扇陀。這個女人，長得端正白皙，豔麗非凡：肌膚柔軟，如酪如酥，言語清朗，如囀黃鸝。女人既然容華驚人，家中又有巨富千萬。那天聽到家下用人說到這種事情，並且好事家人，又平空虛撰仙人種種驕傲佚事，給扇陀聽，扇陀因此心極不平。又因國王賞格，中有公主作爲獎賞一條，對於女人，有輕視意思。因此來到王宮門前，應王徵募。

眾人一見，最先來此應募，乃是女子，皆以爲「女人所長，即非插花傅粉，就是掃地鋪牀，何足算數？」故當時不甚措意，接待十分平常。

扇陀就同執事諸人說明來意：

「我的名字叫做扇陀，各位大老，諒不生疏，今應王募前來！請問各位：這個肉角仙，究竟是人是鬼？」

眾人皆知國中有扇陀。富甲全國，美如天女，今見來人，口氣不俗，不敢十分疏慢，就說：「這個肉角仙人，無人見過，祇是根據舊書傳說：爸爸原是一隱士，母親乃是一個白鹿，可說他是一人，可說他是一獸。所知祇此，更難詳盡。」

扇陀聽說，心中明白，隱士所以逃避人間，就正是怕爲女人愛慾纏縛，不能脫身，故及早逃避。如今仙人既由隱士同畜牲生養，一切不難，故即向人宣言：

「若這仙人是鬼，我不負責。若這仙人是人，我有巧妙方法，可以降伏。今這大仙不止是人，靈魂骨血，雜有獸性，凡事容易，毫不困難。祇請各位大老，代稟國王陛下，容我一見，我當親向國王，說出諸般方法，着手實行。」

扇陀宣言以後，諸官即刻攜帶這人入宮，引見國王，一一稟明來意。

扇陀所說，事情十分祕密。國王深知扇陀家中，確有巨富千萬，相信種種，並非出乎騙詐，故當時就取一個金盤，裝好各種珍奇金器，一翡翠盤，裝滿各種珠寶，一對龍角，裝滿眞珠和人間難得寶貝，送給扇陀，吩咐她照計行事。

扇陀既得國王信託，心中十分高興，臨行向王告辭，因爲安慰老年國王，且留下話語，預備將來事實證明：

扇陀說：「國王陛下，不必擔憂。降伏仙人，一切有我！此去時日，必不甚久，國內土地，就可復得大雨！落雨以後，我尙應當想出一個辦法，必將仙人，當成一匹小鹿，騎跨回國！仙人來時，進見大王，叩頭稱臣，也不甚難！」

國王當時似信非信。

扇陀拿了國王所給寶物，回家以後，即刻就派無數家人攜帶各種寶物，分頭出發，向國內各處走去，徵發五百輛華貴轎車，裝載五百美女，又尋覓五百貨車，裝載各種用物。百凡各物，齊備以後，即刻全體整隊向大山進發，牛𦟛四千，踏土翻塵，牛角二千，嶷嶷數里。車中所有美女，莫不容態婉孌，娬媚宜人，嫺習禮儀，巧善辭令，雖肥瘦不一，卻能各極其妙。貨車所載，言語不可殫述：有各種大力美酒，色味皆與淸水無異，吃喝少許，即可醉人。有各種歡喜丸子，皆用藥草配合，捏成種種水果形式，加上彩繪，混淆果中，祇須吃下一枚，就可使人狂樂，不知節制。有各種碗碟，各種織物。有鳳翼排簫，碧玉豎簫，吹時發音，各如鳳噦。有紫玉笛，銅笛，磁笛，皆個性不同，性格相近女人吹時，即可把她心中一切，由七孔中發出。有五色玉磬，隕石磬，海中苔草石磬，有寶劍寶弓，車輪大小貝殼，金色逕尺蝴蝶。有一切耳目所及與想像所及各種傢具陳設，使人身心安舒，不可名言，它的來源，則多由巧匠仿照西王母宮尺寸式樣作成的。

且說，這一行人眾，到達山中時節，女子扇陀，就下車命令用人，着手鋪排一切，把車上所有全都卸下。吩咐木匠，把建築材料，在仙人住處不遠，搭好草菴一座，外表務求樸素淡雅，不顯傖俗。草菴完成，又令花匠整頓屋前屋後花草樹木，配置恰當。花園完成，又令引水工人從山澗導水，使水繞屋流動不息，水中放下天鵝，鴛鴦，及種種鳥類。一切完了以後，扇陀就又令隨來男子，皆把大車輓去，離山十里，躲藏隱伏，莫再露面。

一切布置，皆在一黑夜中完成，到天明時，各樣規畫，就已完全作得十分妥當了。

女子扇陀，約了其他美人，三五不等，或者身穿軟草衣裙，半露白腿白臂，裝成山鬼。或者身穿白色長衣，單薄透明，肌膚色澤，纖悉畢見。諸人或來往林中，採花捉蝶。或攜手月下，微吟情歌。或傍溪澗，自由解衣沐浴。或上果樹，摘果拋擲，相互游戲。種種作爲，不可盡述。扇陀意思，祇是在在引起仙人注意，儘其注意，又若毫不因爲仙人在此，就便妨礙種種行爲。祇因毫不理會仙人，才可以激動仙人，使這仙人愛欲，從淡漠中，培養長大，不可節制。

這候補仙人，日常遍山遊行，各處走去。到晚方回，任何一處，總可遇到女人。新來芳鄰，初初並不爲這仙人十分注意，由於山中畜牲，無奇不有，尙以爲這類動物，不過畜牲中間一種，愛美善歌，自得其樂，雖有魔力，不爲人害。但爲時稍久，觸目所見，皆覺美麗，就不免略略驚奇。由於習染，且因希奇，爲時不及一月，這候補仙人，一見女人，就已露出呆相。如同一般男子，見好女人時節，也有同樣癡呆。

女人扇陀，估計爲時還早，一切不忙，仍不在意。每同所有女伴到山中游散時節，明知樹林葉底枝邊，藏有那個男子，總故作無見無聞，唱歌笑樂，攜手舞踏，如天上人。所有樂器，皆有女人掌持，隨時奏樂，不問早晚。歌聲清越，常常超過樂器聲音，飄揚山谷，如鳳凰鳴嘯，仙人聽來，不免心中作癢。

這候補仙人，生前既爲鹿身，扇陀心中明白，故又常於夜半時節，令人用桐木皮捲成哨管，吹作母鹿呼子聲音，以便搖動這個候補仙人依戀之心。

月再圓時，扇陀心知一切業已成熟，故把住處附近，好好安排起來，每一女人，各因性格獨有特點，位置也皆不同：長身玉立的放在水邊，身材微胖的裝作樵女，吹簫的坐在竹林中，呼笙的坐高崖上，彈箜篌的把箜篌縛到腰帶邊，一面走路一面彈着，手腳伶俐的在鞦韆架上飄揚，牙齒美的常常發笑，一切布置，皆出扇陀設計，務使各人皆有機會見出長處，些微好處，皆爲候補仙人見到。

一切布置完全妥貼後，所等候的，就是仙人來此入網觸羅。因此在某一天這仙人從扇陀屋邊經過時，向門凝望，過後心中尚覺戀戀。一再回頭，女人扇陀，就帶領一十二個美中最美的年青女子，從仙人所去路上出現，故意裝成初見仙人，十分驚訝，並且略帶嗔怒，質問仙人：

「你這生人，來到我們住處，賊眉賊眼，各處窺覷不止，算是什麼意思？」

候補仙人就趕忙陪笑說道：

「這大山中，就祇我爲活人。我正納罕，不大知道你們從何處搬來，到何處去？我爲本山主人，正想問訊你等首領，既已來到山中，如何不先問問這山應該歸誰管業！」

女人扇陀聽說，裝成剛好明白的神氣，忙向仙人道歉，且選擇很多諛語，貢獻仙人，其餘各人，也皆表示迎迓，制止仙人，不許走去。齊用柔和聲音相勸，柔和目光相勾，柔和手臂相縈繞，因此好好歹歹，終把仙人哄入屋中，好花妙香，供養仙人，慇懃體貼，如敬佛祖。

女人莫不言語溫順，恭敬熨貼，競爭問訊仙人種種瑣事，不許仙人尚有機會，轉詢女人來處。爲時不久，就又將他帶進另一精美小廳，坐近柔軟牀褥上面，屋中空氣，溫暖適中，香氣襲人，是花非花，四處找尋，又不知香從何來。年幼女人，裝成丫環，用瑪瑙小盤，托出玉杯，杯中裝滿淨酒，當作涼水，請仙人喝下。

這種淨酒，顏色香味，既皆同水無異，惟力大性烈，不可彷彿，故仙人喝下以後，就說：

「淨水味道不惡！」

又有女人用小盤把歡喜丸送來，以爲果品，請仙人隨意取吃。仙人一吃，覺得爽口悅心，味美無邊，故又說道：

「百果色味皆佳！」

仙人吃藥飲酒時節，女人皆圍在近旁，故意向其微笑，露出白齒。仙人飲食飽足以後，平時由於節食冥思，而得種種智慧，因此一來，皆已失去。血脈流轉，又爲美女微笑加速。故與諸人，說出蠢話：

「有生以來，從未得過如此好果好水！」說完以後，不免稍覺靦腆。

女人扇陀就說：

「這不足怪，我一心行善，從不口出怨言，故天與我保佑，長遠能夠得到這種淨水好果。若你歡喜，當把這種東西，永遠供奉，不敢吝惜。」

仙人讀習經典極多，經典中提及的種種事情，無不明白。但因生平讀書以外，不知其他事情，經典不載，也不明白。故這時女人說謊，就相信女人所說，不加疑惑。又見所有女人，莫不小腰白齒，宜笑宜嗔，肌革充盈，柔膩白皙，滑如酥酪，香如嘉果，故又問諸女人，如何各人就生長得如此體面，看來使人忘憂。

仙人說：「我讀七百種經，能反復背誦，經中無一言語，說到你們如此美麗原因。」

女人又即刻說謊，回答仙人：

「事爲女人，本極平常，故寶經大典，不用提及。其實說來，也極平常，不過我等日常飲食，皆爲食此百果充饑，喝此地泉解渴，故肥美如此，尚不自覺！」

仙人聽說，信以爲眞，心中爲女人種種好處，有所羨慕，慾望在心，故五官皆現呆相，雖不說話，女人扇陀，凡事明白。

爲時一頃，女人轉問仙人：

「你那洞中陰黯潮濕，如何可以住人？若不嫌棄，怎不在此試住一天？」

仙人想想，既一見如故，各不客氣，要住也可住下，就無可不可的說：

「住下也行。」

女人見仙人業已答應住下，各皆欣悅異常。

女人與仙人共同吃喝，自己各吃白水雜果，皆把淨酒藥丸，極力勸這業已早爲美麗變傻的仙人。杯盤雜果，莫不早就刻有暗中記號，故女人皆不至於誤服。仙人見女人慇懃進酒，欲辭無話可說，祇得盡量而飲，盡量而吃，直到半夜。在筵席上，女人令人奏樂，百樂齊奏，音調靡人，目眙手撫，在所不禁，仙人在嶄新不二經驗中，越顯癡呆。女人扇陀，獨與仙人極近，低聲俛耳，問訊仙人：

「天氣燠熱，蒸人發汗，仙人是否有意共同洗澡？」

仙人無言，但微笑點頭，表示事雖經典所不載，也並不怎樣十分反對。

先是扇陀家中，有一寶重浴盆，面積大小，可容廿人，全身用象牙，雲母，碧硒，以及各種眞珠玉石，雜寶錯錦，鑲鏤而成。盆在平常時節，可以摺疊，如同一個中等帳幕，分量不大，祇須鹿車一部，就可帶走。但這希奇浴盆，抖開以後，便可如同一個橢圓形式小小池子，貯滿清水，即四十人在內沐浴，尚不至於嫌其過仄。盆中貯水既滿，扇陀就與仙人，共同入水，浮沉游戲，盆大人少，仙人以爲不甚熱鬧，女人扇陀，復邀身體苗條女子十人，加入沐浴。盆中除去諸人以外，尚有天鵝，舒翼延頸，矯矯不凡。有金鯽大頭大尾。有小蝦，有五色圓石。水尚有深有淺，溫涼適中。

仙人入水以後，便與所有女人，共在盆中，牽手跳躍。女人手臂，莫不十分柔軟，故一經接觸之後，仙人心已動搖。爲時不久，又與盆中女人，互相澆水爲樂，且互相替洗，所有女人，奉令來此，莫不以身自炫求售，故不到一會，仙人欲心轉生，遂對盆中女人，更露傻像。神通既失，鬼神不友，波羅蒂長國境，即刻大雨三天三夜，不知休止。全國臣民，那時皆知仙人戰敗，國家獲福，故相互慶祝，等候美女扇陀，回國消息，準備歡迎。國王心中記憶扇陀所言，不知結果如何，欣慶之餘，仍極擔心。

仙人既在扇陀住處，隨緣戀愛，即令神通失去，他仍然十分糊塗，毫不自覺。扇陀暗中囑咐諸人，祇許爲這仙人準備七日七夜飲食所需，七日以內，使這仙人歡樂酒色，沉醉忘歸；七日以後，酒食皆盡，隨用山中泉水，山中野果，供給仙人，味既不濟，滋養功用，也皆不如稍前一時佳美。仙人習慣已成，儼如有癮，故向女人，需索日前一切。

諸女人中，就有人說：

「一切業已用盡，沒有餘存，今當同行，離這窮山荒地。一到我家園地，所有百物，不愁缺少，祇愁過多，使人飽悶！」

仙人既已早把水果吃成嗜好，就承認即刻離開本山，也不妨事。

仙人就說：「祇要不再缺少飲食，一切遵命。」

於是各人收拾行李，整頓器物，預備回國報功。爲時不久，一行人衆，就已同向波羅蒂長國都中央大道，一直走去。

去城不遠時節，美女扇陀，忽在車中倒下，如害大病，面容失色，呼痛叫天，不能自止。

仙人問故。美女扇陀裝成十分痛苦，氣息哽咽，輕聲言語：

「我已發病，心肝如割，救治無方，恐將不久，即此死去！」

仙人追問病由，想使神通，援救女人。扇陀哽咽不語，裝成業已暈去樣子，身旁另一女人，自謂身與扇陀同鄉，深明暴病由來，以爲若照過去經驗，除非得一公鹿，當成坐騎，緩步走去，可以痊愈。若儘彼在牛車上搖簸百里，恐此美人，未抵家門，就已斷氣多時了。

女人且說：

「病非公鹿穩步，不可救治，此時此地，何從得一公鹿？故美女扇陀，延命再活，已不可能。」

各人先時，早已商量完全，聽及女人說後，認爲消息惡極，皆用廣袖遮臉，痛哭不已。

仙人既爲母鹿生養，故亦善於模仿鹿類行動，便說：

「既非騎鹿不可救治，不如就請扇陀騎在我頸項上，我來試試，備位公鹿，或可使她舒適！」

女人說：

「所需是一公鹿，人恐不能勝任。」

仙人平時，因爲出身不明，故極力避開同人談說家世。這時因愛忘去一切，故當着眾人，自白過去，明證「本身雖人，衣冠楚楚，尚有獸性，可供驅策。若這事可以使愛人復生，從此作鹿，馱扇陀終生，心亦甘美，永不翻悔。」

美女扇陀，當一行人等從大山動身進發時節，早先派遣一人，帶去一信，稟告國王，信中寫道：「國王陛下，小女托天福佑，與王福佑，業已把仙人帶回，大約明日可到國境，王可看我智能如何！」國王得信之後，就派衛隊及各大臣，按時入朝，嚴整車騎，出城歡迎扇陀。

仙人到時，果如美女扇陀出國之前所說，被騎而來。且因所愛扇陀在上，謹愼小心，似比一切馴象良馬，尙較穩定。

國王心中歡喜，又極納罕。就問美女扇陀，用何法力，造成如許功績。

美女扇陀，微笑不言，跳下仙人頸背，同國王入到宮中，方告國王：

「使仙人如此，皆我方便力量，並不出奇，不過措置得法而已。如今這個仙人，既已甘心情願，作奴當差，來到國中，正可仿照他國對待元老方法，特爲選擇一個極好住處，安頓住下。百凡飮食起居所需，皆莫缺少；恭敬供養，如待嘉賓；任其滿足五欲，用一切物質，折磨這業已入網傻子信仰能力，並且拜爲大臣，波羅蒂長國家，就可從此太平無事了。」

國王聞言，點頭稱是，一切如法照辦。

從此以後，這肉角仙人，一切法力智慧，皆爲之消滅無餘。住城少久，身轉羸瘦，不知節制，終於死去。臨死時節，且由於愛，以爲所愛美女扇陀，既常心痛，非一健壯公鹿，充作坐騎，就不能活，故彌留之際，還向天請求，心願死後，即變一鹿，長討扇陀歡喜。能爲鹿身，即不爲扇陀所騎，但祇想像扇陀，尙在背上，當有無量快樂。」

這就是那個商人直到三十八歲不敢娶妻的理由。商人把故事說完時，大家皆笑樂不已。其中有一秀才，便即站起。

「仙人變鹿，事不出奇，因本身能作美人坐騎，較之成仙，實爲合算。至於美女扇陀之美，也無可疑惑，因爲兄弟雖尚無眼福，得見佳麗，即在耳聆故事之餘，區區方寸之心，亦已願作小鹿，希望將來，可當坐騎了。」

那善於詼諧的小丑，聽到秀才所說，就輕輕的說：「當秀才的老虎不怕，何況變爲扇陀坐騎？」但因爲他知道秀才脾氣，不易應付，故衹把他嘲笑，說給自己聽聽。

故事自從商人說出以後，不止這秀才願作畜牲，即如那位先前說到「婦人衹合鞭打」的男子，也覺得稍前一時，出言冒昧，儼然業已得罪扇陀，心中十分羞慚，悄悄的過屋角草堆裏睡去了。

那商人把故事說完，走回自己火堆邊去，走過屋主人坐處，主人拉着了他，且詢問他：「是不是還怕女人？」

商人說：「世界之上，有此女人，不生畏怖，不成爲人。」

言語極輕，故也不爲秀才所聞，方不至爲秀才罵爲「俗物」。

一九三二年十月爲張家小五輯自《智度論》

醫生

這世界上，有多少害病的人，就有多少人對於醫生感到不大愉快。這也正是當然的，的的確確，這個世界上，由於他們那種無識，懶惰，狡滑，以及其他惡德，有很多醫生，是應當充軍或用其他同類方法來待遇的。有許多醫生，應得的一份，就正是一個土匪一個拐騙所已得的那一份。但這不是一種普遍的情形。世界上各個小小角隅皆有很好的醫生，既不缺少一個軟和的靈魂，又知道如何盡職，知識也十分夠用。

可是凡在說故事上提到什麼醫生時，我們總常常想說：這是一個有法律作保障的騙子。即或他不是騙子，但他的祖先，還是出於方士同巫師，混合了騙術與魔術精神，繼續到這世界上存在的。許多性情和平的老婦人，一見到醫生，就不大高興。許多小孩子，晚上不夢到手執骷髏的妖魔，總常常夢到手執藥瓶的醫生。

因此那一批商人。留住在那個名爲金狼旅店的客寓中，用故事消磨長夜的時節，就有一個從前曾作過兵士的，說了一個醫生的故事，把這故事結束到極悲慘的死亡裏。這兵士說：「……這方法是×方面人處治盜匪的，恰恰也給這個騙子照樣的布置了。」

把故事說完後，有贊成的，有否認的。各人如對別的其他事情一樣，不外乎用自己一點點經驗來判斷一切。有些人遇到過很好的醫生，就說凡是醫生絕對不壞，有些人在某時曾吃過醫生的虧的，就又說在十個醫生之中不會有一個值得敬重的好東西。

其中有個毛毯商人卻說：「既然有人從醫生故事上說過醫生的惡德，也應當有人來從醫生的故事上證明醫生的美德。我們這裏廿一個人，看看是不是有人記得到這樣一個故事？」

大家都沒有這種故事，故售毛毯商人又說：「我倒有這樣一個故事，請大家放安靜一點，聽我把故事說出來。」

大家自然即刻就安靜下來了的，下面就是這個故事：

醫生羅福，爲人和平正直，單身住家在離京都三百里左右一個地方，執行業務。平生祇有一個女兒，嫁給京都一個讀書人，因來都城看望女兒，就擱下事業，在京城住了些日子。有一天聽人說大覺寺有法師講經，十分動人，全城男女，皆往聽經，凡到過那法師身邊的，莫不傾心佩服，故這醫生，也就走去聽聽。聽經以後，出廟門時還覺得那法師有一分魔力，名不虛傳。那天法師講的是犧牲精神，說到東方聖人當年如何爲人類犧牲，也如何爲畜類犧牲，在犧牲情形中，如何使生命顯得十分美麗。這法師不談犧牲果報，祇談犧牲美麗，因此極其爲這醫生欽服。出廟門後，醫生就想想一個人若能夠爲一個畜生也去受點苦，或許當眞這痛苦也可以變成一分快樂。

這醫生從一個穿珠人家門前過身，看到那個穿珠人手指爲針戳傷，流血不止，正無辦法。起了憐憫，照着做鄉下醫生的慷慨精神，不必別人招呼，就趕忙走過去爲這穿珠人止血，用藥末帶子，好好把這受傷人調理妥貼。那時穿珠人正爲國王穿一珠飾，有一大眞珠在盤盂內，這醫生按照當時風氣，身穿紅衣，映於珠上，眞珠發紅，光輝眩目，如大桑椹。穿珠人因醫生替他照料傷處，十分感謝，就進屋裏爲取一些點心，款待客人。那時有一隻白鵝，見着眞珠，如大桑椹，不問一切，就把它一口呑下。若這鵝知道這是珠子，並不養人，除了人類很蠢，把它當成寶物以外，別的生物，皆無用處，就不至於吃下這東西了。穿珠人帶着點心出外請客時節，記起寶珠，各處尋覓，皆不再見。這寶珠既爲宮中拿出，値價自然非常貴重，穿珠人家中並不富裕，若眞失去，如何可以賠償？心想鋪裏並無別種罅穴，可以藏下這顆珠子，並且決無另一生人，把珠拿去，現在事情，不出這醫生所作所爲。就向醫生詢問：

「見我珠嗎？」

醫生就說：「沒有見過。」

醫生說話，雖極誠實，仍不能使穿珠人相信，故這穿珠人又告他這珠歸誰所有，安置何處，手指盤盂，一一說給醫生。

這醫生見鵝吃珠時節，也以爲這寶珠是一顆桑椹或其他草莓，不甚介意。今見穿珠人臉上流汗，心中發急，口說手比，業已心中清楚，這珠這時，正在白鵝腹中。醫生心想：我一說明，這鵝即刻就得殺去，方便取珠。當設一計策，莫使鵝死。但如何設計，方能保全這扁毛畜牲性命，倒很爲難。因記起先前一時法師所說各種犧牲之美麗處，故決心不即說出，等候再過一時，鵝把眞珠從大便中排出以後，再來說明。鵝命雖小，若能救此小小性命，另一體念，當可證明。醫生既作如此打算，故不說話。

那穿珠人，眼看醫生沉默不語，疑心特增，故說：

「我這寶珠分明放在盤中，房中又分明祇你一人，趕快見還，莫開玩笑。若不退還，一定得大家認眞變臉，你會受苦。今天這事，不要以爲一言不發，就可了事。今天事情，決不容易輕輕了事。」

醫生心想：「用自己痛苦，救別的生命，現在不說話，儘其生氣，祇望一時不即殺鵝，小小痛苦，不甚要緊。」

醫生仍不說話，祇是搖頭，表示這珠並非自己拿去，且解衣脫鞋，儘穿珠人各處搜索。但穿珠人問及「不是你拿是誰拿去？」醫生又不想說謊，故不答覆。

穿珠人越問越加生氣，先尙看到醫生神氣，忠厚實在，以爲不像盜賊。現在看來，就覺得醫生行爲，實在裝傻。

醫生眼看穿珠人生氣樣子，知道結果必有苦吃。四向望望，無可怙恃。身如鹿麞，入圍落網以後，便已無法逃脫。但也不想逃脫，祇是靜待機會，等候吃虧。一面心想法師所說：「生活本極平凡，實無多大趣味，使一人在平凡生活之中，能領會生命，認識生命，人格光輝眩目，達到聖境，節制，犧牲，必不可少。」於是端正衣服，從容坦白，彷彿一切業已派定，一切無可反抗，如今情形，祇是準備挨打，不必再作其他希望。

穿珠人看到這個醫生神氣，就說：

「你既拿了我的珠子，不願退還，作出這種神氣，難道預備打架嗎？」

醫生微笑說：

「誰來同你打架？你說我已把你珠寶偷去，我無話說。若說不偷，這寶珠又當眞因我來到鋪中失去。若說偷去，又退不出。我先前沉默，祇是自己身心交戰；現在準備，祇是儘你處罰！」

穿珠人看到這醫生瘋瘋顚顚，不可理喻，就說：

「不要裝傻，裝傻不行。繩子，鞭子，業已爲你準備上好，再不承認，就得動手！」

醫生心中想起法師格言：

「身體如乾柴，遇火即燃燒，希望不燃燒，全靠精神在。

牛馬皆有身，身體不足貴，人稱有價值，在能有理想！」

這醫生既以爲應爲理想的高貴，儘身體忍受一切折磨，故雖明知穿珠人業已十分憤怒，鞭棒即刻就得加於身體，仍然微笑不答，默然玩味另一眞理，一切全不在意。

穿珠人忍無可忍，就盡力鞭打這個醫生。那時醫生兩手並頭，皆已早被縛好，不能動彈，四向顧望，不知所逃。鞭子上身，沉重異常，流血被面，眼目難於睜開。心中祇想：

「爲鵝犧牲，雖似乎不必，但犧牲精神，自然極其高貴。一切犧牲，皆不自私。爲人類犧牲自己，目前世界，已不容易遇到，我所遭遇，可以訓練自己。每人生活，若皆祇圖不痛不癢，舒適安逸，大猪同人，並無分別。我的所爲，祇在學習來用自己精神，否認與猪同類。」

穿珠人打了醫生一陣，看到醫生頭臉流血，毫不呻吟，詢問醫生：

「傻子，你有甚話說，祇管說來。」

醫生說：

「沒有話說，說即更傻。祇請不要單打頭部。我這肩背各處，似乎比頭稍稍結實，若不願意一下把我打死，拷出結果，方爲本意，請打肩背。若這種行爲，不至於使你疲倦，一兩天內，你珠仍然可望得回。」

穿珠人以爲這醫生倔強異常，直到這時，還說笑話，就大聲辱罵：「不用多說空話，裝傻裝瘋，以爲因此一來就可讓你逃走！」於是重新把手腳縛定於屋柱上，加倍撾打。並且用繩急絞，因此這醫生到後鼻孔口中，皆直噴血。

那時那隻白鵝，見地下有血，各處流動，就來吃血，穿珠人把鵝喚去，不久又復走來。引起瞋忿，就一鞭一腳，把鵝即刻打死。

醫生聽鵝在地下撲翅聲音，眼睛不能看見，就問穿珠人道：

「我的朋友，你那白鵝，是死是活？」

穿珠人悶氣在心，盛氣而說：

「我鵝死活，不管你事。」

醫生極力把眼睜開，見白鵝業已死去，就長嘆了好些次數，悲泣不已，獨自語言：

「擔心你受苦，我爲你犧牲，若早知你因此死去，也許我早說，主人爲愛你，反不至於死去！」

穿珠人見狀希奇，不知原因，就問醫生：

「這鵝同你非親非戚，牠死同你有甚關係？自己捱打，不知痛苦，一匹小鵝，使你傷心到這樣子?!」

醫生說：

「我本爲牠犧牲，訓練自己，想不到爲牠犧牲，反使牠因此早死，我的行爲稍稍奇特，因爲我有理想。所想的好，做到的壞，願心不滿，所以極不快樂！」

穿珠人說：

「你想什麼，你願什麼？」

醫生就告這穿珠人一切。

那時穿珠人將信將疑，趕忙把鵝腹用刀剖開，就在白鵝嗉囊裏，掏出那顆大珠，因鵝吃下不少鮮血，珠浴血中，紅如血玉。穿珠人見到寶珠以後，想起醫生行爲，以及自己行爲，就大聲哭泣，爬伏醫生腳下，向醫生作種種懺悔，不知休止。

醫生那時已證明犧牲的美麗處，不用穿珠人說話懺悔，也能原諒那種愚蠢鹵莽行爲的，故十分客氣同穿珠人說：

「一切過去，皆不算數。勞駕老兄，替我把繩子解解，你這繩子縛太久了，我腳發木。讓我坐坐，稍稍休息，喝杯熱水，不會妨礙你工作嗎？」

……………

這醫生這樣訓練自己，方法倒不很壞。因這次犧牲自己，他自己也纔認識自己生命的價值。因這個故事，所以說這故事的那一位，否認人家對醫生的指摘，證明醫生中有這樣一個人，作過了這樣一件事。且說：世界上祇要有這樣一個醫生，也就可以把一切醫生罪過贖去了。

但這醫生大家都承認他可愛，他可愛處，顯然是他體念眞理的精神。

據《大莊嚴論》爲張家小五輯出，一九三二年十月在青島寫。

尋覓

在這故事前面那個故事，是一個成衣匠說的，他讓人知道在他那種環境裏，貧窮與死亡如何折磨到他的生活。他爲了尋找他那被人拐逃的年青妻子，如何旅行各處，又因什麼信仰，還能那麼硬朗結實的生活下去。他說：「我們若要活到這個世界上，且想讓我們的兒子們也活到這個世界上，爲了否認一些由於歷史安排下來錯誤了的事情，應該在一分責任和一個理想上去死，當然毫不躊躇毫不怕！」成衣人把他一生悲慘的經驗，結束到上面幾句話裏後，想起他那個餓死的兒子，就再也不說什麼了。

他說過這故事以後，在場眾人皆覺得悒鬱不歡。這不幸故事，使每個人皆迴想到自己生活中那一分，於是火堆旁邊，忽然便沉默無聲了。成衣人看清楚了這種情形，十分抱歉似的，把那雙爲工作與疾病所磨壞的小小眼睛，向這邊那邊作了一度小心的溜望，拉拉他那件舊襖，怯生生的說話：

「大爺，總爺，掌櫃的，你們幫我個忙，替我說一個好聽的故事罷。不要爲了我這個故事，把各人心窩子裏那點興頭弄掉。不要因爲我這種不幸的旅行，便把一切旅行看成一種災難。來，（他指定了一個人說）大爺，你年紀大，閱歷多，不管怎麼樣，你說個故事。你說說你快樂的旅行也成。幫我一個忙，幫我一個忙。」

這被指定的人是一個穿着骯髒裝束異樣的瘦個子，臉上野草似的長着鬍子，先前並不爲任何人所注意，半夜來他皆祇是閉了眼睛低下頭來在那裏烤火，這時恰好剛把眼睛睜開，把頭擡起，就被那成衣人指定了。他見成衣人用手向他戳點了兩下，似乎自己生平根柢已被成衣人所看出，故微受驚嚇模樣，身體縮了一下。他好像有點吃驚，又好像在分辯：「怎麼，你要我說我的旅行原因嗎？你是這種意思嗎？」他並不作聲，神氣之間卻儼然在那麼詢問。

那成衣人口氣甜甜的說：

「大爺，說一個，說一個。」

他微笑了一下，一時還似乎無勇氣站起來，故剛好把身體舉起又復即刻坐下了。成衣人當眞好像看準了他，知道在場眾人祇有他說出的經驗，能使大家忘掉了旅行的辛苦，就催促他，請求他，且安慰他。成衣人說：

「大爺，你說一個，隨便說一個。這裏全是好人忠厚人，全眼巴巴的等着你，你會說，你不用怕，不用羞。」

這鬍子倒並不怕誰，不爲自己樣子害羞，要他說，他也明白這時應該輪及他來說了。他把一隻乾癟癟的手伸出去，作出一個表示，安置了成衣人，就大大方方，說了下面的故事。

某處地方有個家資百萬的富翁，家中有十個堅固結實的倉庫，倉庫中分別收藏聚集了無數金銀寶貝，衣料食物，並各種各樣東西。家中有一百男奴，有一百女奴。地窖中有一地窖的美酒。馬廐中有打獵的馬五十四，駕車的馬五十四。花園中栽種了無數名花甘果，花樹上有各種禽鳥，叫出種種聲音。獸欄裏畜養了各樣野獸。魚池裏餵有古怪的金魚，銀魚，五色異魚。兩夫婦將近四十歲時，方生養一個兒子，這個兒子的教育，自然周到萬分。當那獨生子年紀到十八歲時，父母因爲他生長得過於美麗，以爲必得一個標緻無比的女人，作爲他的妻子，方不辜負這孩子一生。因此就聘請了國內精巧匠人，用黃金仿照古代典型美人的臉目身材，鑄造了金像一軀，派人擡往國內各處地方去，金像下刻了一篇宣言，最重要的幾句話是：

> 若有女人美麗如金像，自信上帝創造她時手續並不馬虎的，就可以作××地方百萬富翁獨生子的妻子，享受那分遺產，以及由於兩人青春富足可以得到的一切幸福。

恰好那時節另外某個地方，某個公爵的獨生女兒，父母也因爲女兒生長得過分美麗，成年時不肯隨便嫁人，以爲必得一個世界上頂美的男子，方配得到這個女兒的愛情，故也聘請了聰明匠人，用白銀仿照古代典型男性，鑄一理想男子的大像，同時通告各處，以爲這世界上若有男子完美若此，自信上帝創造他時並不草率，就可跑來××地方向有爵位的某某獨生女兒求婚。

雙方得到了這個消息以後，且互相皆看到了那個標準造相，以爲這分因緣，非常合式湊巧，因此各聘請了有身分的媒妁，交換了幾次意見，就議妥了兩個年青人的婚姻。

爲時不久，這年青男子娶了那美貌女人，同時還承襲了一個受人尊敬的爵位。從此一來，他便彷彿是人類中最幸福的人了。

但剛滿半年以後，這幸福就有了缺口，原因這樣發生：有一天本地起了大風，大風中吹來一條白色毯子，懸掛在庭院裏大樹上，把毯子取下看看，精緻美妙，完全不像人工作成，派人拿向各處詢問，無人能夠說出它的名字，也無人明白它的出處。過不久，天上又起了大風，風中又吹來九色金蕊大花一朶，那花大如車輪，重祇三兩，香氣中人，如喝蜜酒。旋又派人拿這花到各處詢問，仍然毫無結果。又過一陣，第三次大風起時，卻吹來一本古書，那書說到另外一個國家的一切情形，關於那條毯子，也可知道就是朱笛國人宮內所用的毯子，那朶大花，就是朱笛國王後宮花園萎落的花。

那本書還說朱笛國有五色奇花，大的如車輪大，小的如稗子小，大花輕如毛羽，小花重如水銀，花朶皆長年開放，風吹香氣，馥郁一國。那地方有馬，日行千里。那地方有栗棗，皆大如人頭，甘如蜜蔗。那地方有藕，色如白玉，巨如屋樑。那地方有草，各處叢生，摘斷時流汁如奶，味道如蜜。那地方有各種雀鳥，聲音柔美溜亮，勝過世上最好的歌喉。那地方富足異常，使用人力，毫無問題，故國王宮殿，全爲本國人民樂意代爲建築，卻仿天宮式樣作成。那地方由於自然生產豐富，人民皆自重樂生，故無盜賊，也無牢獄。

朱笛國所有情形，既可從這本書知其大略，國土方向距離，又從那本古怪書籍後面一幅古代地圖上依稀可以估計得出。故這三樣東西，引起了年青人無數幻想。那年青人自從明白地面上還有一個這樣國家後，一切日常生活便不大能引起他的興味，日子再也過得不是幸福日子了。他總覺得還缺少些東西，他爲這件事把性格也改變了不少。

爲了要求滿足自己的慾望，過不久，這年青人就獨自悄悄的離開了家中一切，攜帶了那三件東西，向那個古怪地方走去了。

他經過了無數苦難，跋涉了整整三年，方跑到一個城市，這城市照地圖方向上看來，應當就是古朱笛國。他進到那個大城，傍近那個國王宮殿時，看看宮殿大門，全是刻花金屬鑲嵌而成，宮殿圍牆，全是磨光白玉作成。他就請求守門官吏，入通消息，請他代爲陳明，自己來到這裏各種因緣。

因爲國王旅行，多年不回，一切國事，皆由公主處置。門官稟告以後，爲時不久，年青人就用遠國來賓身分，被一個御前侍從，領導進宮，謁見公主。

進宮中時，侍從在前帶路，年青人在後面跟隨，不久到一大門，剛近大門，就有兩個異常活潑白臉長眉的女孩子，把門代爲推開。兩人從一白色廳堂過身，一切全用白銀作成，過道一旁，見到一個女人，臉兒身材，俏俊少見，坐在白銀榻上，紡取白銀絲縷。年輕體面丫環十人，皆身穿白色絲質柔軟長袍，在旁侍立。

年青人以爲這是公主，就問侍從：

「這是第幾公主？」

那領路侍從說：

「這是守門宮婢，不是公主。」

又走一陣，到第二道大門，仍然有人代爲開門，進門以後，從一黃色廳堂過身，一切全用黃金作成，過道旁邊，又見一個女人，神韻飛揚，較前尤美，坐在黃金榻上，拈取黃金微塵。左右丫環，計二十人，身穿黃色絲質柔軟長袍，在旁侍立。

年青人以爲先前不是公主，現在定是公主了，就問侍從：

「這是不是公主？」

領導侍從又說：

「這是守門宮婢，不是公主。」

又走一陣，到第三座大門，開門如前，進一紫色廳堂，一切全用紫玉砌成，過道旁邊，一個身穿紫霞鮫綃衣服的女人，豔麗如仙，雅素如神，坐在紫琉璃榻上，割切紫玉薄片。左右丫環，計三十人，服裝皆紫，質類難名，在旁侍立，靜寂無聲。

年青人剛欲開口，侍從就說：「我們趕快一點，公主等候業已很久。」

兩人再繼續走去，到一大廳，寬廣可容三千舞伴對舞，祇見地下各處皆是白獺海豹，靜美可憐，各處且有冰塊浮動，如北冰洋。那時正當大暑六月，廳中寒氣尚極逼人。年青人先前還以爲那是水池，不能通過，那御前侍從就告他這不礙事，可以大步走過，同時心想堅其信實，就從腕上脫取一隻黃金嵌寶手鐲，盡力擲去，寶鐲觸地，鏗然有聲，年青人方明白原來這是一個極大水池，上面蓋有一片極大水晶，預備夏天作跳舞場所用。兩人於是方從上面走過，直到內殿。到內殿後，進見公主，祇見公主坐在殿中百二十重金銀幃帳裏，用翡翠大盤貯香水浣手。殿中四隅有各種小巧香花，從上緩緩落下。有一秀氣逼人的女孩，身穿綠色長袍，站在公主身旁，吹白玉笙，奏東方雅樂中「鹿鳴之章」，歡迎遠客。有一極小白猿。偎依公主腳下，輕嘯相和。

賓主問訊一陣以後，年青人聽說朱笛國王離開本國，出外旅行，業已三年不歸，就問公主，國王究爲什麼原因，抛下王位，向他處走去。

公主不及作聲，那小小白猿就告給年青人國王出國旅行的理由。

「你若滿足身邊一切，你不會來這裏。國王一人悄悄離開本國土地人民，不知去處，原因所在，也不外此。」

年青人如今親眼見到這個國王豪華尊榮，正以爲人類最好地方，莫過於此，誰知作國王的，還不滿足，也居然離開王位，獨白走去。他亟想從公主方面多知道些事情，故隨即向公主問了一些話語。公主想起爸爸久無消息，不知去向，故雖身住宮中，處理國事。取精用宏，豪華蓋世，但仍然毫無快樂可言。如今被遠方來客一問，更覺悲哀，就潸然流淚不止，不能不安置來客到館驛裏，準備明天再見。

第二天重新被召入宮，卻已見到國王，原來國王悄悄出外，旅行三年，昨天又悄悄回到本國。公主見國王時，就稟告國王，有一遠客，步行三年來到本國，故國王首先就召年青人入宮談話。

見國王時，國王明白年青人旅行原因，與自己旅行原因，皆爲同一動機而起，兩人便覺十分契合。原來這國王旅行，也爲一本古書而起。那書上記載一個名爲白玉丹淵國的地方，人民如何生活，如何打發每個日子，萬彙百物，莫不較之朱笛國中自然豐富。這朱笛國王，由於眼前一切，不能滿足，對於遠國文明，神往傾心，故毅然拋棄一切，根據書中所說方向，追尋而去。年青人問國王旅行眞正意思時，國王不即回答，就拿出那本古書，讓年青人閱讀。那本書第一頁寫了這樣一行文字：

白玉丹淵國散記

以下就是那本書中所寫的話語：

中國的西方是朱笛國，朱笛國的西方是白玉丹淵國。那裏有一片土地，一個國家。那地方面積是正方形，寬廣縱橫各五千里。國境中有森林，河流，大山。各處皆有天然井泉，具有各種味道，味道甘美爽口，顏色則或者透明如水晶，或着色白如牛奶羊奶。那地方各處皆生小草，向右盤縈，細如頭髮，色如翡翠，清香如果子，柔軟如氈毯。那地方平處用腳一踹時，就凹下三寸，把腳舉起，地又無高無低，平復如掌。

那地方無荆棘，無溝坑，無雜草亂樹，也無蚊虻蛇蟲。那地方陰陽和柔，四時如春，百花常開，無冬無夏。

那地方人民身體像貌，皆差不多，生活服用，也無分別。人人皆壯實活潑，常如二十來歲。人人口齒皆潔白整齊，不害牙痛。頭髮極黑，光滑柔美，不長不短，不生垢膩。那地方有樹名曲躬樹，葉葉重疊，層次無數，天落雨時，從不漏溼，所有人民，皆在下面過夜。那地方又有香樹，高大奇異，開花極香，花落結果，果實成熟時，就自行墮地，皮破裂開，裏面皆種種用具，大小適用，以及各樣顏色衣服，莫不美麗悅目。又有較小香樹，高低略同平常櫥櫃相似，長年開花結果，果大如碗，其中有各式點心，各種美酒，也間或有古董玩器，精美雅致。那地人民一切需要皆可取於地面樹上，故不開礦，不設工廠。那地方生自然糧食，不必撒種，自生自熟，且無糠糩，色如玉花，味極厚重，又有清香。這種自然糧食既可取用不竭，又有自然鍋釜，同發火寶珠。寶珠名爲「焰光寶珠」，把自然糧食放入鍋中，焰光寶珠安置鍋下，飯煮熟時，珠也無光息熱。凡想吃飯，見人坐席，就可加入恣意取吃。主人不起，飯便不完，主人略起，飯就完事。吃完飯時，祇須略挖地面，便可把一切餐具，埋於地下，下次用時，再換新的。煮飯既不假樵火，不勞人工，吃後又不必洗碗，故方便灑脫，無可與比。

那地方共有四百個湖泊，皆如天然浴池，各個縱廣或十里，或五里，或一里。池底皆極平，其下皆平鋪金砂和各種細碎寶石。四面有七重金屬欄杆圍繞，欄杆上皆嵌七色寶石，入夜各放異光，不必再用燈燭。池水從地底滲出，從暗道流去，顏色透明，永不渾濁，溫暖適如人意，即或久浸水中，也如在空氣中浮力又大，極深處皆不溺人。那地方人民皆傍池邊住下，白日裏無事可作時節，多在池中划船，船皆沙棠香木作成，用輕金裝飾一切，色線皆雅致不俗，各人乘船中流娛樂，唱歌奏樂，聚散各隨己意。想入池中游泳時，脫衣各放岸邊。浴畢上岸，隨意取衣，先出先着，後出後着，不必選認原來衣服，若想換一新衣，祇須向近身處樹邊走去，摘一果實，把殼擠碎，就可按照自己意思，得一新衣。

那地方人民一切既由上帝代爲鋪排，不必費事，皆可自由娛樂，打發日子，每日浴後便常常從果樹中選取管絃樂器，到鳥雀較多處去，與枝頭雀鳥，合奏樂曲。若想換一地方時，雀鳥皆如人意，各自先行飛去等候。

那地方大小便時，腳下土地，就自行拆開，成一小坑，完事以後，地又合攏。

那地方每到中夜，天空就有清淨白雲，帶來甘雨，勻勻落下。落雨時如灑奶汁，草木皆知其甜。全國各處一得到這種雨水以後，空氣便如用一奇異東西濾過一次，異常乾淨，地面則柔輭潤澤，毫無灰塵。落雨過後，天空淨明淺藍，大小星辰，錯落有致，潔風把溫柔澹和香氣從各方送來，微吹人身，使人舉體舒暢，無可髣髴，在睡夢中，皆含微笑。

那地方人民也有欲心，惟各有周期，不流於濫，欲心起時，男子愛一女人，祇需熟視所愛女人，過一陣後，就離開女人，向曲躬樹下跑去，若女人同時也正愛慕這個男子，必跟隨身後走去。兩人到樹下後，若爲血緣親屬，不應發生情慾，樹不曲蔭，便各自微笑散去。若非親屬，樹在這時便低枝迴護，枝葉曲蔭，頃刻之間，就可成一天然帳幕，兩人就在這帳幕裏，經營短期共同生活，隨意娛樂，毫無拘束，一天兩天，或到七天，興盡爲止，然後各自分手。婦人懷妊，七天以後就可分娩，生產時節，既不痛苦，也不厤煩。不問所生是男是女，皆可抱去安頓到四衢大道之旁，不再過問，小孩因爲飢餓啼哭時，路人經過身旁，就伸出指頭，儘小孩含吮，指尖就有極甜奶汁，使小孩飽足發育。過七天後，小孩長成，大小已與平常人無異，便各處走動，隨意打發日子去了。

那地方無法律，無私產，無怨憎。

那地方也有死亡，遇死亡時，身旁之人，皆以爲這人自然數盡，從不悲戚。既無親屬，也無教法，故從無傾家蕩產埋葬死人習氣。人死以前，這人便能明白，故自已就在水中洗滌全身，極其清潔，走到無人處躺下，氣絕以後，即刻就有一隻白色大鳥，飛來幫忙，把這死人收拾完事，不留蹤影。

……………

朱笛國王就祇爲了這本書上所載一切情形，輕視了他的王位，拋下了他的親屬與臣民，離開了他的本國，旅行了三年，方纔歸來。

那年青人既明白了國王旅行的事情以後，就同國王說：「何所爲而去，我已明白，何所得而來，還請見告。」

那國王就爲年青人說出他旅行前後的經驗：

當我既然知道了地面上還有這樣一個方便國家後，我就決心獨自向地球上跑去，預備找尋這個古怪國土。我同你一樣，整整走了三年，過了無數的河，爬過無數的山，經過無數的險，有一天我終於就走到那個地方了。

到那地方時看看一切皆恰與那本書上所記載的相合。地面生長的奇樹，浴池的華美，以及一切一切，莫不同書上相印證。可是祇有一件事情完全不同，就是那地方無一個人不十分衰老，萎靡不振。到後一問，方知道原來這地方三年前大家還能極其幸福好好的過日子下去，當時卻有一個人民，在睡夢中，看到一本怪書，書中載了無數圖畫，最末一頁方有這樣一個極小的字「死」。他自己也不知道爲甚麼就認識這個字，且爲什麼懂到了這個字的意義。這人醒來很覺得惆悵，就做了一首「讚美長生快樂」的歌曲，各地唱去。從此一來，無人不感覺到死亡的可怕，由於死亡的意識佔據到每個人心上，就無人再能夠滿足目前的生活，各人皆想明白什麼地方有不死的國土，什麼方法可以不死，又無法去同安排這個世界的上帝接頭，故三年來全國人民皆在憂愁中過去，一切生活皆不如法，各人臉上顏色也就衰老憔悴多了。

朱笛國王到白玉丹淵國時，恰正是那個國土有人想過別一處去，找尋大德先知，向他質問「上帝所思所在」的時節，眾人眼見朱笛國王顏色那麼快樂，眾人自視卻那麼苦惱，以為最快樂的人，當然也就是瞭解神的意見最多的人，故在朱笛國王來到本國，告給他眾人衰老憂愁原因以後，就詢問國王：

「什麼方法可以使人快樂？什麼方法可以使人不死！」

國王按照他那自己一分旅行的經驗，以及在本國國王位上，使用物力時那點無上魄力而成的觀念，就回答說：

「照我想來，對於你目前生活覺得滿足，莫去想像你們得不到的東西，你們就快樂了。至於什麼方法使人不死，我們身體既然由於人類生養出來，當然也可由於人類思索弄得明白，不過我現在可回答不出。」

幾句話使白玉丹淵國一部分人民得到了知足的快樂，一部分人民得到了研究的勇氣。那朱笛國王卻為了自己的快樂，與另外自己還不明白的祕密，因此回返本國了。

國王把他自己那分經驗說畢以後，想起一個得上帝幫助力量較少的人，既然還能夠多知道些活在地面上快樂的哲學，一個年青人有時也許比年老人知道得更多，就向年青人說：

「知足安分是一個使我們活到這世界上取得快樂的方法，我已經認識明白，故為了快樂，我就回到本國來了。你現在明白了這個，你不久也應當回你中國了。我且問你，我們若不知足安分，是不是還有什麼方法得到快樂？我們若非死不可，是不是還有什麼方法能使我們全不怕死？你告給我，你告給我。」

那年青人想了半天，他方說：

「不知足安分，也仍然可以得到快樂，就譬如我們旅行。我們爲了要尋覓我們的眞理，追求我們的理想，搜索我們的過去幸福，不管這旅行用的是兩隻脚，或一顆心，在路途中即或我們得不到什麼快樂，但至少就可忘掉了我們所有的痛苦。至於生死的事，照我想來既然向這世界極其幸福的人追尋不出究竟，或許向地面上那極不幸福的人找尋得出結果。」

這年青人回答了國王詢問以後，就離開了那朱笛國。他回到了中國，卻並不返家。由於他想明白爲什麼我們常常怕死，有什麼方法又可以使我們就不怕死，且以爲年青人有時皆比年老人知道得多，極不幸福的人也許反明白什麼是幸福，同時記起爲了「有所尋覓而去旅行」的哲學，於是在全中國各處走去，一直飄泊了二十五年。

他的旅行並不完全失敗，他在各樣地方各種人堆裏過了二十五年，因此有一天晚上，他當眞得到了他所需要的東西。得到了這東西後，他預備回家去看他那美貌公爵妻子去了。

……

那鬍子把故事一氣說完，到這時節，稍稍停頓了一下，向成衣人作了一個友誼的微笑。眾人中有人就問他：

「這年青人究竟得到了些什麼，你又同年青人有什麼關係，如何知道他的事那麼詳細清楚？」

那鬍子望望說話的一個，微笑着，在笑容裏好像說了一句話：「你要明白嗎？你還不明白嗎？」

另外也有人提出質問，那鬍子於是便告給衆人：

「那年青人旅行了二十五年，祇是有一夜到一個深山中的旅店裏，聽到一個成衣匠說了一個故事，結尾時說了幾句話。他尋覓了二十五年，也就正是想聽聽這樣一種人說的這樣話語。成衣匠說的不差。」鬍子說到這裏時便向火堆前那個成衣匠低低的詢問，「你不是……這樣說過的嗎？你說過的。」他走過去把成衣匠拉起，讓大家明白他所說的成衣匠就正是目前這個成衣匠。「我要說的那年青人所遇到的成衣匠就是他。他是一個男子，一個硬朗結實的男子。那年青人是誰，你們還要知道麼？你們試去衆人中找尋一下，不要祇記着他三十年前的美麗風儀，他旅行了將近三十年，他應當老了，應當像我那麼老了！」

原來這鬍子就正是正當年紀輕輕的時節，爲了有所尋覓，離開了新婚美麗妻子同所有財富，在各處旅行了將近三十年的那個年青人！

爲張家小五輯自《長阿含經》《樹提伽經》《起世經》，一九三三年四月十七在青島。

女人

因爲在上次那個故事中，提到金像與銀像，就有兩個人同時站起，說他們也有個故事，故事中也有個年青男子，由於金像銀像，與一美貌女子結婚，到後覺得生存不幸，方去各處旅行。其中還有一個國王，也因有所尋覓，曾經離開王位，各處旅行。但故事中人物雖多相同，故事內容可完全兩樣，想問在座衆人，能不能讓他們有個機會把故事說出來。衆人既然不想睡覺，目的就在用各種各樣希奇故事打發這個長夜，豈有反對道理。兩人剛說完時，當然便有無數掌聲，從火堆四近而起，催促兩人開口，鼓勵兩人說話。

這兩個人一老一少，裝束雖顯得十分襤褸，儀表可並不委瑣庸俗。下面故事，就是這兩個人共同說出的。

某處地方有一個年青男子，某處地方又有一個年青女人，這兩人各皆因爲生來特別美麗，各人皆聘請了精巧匠人，用黃金白銀鑄了一軀理想情人的造像，像造成後，就派人擡去陳列到官路上，儘人觀看，徵求配偶。到後兩人憑媒介紹，在極華貴莊嚴儀式中，訂婚結婚。兩人所有經過，皆同前面那個故事所提及的一對青年夫婦相似。這年青人結婚以後，生活十分幸福，自極平常。但時間不久，這年青人放下了本身各種幸福，獨自遠行異邦，乃爲另一原因。

那時有個國王，自命不凡，常常對鏡自照，總以爲自己美麗，超越今古。其實在精神與外表兩方面看來，這個國王也與各處國王相像，全身成分，有百分之五的聰明，百分之三的風雅，其餘便完全是一個吃肉喝湯的肉架子。國王歡喜用他那僅有的三分風雅，說他所會說的幾句話語：「羅馬皇帝凱撒，曾經用他的武力，征服過這個世界，駕馭過這個世界，我敬重他，但我卻不想同這種野蠻軍人競爭一日長處。我將用我的美來管領我的國家。上帝對我特別關切，故我在這世界地面上，也比任何一個美男子還更美。」

那國家一切臣民，也同現在這世界上許多國中作臣民的一般，由於精神方面缺少一種名爲「骨氣」的成分，對主子的方法，按照習慣，皆認爲各有隨事阿諛的義務。各人得注意主上意思所在，常常捧場叫好。那國王既然並不想作凱撒，也不想作成吉思汗，爲了不應戳穿這國王的糊塗自信，故每次見國王對鏡自照時，在朝眾人，就異口同聲，承認國王美觀，於世界中，佔一首席，且用這類阿諛，換去賞賜無數。

這國王既有一批親信大臣，貢獻頌禱，用阿諛作爲每日營養，又有一個美貌王后，兩人愛情也來得濃厚異常，故常自視為天下第一有福氣人。

有一天從別處貢來一頭白色鸚鵡，這明慧乖巧禽鳥，能說七十二種方國語言，記憶中保留了三千五百個希奇故事，見多識廣，博學有才，得過文學博士學位，曾在五個國王宮庭中作過上等清客。這鸚鵡未來之前，早就知道了國王脾氣，一見國王，便故意表示異常驚訝，異常惶恐。國王還以為牠初來宮庭，當然不大習慣，就極力安慰牠，告牠不要害怕。以為如今來到宮庭，儘可自由方便，不會使牠感受拘束。且因為明白這鸚鵡極懂人性，就問牠吃驚理由，究為何事。

那鸚鵡熟視國王許久，方說出牠的巧妙奉承：

「我見過無數貴人，就從來不曾見過一個國王，能比陛下像貌更美，故一見陛下，不覺踧踖失儀。」

那國王說：

「美麗使人傾心，固屬自然，但閣下經驗閱歷，世所希有，難道也為我的儀表感到迷惑嗎？」

鸚鵡明白計已得售，就說：

「在日光下頭，無人眼睛不感到眩瞀。陛下美麗，同這一樣。」

國王早已聽說這鸚鵡見多識廣，非同小可，在外國時已極出名，如今還為自己美麗所征服，故異常快樂，且以為鸚鵡應對審詳，辭采溫雅，即刻就對這個善於說謊的白鳥，厚有賞賜，且款待優渥，如禮大賓。

宮中女人，則因爲聰明禽鳥，善說故事，且知道什麼樣子女人歡喜什麼種類故事，便也對這鸚鵡，十分歡迎。國王每天指派一個宮女，照料這隻鸚鵡，每個宮女，皆樂於得到這件差事。

有一天國王午睡未醒，侍候鸚鵡的宮女，恰恰是個剛剛成年的女子，就在廊下同鸚鵡閒談。這韶年稚齒的宮女，還不明白人間男女戀愛是些什麼，就請牠說個關於男女的故事聽聽。這鸚鵡懂得到這宮女所歡喜的正是些什麼，就輕輕的爲宮人說紅葉題詩的故事。又說紅葉題詩的故事雖美，已過了時，最合時的應當是那用金像銀像找尋情人的故事。說這故事時，牠告給這個宮女，那兩人如何美麗，如何年青，眞算得這世界上「頂幸福」的人。說故事時，宮女同鸚鵡皆當作國王正在午睡，不會醒覺，並且話語又說得極輕，方以爲絕不會爲國王聽去。誰知這個國王，每天午睡，並非當眞去睡，就爲的是每天可以偸聽鸚鵡說的一切故事，原來他的睡眠是故意裝成的。如今聽鸚鵡說世界上居然還有一個男子，比他美麗，比他幸福，不覺妬心頓生，十分難受。

當時他不發作，到第二天早朝時，這國王就詢問殿前各位大臣：

「我問你們，我是不是這世界上頂美麗的男子？」

大臣皆照往常那種態度，恭恭敬敬的回答：

「陛下的的確確是這世界上頂美的國王。」

國王回頭又問鸚鵡如前，鸚鵡也恭恭敬敬的回答：

「陛下的的確確是這世界上頂美的國王。」

那個時節，國王手中正拿得有一面極貴重的青銅鑄成嵌滿寶石的鏡子，氣得手中發抖，把鏡子奮力向階石上摔碎以後，就指定兩邊大臣大罵：

「你們全是一羣騙子，一羣混蛋！你們好好說來，我究竟是不是這世界上最美的人？各說實話，若不說句誠實話語，我即刻割了你們的頭顱懸到旗杆上去。」

朝臣眼見情形不妙，皆嚇壞了，事情來得過於突兀，不知如何奏答。若再說謊，保不定頭顱就得割下，若不說謊，則過去所說謊話，如何自圓其說？故一時皆發楞發呆，不知如何是好。

國王怒氣沖沖的對鸚鵡說：

「你說實話。不說實話，你就也是一個騙子，我派人扯去你的毛羽，把你烤吃。」

那鸚鵡明白國王生氣理由，必是昨天已把牠向宮女所說金像銀像故事聽去。知道應當如何處置，方可使這國王和平，救出眾人，救出自己。就從從容容答覆國王道：

「國王平時祇問我們『我是不是這世界上最美麗的國王？』眾人皆說『是』。照約翰儺喜博士邏輯學的方法說來，眾人毫無罪過。照我看來，則世界國王，爲數不多，國王的確可說是這世界上最體面漂亮的國王之一。雖在另一地方，還有一個平民，也很美麗，但這人祇是一個平民，如何能夠相提並論。至於國王若因這事便想把小臣烤吃，那眞三生有幸，赴湯蹈火，所不敢辭。但國王應當找尋別的理由，不要以爲由於這種罪過，使史官記載，不好下筆！」

國王由於平生驕傲，忽被中傷，原本十分憤怒，眞想把這一羣混蛋，全體殺頭。這時一聽這隻聰明鸚鵡解釋，且引出名學代爲證明，國王雖不明白約翰雛喜博士是什麼人，但聽鸚鵡言之成理，也就釋然於懷，不再介意了。

到後他向鸚鵡問明白那年青美麗平民的住處，他就派遣了一個使臣，帶了手草諭旨，即刻把那年青人召來見面。

使臣騎了日行六百里的驛馬，趕到年青人家中，宣告國王的聖旨，把年青人請去。年青人離開他那體面夫人時，因爲新婚遠離，互相眷戀，難於分別，故再三囑咐即早歸家，免得掛念。夫人且說，若不相信她的愛情，請他把門鎖好，鑰匙帶走，回來時節再開那門。這年青人既然愛情濃厚，當然不會對於他的夫人有何相信不過處。年青人走到半路時，心想國王見召，必以爲他聰明有才，請去商量國事，方記起臨走過於匆忙，所有著作，也忘了帶在身邊，故同使臣商量妥當，趕忙回家取書。回到家中，卻眼見那個貌美夫人，正同一個戀人騎馬出遊。年青人忿怒悒鬱，無可自解，故抵國王都城時，業已憔悴消瘦，非復平時可比。使臣以爲必是路上過於勞頓，像這樣子，不大好見國王，故把這年青人，安置到本國迎賓館裏，讓他休息三天，再去報到。

那年青人住處比鄰，就是國王養馬的御廐，初到那天晚上，聽到隔壁有個女人同那馬夫頭子說話，馬夫問那女人：「怎麼今天你又可以出來？」女人就說：「國王因爲等候一個遠客，獨自在外住宿，故可悄悄出來相會。」再聽一陣，年青人方明白原來這與馬夫說話的，正是一國之尊的王后。年青人心中思量：「一國王后，當國王給她一種方便機會時，她還利用機會，同一馬夫戀愛，何況我的妻子？」因此心中一腔悶氣，即刻不知去處，心胸既廓然無復滯積，休息三天以後，額頭放光，臉色紅潤，神彩雋逸，更倍往昔。

進見國王時，國王業已聽說年青人路途勞頓，萎靡不振，誰知一見顏色，精神煥發，不可髣髴。國王驚訝之至，就問年青人究因何事，忽然憔悴，又因何事，忽然充腴。年青人不想隱瞞國王，便把所見所聞，一一稟告國王。

國王聽說，心想：「我們兩人那麼有權有勢，多財多貌，自己女子還不能夠信託，何況他人？」但又想：「這世界上作女子的，既皆那麼不可信託，何以許多動人詩歌，又皆特爲女子而起？因此看來，則女子不是上帝，就是魔鬼，若不是有一分特別長處，就定是有一種特別魔力。或者另外一個階級，另外一種女人，還值得人類謳歌値得人類崇拜？」爲了這點不能解決的問題，兩人就互相商量了一個辦法，相約離開王位與財富，共同到這個寬廣的世界上各處去旅行，旅行的目的，就祇是到地面上去尋覓「女人被尊敬的眞正理由」。

他們尋覓的結果如何，他們現在還不知道。他們雖然聽人說到一個扇陀故事，已經明白女人的魔力，大半由於上帝所賦予的那一分自然長處。但這個世界，除生理方面，女人可以使一個候補仙人糊塗以外，女人是不是還有別種長處別樣好處存在？他們相信必定還有一種東西存在，故他們仍然還在繼續旅行，尋覓那點眞理。

這兩個人是誰？不必說明，大家皆清清楚楚，故當兩人把故事說到末了時，並無一人追究這故事的來源。

為張家小五哥輯自《雜比喻經》，一九三三年四月二十二日於青島。

愛慾

在××旅店中，一堆柴火光焰熊熊，圍了這柴火坐臥的旅客，皆想用故事打發這個長夜。火光所不及的角隅裏，睡了三個賣硃砂水銀的商人。這些人各負了小小圓形鐵筒，筒中貯藏了流動不定分量沉重的水銀，與鮮赤如血美麗悅目的硃砂。水銀多先裝入猪尿脬裏，硃砂則先用白綿紙裹好，再用青竹包藏，方入鐵筒。這幾個商人落店時，便把那圓形鐵筒從肩上卸下，安頓在自己身邊。當其他商人說到種種故事時，這三個商人皆沉默聽着。因爲說故事的，大多數皆歡喜說女人的故事，不讓自己的故事同女人離開，幾個商人恰好皆各有一個故事，與女人大有關係，故互相在暗中約好，且等待其他說故事的休息時，就一同來輪流把自己故事說完，供給大家聽聽。

到後機會果然就來了。

他們於是推出一個夥伴到火光中來，向躺臥蹲坐在火堆四圍的旅客申明。他們共有三個人，願意說出三個關於女人的故事，若各位許可他們，他們各人就把故事說出來；若不許可，他們就不用說。

眾旅客用熱烈掌聲歡迎三個說故事的人物，催促三個人趕快把故事說出。

一 被刖刑者的愛

第一個站起說故事的，年紀大約三十來歲，人物儀表偉壯，聲容可觀。他那樣子並不像個商人，卻似乎是個大官。他說話時那麼溫和，那麼謙虛。他若不是一個代替帝王管領人類身體行爲的督府，便應當是一個代替上帝管領人類心靈信仰的主教。但照他自己說來，則他祇是一個平民，一個商人。他說明了他的身分後，便把故事接說下去。

我聽過兩個大兄說到女人的故事，且從這些故事中，使我明白女人利用她那分屬於自然派定的長處，迷惑過有道法的候補仙人，也哄騙過最聰明的賊人，並且兩個女孩子皆因爲國王應付國事無從措置時，在那唯一的妙計上，顯出良好的成績。雖然其他一個故事，那公主吸引來了年輕賊人，還仍然被賊人佔了便宜，遠遠逃去；但到後因爲她給賊人養了兒子，且因長得美麗，終究使這聰敏盜賊，不至於爲其他國家利用，好好歸來，到底還仍然在歷史上留下一個記載，這記載就是：「女人征服一切，事極容易。」世界上最難處置的，恐怕無過於仙人與盜賊，既這兩種人皆得在女人面前低首下心，聽候吩咐，其他也就不必說了。

但這種故事，祇說明女人某一方面的長處，祇說到女人征服男人的長處！並且這些故事在稱揚女子時，同時就含了譏刺與輕視意見在內。既見得男性對於女子特別苛刻，也見得男子無法理解女子。

我預備說的，是一個女子在自然派定那分義務上，如何完成她所擔負的「義務」。這正是義務。她的行爲也許近於墮落，她的墮落卻使說故事的人十分同情。她能選擇，按照「自然」的意見去選擇，毫不含糊，毫不畏縮。她像一個人，因爲她有「人性」。不過我意思又是願意大家明白，女子固然走到各處去，用她的本身可以征服人，使男子失去名利的打算，轉成膿包一團，可是同時她也就會在這方面被男子所征服，再也無從發展，無從掙扎。凡是她用爲支配男子的那分長處，在某一時也正可以成爲她的短處。說簡單一點，便是她使人愛她，弄得人糊糊塗塗，可是她愛了人時，她也會糊糊塗塗。

下面是我要說的故事。

××族的部落，被上帝派定在一個同世界儼然相隔絕的地方。生育繁殖他們的種族，他們能夠得到充足的日光，充足的飲食，充足的愛情，卻不能夠得到充足的知識。年紀過了三十以上的，祇知道用反省把過去生活零碎的印象隨意拼湊，同樣又把一堆用舊了的文字，照樣拼湊，寫成憂鬱柔弱的詩歌。或從地下挖些東西出來，排比秩序，研究它當時價值與意義。或一事不作，花錢僱了一個善於烹調的廚子，每日把雞鴨魚肉，加上油鹽醬醋，製成各式好菜好湯，供奉他腸胃的消化。一切皆恰恰同中國有一些中年人一樣，顯得又無聊又可憐。他們因爲所在的地方，不如中國北京那麼文明，不如上海那麼繁華，故玩古董，上公園，跳舞，看戲，這類娛樂也得不到。每人雖那麼活下去，可不明白活下去是些什麼意義。每人皆圖安靜，祇想變成一隻烏龜，平安無事打發每個日子，把自己那點生命打發完結時，便硬殭殭的躺到地坑裏去，讓蟲子把屍身吃掉，一切便算完事了。他們皆不想怎麼樣把大部分人的生命管束起來，好好支配到一個爲大家謀幸福與光榮的行動上去。（一族中做主子的，就不知道如何組織社會，使用民力！）他們都在習慣觀念中見得極其懶惰，極其儒怯。用爲遮掩他們中年人的思索與行爲懶惰儒怯的，就是一本流傳在那個種族中極久遠極普遍的古書，那本書同中國的聖經賢傳文字不同，意思相近。書中精義，概括起來共祇十六個字，就是：

生死自然。不必求生。清靜無爲。身心安泰。

那種族中中年人雖然記到這十六個深得中國老莊精義的格言，把日子從從容容對付下去，年輕人卻常常覺得這一兩千年前拘迂老傢伙所表示的自然主義人生觀，到如今已經全不適用。皆以爲那祇是當時的人把「生」「死」二字對立，自然產生的觀念。如今的人，應當去生，去求生，方是道理。可是應當怎麼樣去求生，這就有了問題。

因此那地方便也產生了各種思想與行動的革命，也同樣是統治階級愚蠢的殺戮，也同樣乘時雀起在某一時就有了若干名人與偉人，也同樣照歷史命運所安排的那種公式，糟蹋了那個民族無數精力和財富，但同時自然也就在那分犧牲中，孕育了未來光明的種子。

其中有年青兄弟兩人，住在那個野蠻懶惰民族都會中，眼見到國內一切那麼混亂，那麼糟糕，心中打算着：「爲什麼我們所住的國家那麼亂，爲什麼別個國家又那麼好？」

兩兄弟那時業已結婚，少年夫婦，恩愛異常，家中境況又十分富裕，若果能夠安分在家中住下，看看那個國家一些又怕事又歡喜生點小事的人寫出的各樣「幽默」文章，日子也就很可以過得下去了。可是這兩兄弟卻覺得這樣下去很不好，皆以爲在自己菓園中，若不知道樹上所結的菓子酸到什麼樣子，且不明白如何可以把結菓極酸的，生蟲的，發育不完全的樹木弄好的方法，最好還是趕快到別一個菓園去看看。於是弟兄兩人就決計徒步到各處去遊學，希望從這個地球的另一處地方，多得到些智慧同經驗，對於國家將來有些貢獻。兩人旅行計劃商量妥當後，把家中財產交給一個老舅父掌管，帶了些金塊和銀塊，就預備一同上路。兩個年輕人的美麗太太，皆因爲愛戀丈夫，不願住在家中享福，甘心相從出外受苦，故出發時，共有四個人。

兩兄弟皆明白本國文化多從東方得來，且聽說西方民族，同東方民族完全不同的做人觀念與治國方法，故一行四人乃取道西行，向日落處一直走去。

他們若想到西方的××國，必須取道一個寂無人煙不生水草的沙漠，同伴四人，爲了尋求光明，到了沙漠邊地時，對於沙漠中種種危險傳說，皆以爲不值得注意。幾人把糧秣飲水準備充足以後，就直貫沙漠，向荒涼沙磧中走去。

他們原祇預備了二十七天的糧食，可是走過了二十七天後，還不能通過這片不毛之地。那時節雖然還有些淡水，主要食物卻已剩不了多少。幾人討論到如何支持這些危險日子，卻商量不出什麼結果。這沙漠既找尋不出一點水草同生物，天空中並一隻飛鳥也很少見到，白日裏則祇是當頭白白的太陽，灼炙得人肩背發痛，破皮流血。到晚上時，則不過一羣淺白星子嵌在明藍太空裏而已。原來他們雖帶了一張羊皮製成的地圖，但爲了祇知按照地圖的方向走去，反而把路走差了。

有一天晚上，幾人所剩下的一點點飲料，看看也將完事了。各人又飢又渴，再不能向前走去，便皆殭殭的躺在沙磧上，仰望藍空中星辰，尋覓幾人所在地面的經度，且憑微弱星光，觀察手中羊皮製就的地圖。

兩兄弟以爲身邊兩個婦人皆倦極睡熟，故來商量此後的辦法。

哥哥向弟弟說：

「你年輕些，比我也可以多在這世界上活些日子，如今情形顯然不成了，不如我自殺了，把肉供給你們生吃，這計策好不好？」

那弟弟聽哥哥說到想要自殺，就同他哥哥爭持說：

「你年紀大些，事情也知道得多些，若能夠到那邊學得些知識，回國也一定多有一分用處。現在既然四個人不能夠平安通過這片沙漠，必需犧牲一個人，作爲糧食，不如把我犧牲，讓我殺。」

那哥哥說：

「這絕對不行，一切事情必需有個秩序，作哥哥的大點，應當先讓大的自殺。」

「若你自殺，我也不會活得下去。」

弟兄倆一面在互相爭論，互相解釋，那一邊兩妯娌卻並未睡着，各人皆裝成熟睡樣子，默默的在竊聽他們所討論的一切。兩個婦人皆極愛丈夫，同丈夫十分要好，皆不想便與丈夫遽然分離。聽到後來兩兄弟爭論毫無結果，那嫂嫂就想：

「我們既然共同來到這種境遇中，若丈夫死了，我也得死。」

弟婦則想：

「既然不能兩全，若把這弟兄兩人任何一個死去，另一個也難獨全。想想他們受困於此的原因，皆祇爲路中有我們兩人，受女人累贅所致。我們既然無益有害，不如我們死了，弟兄兩個還可希望共同逃出這死海，爲國家做出一分事業。」

那嫂嫂因爲愛她的丈夫，想在她丈夫死去時，隨同死去；丈夫不死，故她也還不死。那弟婦則因爲愛她的丈夫，明白誰應當死，誰必需活，就一聲不響。睡到快要天明時，悄悄把自己手臂的動脈用碎磁割斷，儘血流向一個木桶裏去，等到另外三個人知道這件事情時，木桶中血已流滿，自殺的一個業已不可救藥了。

弟弟跪在沙地上檢察她的頭部同心房時，又傷心，又憤怒，問她：

「你這是做什麼？」

那女人躺臥在他愛人身旁，星光下做出柔弱的微笑，好像對於自己的行爲十分快樂，輕輕的說：

「我跟在你們身邊，麻煩了你們，覺得過意不去。如今既然吃的喝的什麼都完了，你們的大事中途而止豈不可惜？我想你們弟兄兩個既然誰也不能讓誰犧牲，事情又那麼艱難，不如把無多用處的我犧牲了，救你們離開這片沙漠較好，所以我就這樣作了。我愛你！你若愛我，願意聽我的話，請把這木桶裏的血，趁熱三人趕快喝了，把我身體吃了，繼續上路，做完你們應做的事情。我能夠變成你們的力量，我死了也很快樂。」

說完時，她便請求男子允許她的請求，原諒她，同她接一個最後的吻。男子把一滴眼淚滴入她口中，她咽下那滴眼淚，不及接吻氣便絕了。

三個人十分傷心，但爲了安慰死去的靈魂，成全死者的志願，記着幾人遠離家國的旅行，原因是在爲國家尋覓出路，屬於個人的悲哀，無論如何總得暫且放下不提，因此各人祇得忍痛分喝了那桶熱血。到後天明時，弟弟便背負了死者屍身，又依然照常上路了。

當天他們很幸福的遇到一隊橫貫沙漠的駱駝羣，問及那些商人，方明白這沙漠區域常有變動，還必需七天方能通過這個荒涼的地方，到一個屬於××國的邊鎮。幾人便用一些銀塊，換了些淡水，換了些糧食，且向商人雇了一匹駱駝，一個駝夫，把死屍同糧食用具馱着，繼續通過這片沙磧。但走到第四天時，趕駱駝的人，乘半夜眾人熟睡之際，拐帶了那個死屍逃逸而去，從此毫無踪跡可尋。原來這趕駱駝的，屬於一種異端外教，相信新近自殺的女屍，供奉起來，可以保佑人民，便帶回部落去用香料製作女神去了。

三人知道這愚蠢行爲的意義，沙漠中徒步決不能跟踪奔馳疾步的駱駝，好在糧食金錢依然如舊，故無可如何祇好在當地豎立一枝木柱，上刻「凡能將女人屍體送至××國者，可以得馬蹄金十塊，馬蹄銀十塊」。把木柱豎好，幾人重復上路。

走了三天，果然走到了一個商鎭，但見黃色泥室，比次相接，駝糞堆積如山，駱駝萬千，馬四無數。人民熙熙攘攘，很有秩序。走到一座客店，安置了行李以後，就好好的休息了三天。

休息過後，幾人又各處參觀了一番，正想重新上路，那弟弟卻得了當地流行的不可救藥的熱病，不能起身，把當地的著名醫生請來，診治時，方知病已無可治療，當晚就死了。

臨死時這弟弟還祇囑咐哥哥，應當以國家事情爲重，不必因私人死亡憂戚。且希望哥哥不必在死者身上花錢，好留下些錢財，作旅行用。且希望哥嫂及早動身，免得傳染。話說完時，便落了氣。這哥嫂二人雖然十分傷心，一切辦法，自然皆照死者志願作去，把死者處置妥當，就上了路。

剩下這一對夫婦，又取道向西旅行了大約有半年光景，那男子因爲擔心國事，紀念死者，祇想凝聚精力，作爲旅行與研究旅行所得學問而用，因此對於那位同伴，夫婦之間某種所不可缺少的事情，就疏忽了些。女人雖極愛戀男子，甘苦與共，生死相依，終不免便覺得缺少了些東西。

有一天兩人在路上碰到一個因爲犯罪雙足業被刖去的醜陋乞人，夫婦二人見了這人，十分憐憫，送了那乞人些錢後，那乞人看到這一對旅行的夫婦檢閱羊皮地圖，找尋方向，就問他們，想去什麼地方，有什麼事。兩人把旅行意見如實告給了乞人。那乞人就說，他是西方××大國的人，知道那邊一切，且知道向那大國走去的水陸路徑，願意引導他們。兩人聽說，自然極其高興。於是夫婦二人輪流用一小車推動這乞人上路，向乞人所指點方向，慢慢走去。

夫婦兩人愛情雖篤，但因作丈夫的不注意於男女事情，婦人後來，便同那刖足男子發生了戀愛。時間這樣東西既然還可造成地球，何況其餘？故這愛情也很自然並不奇怪，兩人皆因這祕密戀愛，弄得十分糊塗，祇想設計脫離那個丈夫。因此那刖足男子，便故意把旅行方向，弄斜一些，不讓幾人到達任何城池。有一天幾人走近了一道河邊，沿河走去，婦人見河岸邊有一株大李子樹，結實纍纍，就想出一個計策，請丈夫上樹摘取些李子。丈夫因爲河岸過於懸嶄，稍稍遲疑，那婦人就說，這不礙事，若怕掉下，不妨把一根腰帶，一端縛到樹根，一端縛到腰身，縱或樹枝不能勝任，摔下河中時，也仍然不會發生危險。丈夫相信了這個意見，如法作去，李樹枝子脆弱，果然出了事情。女人取出剪子，悄悄的把那絲質腰帶剪斷，因此那個丈夫，即刻就墮入河中，爲一股急促黃流捲去不見了。

婦人眼見到自己丈夫沉到大河中爲急流沖去以後，就坦然同那刖足男子，成爲夫婦，帶了所有金銀糧食走了。

但這男子雖已墮入河中，一時爲洑流捲入河底，到後卻又被洑流推開，載浮載沉，向下流漂去。後來迷迷糊糊漂流到了一個都市的稅關船邊，便爲人撈起，擱在稅關門外，卻慢慢的活了。祇因念念不忘婦初下水時，這男子尙以爲落水的原因，祇是腰帶太不結實，並不想到事出謀害。祇因念念不忘婦人，故極力在水中掙扎，才不至於沒頂。等到被人從水中撈起復活以後，檢察繫在身邊那條斷了的腰帶，發現了剪刀痕跡，因此方纔明白落水原因。但本身既已不至於果腹魚鼈，目前要緊問題，還是如何應付生活，如何繼續未完工作，爲國效勞，方是道理，故不再想那個女人一切行爲，忘了那個女人一切壞處。

這男子因爲學識淵博，在那裏不久就得到了一個位置。作事一年左右，又得到總督的信任，引爲親信。再過三年，總督死去，他就代替了那個位置，作了總督。

婦人雖對於這男子那麼不好，他到了作總督時，卻很想念到他的婦人，以爲當時背棄，必因一時感情迷亂，故不反省，冒昧作出這種蠢事，時間久些，則必痛苦翻悔。他於是派人祕密打聽，若有關於一個被刖足的男子，與一個美麗女人因事涉訟時，即刻報告前來，聽候處治。

時間不久，那大城裏就發現了一件希奇事情，一個曼妙端雅的婦人，推挽了輛小小車子，車中卻坐了一個雙腳刖去剩餘隻手的醜陋男子，各處向人求乞。有人問她因何事情，從何處來，關係怎樣，婦人就說：廢人是他的丈夫，原已被刖，因爲歡喜游歷，故兩人各處旅行。有些金銀，路上被人覬覦，搶劫而去。當賊人施行劫掠時，因男子手中尚有金子一塊，不肯放下，故這隻手就被賊徒砍去。路人見到那麼美貌婦人，嫁了這種粗醜丈夫，已經覺得十分古怪，人既殘廢，尚能同甘共苦，各處謀生，不相違棄，尤爲希見，因此各有施贈，並且傳遍各處，遠近皆知。事爲總督所聞，故命令把那兩個夫婦找來。總督一看，婦人就是自己愛妻，廢人就是那個身受刖刑的廢人，雖相隔數年，女人面貌猶依然異常美麗。刖足乞丐，則因足既被刖，手又砍去一隻，較之往昔，尤增醜陋。那總督便向婦人問：

「這廢人是不是你丈夫？」

婦人從從容容說：

「是我的丈夫。」

總督又問廢人：

「你們什麼時候結婚，在什麼地方住家？」

廢人不知如何說謊，那婦人便答：

「我們結婚業已多年，我們本來有家，到後各處旅行，路上遇了土匪，所有金寶槪行掠去以後，就流落在外不能回家了。」

總督說：

「你認識我不認識？」

那婦人怯怯看了一下，便着了一驚，又仔細的一看，方明白座上的總督，就正是數年前落水的丈夫！故忽促中無話可說，祇顧磕頭。

總督溫和的說：

「你還認識得我，那好極了。你並沒有錯處。你並沒有罪過。如今儘你意思作去，你自己看，想怎麼樣？你可以自己說明。你要怎麼樣就照你意思作去，你可以把你希望說出來。」

那婦人本來以爲所犯的罪過非死不可，故預備一死。如今卻見總督那麼溫和，故想起一切過去，十分傷心。哭了一會，就說：

「爲了把總督人格和恩惠擴大，我希望活下去。我本應當即刻自殺，以謝過去那點罪過，但如今卻祇希望總督仍舊允許我同這廢人在本境裏共同乞討過日子下去，因爲這樣，方見得你好處！」

總督說：

「你歡喜怎麼樣就怎麼樣，總之如今你已自由了。」

此後這總督因爲關心祖國事情，故把總督職務交給了另外一個人，所有的金錢，贈給了那個他極愛她她卻愛一廢人的女子，便離開那都市，回轉本國去了。

故事到末了時，那商人說：

「我這故事意思是在告給你們女人的癡處，也並不下於男子。或者我的朋友還有更好的故事，提到這個問題，我希望他故事比我的更好。」

二 彈箏者的愛

第二個商人，有一張馬蹄形的臉子，這商人痲臉跛腳，衹剩下一隻獨眼，像貌樸野古怪，接下去說：

「女人常使男子發癡，作出種種獃事，獃事中最著名的一件，應當算扇陀迷惑山中仙人的傳說。我並沒有那麼美麗駕空的故事，但我卻知道有個極其美麗的女人，被一個異常醜陋的男子所迷惑，做出比候補仙人還可笑的行爲。」

這故事在後面。

副官宋式發，年紀青青的死去時，留給他那妻子的，衹是一個寡婦的名分，同一個未滿週歲的小雛。這寡婦年齡既還衹有二十歲，像貌又復窈窕宜人，自然容易引起年輕男子的注意。誰都希望關照這個未亡人，誰都願意繼續那個副官的義務和權利。因爲許多人皆盼望挨近這個美貌婦人身邊，想把這標致人兒隨了副官埋葬在土中的心，用柔情從土中掏出，使盡了各種不同方法，一切還是枉然徒勞。

愚蠢的誠實，聰明的狡猾，皆動不了這個標致人兒的心。

她一見到這些齊集門前獻媚發癡的人，總不大瞧得上眼。覺得又好笑又難受，以爲男子皆那麼不濟事，一見美貌紅顏，就天生祇想下跪。又以爲男子中最好的一個，已經死去了，自己的愛情就也跟着死去了。

過了兩年。

這未亡人還依然在月光下如仙，在日光下如神，使見者目眩神迷，心驚骨戰。愛她的人還依然極多，她也依然同從前一樣，貞靜沉默的在各種阿諛各種奉承中打發日子。

她自己以爲她的心死了，她的心早已隨同丈夫埋葬在土中去了。她自己不掏出來，別人是沒有這分本領把它掏得出來的。

到後來，一些從前曾經用情欲的眼睛張望過這個婦人的，因愛生敬皆慢慢的離遠了。爲她唱歌的，聲音慢慢的瘖啞了。爲她作詩的，早把這些詩篇抄給另外一個女子去了。

有一天，從別處來了一個彈箏人，常常抗了他那件古怪樂器，從這未亡人住處門前走過。那樂器上十三根銅絃，撥動時，每一條銅絃皆彷彿是一張發抖的嘴脣，靠近那個年輕婦人的心胸。聽到這種聲音時，她便不能再作其他什麼事情，祇把一雙曾經爲若干詩人嘴脣夢裏遊踪所至的纖美手掌，扶着那個白白的溫潤額頭。一聽到箏聲，她的心就跳躍不止。

她愛了那個聲音。

當她明白那聲音是從一隻粗糙的手抓出時，她愛了那隻粗糙的手。當她明白那隻粗糙的手是一個獨眼，痲臉，跛足的人肢體一部分時，她愛了那個四肢五官殘缺了的廢人。她承認自己的心已被那個殘廢人的箏聲從土中掏出來了。她喜歡聽那箏聲。久而久之，每天若不聽聽那箏聲，簡直就不能過日子了。

那彈箏人住處在一個公共井水邊，她因此每天早晚必借故攜了小孩來井邊打水。她又不同他說什麼。他也從不想到這個美麗婦人會如此喪魂失魄的在祕密中愛他。

如此過了很多日子。

有一天她又帶了水瓶同小孩子來取水，一面取水，一面聽那彈箏人的新曲，當她把長繩絡結在瓶頸上時，所絡着的不是瓶頭，竟是那小雛的頸項。她一面爲那箏聲發癡，一面把自己小孩放下深井裏去，浸入水中，待提起時，小孩子早已爲水淹死了。

附近的人知道了這件事時，皆跑來觀看，卻皆不明白爲什麼這婦人會把自己親生小孩殺死。或以爲鬼神作祟作出這事，或以爲死去的副官十分寂寞，故把兒子接回地下去，假手自己母親，作出這事。又或以爲那副官死後，因明白婦人過於美麗年輕，孀居獨處，十分可憐，故促之把小孩子弄死，對舊人無所繫戀，便可以任其改嫁。談論紛紜，莫衷一是，卻無一人想像得出這事眞正原因。

那時彈箏人已不彈箏了，抱了他那神祕樂器，獃立在一株青桐樹下。有人問他對於這事情的意見：

「先生，你說，這是怎麼的？」

那彈箏人說：

「我以爲這女人愛了一個男子。世界上既常有因受女人美麗所誘惑而發昏的男子，也就應當有相同的女人。她必爲一個魔鬼男子先騙去了靈魂，現在的行爲，正是想把身體也交給這魔鬼的！」

「這魔鬼屬於某一類人？」

那彈箏人聽到這樣愚蠢的詢問，有點生氣了，斜睨了面前的人一眼，就閉了隻獨眼說道：

「你難道以爲女子會愛一個像我這種樣子的男子麼？」

那人看看說來無趣，便走開了。至於這彈箏人，當然是料不到婦人會爲他發癡的。

到了晚上，彈箏人正獨自一人閉着眼睛，在月下彈箏，婦人就披了一件寢衣走去找他，見到他時，同一堆絮一樣，倒在他的身邊。彈箏人聽到這種聲音，吃了一驚，睜開獨眼，就看到一堆白色絲質物，一個美麗的頭顱，一簇長長的黑髮。彈箏人趕忙把這個暈了的人抱進屋中竹床上，藉月光細細端詳一下面目，原來這個女子就是日裏溺死嬰兒的婦人。再想敞敞她的那件衣服，讓呼吸方便一點時，稍稍把那衣服一拉，就明白這婦人原來是一個光光的身體，除了寢衣什麼也沒着身！那彈箏人嚇呆了，不知如何是好。

婦人等不及彈箏人逃走，就霍然坐起，把寢衣卸下，伸出兩隻白白的臂膊抱定那彈箏人頸項了。

她告給了他一切祕密，她讓他在月光下明白她如何美麗。

但他終於因爲嚇怕棄卻了女人同那件樂器，遠遠的逃走了，而她後來卻縊死在那間小屋裏。

三 一匹母鹿所生的女孩的愛

第三個商人像貌如一個王子，他說：

我的故事雖然所說到的還是女人。這女人同先前幾個女人或者稍微不同一點。我的故事同扇陀故事起始大同小異，我要說到的女人，卻似乎比扇陀更能幹一些。但也有些地方與其餘故事相同，因爲這女人有所愛戀，到後便用身殉了愛。她愛得更希奇，說來你們就明白了。

與扇陀故事一樣，同樣是一個山中，山中有個隱居遯世脩道求眞的男子，搭了小小茅棚，住在山中，不問世事。這隱士小便時，有一隻雌鹿來舐了幾次，這鹿到後來便生了一個女子，像貌端正嫻雅，美麗非常。這母鹿所生孩子一切如人，僅僅兩隻小腳，精巧纖細，彷彿鹿腳。隱士把女孩養育下來，十分細心，故女孩子心靈與身體兩方面，皆發展得極其完美。

女孩子大了一些，隱士因爲自己是一個舊時代的人物，擔心自己的頑固褊持處，會妨礙這女孩的感情接近自然，故特別爲女孩在較遠住處，找尋到一片草坪，前面繞有清泉，後面傍着大山，在那裏造一箇陋房子，讓她住下，兩方面大約距離三里左右，每天這女孩子走來探望隱士一次，跟隨隱士請業受教。每次來到隱士住處讀書問道，臨行時，隱士必命令她環繞所住茅屋三周，凡經這個女孩足跡踐履處，地面便現出無數蓮瓣。

隱士從女孩腳跡上，明白這個女孩，必有夙德，將來福氣無邊，故常爲她說及若干故事，大都皆爲另一時節另一國土女子在患難中忍受折磨轉禍爲福故事。女孩聽來，祇知微笑，不能明白隱士意思。

有一天，國王因爲國家大事，無法解決，親自跑來隱士住處領教，請求這個積德聚學的有道之人，指點一切困難問題。到了山中隱士住處之後，見到隱士茅屋周圍，皆有蓮花瓣兒痕跡異常美麗，國王就問隱士：

「這是什麼？」

隱士說：「這是一個山中母鹿所生女孩的腳跡。」

國王說：「山中女子，眞有美麗如此的腳跡嗎？」

「你不相信別人的，就應當相信你自己的。國王，那你以爲這是誰的腳跡？」

「假如這個山中眞有如此美麗腳跡的人，不管她是誰生的，我皆將把她討作王后。」

「凡世界上居上位的皆歡喜說謊，皆善說謊。」

「我若說謊，見到這個女人以後，不把她娶作王后，天殺我頭；你若說謊，無法證明這是女人的腳跡，我就割下你的頭顱。」

隱士眼見到這個國王血脈僨興，大聲説話，卻因為這裏一切皆為事實，難於否認，故當時祇微笑頷首而已。

時間不久，住在另外一個地方的女孩又跑來了，一見隱士身邊的國王，從服飾儀表上看來，就明白這個人是歷史上所稱的國王，就溫文爾雅，為隱士與國王行了個禮，行禮完後，站在旁邊不動。這女孩既然容貌柔媚，並且知書識禮，國王有所問時，應對周詳，辭令端莊，國王十分中意，當場就向那個女孩求婚。他請求女孩許可，讓他成為她的臣僕，把那戴了一頂鑲珠嵌寶王冠的頭，常常俯伏在她膝邊。

女孩子那時年齡還祇一十六歲，第一次見到陌生男子。且第一次聽到這種糊塗的意見，竟毫不覺得希奇。她即刻應允了這件事，她説：

「國王，既然你以為把王冠擱在我的膝下使你光榮幸福，你現在就可照你意思作去。」

那國王得了女人的愛情以後，就把女人用一匹白色大馬，馱回本國宮中。選擇吉日良辰舉行婚禮。

結婚以後，這個女人，便被國王恩寵異常。一月以後，為國王孕了個小孩，將近一年時節，所孕小孩應分娩了，眞忙壞那個國王。自從這山中女孩入宮後，專寵一宮，因此其他妃嬪，莫不心懷妬嫉。故當女孩生產一個極大肉球時，就有人在暗中私把王后所生下的取去，換了一副猪肺。國王聽說產婦業已分娩，走來詢問，爲其他妃嬪買通的收生婦人，就把那一堆猪肺呈上，稟告國王，這就是王后所生產的東西。國王聽說有這種事情，十分憤怒，即刻派人把那王后押送出宮，恢復平民地位。

這女孩因爲早年跟隱士學得忍受橫逆方法，當時含寃莫白，祇得忍痛出宮，出宮以後，就匿名藏姓，且用藥水把自己像貌染黑，替大戶人家做些雜務小事，打發日子。因爲從自宮中，禮儀嫻習，性情又好，故深得主人信任，生活也不十分困難。

那個國王，自然就愛了其餘妃嬪，把山中母鹿所生的一個漸漸忘掉了。

當王后所生養的肉球下地時，隱藏了這肉球的先把它放在鍋中，好好煮了一陣，估計烈火業已把它煮爛了，就連同那口鍋子，假稱這是國王賞賜某某大臣的羊羔，設法運送出宮。出宮以後，就擡到大江邊去，乘上特備的小船，搖到江中深處，把那東西全部傾入江中，方帶了空鍋回宮覆命。

這肉球載浮載沉一直向下游流去，經過了七天七夜，流到另外一個地方，爲一個打漁的老年人絲網撈着。漁人把網提起一看，原來是個極大肉球，把肉球用刀剖開，則裏面有一朵千瓣蓮花，每一花瓣，皆有一個具體而微非常之小的人，祇聽到那些人說：

「快把我送進你們國王那邊去，你就可得黃金千塊，白銀千塊。」

漁人不敢隱瞞下去，故即刻用絲網兜着那個肉球，面見國王，且把肉球呈上。那國王正無子息，把肉球弄開一看，果然希奇，因此就賞了漁人金銀各一千塊，漁人得了賞賜，回家作富翁去了，不用再提。這肉球中小人，卻因爲在日光空氣與露水中慢慢長大，爲時不久，就同平常小孩一般無二了。另外這個國王於是平空多了一千個兒子，上下遠近，皆以爲這是國王積德，上天所賜。

這一千小孩到十六歲時，莫不文武雙全，人世少見。到了二十歲時，這一千個兒子，便被國王命令，派遣到鄰國去戰征，各人騎了白馬，穿戴上棕色皮類鏤銀甲冑，直到另一國家皇城下面挑戰。凡個人應戰的莫不即刻死去，凡部隊應戰莫不大敗而歸。這樣一來，竟使城中那個國王，無計可施。

官家方面等待到自己無計可施時，於是就各處貼上布告，招請平民貢獻意見，且懸了極大賞格，找尋能夠擊退外敵的英雄。

山中母鹿所生的那個女人，知道這是自己的孩子來此胡鬧，便穿了破舊衣服，走到國王處去說明，她有退兵辦法，請求許可儘她上城一試。得了許可，走上城去，那時城下一千戰士，正在躍馬挺戈，辱罵挑戰，但見城上大旗子下，站了一個穿着襤褸像貌平常的婦人，覺得十分希奇，就各自勒着轠轡，注意婦人行爲。

那女人說：

「你們這些小東小西，來到這裏胡鬧什麼？我是你們的母親，這裏國王是你們的爸爸，還不丟下刀槍，跳下白馬？」

其中就有人說：

「你說你是我們的母親，把我們一個證據。」

女人囑咐各人站定，把嘴張開，便裸出雙乳，用手將乳汁擠出，乳汁便向下射去，左邊計分爲五百道，右邊也分爲五百道。一千戰士口中，莫不滿含甜乳。這一千戰士業已明白城上婦人即爲生身母親，故放下武器，投地便拜。

一切弄得明白清楚以後，兩國戰事，自然就結束了。兩個國王因爲這一千太子生於此國，育於彼國，故到後就共同議定，各人得到五百兒子。至於那個母親，自然仍爲這一千兒子的母親，且仍然回轉到王宮中作了王后。二十年來使這王后蒙受委屈的一千婦人，因爲當時還同謀煮過太子，便通統爲國王按照國法捉來放到火中用柴火燒死了。

但當初那個山中母鹿生養的女人，其所以能夠在委屈中等待下去，一面因爲受得是隱士薰陶，一面也正因爲自信美麗，以爲自己眉目髮爪，身段肌膚，莫不是世所希少的東西，國王既爲這分美麗傾倒於前，也必能使國王另外一時想起她來，使愛情復燃於後。因此所遭受的，即或如何委屈，皆能忍耐支持下去。如今卻意料不到有了一千兒子，且正因爲這一千兒子，能夠恢復她那個原來地位。但她同時卻也明白了她其所以受人尊敬處，祇是爲了這一羣兒子，且明白了她如今已老了，再也不能使那個國王，或其他國王，把戴了嵌寶鑲珠王冠的尊貴頭顱，俯伏到她的腳邊了。她明白了這些事情時，她竟覺得非常傷心。

她想了七天，想出了一個計策。同國王早餐時，就問國王說：

「親愛的人，你還記不記得我在山中時節的樣子？」

國王說：

「親愛的人，你還記不記得你向我求婚時節的種種？」

「我記得十分清楚，我爲你美麗如何糊塗。」

「我怎麼不記得？你那時眞美麗如仙！」

「親愛的人，你還記不記得我們結婚以後出宮以前那些日子的生活？」

「我同背誦我自己最得意的詩歌一樣，最細微處也不容易忘記。你當時那麼美麗，這種美麗影子，留在我心中，就再過二十年，也光明如天上日頭，新鮮如樹上菓子！」

女人聽到國王稱讚她的過去美麗處，心中十分難受，沉默着，過一會兒就說：

「我被仇人陷害出宮，同你離開二十年，如今幸而又回到這宮中來了，一切事眞料想不到。我從前那些仇人皆爲你燒死了，現在卻還有一個最大的仇人，就在你身邊不遠。我已把這個仇人找得。我不想你追問我這仇人姓甚名誰，我祇請求你宣布她的死刑，要她自盡在你面前。若你愛過我，你答應了我這件事。」

國王說：

「就照你意思做去，即刻把人帶來。」

這女人就說她當親自去把那仇人帶來。又說她不願眼見到這仇人自殺，故請求國王，仇人一來，就宣布死刑，要那個人自殺，不必等她親自見到這種殘酷的事情。

果然不到一會，就有個身穿青衣頭蒙黑紗手腳自由的犯人在國王面前站定了，國王記起王后所說的話，就說：

「犯罪的人，你應該死了，你不必說話，不必分辯，拿了這把寶劍自刎了罷。」

那黑衣人把劍接在手中，走下階去，在院子中芙蓉樹下用劍向脖子一勒，把血管割斷，熱血泛湧，便倒下了。國王遣人告給王后，仇人已死，請來檢視，各處尋覓，皆無王后蹤跡。等到後來國王知道自殺的一個仇人就是王后自己時，檢察傷勢，那王后業已斷氣多時了。

那王后自殺後，國王才明白她所說的仇人，原來就是她自己的衰老。她的意思同中國漢武帝的李夫人一樣，那一個是臨死時擔心自己醜老不讓國王見到，這一個是明白自己醜老便自殺了。

爲張家小五哥輯自《法苑珠林》，一九三三年七月十八成於青島。

洪範文學叢書 266

沈從文小說選 一

編　者：彭小妍
出版者：洪範書店有限公司
臺北市廈門街一一三巷一七—一號二樓
電話（〇二）二三六五七五七七
傳眞（〇二）二三六八三〇〇一
郵撥 〇一〇七四〇二一〇
行政院新聞局局版臺業字第一四二五號
法律顧問：陳長文　蕭雄淋
初　版：一九九五年十月
四　印：二〇〇六年九月

定價二九〇元
（缺頁破損裝訂錯誤請寄回調換）

ISBN 957-674-091-6

國立中央圖書館出版品預行編目資料

沈從文小說選／彭小妍編. --初版. --臺北市：
洪範，民84
冊； 公分. --(洪範文學叢書；266)
ISBN 957-674-091-6（第Ⅰ冊：平裝）. --
ISBN 957-674-092-4（第Ⅱ冊：平裝）

857.63 84010778